80后实力作家 长篇小说经典

《作家》、《ALICE》两大杂志联合首推
Hansey倾心封面设计…

五月女王
颜歌 著

MayQueen

颜 歌： 这是一次我所做出过的，
最为漫长、悲伤、苦痛的抒情。

日日新文化
欢迎登录日日新读书网
www.ririxin.com.cn

五月女王
颜歌 著

May Queen

重庆出版集团 重庆出版社

图书在版编目（CIP）数据

五月女王/颜歌著. —重庆：重庆出版社，2008.7
ISBN 978-7-5366-9837-6

Ⅰ.五⋯ Ⅱ.颜⋯ Ⅲ.长篇小说—中国—当代
Ⅳ.1247.5

中国版本图书馆 CIP 数据核字（2008）第 082009 号

五月女王
WUYUENVWANG

颜 歌 著

出 版 人：罗小卫
策　　划：刘太亨　陈　慧
责任编辑：陈　慧　陈红兵
责任校对：杨　婧
装帧设计：日日新文化

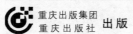重庆出版集团
重庆出版社 出版

重庆长江二路 205 号　邮编：400016　http://www.cqph.com
重庆裕城彩色制版输出中心
重庆市联谊印务有限公司印刷
（重庆市江北区五里店岩口 41 号　邮编：400025）
重庆出版集团图书发行有限公司发行
E-MAIL: fxchu@cqph.com　邮购电话：023-68809452
全国新华书店经销

开本：889mm × 1 194mm　1/32　印张：12.5　字数：300 千
2008 年 7 月第 1 版　2008 年 7 月第 1 次印刷
ISBN 978-7-5366-9837-6
定价：28.00 元

如有印装质量问题，请向本集团图书发行有限公司调换：023-68809955 转 8005

目 录
>>> contents

我爷爷 /2

第1章 ···5

　　袁青山醒来了，但那些她睡着时候镇上发生的事是她所不知道的。五月来临以后她睡得不安稳了，不过除了她自己以外没有人发现这一点。

高木匠 /21

第2章 ···24

　　她的朋友看着她，她的眼神让袁青山觉得她什么都明白了，她用她细长的手臂把袁青山抱了起来——那臂膀是那么长，像蛹一样让袁青山暂时离开了这世界。

何胖娃 /37

第3章 ···40

　　他们就笑起来，袁青山不知道取悦了他们的是她的回答，还是她回答时候悲伤的心情。总之大人们就笑出了声。

张仙姑 /54

第4章 ···57

　　上课的孩子们总是一个样子，那些说话的孩子都被请出了教室。下课的时候要躲开打闹的孩子，有特别野的孩子在教室后面的暗巷里玩纸牌游戏赌钱。一年级的孩子转眼就成了六年级的孩子，没有几个是他们记得住的孩子。

曾寡妇 /71

第5章 ···74

　　清溪河的水涨得满满的，像女人的乳汁那样奔流了下去，从这里开始，它要浇灌的是整个肥沃的平原了，在平原上面，余飞的声音野兽那样响起来，并且完全是他的家乡话了："今天开始青龙帮没有你们这两个人！"

刘全全　/90

第6章 ·· 93

那声音是那样的凄厉，以至于在最初的几秒钟里，袁青山并没能听出那不是张沛的声音，她麻着半边身子转过去，就看见刘全全从桂花林跑了出来。

宣传员　/108

第7章 ·· 112

天色还很明亮，那女人上三轮的时候转过脸来，袁青山就看见了。那是一张温柔的脸，上面做出来的是悲伤而痛苦的神情。她忽然觉得这张脸似曾相识。

钟腻哥　/128

第8章 ·· 132

"不然你怎么记得卡尔·马克思的生日呢！"岑仲伯吊儿郎当地说。两个人把钱各自给了，他们走出来，袁青山觉得两个人站在路边的样子和吃面之前并不一样了。

谢梨花　/150

第9章 ·· 154

他们酣畅淋漓地打了一个下午的游戏，张沛赢了岑仲伯和马一鸣，他非常得意，笑得露出了整个嘴巴的牙齿，他的笑容那样灿烂，没有人知道他在上午的时候，是多么悲伤。

茅厕娃　/169

第10章 ·· 173

他们就要走了，岑仲伯忽然又叫："袁青山。"袁青山回过头去，看见他站在巷子门口看着她，她知道他不知道说什么好，她就笑了笑，说："没事。"

花疯子　/187

第11章 ·· 191

她最好的朋友乔梦皎，还有张沛，他们都会离开这里，但是她没有办法，她打不好排球，读不好书，她拥有的只是一具因为巨大而丑陋的身躯，它把她重重地击倒在了这土地上。

邓爪手　/206

第12章 ·· 211

袁青山埋着头，看着自己穿着裙子的腿，因为一直都穿裤子的原因，她的皮肤显露出一种奇怪的白来，映照在岑家的老屋顶下面，居然有一丝金色。

姜有余 /227

　　第13章 ···231

袁清江坐在课堂上，写完了给张沛的信，她听着老师在讲 $x + y = 3y + 5$，廖云珊在看一本租来的脏兮兮的言情小说，她骄傲地想："我一定是外星人的孩子。"

贾和尚 /251

　　第14章 ···255

她一点点一点点地想着张沛，想得心都空了，那些细碎的东西一想就生痛，一痛就落下来，袁清江的心就给镂出了一个繁复的花，光线透过这些花纹，照耀到了她贫瘠、忧伤的心灵里面。

叶瞎子 /272

　　第15章 ···277

岑仲伯把袁清江拎到了水管旁边，用凉水拍她的脖子，一边拍，一边说："你早上吃什么了？怎么吐成这样？注意一下自己胃啊！"

陈三妹 /295

　　第16章 ···300

谢梨花站在两个孩子面前，她在平乐镇不知道看过多少孩子，她都记得他们小的时候的样子，每一个都那么清楚，他们是那么可爱，那么贴心贴肺地在她怀里哭过，但他们都不记得她了，他们都大了。

朱驼背 /315

　　第17章 ···321

她能看见北二仓库的大仓库们默默地伏在水泥地上，它们曾经装满了来历不明的粮食、棉花、布料，还有各种各样的货品，但她知道现在它们基本上都空空如也。

高 歧 /337

　　第18章 ···342

袁青山看着妹妹走了，她走得那么恍惚，甚至忘记了关门，她要去关门，忽然听见电视上面放起了一首歌，有个女孩穿着银色的紧身裙子，倚在玻璃上，一双妖媚的眼睛唱："太阳下山明早依然爬上来，花儿谢了明年还是一样开……"

岑仲伯 /359

　　篇外：请带我到平乐去 /364

她沉入的那个世界是她自己的，对于其他人来说，
只是一片黑暗。

——题记

我爷爷

现在我离平乐镇已经很远了，说起它来的时候，就像在说别人的事情了，但事实上并非如此。

从永安城出发，自西三环出，过渠县、崇宁县两个县城，就进了永丰县地界，再往西沿着逐渐破败的国道走半个多小时，左转二十分钟，就来到了永丰县县城平乐镇，那里的人个个都是我的父老乡亲。

我爷爷生前最喜欢说："总有一天你要写些东西给我们镇上的人看。"

我就说："我们镇上哪里有人看书啊？"

我们平乐镇只有东南西北四条街，因为从来没有出过状元，镇中心斜着的是两个丁字路口。站在丁字路口一个下午，就能看到镇上所有的人：北门上住着客家人，东街上都是些脓包样的二流子，南街的人个个都是操扁褂的，唯有西街才有几个读书人——而在镇外那条公路修好以前，这些人都还没有来，有的只有农民们。

我爷爷听我这么说，就会哼一声，并且说："小娃娃你不懂，我们镇上的能人多得很！"

每次他这样说，就是要讲掌故了，我连忙给他把茶水倒满，端端正正坐好了，问他："爷爷，今天你想说什么？"

他说："那我就给你说说以前我们修路的事情嘛……"

值得庆幸的是，虽然每次都是同一开头，但故事总有不同，一会儿是他中途跑去逛省城了，一会儿当年镇上最漂亮的陈三妹对他献殷勤了——爷爷讲到得意处，唾沫横飞，把茶碗盖子当惊堂木拍个不停。

过了一会儿，我奶奶就到茶铺来叫我们回去吃晚饭了，奶奶一来，满铺子的人都在说："薛婆婆，你们家老头又讲陈三妹了！"

我们走路回家，奶奶问我说："你吃不吃黄糖锅盔？"

我爷爷说："我要吃。"

奶奶说："喊你们陈三妹给你买！"

——这都是将近十年前的事情了。

我爷爷以前说："我要看你上了大学再死。"

等到我上了大学，他说："我要看你大学毕业再死。"

等我上了研究生，他说："我要看你研究生毕业再死。"

他终于没有等到。

爷爷就葬在南门出去清溪河下的那片墓地里，葬礼那天只有街道上几个老邻居去了。那片坟是才有的，规划得整整齐齐，到处都是黑黑白白的碑石。以前清溪河经常决堤的时候，这里只是一片荒地，袁青山死了之后，我们镇上的人在这里给她立了一个碑，后来大家就都葬在那里了。

袁青山的碑比别的碑都高出很大一截，大家都习惯把炮挂在她的碑顶上放，我看见他们把我爷爷的炮放在那里放了，放完了炮很长时间，都没有人敢靠近，最后街道办的老主任马婆婆说："走了嘛。"

我们就都走了。

在那以后我还没有回过平乐镇。

我很难理解为什么我爷爷就那么肯定我一定会为我们镇上的人写点什么，实际上，就算是在离平乐镇最近的永安市里，也没有几个人知道它的存在。以前，别人问我是哪里人的时候，我就说："我是永丰县人。"并且补充："就是那个产永丰肥肠粉的永丰县。"——就这样，才会有人恍然大悟："那个肥肠粉好吃哦！"——可是平乐镇还要更加遥远。

袁青山死了以后，我们镇上的人才后知后觉地发现他们放过了唯一一个可能会让平乐镇声名远扬的机会，他们才终于敢于说起她，对邻县的人，省城的人说到袁青山，但一切都已经晚了，没有人会相信我们的话了。

袁青山刚刚住进仓库那会儿，我爷爷经常牵着我去北二仓库看她。

通常都是夏天，爷爷的胳肢窝总有一股说不清楚的汗味，我们穿过整条南街，过了丁字路口，走到北外街，才能看见北二仓库的红色屋顶。途中，他会给我买个棉花糖之类的零嘴儿——我们走到北二仓库的大铁门前面，爷爷就不让我进去了，他把我拉在怀里，指袁青山住的那个仓库给我看："你看，那个就住在那里。"——那时候，我们镇上的人都称袁青山为"那个"，好像她的名字是个一说就死的诅咒。

　　但我们谁也没有死，死的是"那个"。之后，我爷爷就开始重复说那句话了："你要为我们镇上的人写点什么。"——我知道他说的就是袁青山，除了袁青山，平乐镇还有什么可说的呢？

　　我们镇上就是这样，总有一个人要去记得另一个人的什么，因为这个人担心别人都会忘记那个人。

　　葬了爷爷那天，我回家去看了奶奶，奶奶一个人坐在客厅里面，半关着窗帘，头发全白了，我听见她喃喃地说着："你们哪个要吃黄糖锅盔嘛。"

第 *1* 章

袁青山醒来了，但那些她睡着时候镇上发生的事是她所不知道的。

五月来临以后她就睡得不安稳了，不过除了她自己以外没有人发现这一点。她躺在床上，居然闻得到院子里面的栀子花开了，香味十分浓烈。她闭上眼睛，再次确认，那就是北二仓库大院里面的栀子花树的味道。

她笑了起来，她几乎立刻发现了那栀子花的秘密：它一定是妈妈摘给她的。

北二仓库只有一棵栀子花树，但长得很高，而且茂盛。五月还没到，上面的花骨朵儿已经跃跃欲试了。太阳把整个院子都晒得明晃晃的，按捺不住的棉被们在椅子背上面招展，像大海里面狭窄的孤舟。有一天，汪燕拉着袁青山的手穿过院子，想去摘一朵栀子花，陈海峰就站在树下面了，他是整个院子里面最大的孩子，已经三年级了，他说："汪燕，我们都不跟袁青山玩，你过来，不然我们也不和你玩。"

全院的孩子都在那里了，袁青山站在一床被子旁边看他们在那儿玩——上个星期以来，她已经学会了先用左腿站，累了再换右腿。那天她也是一眼就看见张沛了，他穿了一件牛仔外套，还戴着一顶帽子，他的皮肤很白，看起来真是十分漂亮。

袁青山一个人站在那里，就是在那个时候，她看见了妈妈。她是站在一棵桉树下面的，人隐匿在了树的阴影里，但袁青山还是看见她了——实际上，在一起玩闹的孩子们不会发现她，发现她的只能是那个孤独的孩子。

袁青山愣了愣,她把她看了又看,终于一步步向她走过去了,她并没有觉得害怕,因为她站着的姿态和自己是那样相似,她甚至怕她忽然消失了,但她没有消失。

　　袁华在过道上洗完了脸,开门进来,发现女儿已经醒来了,坐在床上,呆呆地看着不知道什么地方,她明明还是一个三岁的小女孩,但他已经不可避免地在她脸上发现另一个女人的相貌了,她坐在床上,露出一种莫名其妙的微笑,这笑容让他觉得毛骨悚然。

　　他走过去,给女儿拿毛衣,说:"袁青山,快点把衣服穿起来,感冒还没好,不要凉着了。"

　　袁青山就把毛衣拿过来穿上了,她在毛衣通过头顶时似乎又陷入了黑暗,等到重见光明了,她就看见父亲正在从厨房里面拿刚刚打回来的豆浆进里屋。"爸爸。"袁青山高兴地叫住他,"你知道昨天晚上谁来了吗?"

　　袁华愣住了,他的头嗡地一下裂开了,他连忙把它护好了,转过头去,战战兢兢地看着女儿,说:"谁来了?"

　　袁青山笑着,举起左手指着写字台说:"你看!"

　　袁华顺着袁青山指的方向,看见居然有一束栀子花插在写字台的红花瓶里,花已经开盛了,泛着黄气,那香味几乎要把他击倒了。

　　"哪,哪来的花呀?"袁华结结巴巴地说,他的心里面已经隐隐想出是怎么回事了,他端着豆浆,在想到底要怎么跟女儿解释这件事。他观察着她的神情,但她只是咧开嘴笑得更开心了,她的嘴巴里面满是小小的洁白的牙齿。

　　"哪来的花呀?"他盯着女儿脸上的每一寸皮肤,又试探性地问了一句。

　　"不告诉你!"袁青山穿好毛衣,下了床,她扬扬得意地说,"这是我的秘密!"

　　她怀揣着这个巨大的秘密去吃早饭了,她吃下了第一口馒头,而父亲把刚刚出的那身冷汗消下去了,他就又忍不住问孩子:"昨天你到底看见谁来了啊?"

“我没看见谁来啊。”袁青山喝着豆浆，翻着黑白分明的大眼睛看着他。

“你刚刚不是问我吗？”袁华憋不住地说。

“我没看见谁来了啊，我就是看见栀子花了嘛。”袁青山又笑起来。

——袁华于是好歹把自己的心放回原处了，惊疑不定地。

父女俩默默地吃着早饭，隔着一张平淡无奇的木茶几，这又是一天的开始了，它就是这样通过一次又一次的重复来让小小的袁青山知道它是不会变的：最里面的房间是父亲的，外面的房间是自己的，厨房在过道上，厕所在楼梯的尽头。早上醒来父亲已经打豆浆回来了，然后坐在里面房间的茶几边上喝豆浆吃早饭的就是他们两个人了，父亲会剥个鸡蛋给她吃，自己吃两个馒头。

和以往一样，袁青山吃得很慢，袁华两三口吃完了自己的那份，不停地催她说：“快点吃，爸爸上班要迟到了，快点。”

但这句话并没有像以往那样让袁青山陷入孤独的绝望，她乖乖地吃完了她的那份，拿上了装着感冒药和手绢的袋子，和父亲一起出了门。出门之前，袁青山最后又看了一眼那束花，她确定在她昨天睡着的时候，房间里面是没有那束花的，它插在那个红色的玻璃花瓶里，在天光的照射下映着微红。

那微弱的红再次点亮了袁青山的心，她想到了妈妈，她觉得那花朵是一个信号，是她今天会来见她的信号。

天气并没有完全变得炎热起来，清晨的凉气依然不曾彻底退去，袁青山在楼道上一连打了五个喷嚏，袁华摸了摸她的额头，发现她的额头依然有点发烫，他说：“怎么烧还是没有退啊。”他叮嘱女儿：“袁青山，今天一定要按时吃药，就在胡婆婆那儿，不要到处乱跑。”

顺着他落下来的话音，袁青山抬头看着父亲的脸，从她的角度看去，父亲就像是个巨人，他的下巴是刚毅而方正的，有青色的胡茬冒出来，她听到他叫她的名字了——袁青山。

对于刚刚过完三岁生日的袁青山来说，这恐怕是整个北二仓库最让她觉得不可思议的事情了——就是张沛的妈妈叫他沛沛，汪燕的爸爸叫她燕燕，就连陈海峰都可以被叫做峰峰，但是她只能叫做袁青山。

他带她去看门人的老婆那里，从袁青山感冒没去幼儿园以来他一直托她照顾她。他们走了一会就看见她了：她坐在从家属区到仓库的铁门口，笑眯眯地看着每一个出去上班的人，手上握着收音机。老胡是守门人，胡婆婆是守门人的老婆，现在她要握袁青山的手了，她的手像一包尼龙布。

而对袁华来说，这一天早上和昨天早上一样，他把袁青山手里的袋子交给胡婆婆，说了些客气话，转身就走了。

袁青山看着父亲迈出那道铁门消失了，太阳升起来了，这个时候所有仓库的屋顶都是红彤彤的。

"袁青山，"胡婆婆说，"去把屋里头的水端过来，吃药了。"

袁青山进去端水，她能听见胡婆婆跟着收音机悠悠哼起歌来。她出来的时候，胡婆婆已经空出手来把药都倒在左手上了，她把它们都递给袁青山。是三片黄色的药片和一片白色的小药片以及那片很大的白色药片。

她把它们都接过来分成三次吞下去了，她皱着眉毛，鼓足勇气，每一次吞咽都充满了神秘和不可思议——那些巨大的物体是怎么通过自己的喉咙的呢？她能做的只有庆幸自己每次都可以幸免于难。

吃了药，她们就谁也不理会谁了，一直到吃午饭之前，她们都没有非对对方说话不可的理由了。

袁青山坐在板凳上，听到收音机里面发出咿咿呀呀的声音，有时候又是窸窸窣窣的。她过这样的生活已经三天了，从第二天开始，她就学会了抬起一边的屁股来坐，然后放下来再抬起另外一边。

她一边这么来回晃着，一边看着整个空荡荡的院落每一个僻静的角落，她总是觉得妈妈会从某个角落里面忽然走出来。

有一天她看见她了，她坐在从筒子楼拐角出来的花台边上，晒着太阳，袁青山就走过去跟她坐在一起，她看了她一眼，两个人谁也没有说话，像两个神祇那样打量着整个北二仓库的院落，这样看来，这院落中的每一寸泥土都是那样的不寻常,就在这时候胡婆婆出来了,她看见袁青山坐在花台上,就大喊:"袁青山,你怎么坐在花台上啊?又脏又冷!快点过来!"

袁青山就只好站起来回去了,她回头去看了一眼的时候,妈妈已经不见了。

从那天以后,她再没有见过妈妈,她害怕是胡婆婆得罪了她。

虽然如此,她依然有一种强烈的预感她今天一定会看见她,她给她送来的栀子花在整个北二仓库都满满地开着。

远远的,从开着栀子花的里院里面,全粮食局的孩子都陆陆续续地坐在大人的自行车上上学去了。先是陈海峰,然后是黄元军,最后是汪燕。她笑起来想跟汪燕打个招呼,但她坐在高高的自行车前杠上,穿着一条粉红色的背带裙,就像一个公主。

袁青山看着她爱理不理的那个样子,不由摸了摸自己身上那件紫色的毛衣,之后她把手都揣进了绿条纹运动裤的裤兜里面,她眼巴巴地坐在那里看着汪燕,直到她真的就像其他人那般谜一样消失在某个地方了。

所有的铃铛声都消失以后,院子落寞地静了,只有胡婆婆的收音机还在发出沙沙的电波声,这声音带着某种魔力,催促着袁青山离开这里,到院落的深处去,到那些没有人发现过的角落去,把她的妈妈找出来。

"胡婆婆!"她站起来,说,"我去院子里头耍一会儿嘛。"

"嗯。"胡婆婆说。她闭着眼睛在听另一个台的广播了,她所沉入的世界是她自己的,那世界对北二仓库的其他人来说,只是一片黑暗。

粮食局陈局长的家是北二仓库里面最宽敞的一座坐北朝南的平房,他们家自己有一个小院子,院子外面长了高高的一棵樟树,就算是最热的时候,整个房子也常常落在树影里。一年多以前,保姆小姚第一次从崇宁县的乡下来到这里,她就深深地爱上了这座房子。

每一天早上她很早就从北街上她借宿的远房亲戚那里出门来上班了,第一件事情就是把窗台抹得干干净净。陈琼芬为这个事情说过她好几次:"小姚,反正就是个水泥窗台,抹也抹不干净,你干吗抹那么久?"

这个家的女主人显然觉得她在偷懒，但那是她每天最幸福的时候。站在窗台旁边，她就可以看见樟树的树冠，听到鸟叫，而屋子里面的茶几、沙发、五斗柜，甚至电视机，都作为无关紧要的背景存在了，这极其重要的无关紧要让她幸福得要命。

这一天早上，当她再次抹窗台的时候，一种更加奇特的感觉击中了她。那无疑是一种忧伤，和前几天的极度幸福相比，显得更加忧伤，保姆小姚一边抹着窗台，一边想着昨天晚上发生的那些事情，她终于又不由叹了一口气。

这个时候，她看见院子门外面有个孩子的身影一闪而过，那件眼熟的紫色毛衣就是昨天才看到过的那件。她知道那是袁青山了，于是她连忙走出去，叫她："袁青山！"

袁青山好像在找什么东西，她吓了一大跳，回过头来——只有看见她脸上的表情，小姚才会意识到她是一个三岁的孩子。她看着她，叫了一声："姚阿姨。"

这三个字让小姚又辛酸，又幸福，她强忍住这些情绪，问她："你感冒好点了吗？进来玩吧，今天沛沛在家。"

袁青山下意识觉得自己应该拒绝，但她已经被她牵住了手，接着她就走进了张沛家。

"张沛今天没去上学？"她这才想起来刚才没有看见张沛。

"没有。"保姆说，"今天家里有事情，他没去学校。"

袁青山不由地到处找那个漂亮的孩子了。而张家也和她记忆中一样美丽而庄严：米色的皮沙发，茶几上的糖果盘，五斗柜上的罐子和玩具，电视柜上的电视，电视上的绣花方巾，旁边的一束栀子花。

第一次到这里的紧张感又再次出现了，袁青山不由地捏紧了拳头。实际上，她并不清楚她第一次来到这个房间到底是在什么时候，也不知道张沛和她是怎样认识了彼此。之前有一天她醒来，发现自己躺在那里，她走出门去，就看到了北二仓库，院子里面的孩子有一个最好看的，是陈局长的外孙，穿最漂亮的衣服，拿昂贵的糖果给大家吃，这个人就是张沛。

张沛就走出来了，他居然还穿着昨天穿的那件衣服，上面已经有些脏了，看起来前所未有的难看。

他张口叫她了："袁青山！你也没去上学？"

"感冒还没好。"袁青山说。

他亲热地走过来拉着她到沙发上坐下来，说："你和我玩吧，我们看电视吧？"

"好。"袁青山依然没有找到妈妈，但张沛潮水般的热情让她受宠若惊。

"姚阿姨，我要看电视！"张沛喊了一声。

小姚从厨房里面跑出来，她的手上还有两个削好的苹果，她给了袁青山一个，把另一个给了张沛。

电视上面在放一台晚会，里面有人在唱："太阳下山明早依然爬上来，花儿谢了明年还是一样开……"张沛专注地看起来，那个歌女穿着一条鹅黄色的裙子，烫着蓬松的大卷发，一双眼睛顾盼生姿。

保姆在厨房里面跟着哼起来。

"你今天怎么没去上学？"袁青山一边吃苹果，一边问张沛。

"我爷爷住院了。"张沛漫不经心地说。

"感冒了呀？"袁青山问。

"不知道啊。"

两个孩子重新吃起苹果来，享受这上午难得的宁静，其他任何事情对他们来说都不如可以不去上学那样重要。

袁青山的心情要比张沛复杂得多，她一边吃苹果，一边看他，她骄傲地想："张沛又跟我玩了！"——可惜汪燕看不到这样的情景。

那天她们两个为了这个事情吵了起来，她说："我不相信，张沛才不会和你玩！"

袁青山急红了脸，说："真的，他要和我玩的！"

两个女孩子就手拉着手去找张沛评理，她们走到栀子树下，看见孩子们都在那里，陈海峰说："汪燕，我们都不跟袁青山玩，你过来，不然我们也不和你玩。"

汪燕骄傲地看了袁青山一眼，甩开她的手，走了过去。张沛也站在那里，袁青山以为他一定会叫她一声，就像她去他家玩的时候那样，但他什么也没有说，甚至没有看她一眼。

她一个下午站在那里，站在一床被子旁边，左脚站累了换右脚，她觉得他一定会注意到她来了，然后走过来叫她的。

——就在那一天，她发现了她的妈妈。

"张沛，"袁青山还是期期艾艾地问了，"你那天怎么不理我呢？"

"啊？"张沛放开咬到一半的苹果，说，"因为，因为大家都不理你嘛。"

袁青山不说话了，她慢慢吃着苹果，反复咀嚼着嘴巴里面的那些，怀念吞下去的那些。

"袁青山。"张沛叫了声。

"嗯？"袁青山还没有回过神来。

"我们去院子里面玩吧。"他说。

姚阿姨匆匆忙忙从厨房赶出来的时候，两个孩子已经消失了，留下两个吃剩的苹果在茶几上，她一眼看出那个吃得只剩下核的是袁青山的，而张沛的苹果上面还满是果肉。

她把垃圾收了，一边收，一边难过，袁青山是个可怜的孩子，她才这么小，就没有母亲来疼她了——她想到了这一节，忍不住又浮想联翩起来。

星期二上午十点四十分，北二仓库里又一段暧昧不清的关系暴露在光天化日之下了。袁青山和张沛蹲在栀子树下的花台边上，两个人的裤管都沾了泥巴。他们像相亲相爱的工友，各自专注地看着自己手上的活儿。

北二仓库的这棵栀子花开得早谢得也就早了。这时候，已经有很多烟丝黄的花落到了地上。

袁青山心不在焉地看着远些的角落，张沛忽然给了她一朵栀子花。

袁青山吓了一大跳，看着张沛递给她的那朵花——它已经有些黄了，但无疑还是很漂亮，上面充满了露水，清润而温柔。

她接过它来，说："谢谢。"

她下意识甩了甩那朵花，甩掉上面那些水。

"唉呀！"张沛猛地站了起来，啪的拍了一下她的手，气得大叫："你怎么把蚂蚁甩掉了！"

他急忙蹲下去找蚂蚁，袁青山被他吼得什么也顾不上想，只是浑身充满了湿漉漉的歉疚，她也帮着他找了起来。

他们很快找到了一只蚂蚁，不知道还是不是刚才那只。它在一滩水里面，划动着那六条腿。张沛找了一片树叶，试图把它救上来。他用树叶的边缘去靠近它，但它毫不领情，往反方向移动了。

袁青山就伸手去抓它，一抓就抓到了。

他们把它放到了花台的瓷砖上，看着它走投无路晕头转向的样子，笑了出来。他们用手指去逗弄它，感受它在皮肤上挣扎的那种温柔的触感；他们找来另一朵花，滴下了一滴芬芳的露珠把它困住了；他们把它翻过来，看着它扭来扭去的样子真是可爱极了；张沛用右手食指压住了它一只纤弱的腿，看着它在手指旁边想要逃脱的样子，看得那么入迷，他太用力了，蚂蚁的腿就断了。

过不了几分钟，蚂蚁的另外几只腿也断了。张沛最后找来了一截不知道被谁丢在这里的木棍——它很可能是用来串那种五分钱一片的大头菜的。他拿着它戳了戳蚂蚁的肚子，这时候它的触角依然颤动着，他用力地把木棍戳下去了，蚂蚁的肚子碎了，流出了几乎难以察觉的不明液体。几秒钟以后，蚂蚁的头也被压得扁平了。

两个孩子玩得不亦乐乎，头几乎完全凑到了一起，好几次，袁青山的鼻涕都要流出来了，她又用力把它吸了回去——还好，张沛是那么的专注，根本没发现这些。

在这么近的地方看张沛的脸，袁青山发现他的皮肤像刚熟的苹果一样又红润又光滑，他的睫毛长而且浓密，那睫毛抖动起来的时候甚至闪着金色的光芒——他们两个的距离是那么近，近到袁青山觉得他就是她最好的朋友了,她可以把一切事情都告诉他。

她就准备说了,她开口说:"张沛,我给你说一个秘密,你不要告诉别人。"

"噢?"张沛玩着蚂蚁,看了她一眼。

感觉到了张沛的不信任,袁青山就只好迫不及待地抖出她的秘密来了,她说:"你知道吗,我们院子里面有个鬼!"

"鬼?"张沛终于看她了。

他的瞳仁发出琥珀一样的光芒,而随着某种微妙的收缩,那光芒也闪烁起来,几乎让袁青山忘记了要说的话。

就在这个时候,正确的时间应该是上午的十一点十五分。他们听见有人在院子那头叫了一声:"沛沛!"

张沛转过头去,发现父亲正跑过来了,他跑步的样子像个士兵。

"沛沛!"张俊喊。他跑过来一把抱起了张沛。

"张、张叔叔。"袁青山喊他。

但不幸的是,他没有看到她,他恶狠狠地骂张沛:"不是让你在家里等我们吗,怎么跑出来玩了,找了你好久!"

张沛看着父亲,委屈地一下子红了眼睛。刚刚他还那么无所不能,转眼已经什么也不会做了。

张俊的眼睛里面也充满了血丝,他没来得及顾上儿子的情绪,说:"快跟我去医院!"

父子俩转身就走了,没有人发现袁青山,虽然她长得很高了,但毕竟还是个孩子。她就看着他们走了,在栀子树下面。

她站了一会儿,也走了,走之前捡起的是那朵栀子花。

张沛消失了以后,刚刚降落到袁青山身上的那道魔咒好像也消失了,她忽然清醒过来,往院子四处张望着,她又害怕,又紧张,她不知道妈妈在哪里,她听到她刚刚说的话了吗,她生气了吗?

院子里面一个人也没有了,袁青山从一棵树下绕到另一棵树下,在花台之间钻来钻去。

在一棵铁角海棠下面，她看见了她。那海棠已经开过了，不久之前，上面的花朵还像一只只小火炬那样。妈妈站在那里，不知道为什么，袁青山觉得她非常悲伤。

"妈妈。"袁青山叫出了她给她取的名字。

"妈妈"转过来了，她漆黑一团的脸上两只眼睛里面全是泪水。

"妈妈，你怎么了？"袁青山走过去看着她。

她什么也不说，站在那里，眼泪落下来了，袁青山觉得那声音完全是一声巨响，她不知道除了她以外北二仓库还有没有别的人听到了这样的悲怆之音。

"别哭了，怎么了？"她哭的样子让袁青山想到了自己，她伸出小小的手掌想要去摸摸她的脸，但是什么也没有摸到——她像个黑色的影子缩在树下，身体细长，有一双长到不可思议的黑色手臂，柔软地垂到地面上——就算是这样看着她的时候，袁青山也会怀疑，"妈妈"是真的存在的吗？她是从哪里来的呢？她真的是一个鬼吗？

"妈妈，别哭了。"袁青山这么叫她。

她依然落着眼泪，那眼泪涌出的速度是那样快，好像一条决堤的河流。

"别哭了，别哭了。我拿手绢给你擦擦。"袁青山笨拙地安慰她，她低头翻着自己的兜，终于把皱巴巴的手绢翻了出来，她抬起手把手绢给她陌生的朋友。

"妈妈"消失了。

这消失比张沛的消失更让她失魂落魄，因为就在刚刚，她再次发现她的时候，她还觉得自己不再是那么孤独了，她是那么与众不同，充满力量——这美妙的感觉来得快也去得快。

她只好慢慢走回去了，年幼的袁青山不知道自己还要多久才学会习惯这样的消失，似是而非的朋友的消失，去上班的父亲的消失，从来没有存在过的母亲的消失，被叫做妈妈的鬼的消失，只剩下她一个人的消失。

已经快是正午时候，明晃晃的院子里，连她自己的影子也消失了。

在走回胡婆婆那里的途中，整个院子在日光下缓慢地蒸发出饭菜香让袁青山明白吃饭的时候到了，她一走出去，就能远远看见胡婆婆弯下腰在炒菜了，她一边炒菜，一边咳嗽，有时候甚至剧烈咳嗽着。

但这一切并没有发生。

袁青山远远看见门口聚集了一堆人，汪燕的妈妈，蓝师傅，胡婆婆，胡大爷，还有院子里面所有这个时候不在单位的人都出现了，他们站在那里，说着些什么。这个景象莫名让袁青山觉得兴奋。

她还是个孩子，迅速忘记了刚才的事情，向人群靠过去了。大人们谈论着大人们的事情，没有人发现她过来了，因此袁青山完全站在了人群中间，感到自己是可以被信赖的一员，这让她的心情变得好些了。

她站在那里，听见他们说："这下陈家怎么办哦。"还有人说："啥时候设灵堂嘛。"另外一个说："还好意思设灵堂。""不知道那个男的会不会来闹哦？""肯定要给钱嘛，不然不闹才怪。"……"平时尽拿小鞋给我们汪军穿，真的是。""上个月还不是少发了我们奖金的。""我听说他们家里的米啊蛋啊吃都吃不完，他们还拿出去卖。""啧、啧，简直是……""我给你说嘛，你们都不知道，其实是这样的……""我也听说了，他坏得很。""那个女的还不是以前我们西街上的，我看着长大的，没想到……""还不是该得，该得。"

袁青山听了好一会儿，终于明白他们在谈论的就是张沛的爷爷陈局长。她拉了拉胡婆婆的袖子，问她："陈爷爷怎么了？"

胡婆婆低下头看了袁青山一眼，她的神情透着诡秘的愉悦，她说："陈爷爷死了。"

那天中午袁青山没有按时吃饭，也没有按时吃药。她沉浸在北二仓库家属院门口的那场大人们激动的议论中，不同于和鬼魂朋友的相处，这俗世的狂欢以它浓烈、污秽、隐秘的愉悦征服了袁青山的心——那些翻动着的嘴唇、低着的头、贴着彼此的耳朵———一种兴奋让她热血沸腾，在这亲密无间的大集体里，她是他们的一员，被抛弃的不再是她，而是张沛他们一家了。

讨论持续了大概半个小时，直到胡大爷终于饿了，他狠狠拍了老婆的背一下，说："快点煮饭啊，肚皮都饿扁了。不说了嘛。"

他这样一说，所有的人都发现自己已经饿坏了，院子里面蒸发出来的肉香已经有点冷清了，他们就依依不舍地回家了。

吃饭的时候，胡婆婆破天荒给袁青山夹了一片肉，她说："袁青山，多吃点，这人啊，我也不知道还能活几天了。"

袁青山吃了那片油腻腻的肉，努力回忆着陈局长留在她心目中的样子，她看见他的时候就是他和张沛在一起的时候，他总是为张沛背着那个黑猫警长的书包，他走路很慢，总会给张沛买娃娃头，他叫她"袁青山"的声音她也还记得那么清晰。

这可以说是袁青山的一个游戏，一个人的时候，她就会想到父亲叫她的声音，想到汪燕叫她的声音，陈海峰叫她的声音，还有张沛，幼儿园唐老师，所有她认识的人，唯一没有的，就是母亲叫她的声音。

"袁青山。"胡婆婆说，"吃了饭自己把自己的碗洗了哦。"

"唔。"袁青山埋头扒了一口白饭。

那个下午，袁青山睡了一个漫长的午觉，她梦见了张沛，张沛已经长大了，她看见他对着她露出一个迷人的微笑。她醒来的时候，惊喜地发现了她和张沛的距离又近了一点，他们都失去了一个亲人了，张沛会不会因为这样就和她成为好朋友呢？

袁青山想到，一旦和张沛成为了好朋友，她就也是这个院子里面最有权势的人了，所有的孩子都会像喜欢张沛那样喜欢她了。

——就像北二仓库其他人一样，年幼的袁青山在陈局长的死亡里面终于找到了属于自己的那份幸福。

五月农忙以来，袁华终于下了一个早班，是为了和会计科的同事一起去医院看陈局长。陈局长的灵堂就设在医院里面，外面已经密密麻麻摆满了花圈,袁华和会计科其他的人一起凑了份礼,还把名字端端正正写在了礼包后面。

魏晓玲的丈夫并没有来闹事,大家都松了一口气,去给陈局长上香的时候,陈琼芬一直哭着,张俊只是紧紧低着他的头,他们都明白等着他们一家人的是什么。

袁华只觉得百感交集,在回家的路上想念着袁青山,还好他还有袁青山,他想:"还好,我还有袁青山。"

透过五月透明的天色,隐隐可以看见远方的山峦,像一片乌云压在整个小镇上空,袁华去接袁青山回家了,她和其他时候一样,端端正正坐在胡婆婆门口的小板凳上,一看见他,她跳起来跑了过来,叫他:"爸爸!"

这一声呼唤可以让袁华忘记她母亲带给他的所有耻辱,他俯身抱起袁青山,问她:"今天头还痛不痛?"

袁青山乖乖地摇了摇头。

他们回家去了,回到只有他们两个的家,在冷冷清清的楼梯上,袁青山趴在袁华的耳朵边神秘地说:"爸爸,你知道吗,张沛的爷爷死了。"

袁华吃了一惊,拍了一下女儿的头:"你听谁说的!"

"好多人都说了。"袁青山委屈地说。

"以后不要在别人面前胡说。"袁华说。

袁青山敏锐地感觉到父亲生气了,她乖乖闭上了嘴巴,她不明白父亲为什么愤怒,还有,张沛的爷爷是不是真的死了。

吃了饭,袁华等不了几分钟就让袁青山吃药了,他把扑炎痛给她掰成了四块,然后喂她把那些都吞下去了。他给她洗了脸,连牙也刷了,把这些工作完成以后,他对女儿说:"我有事出去一下,你不要出门,自己睡觉。"

"好。"袁青山说,从下午回来父亲就没怎么和她说话,她期待地看着他。

但袁华什么也没有多说,他转过身拿了一个纸包转身走了,用力关上了门。

袁青山坐在父亲房间里面,看着自己家的五斗柜,那上面放了一些父亲的书，除此之外，什么也没有。她不由怀念起张沛家来，甚至怀念保姆小姚柔声叫她袁青山的样子。

三岁的袁青山已经学会在难过的时候闭上眼睛，她闭上眼睛，幻想自己正在看电视，电视里面还是下午那个穿着黄裙子的女人，但在裙子里面的是她自己的身体，她摸了摸自己平坦的胸脯，幻想她终于长大了，如果她长成了一个漂亮的姑娘，父亲一定会非常爱她。

她酸楚地想，一边又觉得这一天已经来了。她闭上眼睛，闻到了浓烈的栀子花的味道，那是"妈妈"送给她的栀子花。

张沛的爷爷也会给他送来这样的栀子花。袁青山觉得。

袁华轻轻地用钥匙打开门，蹑手蹑脚地走进房间，发现女儿果然已经睡着了，他把她抱到她自己的床上，把被子拉开给她盖好了。

然后他转身去叫走廊上的人，那个人比袁华矮半个头，穿着一件黄色的衬衣，她一边甩着袁华拉她的手一边连连摆手，低声说："我还是回去了，今天不太好。"

"没事，袁青山睡了。"袁华的声音也像一张窸窸窣窣正在展开的废纸。

他们拉拉扯扯地走进门来了，再轻手轻脚地关了门。

来的人看着袁青山熟睡的脸，说："袁青山感冒好点了吗？"

"嗯。"袁华说。

他们就进里屋去了。

袁青山醒过来的时候，浑身都是汗，她好像做了一个噩梦，猛然惊醒，但又不知道为什么。她正在叫父亲，就听到里面隐隐约约传来了讲话的声音。

"我看我在这里做不长了，今天魏晓芬的爱人还是找来了。"有一个女人的声音说。

"他咋闹了嘛？"袁华说。

"也没闹，就坐着哭，真是造孽哦。"

"张俊他们两口子咋说嘛？"

"还说啥子嘛，自己的爸在人家屋头床上中风了，还好意思。"

"这事情真的说不清楚，还好今天陈局长是走了，要是还活着还不知道要怎么说。"

袁青山知道他们又在说张沛的爷爷，她突然担心起张沛来，她明天还会见到他吗？

过了好久，她又听见父亲说："那如果你不做了有什么打算呢。"

"还不知道，我今天要早点回去了，事情太多了。"女人口气急促地说。

袁青山听不太懂他们在说什么，但她突然觉得难以呼吸，小镇上的那些秘密从漆黑的屋顶上压下来，她根本不知道发生了什么，就已经这样了。

她屏住呼吸，手心全是汗，听见里面又传来一些声音，父亲裤子上的钥匙哗啦哗啦响了起来，袁青山已经很清楚，每天听到这个声音，就是父亲起床要出来了。

她把自己又往被子下面藏了些，吞了口口水。

他们果然出来了，袁青山感到他们在看她，她觉得自己的眼皮丝毫不受控制地抖动着，还好并没有人走过来，她听到父亲是要送那个人出门了。临出门时候，袁华把桌子上的栀子花递给了那个人，他说："你把这个花拿去丢了，今天早上袁青山说了些奇奇怪怪的话，吓了我一跳，你兴妖作怪地拿啥子花嘛。"

虽然是那么远而模糊，袁青山还是感受到了一种悲伤，她忍不住悄悄张开眼睛看了一眼，看见张沛家的保姆小姚正低头拿着那束花，花都开尽了，随时都会枯萎，花茎上还滴着水。

她从门缝里面挤出去了，父亲关了门，踮着脚尖进屋睡了。

袁青山等着父亲关了灯——自从发现了"妈妈"以后，她就不再怕黑暗的黑了，即使这黑死死贴在她脑门上，她也可以把它想象成来自妈妈的一个吻，她就这样睡着了，再没有闻到栀子花的香。

高木匠

高木匠是我爷爷一个最为固定的麻将搭子，不但固定，而且忠实。据竹林茶社里面的人说，只要我爷爷不在的时候，他就绝不打麻将。因此，我爷爷死了以后我常常想起高木匠，想到他就这样鬼使神差地走在我爷爷前面了，现在他们两个就可以在下面打打麻将了。

高木匠是西门上的人，按照他自己的说法，是很喝过一些墨水的，当年他们修路的时候，自己没少画图纸——还包括一个木结构的大牌坊的设计，但最后并没有落实。

这件事情或许是高木匠的遗憾，每次我回平乐去，看见他的时候，他都会对我们讲起他当年画的那张图纸，属于他的固定开头是："当年我画的那张图纸，省城里来的大学生都说好……"

每次听他这么说了，我爷爷就不以为然地撇一个嘴巴，回家以后，跟我说："高木匠这娃，尽是开黄腔！"

平乐镇上的好多人都有十足的证据向我表明高木匠其实大字不识，据说当年连毛主席语录都是倒着看的。但谁也不敢在他面前说这件事情，不然他肯定扇你蒲扇大一个巴掌。

我刚刚考上研究生的时候，我爷爷请了他所有的麻将搭子吃饭，高木匠坐在主位上，高高兴兴地给每个人敬酒，并且说："我的孙女终于成研究生了！"

以后很长一段时间，他逢人就说："我孙女在省城读研究生！"

大家就纷纷恭喜他："高老师好福气哦！"高木匠得意得呵呵直笑。

过了一个多月，他终于想起应该给我送一份升学礼，于是再次在茶馆里面遇到我的时候，高木匠说："走，乖孙女，爷爷带你去选个东西送给你！"

高木匠是那种每次喝茶都自带茶杯茶叶还常常蹭别人茶水钱的铁公鸡，整个茶馆的人听说他要送礼了，争相起哄起来。我爷爷忙着跟人讲他当年跟陈三妹的风流韵事，就挥了挥手说："跟高爷爷去嘛。"

我就跟高木匠去了，这是我唯一一次和他单独相处。我们走在马路上，从老南门城门口一直走到十字路口去。高木匠一路上给我指点："这里以前是有条护城河的……这里以前是一个打金章的坝子……"

过十字路口时，高木匠又随手往西门一指："那里是以前我们高家开棺材铺子的地方，我们的铺子整整有四间铺面！"

他完全沉浸在过去的辉煌中以至于过马路的时候差点被一辆长安面包撞到，我拉了他一把。他被我拉住松松垮垮的手臂上了人行道，咂了咂嘴巴，说："老了老了，以前我走在街上，哪个车子敢撞我……现在的黄师傅太多了，总有一天要撞死人摆起他们就高兴了！"

我们一直走到北街上的万家超市，它已经有些破败了，曾经是我们小镇上开起来的第一家超市。果然，高木匠又开始讲了："超市开门的时候，我被人家把鞋子都踩烂了一双，结果买了一包酱油，嘿！"

我们走进去，他大方地说："孙女，快点挑，你喜欢啥子我们就买啥子。"

我们绕着超市走了一圈，不时有营业员过来问我们有什么需要，高木匠大手一挥说："反正要买东西嘛，不着急！"

最后走过文具专柜的时候，高木匠说："不然我给你买个文具盒嘛？"

他给我选了一个蓝色的铁皮文具盒，上面是有些比例失调的一个米老鼠——也只有我们平乐镇才有这样的文具盒了。

那时候袁青山已经死了快四年了，高木匠突然说："你还想得起没有，以前袁青山的妹妹就在这工作。那个女娃子还长得很漂亮的。"

我吃了一惊。

我不知道是不是我神经过敏，袁青山死了以后，我们镇上的人反而常常会提起她来，而且方式千奇百怪，就像此刻的高木匠，他说完这句话，就去给钱去了，仿佛自己刚刚什么都没有说。

我以此相信，我的父老乡亲们常常想起袁青山，并且终于感到了悲伤。时间越久，这悲伤就好像越强烈。

那天我们从大街的另外一边回去，我在一家新开的西饼店给高木匠买了一个蛋挞，他迟疑地咬了一口，惊呼："好好吃哦！要好多钱？"

我走在他后面，发现他真的很老了，比我爷爷还老，回大学以后几个星期，爷爷就打电话来说高木匠死了："脑溢血，死了一天半隔壁子的人去看才知道。"

有一件奇事至今也没有得到证实，据说街坊邻居在高木匠屋子里发现了他做的一尊木像，看过的人都说那是袁青山。

大家就把它烧了，好陪陪孤家寡人的高木匠。

第 *2* 章

袁青山坐着父亲的自行车,已经快出了北二仓库家属院的大门了还没有看到张沛。刚过冬至,清晨的院子还笼罩在残留的夜幕下。她歪着脑袋透过袁华的胳肢窝往后面看,但却什么也没看到,他们住的筒子楼挡住了一切,她恨不得马上跳起来逃走。

看门的孙师傅跟袁华热情地打招呼——自从去年胡大爷的痛风发了以后,他们两口子就回乡下了,新来的孙师傅五十岁上下,大家都叫他一声"孙师傅"。最开始,袁青山想了三天要怎么叫他,叫他"爷爷"好像太老了,但她又觉得叫一个看门人"叔叔"是件很奇怪的事情,最终她得出了一个折中的结论,在看门人对她微笑的时候,她叫了一声:"孙伯伯。"

今天对袁青山来说是一个大日子,即使张沛已经好几天没跟她说话了,也不能影响她兴奋的心情——并且,她有十足的把握张沛今天一定会跟她说话。她一晚上没睡好,早早起床了,穿上了去年父亲给她买的她最喜欢的红色防寒服,胸口上有一个可爱的老鼠。她几乎是狼吞虎咽地吃了早饭,催着父亲出门,袁华在楼梯上让她把止咳糖浆喝了。

一路上他们两个都没有怎么说话,袁青山想着密密麻麻的事情,没注意到父亲有些心不在焉,实际上,他从昨天下班回来就是那个样子了。

他们到了北街幼儿园,袁华把袁青山抱下来,说:"袁青山,今天下午爸爸可能有事情不能来接你,你自己回家啊。"他迟疑地看着女儿,她终于长大了,比同龄的孩子更高大,他看着她的脸——而袁青山根本没来得及体味这份情感,她甚至没听清楚父亲说了什么,胡乱点了个头,就高高兴兴地向幼儿园大门走去了。在大门口，她看见了同班女生陈倩倩的背影，她头发上那只扎眼的粉红色蝴蝶结迫使袁青山握紧了她的右手，去捏住那从指尖升起的羡慕——正在这时孙园长一把把她拉了过去，说："袁青山，张嘴！"

一天之内那宿命的时刻就这样来了，袁青山看着眼前大人的鼻孔，寒着心，壮着胆，感到孩子们从自己身后涌到幼儿园里面去了，与此同时，孙园长也精确地把醋喷到了袁青山嘴里面。

袁青山用力皱起眉毛，困难地咽下满嘴醋味，孙院长则满意地拍了拍她的头，对旁边的唐老师说："袁青山这个娃娃，长得那么高，怎么那么爱生病！"

这句话再次让袁青山陷入了悲凉。一路上，她像一个角斗士那样向大二班的教室走去，那棵银杏树几乎落光了叶子。有两个小男孩追打着跑了过去，又狠狠撞了她一下，袁青山愣愣地看了他一眼，那孩子就惊恐地看着她了，他和自己的同伴低声说了句什么，两人一起笑起来，更快地跑走了。

袁青山明白他们的笑是什么意思，她以为自己已经习惯了这一切，她又缩了缩脖子，把自己的短发藏到衣服里面，躬着背，走进了教室。

张沛果然已经先到了，他坐在第二排，和岑仲伯说说笑笑，袁青山总觉得他笑得特别夸张。她了解张沛，当他不开心的时候，他就会假装笑得很大声，因此她知道他一定看见了自己。

她向他走过去，叫他："张沛。"

张沛好像跟她点了个头，好像又没有，继续和岑仲伯说着，袁青山难过极了，她立刻走开了，觉得张沛这个样子肯定是从电视剧上学来的。

她走到最后一排，在自己的位子上坐下，努力让自己相信张沛并没有生她的气，他只是像平常一样，在学校不怎么和她说话而已。

无论是怎么样，袁青山还是难过得想哭了，她深呼吸了好几次，前面陈倩倩那只夸张的蝴蝶结好像快要碰到她的脸了。

就在这时，唐老师走了进来，敲了敲黑板，用一种甜腻腻又有着平舌音的普通话说:"小朋友们,我们今天开始上课了。"

所有的孩子立刻齐刷刷地挺直腰板坐端了,把双手重叠放在课桌上。唐老师满意地看了一眼教室,照例说:"袁青山,坐直了,别在板凳上缩成一团,枉费你长那么高。"

全班的小朋友都笑起来。

袁青山看见张沛从第二排回过头来看了她一眼,他咧开嘴笑的样子像极了一只狮子狗。

她的心情又好一点了。她坐起来,听见自己的脊椎噼里啪啦裂出鞭炮的声音。

——袁青山坐得笔直,这样一来,她的目光直接越过了全班孩子的头顶,落到黑板上去了。黑板上,唐老师已经用白色粉笔勾出了一个苹果,现在她正拿着一只红色的粉笔,用力地在苹果内部涂抹着,她一边画,一边说:"同学们,今天这节课我们就学画苹果,每天吃了午饭以后,学校都会发一个苹果给大家是不是?老师今天就要看哪些同学认真观察了……"

袁青山精神一振,不由微笑起来,她再一次想起来了,今天对她来说,是一个不同寻常的日子。

课上到一半,陈倩倩偷偷转过头来问她:"袁青山,今天轮到你发筷子是不是?"

袁青山没想到第一个来找她的人居然是她,她急忙说:"是啊。"

更加出乎意料地,陈倩倩靠得更近了一些,她笑起来是那么可爱,和她头发上的蝴蝶结一起营造着一个梦境,她说:"袁青山,你一定要发一双齐的筷子给我哦,因为我们是好朋友嘛!"

这句话让袁青山觉得那么甜蜜,没来得及多想什么,她连忙说了:"好的,好的。"

她从来没有想过能够和陈倩倩成为好朋友,就像在陈局长去世以前院子里面最得宠的孩子张沛也从来不会公开搭理她一样。

——从夏天开始，班上所有的女孩子就都跟着陈倩倩一起玩了。她们都穿着漂亮的裙子，腰后有两条长长的腰带，女孩子们都把那个挽在手臂上，就像在电视上面看见的仙女那样。

袁青山没有那样的裙子，更不用说腰带了，没有人会和她说话。

那个时候她的心有多么痛苦，现在在她的心就有多甜蜜，或许还要更加。她和陈倩倩真的是好朋友吗？她实在不敢相信。

她暗自想：到中午我一定要发一双最好的筷子给她。

如果真的是这样，就算张沛不理她，她也不在乎了。袁青山用力用橡皮擦着作业本上画错的部分，得意地想。

袁青山想了又想，还是不知道为什么张沛就突然不理她了。上个星期天，她还去他家跟他一起玩了；那天他还说："袁青山，你觉不觉得陈海峰他们最讨厌了，我一点都不喜欢他们。"袁青山就连忙点头，看见张沛浮现出亲切的笑容，就加上一句："他们真的很讨厌。"——就在之前，在院子里面，陈海峰他们又对张沛说："不要脸！还敢出来玩！你爷爷是坏蛋！你们全家卖×！"张沛就拉着袁青山跑了，一边跑，一边回过头去骂他们："你们才不要脸！你们才全家卖×！"

就在他们跑的时候，就在他们一起骂院子里面别的孩子的时候，袁青山的确是觉得幸福极了。

那时候她的心有多么甜蜜，现在她就有多痛苦，或许更加——张沛到底是为什么突然不理她了呢？

已经有好几个孩子画完了苹果，开始在位子上坐不住了，唐老师坐在讲台上面打一件紫红色的毛衣，不时喊住实在太吵闹的孩子。

最吵闹那个孩子是朱长海，他是班上最调皮的孩子，但是上次出去春游的时候，他给袁青山吃了一个橘子，袁青山决定也把齐的筷子发给他；他前面的是王晓洁，她上次把她的作业本丢在地上了，她不要发给她；另外还有岑仲伯，他老是叫她"留级生"，可是，他是和张沛玩得最好的……

袁青山像上帝一样检阅着班上的每一个同学，判断自己发不发齐的筷子给他们——她还没有想完，就下课了，除了成为那个第一次可以在今天拿到一双齐斩斩筷子的孩子以外,她还成为了全班唯一一个没有画完苹果的孩子。

　　下了课袁青山就更忙了,好几个孩子都来找她,忐忑不安地问她关于发筷子的事情——在这个时候,他们都想到了,上次自己拿到十五朵小红花的时候并没有把筷子发给她——但袁青山什么也没说,他们一问,她就说:"好,我发给你。"——孩子们离开的时候的确心怀感激,在他们把它们忘记在院子里之前它们确实长在那里了。

　　这些袁青山都不懂,她觉得又幸福,又骄傲,如果说刚才她只是勉强自己不去想张沛的事情,现在她真的忘记了。她望着墙上自己的十五朵小红花,想着她是怎么抢着做好事,倒垃圾,给老师擦桌子,她越想,越觉得过去的那个自己完全消失了,再也不会有人叫她留级生了。

　　等到人都走了,她气定神闲,像个女王一样环顾教室四周,孩子们都去院子里面玩了,尖叫声就像平常一样到处都是,她觉得心窝里面暖暖的,嘴角难以克制地笑着。

　　"喂。"突然,她听到了张沛的声音。

　　她张开眼睛,看见张沛凑着一张脸看着她,他梳着一个可爱的学生头,穿的宝蓝色毛衣上绣了两个樱桃。

　　"你今天会发齐的筷子给我吧?"张沛迟疑地问她。

　　"嗯。当然啦。"袁青山回答,她还是松了一口气,想到张沛终于结束跟她莫名的冷战了,她马上就觉得他们又和以前一样好了,她想要问他为什么不理她了。

　　但她什么都还没说,岑仲伯就过来了,他拍了一下张沛的肩膀:"哈!张沛!"他笑,"你跟留级生说话了!你跟留级生说话了!"

　　"我没和她说话!"

　　"我不是留级生!"袁青山猛地站起来,听到张沛这么说。

　　"你长那么高,早就应该去念小学了!"岑仲伯回嘴,袁青山站在他面前,可以看见他后脑勺那里有一撮头发滑稽地翘起来了,就像一个不完整的问号。他拉着张沛，很快就走出了教室。

袁青山站了一会儿，觉得尴尬，又坐了回去，并且再也不敢站起来了，她依然紧紧捏着自己的右手，要把里面的东西狠狠地掐死。

下一节课是算术课，袁青山总是把所有的阿拉伯数字里面涂得漆黑，然后是音乐课，全班同学依然难以克制地在齐唱"来、来、来、来……"的时候在下面偷笑，袁青山还是没明白为什么。一切都没有改变。

她像一个杀手，静静地坐在那里，等待出手的那一瞬间，慢慢地盘算着。她想到班里的每一个人，想到陈倩倩，但她更多地想到张沛。

有几个瞬间，她终于明白了张沛是永远不会和她在一起的，他和她一起玩，只是因为没有别的人可以玩。就是这样，她不敢相信真的是这样了。

她恶毒地想到张沛家里的那些事情，想到那个常常来闹的疯疯癫癫的男人，还想到保姆小姚——她都几乎忘了她了，她是唯一每次笑眯眯拿零食给她吃的人。

袁青山突然想念她，这想念情绪让她更感受到张沛的变化无常。她想念有一个温柔的女人来拥抱她，这伤感的情绪操纵了她，她毫无意识地做着每天都在做的事情，同时越来越紧张了。

"我不要把齐的筷子发给张沛。"她心里面想。

她一旦想出了完整的这句话，就不能停止了。

"我不要发齐的筷子给张沛！"她想，这个时候，张沛又回头看了她一眼，并且讨好地对她微笑了，他也知道自己刚才说错了话，但袁青山没有理他。

她觉得头很疼，音乐老师在讲台上打着拍子，但秒针的声音更加巨大而坚实，在教室里回响着，离十二点一点点近了，袁青山觉得浑身发热而且头晕——在她的后脑勺那儿，有什么人在一下下敲打着，她把脑袋闷在怀里，打了一个无声的喷嚏："坚持一会儿！"袁青山对自己说，"就要吃午饭了，就快轮到我发筷子了！"

直到那声巨大的下课铃声终于响起来的时候，袁青山觉得整个北街幼儿园都为之颤抖了，她带着一种决绝关上文具盒，开始把东西收到书桌里面。

与此同时，唐老师走过来，说："同学们，大家快收好东西，跟老师去洗手吃饭了！"

洗手的时候，陈倩倩特地过来在袁青山的旁边，一边洗，一边问："袁青山，下午要不要和我们一起玩？"

"好啊。"袁青山惊喜地说。

"那，我，还有王晓洁，还有徐芬菲，你都要发给我们齐的筷子哦。"陈倩倩又说。

"好。"袁青山说，陈倩倩是那么可爱，她觉得为了让她和自己一起玩，做什么都可以。

"那，我们先过去啦。"陈倩倩友好地说，她们一起的几个女孩子唧唧喳喳地走了。袁青山看着她们快乐的样子，想到自己马上就可以加入到里面去了，于是她更加用力地搓着手上画画时候留下来的一点红色水彩，张沛就走了过来。

"袁青山，你为什么刚才不理我？"他问她。

袁青山一言不发，用力搓着手。

"你今天会发齐的筷子给我吧？我们两个最好了。"

袁青山还是不说话。

"袁青山。"张沛说。

"你不是不要和我说话吗。"袁青山终于张口了，冷冷地说。她看着从自己胸口处抬起来的那张自己朋友的脸，看着他说了："我不那样说，岑仲伯就不会和我玩了。"

"你可以和我玩。"袁青山不依不饶。

"我只能回家以后和你玩，在学校里面，男生要和男生一起玩。"张沛瞪着眼睛对她说。

袁青山终于搓掉了那块颜色，她拿出手帕擦了手，还是咽不下那口气，她说："你这几天在院子里也没理我啊！"

"没有啊……"张沛急急慌慌地说。

袁青山懒得跟他说话了,转身就想走掉,刚才陈倩倩跟她说的那些话让她走得更快了一些。

"袁青山!"张沛跟在她后面,他说:"你要发齐的筷子给我,不然我就要告老师!"

"你告老师什么?"袁青山猛地停住,回头看他,紧张地说。

张沛斜着一双满是恨意的眼睛,整个脸被愤怒填平了。他说:"我要去告老师,你上个星期给她的五毛钱不是你捡的,是你爸爸给你的,让她取掉你一朵小红花!"

袁青山的脑子嗡地响了,她的后脑勺终于被那个人敲破了一个洞,温热的液体从里面流下来。她也恶狠狠地看着张沛,觉得他从来就没有这么讨厌过,"我发给你就是了!"她说完这句话,转身就走。

天气是那么冷,袁青山接连打了好几个喷嚏,在去食堂的路上,她闻到了一股稻草味,还夹杂着肉的味道,天是灰蒙蒙的,远处的山一点都看不到了。

食堂的张阿姨看见大二班的袁青山很早就走进来了,她是幼儿园里最高的孩子。今天,她穿着一件红色的羽绒服,还是剪着那个小男式头,小脸通红。张阿姨扔掉了抹桌布,过去叫她:"袁青山,你的脸怎么这么红?"

"啊?"袁青山抬起头来看她,她说,"今天轮到我发筷子了。"

张阿姨和所有的大人一样,对孩子们的事情一无所知,她迟疑地看了看袁青山的脸色,想要伸手去摸她的额头,但又缩回了自己油腻的手。

她看着袁青山虚着步子走到筷笼那儿,把所有的筷子都拿出来在桌子上顿了一顿,开始一双一双分起来,她的小脸很严肃,像清晨的升旗手,嘴里喃喃说着什么。

在袁青山分筷子的时候,小朋友们都陆续进来了,男孩和男孩坐在一起,女孩们分成几堆,坐在别的地方,唐老师和另外几个老师进来,开始给孩子们发碗。

袁青山终于把筷子分成了两堆，一堆是比较新的筷子，是幼儿园才买的，都是齐斩斩的，还有一堆筷子用了很久的，并且不成套，各种颜色，长长短短的，看上去还很脏。袁青山在里面很容易就看见了那根几乎只有别的筷子一半长的深黑色的筷子，她经常拿到它。但是今天她要把它发给那个最讨厌的人。

　　她听到唐老师叫她："袁青山，来发筷子了。"

　　袁青山扬起胜利的微笑，把疼痛的脑袋以及同张沛的争吵都甩在身后，怀抱着筷子们，骄傲地走向了大二班的第一桌。她走得那么快，又打了一个喷嚏。

　　走进来的是孙园长，她一进来就看见袁青山了，她总是那么显眼，比别的孩子都高出大半个头。此刻，她拿着一笼筷子，小脸通红，刚刚还打了个喷嚏。

　　"袁青山，你在干什么？"她问。

　　"发筷子。"袁青山回答。

　　"发筷子？"孙园长一阵风似的刮到袁青山身边，伸手探了探她的额头。她皱着眉头甩了甩手上的温度，说道："你的感冒还没好吧？"她转头过去叫唐老师："今天早上进校门的时候我还特意给她喷了醋的，就是怕她传染其他小朋友，唐老师你怎么这么大意啊。"

　　"啊？"唐老师诚惶诚恐地跑过来，跟着摸了摸袁青山的额头，"袁青山，你感冒了，怎么没告诉老师？"

　　"我，我好了。"袁青山手足无措，下意识地说。

　　"你哪里好啦？"孙园长一边抢过她手中的筷子笼，一边风风火火地发起筷子来，"额头烫成那样。"

　　袁青山站在那里，看见孙园长就那样把自己分好的筷子随随便便、漫不经心发出去了，她困难地吞了口口水，嘴里面还残留着清晨那酸涩的味道，眼睛里面几乎充满了泪水。

　　唐老师终于发现了袁青山的异常，她安抚地拍了拍她的头，对她说："袁青山，你快去吃饭吧，老师等一下多给你一个苹果哦。"

她温柔地把袁青山牵到老师那桌，重新拿了一套碗筷给她，袁青山发现这双筷子总算是齐的。

　　她埋头吃着饭，把唐老师给她夹的菜都吃了，不敢抬头看任何人。

　　终于等到吃完了饭，唐老师发苹果了，她履行了自己的诺言，给了袁青山两个苹果，并且说："袁青山乖，老师多给你一个苹果，奖励你终于得了十五朵小红花。"

　　两个苹果袁青山一口也没有吃，午睡的时候，所有的孩子睡在床上，就像什么事情都没有发生过那样，袁青山知道一切都完了，她躺在被子里面，以为自己怎么也睡不着，但是她太累了，就睡过去了。

　　她出了很多汗，一个梦也没有做。唐老师过来巡查的时候，就看见袁青山睡得很不安稳，脸红得可怕。她摸了摸她的额头，发现她有些低烧。

　　下午，袁青山没有上课，在教师休息室里面躺着，唐老师给她拿来两床棉被，盖在她身上，还吃了药。袁青山一个人迷迷糊糊地躺在休息室里面，想到了"妈妈"。她已经不会像以前那样随时随地都想念她了，只会在特别难过的时候想到她，她一想到她，就好像看到她在窗户那边出现了。她把身子抬起来了一点，叫了一声："妈妈"——她一叫，才发现她已经很久没有叫过这两个字了，幼儿园里面的孩子那么多，袁青山又是那么迫不及待地积攒着那十五朵本可以让她出尽风头的小红花，她几乎忘记了她孤独的朋友。

　　她果然从窗户那里进来了，没有发出一点声音，细长的身子拖在地板上，像太阳落下的阴影，一看见她，袁青山所有的委屈都出来了，她叫了她一声"妈妈"，眼泪就落下来了。

　　她的朋友看着她，她的眼神让袁青山觉得她什么都明白了，她用她细长的手臂把袁青山抱了起来——那臂膀是那么长，像蛹一样让袁青山暂时离开了这世界。

　　她终于在"妈妈"的怀里面睡着了，对于自己这些天来对她的忽略，又羞愧，又感伤。

途中唐老师回来看了袁青山一次，发现她缩在被子里，小脸红彤彤的，微笑着睡着了，脸上还挂着泪珠。

"这个可怜的娃娃。"唐老师自言自语地说。

放学的时候，唐老师就守着袁青山等着袁华来，她想要好好和他谈一谈，让他多陪陪这孩子，但家长们一个个来了，袁华却始终没有出现。唐老师问袁青山："你爸爸说什么时候来接你啊？"

"不知道啊。"袁青山迷迷糊糊地说。

孩子走得差不多了，唐老师看见北二仓库的张俊走了进来，他握着一把大红伞，还拿着雨披。

"张老师！"唐老师叫他，张俊看见她和袁青山，他迟疑了不到一秒钟，走了过来。

"你看见袁青山的爸爸了吗？"——唐老师记得他们好像是一个科室的。

"没有。"张俊黑着脸说，"他今天很早就走了。"

"那怎么办。"唐老师着急了，"袁青山下午都发烧了，这些家长真是的！"

张俊低头看了看袁青山，她一双眼睛黑漆漆地抬起来看着自己。

他还是心软了，他说："袁青山，跟我们一起回去吧。"

他们三个就一起走了，上了张俊的凤凰自行车，一个坐在前面，一个坐在后面，张俊披着大雨披，把孩子们罩在里面。袁青山在后面，握着自行车椅子下面的铁杠，看见的只是很多双脚。

只有张俊能够看见平乐镇雨中的风景在前面扑来了，他感到身后的袁青山没有敢伸出手来抱着他，就说："袁青山，你抱好我，免得摔下去。"

"没事，张叔叔。"袁青山客客气气地说。

张俊一阵伤感，自从岳父过世以后，他常常沉浸在这样的伤感里面，他知道自己终于失去了靠山，在单位上要看人脸色过日子了——就在三天以前，他刚刚被分去守仓库了，科室里面有人把他做的烂账告了出来，他怀疑这个人就是袁华。

但他对袁青山实在生气不起来，她是个可怜的孩子，他有些后悔那天对张沛说的那些不让他再和袁青山一起玩的话了，毕竟孩子们对大人的事情是一无所知的。

"袁青山，"张俊说，"到我们家来玩啊。"

"好。"袁青山说，透过张俊的身体，她多么希望能看见张沛的表情，但她只能看见他的两条腿挂在前面摇晃着，他穿着红色的毛皮鞋，像个女孩。

张俊一直把袁青山送到了筒子楼的下面，他停了车把她抱下来，张沛坐在车上，歪着头，不知道在想什么，他叫儿子说："沛沛，跟袁青山说再见啊。"

张沛有些奇怪地看了父亲一眼，但还是说了："再见。"

"再见。"袁青山说，她觉得她和张沛依然还是好朋友，她就微笑了起来。

"再见。"她又说了一次。

张沛皱了皱嘴巴，这是他常常在做的一个调皮的表情。

雨哗啦啦地下大了，袁青山觉得很冷，但又好像终于完成了一件艰巨的任务那样轻松了一些。她看见张沛和他爸爸一起走了，就准备回家了，她突然听见楼上好像有很多人。

她不知道发生了什么事情，就慢慢走上楼去，每一层的厕所依然发出特有的味道，楼梯间里面乱七八糟丢着每一家还舍不得丢掉的杂物，她对这些都熟视无睹了，她走上去，忽然好像听见有个孩子在哭的声音。"哪里来的小孩子？"她终于想。

她到了四楼，看见筒子楼的楼道里面挤了好几个人，而且都站在自己家门口。有汪燕的妈妈，食堂的刘阿姨，还有院子里面的另外两个女人，她们看见袁青山回来了，就像看见了什么让人惊喜的东西，尖着嗓子说："袁华！袁青山回来了！"一边说："袁青山，快来，快进去！"

她什么也来不及想，就被她们推进了屋子，屋子里面有陌生的味道，她看见父亲走出来，脸上都是笑容，怀里抱着一个幼小的婴孩。

那孩子在不停地哭着,脸涨得通红,她被包在一个军绿色的褟褓里面,戴着一顶花帽子。

袁华想了大半天女儿回来时候的样子,但他没有想到是这样的,他一时不知道怎么面对她,但还是走了过去,就像对一个孩子那样,他做出了一个让人感到愉快的笑容,以兴奋的声音说:"袁青山,快来看看,这个是你的妹妹!"

袁青山怎么也没有想到,这一天就是这样结束的。

何胖娃

　　何胖娃算是我的邻居，以前我们住在一个院子里面。何胖娃的父亲承包了一个印刷厂，他们是我曾经认识的最有钱的人。何胖娃比我大十几岁，我还在上小学一二年级的时候，他就交了一个满脸青春痘的女朋友，在我们院子门口的花台后面跟她狠狠地亲嘴。

　　那时候，我们所有的小女孩都觉得他是梦中的白马王子，他也还没有长成一个胖子，穿得很漂亮，看起来很英俊；那是他最春风得意的年代。

　　有一天，我看见何胖娃的女朋友在院子外面哭，她认得我，看见我就问我："妹妹，你看何哥哥在家没有？"

　　我就去看了，敲了敲何胖娃家的门，过了好久，里面有个人闷声闷气地问："哪个？"

　　我说："何哥哥在不在？"

　　何胖娃就出来开门了，看见是我，笑嘻嘻地问我："有啥事情？"

　　我说："姐姐在院子门口等你。"

　　何胖娃变了脸色，对我说："你跟她说，我不在。"

　　我就去跟他女朋友说了："何哥哥在屋头，但是他说他不在。"

　　他女朋友就大哭起来，一边哭，一边走了，根本忘记了我的存在。

　　我站在院子门口看见她走了，居然有些高兴。

　　就这样，何胖娃很是风流了一阵子，把我们南街上所有漂亮姑娘的心都伤透了，后来他们家搬走了，我很久都没有看见过他。

　　好像是前年过年的时候了，我回平乐镇去，在街上看见了何胖娃，他已经长成了一个胖子，而且有些秃头。那天是他们小学同学会，我跟着一个朋友去玩了，一群人吃了三个小时的夜啤酒，又去唱五块钱一个人的卡拉OK，何胖娃兴致很高，霸着话筒，唱《地道战》《三套车》，又唱《忘情水》。何胖娃的声音很洪亮，他一唱，我们其他人就只能对嘴形说话了。

有人就不满了，骂他："何胖娃，你人又胖，还唱得那么难听，不唱了嘛！"

何胖娃笑嘻嘻地说："胖子胖，打烂仗，今天死，明天葬！你管我呢！"

他就继续唱《康定情歌》。

我听说他已经结婚了，还生了一个女儿，开了个麻将馆。

在他休息的时候，我和他说话，我说："何哥，还记得到我不？"

"记得到，"他说，"你现在工作了没？"

"还在读书。"我说。

"读书好，读书好。"何胖娃喝了一口啤酒，说，"你们有文化的人，就是不一样。"

他把他的电话留给我，还告诉了我他麻将馆的地址，说："好久有空来打麻将嘛！"

我说："我不会打麻将。"

他惊讶地看着我，说："不会哦！你书都读得，麻将那么简单还不会打！下次来打，我教你，一教就会！"

那天我们玩到很晚，何胖娃喝得烂醉，他的弟兄扶着他，说："何胖娃，少喝点嘛，你那么重，哪个抬你嘛！"

何胖娃一听，努力挣开，说："老子自己走！老子还要走直线！"——就又歪到另外一个人身上去了。

几个人扛着他上了街，要打车回家，何胖娃挂在出租车外面，街道上已经是空空荡荡的了，他突然大声说："我给你们说，这人，没意思啊！我们三班的同学，已经走了一个了，你们知道是哪个不！是袁青山！"

他的声音那么大，我们镇上的街那么空，根本没有人说话。

后来我又见过他几次，还带着他的老婆孩子，他女儿也长得很胖，营养过剩的样子，但何胖娃兴高采烈地让她骑在他脖子上，他老婆长得很一般，烫了那种平乐镇上妇女都喜欢烫的卷发。

到了去年的时候，何胖娃居然死了——有一天喝醉了酒，别人没扶住他，在街上摔了一跤，撞到了后脑勺，送到了医院，第三天里去了。

何胖娃的灵堂摆了四天，去的人是看着他长大的叔叔阿姨，他的女朋友和兄弟们，守着的是他的父亲母亲、老婆孩子，长明灯亮了足足七七四十九盏，黄色的礼单挂了整整三面墙。他的葬礼也很壮观，浩浩荡荡的一个大车队，还请了市里的歌星来唱歌，我们平乐镇上的人都上街去看稀奇了，老人们就一边看，一边说："人呐！"又说："七月半鬼门开，何胖子出去晃啥子嘛，被孤魂野鬼勾起跑了嘛！"

城里来的歌手唱了何胖娃最喜欢的《三套车》《忘情水》，然后不能免俗地唱了《妹妹你大胆地往前走》，何胖娃就这样走了。

第 *3* 章

天很早就开始亮了,更早响起来的是袁青山定好的闹钟。只一瞬间袁青山就清醒了,她坐起来,把闹钟按掉,看时间,刚刚六点五十分。

透过窗帘,天雾蒙蒙的,能够模模糊糊看见整个房间的样子。这房间的格局略有变化了,并排着她的床是另一张床,靠着窗户边写字台被挪到了本来是过道的空间里面。整个屋子里面安静极了,袁青山从床边的椅子上拿起昨天准备好的衣服,是一件再普通不过的运动服,她有好几件这样的衣服,或者是红底白条,或者是白底红条,或者红底蓝条——今天这一件是红底白条。空气里面微有凉意,毕竟已经九月了。

她穿好衣服,拿着漱口杯和毛巾到走廊洗漱,整个楼道都是空空荡荡的,还没有一个人起来,因此特别漫长孤独而阴冷。她刷了很久的牙,然后洗脸——懒得用热水,她就用凉水直接洗,水冰凉,超过了她的想象。

她很快收拾好了一切,把新崭崭的书包拿出来,打开,检查着里面的课本、文具盒、本子——它们都整整齐齐放在应该在的地方,她就满意地关上了。她把门钥匙挂在胸口上,关了门,出去了。从遥远的地方,她可以听见大街上的自行车铃铛响起来了。

她下楼的时候,楼梯另一头,黄元军和他爸爸出门来漱口了,他们一大一小站得挺直,对着楼外面吐水,像两条海豚。她在他们发现她以前走了。

今天是小学开学的第一天,院子里面的孩子都起来得很早,充满着紧张又兴奋的味道。她走下楼梯,听见一家又一家的门打开了,大人们一声声叫着孩子们的名字,孩子们赖在被窝里面直到终于赖不住了,水管哗哗流起来了。

袁青山拉了拉肩膀上的书包带,以此来鼓励自己,她昂首挺胸地走出了院子门。门卫孙师傅也刚刚在打开院门,看见袁青山,孙师傅说:"袁青山,你妹妹好点了没有?"

"还在医院呢,好像还没有退烧。"袁青山说。

街上已经大亮了,熙熙攘攘都是人,卖菜的,买菜的,骑着自行车的人,来来往往,昨天的袁青山没想到今天早上的街道是这样的。这情形让她觉得好过了一些,因为自己走上的终究不是一条空旷而孤独的街道。

按照父亲的嘱托,她走进了蒋好吃包子店,要了一个包子,一碗稀饭,就着泡菜吃了起来。店里面都是一些学生,被家长带着在吃早餐,好几个人多看了袁青山几眼。

她知道他们为什么看她,不快的情绪被一扫而空,她突然觉得很骄傲,因为从今天开始,她就是一个大人了,她从没有这么确定地感受到过。

像是为了肯定这感觉,她叫老板过来收钱,从自己的兜里面拿出钱来给了,昂首挺胸地走出了包子店的大门。

平乐一小门口像个农贸市场,里里外外站满了人,袁青山挤过大人们挥手告别自己孩子的身体,看见了校门。

小学的校门比幼儿园大很多,为了这特别的日子,门口两旁的花台上都插了彩旗,迎风招展。校门口还站了六个少先队员,一边三个,女孩们穿着白色裙子的校服,用彩色橡皮筋扎着长辫子,看起来都很漂亮,不停地有孩子进去了,袁青山也慢慢走过去了,努力克制住自己内心的恐慌,她终于已经是一个大人了,从今天开始,一切都不一样了。

"没事,没事情。"她告诉自己说。

"同学,你的红领巾呢?"一个站在门边的孩子叫住了她。

一瞬间,袁青山吓得心脏都停止了跳动,她站在门口看着那个孩子,她长得和自己差不多高,脸蛋红彤彤的,板着脸用一种大人的样子问她。

"你的红领巾呢？"

袁青山一句话都说不出来，只能看着那个女孩子，也不敢挪动一步。大队辅导员韩老师从办公室回来，看见的就是她快哭了的样子。

"怎么了？"韩老师过来问。

"报告老师，这位同学没有戴红领巾。"

韩老师看着袁青山，她穿着一件有些旧了的运动服，最普通的白色球鞋，背着一个新书包，一双眼睛又大又黑，她确定自己从来没有见过这个孩子。

"同学，你是一年级的吗？"韩老师笑眯眯地问她。

袁青山连忙点点头。

韩老师压下自己内心的惊讶，因为她的确长得很高。"你爸爸妈妈没有送你来吗？"她用对一年级孩子说话的语气温柔地说。

袁青山摇摇头。

韩老师看着这个惊恐的孩子，问她："你是一年级几班的啊？"

"三班。"袁青山终于开口说，她的声音的确很细嫩，就是一个孩子的声音。

"快去上课吧，要迟到了。"韩老师伸出手理了理她的衣领。

她温柔的举动让袁青山的心终于好过了一些，她小心翼翼地走开了——昨天父亲带她来报名的时候，学校里面并不是这个样子，那时候一切都像她熟悉的幼儿园那样，到处都是随便乱跑的孩子，洋溢着欢乐畅快的气氛，她想起她握着的父亲的手，此刻的昨天比它本身还要美好了。

她顺着记忆走到了一年级三班门口，和校门口一样，这里都是送孩子的家长，她在里面发现了张沛的爸爸。

她从来没有这么高兴可以看见他过，她走过去，大声喊了他一声："张叔叔！"

张俊低下头，就看见了袁青山："你爸呢？"张俊发现她居然是一个人来的。

"妹妹还在住院，爸爸在医院陪她。"袁青山回答。

"她怎么了？"张俊问。

"感冒了，发烧。"袁青山说。

"你们两姐妹都一样，小时候特别爱感冒发烧。"张俊刚刚说完，就发现自己说错了话，他有些后悔，但还好袁青山只是个什么也不懂的小孩子，他让开一个位子，让袁青山走进了教室。

袁青山完全明白他在说什么，她知道自己家里面多出来的那个孩子实际上和自己没有任何关系。"是在清溪河边捡来的。"大家都知道这件事情。

虽然如此，整个北二仓库的人却都喜欢问她一些那样的问题："袁青山，你妹妹好吗？""袁青山，你喜欢你妹妹吗？""袁青山，你妹妹来了你爸爸是不是就不爱你了啊？"——大人们低头看着她，她也可以看见他们的脸，他们一边问这些恶毒的问题，一边微笑着摸她的头发，听见她用清脆的童声回答"好""喜欢""没有啊"。

他们就笑起来，袁青山不知道取悦了他们的是她的回答，还是她回答时候悲伤的心情。

总之大人们就笑出了声。

袁青山在一片闹哄哄中走进一年级三班的教室，但她已经知道自己和班上的其他孩子都不一样了。她看着他们穿着漂亮的新衣服坐在位子上面打打闹闹，把文具盒开了又关，打量着这个才进教室的同学——她觉得比起他们，自己的心已经老了。

"袁青山！"刚刚从师专毕业的班主任杨老师一看见这个长得特别高的孩子，就立刻想起了她的名字。

"杨老师。"袁青山恭恭敬敬地叫。

"来，你来坐这里。"她带着她毫无悬念地走到了最后一排，指着一个位子让她坐了下来。

她的同桌是一个男孩，穿得脏兮兮的，脸看起来也脏兮兮的，他坐在长板凳的另一边，翻着很白的白眼看着她。

袁青山坐了下来。

她把书包放到桌子里面，拿出文具盒来，又把书拿出来，她把新课本拿在手里装模作样地看了,又关上了。这期间,她的同桌一直安安静静地在玩一块橡皮。

"我,我叫袁青山。"袁青山觉得自己应该拿出风度来,她就微笑着鼓起勇气和同桌打招呼。

那男孩看了她一眼,什么话也没有说。他鼻子长得很高,脸瘦瘦的,上面都是麻子,嘴唇很厚。

袁青山终于放弃了,她不想再让自己显得开心一些,因为她真的十分难过。

上课了以后,杨老师笑眯眯地站在讲台上跟大家问好,然后讲了一些孩子们在幼儿园大班里面已经听说过的事情,比如说值日生要做什么,回答问题要举手,课本文具盒怎么放,上课铃响要起立等等。袁青山挺直了腰板,专注地看着老师的脸,不允许自己的脸上有什么多余的表情,但她同时也很难不注意到她的同桌正在起劲地玩那块橡皮,他已经用文具盒里面的一把小刀把它切成了一块一块的。不但如此,他还不时从嘴里面吐出口水来,涂在小块的橡皮上面。

袁青山不想去看他,转头去看邻桌的人。那里坐了一个有点胖的男孩,长着一张讨巧的脸,穿着小镇上少见的牛仔服,他旁边是另一个瘦瘦高高的男孩,戴着大大的黑色塑料框眼镜,梳着成熟的分头——但无论是哪一个,都比她的同桌要好上百倍。那个胖胖的男孩也不是很安分,在座位上像鱼一样扭来扭去,他们的凳子有点坏了,吱吱嘎嘎的。袁青山看过去满班的孩子,都有着光滑善良的后脑勺,女孩子们都有五颜六色的橡皮筋,她恍恍惚惚地,想到妹妹的头上也有这样的橡皮筋,院子里的阿姨都说她长得好,才一岁半就长出了满头的黑头发来,皮肤又很白,像个洋娃娃,就算父亲不在的时候,也有人抢着来看她。

北二仓库的人都来过了,连北街街道办的郑主任也来了好几次,没有人不喜欢这个漂亮的小娃娃,因为袁家的情况特殊,郑主任还来问过好几次要不要把孩子给别的人来养,但袁华都拒绝了。他立刻带小孩去公安局注册,取的名字是袁清江,和袁青山一样,袁家的这个孩子也没有小名,但袁华叫她清江,听起来有一种温柔而妩媚的感觉。

袁清江来了以后,袁家的事情就变了,袁华终于戒了烟,从乡下找了一个姓白的保姆,好像比起袁青山,袁华更愿意面对袁清江,她还那么小,长得那么可爱,看着他的时候眼睛里面都是他的影子,没有别的人存在。

袁青山看不到这一切,她坐在平乐一小一年级三班的教室里面,看到满屋子崭新漂亮的孩子,觉得自己身上的灰色永远都难以去掉了。她想到家里妹妹那些乱七八糟的东西,吃饭的时候父亲永远在看妹妹到底吃了没有,会不会噎着的样子,还有他哄她睡觉的手掌。

有一天,张沛到他们家来玩,连他也很喜欢这个小娃娃,围着白婆婆跑,用一个玩具铃逗她。他玩了一会儿,玩累了,就过来看袁青山,袁青山坐在写字台前面,一本正经地在看一本书。

张沛说:"你在看什么书?你又不认识字。"

袁青山说:"我怎么不认识。"

"那你读给我听听。"张沛说。

袁青山就开始念,她的确不认识字,就乱七八糟地自己编了内容念出来,她讲的是一个公主和十二个王子的故事,这个故事是小时候父亲给她讲过的,但她把很多都忘了。

张沛听了一会儿,就知道她在骗他。他说:"你骗我,你根本不认识。"

袁青山就哭了起来,她哭得连白婆婆都抱着袁清江出来看了,白婆婆把袁清江递到袁青山面前,一边拍着袁清江,一边念:"清江,清江,你看姐姐哭了,你问问姐姐,她为什么哭啊?"

袁青山看着妹妹的脸,她是那么纯洁、可爱,又那样狡猾地看着她。她猛地推开了她,跑出门去在过道上哭,父亲正在过道上和隔壁的刘承军下棋,他们每敲一下,桌子就快裂开了一样响。"袁青山,怎么哭了呀?"刘承军漫不经心地问了她一句。袁华看了她一眼,问她:"你怎么了?清江呢?"

——他马上就站起来进屋去看袁清江,过了一会儿他就出来了,说:

"袁青山,你刚才怎么推妹妹呀?你这个孩子真是的。"

他继续坐下来下棋,袁青山走进屋去,坐在自己的床边,脑子里面来来回回都是一句话。

这个时候张沛靠过来笑嘻嘻地说:"袁青山,你爸对你妹也太好了,到底你们俩谁是捡的啊?"

而她想的,也就是这一句话。

很快就下课了,同桌的男孩不知道跑到哪里去了,袁青山一个人坐在位子上,想动又不敢动。

就在这个时候,隔壁桌那个胖胖的男孩子走过来友善地说:"你叫什么名字啊?我叫何斌。"

"袁青山。"袁青山又惊又喜。

"你吃不?"何斌从自己口袋里拿出一包一毛钱的那种无花果丝,递了几条给袁青山。

袁青山愣了一下,才把那个接过来,很用力地对何斌笑了一下,她说:"谢谢。"

两个孩子坐在各自的位子上面吃无花果丝,何斌还是吱吱嘎嘎摇着凳子——他的同桌正在严肃地玩一支铅笔。

"那个,袁青山,"何斌开口说,"我们把凳子换一下好不好?我们的凳子有点坏了。"

"好啊。"袁青山想都没想就答应了,站起来,在另外那个瘦高的男孩的注视下把凳子换过了,她坐在有点摇的凳子上面,心里面暖烘烘的。

她还想跟何斌说什么,上课铃就响起来了,他们两个看着对方,笑了一下,彼此都觉得很愉快。

袁青山高高兴兴地坐在座位上,就看见自己的同桌从外面踩着铃声跑进来,他一屁股坐下来,坐得板凳战栗地摇晃了一下,于是他马上就发现不对了,他看着袁青山,说:"我们的凳子怎么了?"

他的口音听起来不像是平乐镇上的人,咄咄逼人的样子看起来杀气十足。

"我换给他们了，他们的凳子是坏的。"袁青山指着隔壁桌说。

"你脑子有毛病啊！"男孩立刻说，他马上就想站起来把凳子换回来，这个时候老师走进了教室。

刚刚当上值日生的同学大喊了一声："起立！"

全班同学兴奋地站起来，教室顿时响成一片，他们两个也站起来，袁青山比她的同桌高一点，但他依然瞪着她。

"敬礼！"值日生用普通话喊着。

"老师好。"全班同学大喊。

——他们坐下来开始上课，这节是数学课，教数学的是一个头发花白的女老师，她让同学们先把课本拿出来。

大家都拿出了课本，袁青山惊讶地发现她的同桌用牛皮纸把课本包得十分漂亮，上面用潇洒的字体写着数学，还有他的名字，那两个字很简单，袁青山马上看懂了，是：余飞。

老师在上面跟大家讲数学要怎么学好的时候，袁青山就看见这个叫做余飞的人用铅笔把尺子慢慢涂成了黑色，他涂了一面又涂另外一面，左手上面全是黑黑的，他又用那只手去擦鼻子，于是鼻子也黑了，他恨恨地坐在板凳上，板凳一动，他就瞪袁青山一眼，袁青山于是僵硬着身体，不敢挪动一寸。

她完全可以肯定，这个人就是坏学生，而且是一个很坏的学生。她下定决心要跟他划清界线。

这是上学的第一天，也是刚刚毕业的杨老师第一次正式当班主任的第一天，她偷偷地到教室门口看着每一个孩子，观察着他们的样子。在上课的时候，所有的孩子都是一个样子，只有最调皮的孩子才会被看出来。而一下课，所有的孩子都活过来了，在这里你可以看见内向的孩子，胆小的孩子，有点调皮的孩子，爱学习的孩子，还有那种一看就喜欢跟老师告状的孩子。杨老师细细地看着，并且一个个背着他们的名字，她准备过五分钟就让孩子们在走廊上排好队，准备参加开学典礼了。

就在这个时候,她看见教室后面起了小小的骚动,那个从山区来的男孩推着陈主任的外甥,两个人抢着一张凳子。

"怎么了?"杨老师走过去。

"他抢我的凳子。"何斌马上可怜兮兮地说。

杨老师看着这四个孩子,袁青山和马一鸣站在旁边几乎是手足无措的样子,余飞拉着凳子不肯放手。"你怎么抢同学的凳子呢?"杨老师问余飞。

"凳子本来就是我们的,是她换给他们的。"余飞怒气腾腾地指着袁青山。

"是这样吗?"杨老师放软了声音问袁青山。

"嗯。"袁青山只好点了点头,"因为他们的凳子坏了。"她补充说。

"余飞,"杨老师叫着那个孩子的名字,她有些怕他,他的眼神赤裸裸的,而且眼睛发红。"同学之间应该互相帮助,你应该向袁青山学习啊。"

"我不要坐烂凳子。"余飞看着她,说。

"这样吧,"杨老师走过去,从两个孩子手中拿过那个烂的凳子,"老师去给你们换一个好的凳子,今天上午你们就暂时坐这个,好吗?"

孩子们都还没有回答,杨老师就突然从后门看见隔壁一班的孩子已经在站队了,他们的班主任是年级组长秦老师,她像个牧羊人那样赶着孩子们,大声地喊着:"对齐了!对齐了!不要说话!"

顿时,杨老师来不及跟他们再多说什么,她两步走到讲台上面去,喊着:"同学们,快到走廊上去排好队,男生两排女生两排,按高矮顺序!马上要参加开学典礼了。"

像是为了印证她的话,学校的喇叭里面响起了激昂的运动员进行曲,这个曲子是袁青山以前没有听过的,这一刻,她站在教室的最后面,看着余飞恶狠狠地不知道在跟何斌说什么,她突然有一种强烈的感觉,原来这就是她的小学生活了。

这还没完,开学典礼的时候她又一直和余飞站在一起,他们是班上最高的女生和男生。她远远地在队伍里面看见张沛——整个上午,她都没来得及和他打招呼。校长在上面用政治家的语气指点江山,袁青山突然觉得想上厕所了。

平乐一小只有一个操场,三面围着教学楼,一面是有着小卖部的平房。全校的孩子用一个厕所,在小卖部前面的桉树边独独起了一座楼,男生厕所在一楼,侧面一个直直的楼梯通上去就是女生厕所了。现在,全校的孩子站满了整整三分之二个操场,正对着旗台,袁青山只觉得身后的厕所如此遥远。

她用了一个小时来忘记又不得不想起这件事情,终于结束了整个开学典礼。

她上了一个漫长的厕所,把身体里面所有的水分都排出了,还觉得小腹在痛。等到出来的时候,全校的孩子都差不多走光了,她背着书包走在空荡荡的学校里面,感到之前那种充满着尖叫的吵闹声只是她的幻觉。她走到校门口,那里只有几个小贩在卖零食了,有大头菜、豆腐皮、炸春卷、果丹皮和无花果丝。她走过这些琳琅满目的推车,往十字口走去,过了十字口,马上就看见医院最高的楼上那个红十字闪在西街头上了。

这是一个普通的秋天的开始,天气还没有完全凉下来,但是天空已经呈现出某种透明的色彩,袁青山走进医院的时候,看见医院门口的槐树风铃一样垂下了叶子,它们随风飘动着一种伤感的形状。

袁青山看着那棵树,她眼花一样看见一个黑色的影子在树下一闪而过了。

她没有多想什么,就绕过注射科,往住院部走过去。

突然有个声音叫她:"袁青山!袁青山!"

袁青山回头去看,发现一个陌生的护士坐在走廊上面叫她,她看起来三十岁样子,不像是个坏人,但是袁青山还是站在那里,不知道是不是要走过去,还好她走了过来。

她惊讶地说:"你真的是袁青山!都长这么大了!要不是你还穿着这件衣服,我都认不出你来了!"

袁青山谨慎地看着她,不知道应该说什么好。

她说："你忘啦，你小时候经常来打针，那个时候你长得好可爱，我从来没有见过你这么漂亮的小孩，你爸爸老是喜欢给你穿红色的衣服，一件件全是红的，特别好看。"——她指了指袁青山身上的运动服。

袁青山惊讶地看着自己身上的红色运动服，想到她更多的红色衣服。

"那个时候你爸多辛苦啊，又要看你，又要上班，你又爱生病。他现在好吗？"护士问。

"好。"袁青山终于吐出一个字。

"不过，"护士上下打量着袁青山，"你长得好快啊，转眼都这么大了，你爸真不容易！"——她温柔地看着她。

袁青山并不懂得这个陌生的女人眼中的表情，她忘记了那些事情，对于她来说，它们就根本没有发生过。她紧张地站在那里，听她唠叨，直到终于有人叫她："小谢，过来一下。"

她就走了，一边走，一边回头。

袁青山没有回头地去住院部找父亲了，昨天他们说好中午来这里吃饭，她一边爬楼梯，一边感觉到运动裤的裤腿像温柔的耳朵一样在她的腿上扑闪，她真的把那些事情都忘了，父亲真的觉得她穿红色好看吗？他也曾经像现在对妹妹这样抱着她去医院看病吗？

她觉得好过了一点，对面楼上的爬山虎在阳光下面闪耀出白色的光。

但是病房里面一个人也没有，袁青山看了又看，也没有发现任何和父亲或者妹妹甚至是白婆婆有关的东西，她无助地站在走廊上，来来回回都是人，消毒水的味道很重。

终于有一个人发现了她，说："小妹妹，你找你爸爸吗？你妹妹今天上午就出院了，他们应该回家了。"

她走回了医院门口，看见那棵树全都耷拉下来了，它垂下的枝叶下有一个黑色的影子，她垂着自己同样细长的手臂，看着她。

袁青山没想到她会在这里看见她，好像每一次她都会在自己最难过的时候看见她。她远远地看着她，不想走过去，两个人互相望着，袁青山在心里面叫了好几次她的名字，"妈妈"，但是她没有叫出来。

她消失了，袁青山用尽全身力气走到丁字路口，这时候的平乐镇正是中午热闹的时候，街上的每一个人都那么不一样，不知道怎么的，他们全都不见了，变成了黑色的影子，变成了她的"妈妈"——这情景恐怖极了。袁青山低着头，整个镇子全都死了，只有她一个人还活着，黑色的影子们走过来走过去，看着她，但她并没有觉得害怕，她走回了家。

她上了楼，一切又都恢复了：父亲他们正准备吃饭，白婆婆抱着袁清江已经喂她吃上了。袁华看见她，站起来给她拉板凳，他说："袁青山，怎么现在才回来？快来吃饭，今天妹妹终于好了，我们做了鱼。"

袁青山一句话不说放下了书包，洗了手，坐下来，那条鱼翘着头张着嘴巴正对着她，她狠狠地戳了它一下，它终于把头低下去了。

她看着他们三个吃饭，袁清江身上那件红色的灯笼裤像火一样烧着她的眼睛。

她低头看自己身上火红的运动服，这红已经褪色了，比起妹妹身上的红，简直就是灰色的。

吃了几口饭以后，袁华问了袁青山关于第一天开学的事情，老师怎么样，同学怎么样，她敷衍着回答了。

这些问题都不是她想要的，她想问父亲一个问题，就是昨天他们到底有没有说好要去医院吃饭，还是忘记了的事情就根本没有存在过。

她终于问了："爸爸，你昨天不是说让我中午去医院吃饭吗？"

袁华刚好在洗炒锅，他拿着刷把在锅里呼啦啦刷着，问她："你说什么？"

"你昨天不是说让我去医院吗？"袁青山进去吼了一句。

袁华想起来了，他抱歉地看着女儿气鼓鼓的样子，终于明白她今天中午为什么闷闷不乐，就算自己怎么逗她说话，她也不开口。

"对不起，爸爸这几天太忙了，妹妹又生病，我都忘记了，本来是今天下午才出院，但她好得快，上午就走了。"袁华擦干了湿漉漉的手，摸了摸袁青山的头发，说："下午爸爸送你去上学啊，你是姐姐啊，要懂事了。"

从袁清江来到袁家以后，袁青山一直不停地听到这句话，她已经十分了解它的意思了，于是她点点头，走了出去。

　　父亲终于送她去上学了，袁青山虽然坐在自行车的前杠上，但还是不想和父亲说话。

　　一到教室，还没上课，她就看见她位子旁边挤了一堆人。她走过去，发现何斌站在一个陌生的大孩子身边，趾高气扬地看着她的同桌，旁边还有几个大孩子。她看见那个大孩子做出一种电视里面坏人常常用的表情，狠狠地拍了一下余飞的头，他说："你听好，你也不打听一下老子是哪个，你敢动老子的弟弟，你就滚回山里头去！"

　　那孩子长得很高，穿着平乐镇上的男人喜欢的那种廉价西装外套，看起来就是一个大人了，他脸上的表情是上午袁青山在余飞脸上看过的，现在这表情被夺走了，留下来的只有余飞低下去的头顶，她看见他紧紧握着拳头。

　　她也不敢过去，远远看着事情发生了，那几个孩子狠狠揍了余飞几下，然后拍拍手散开众人走了，他们走到对面楼上六年级的教室里面去了。

　　袁青山等到他们完全走远了，才敢回到教室里面坐下，全教室的孩子都静静地坐在位子上面，没有人敢说话，也没有人敢看那个被打的孩子。只有她不得不走到余飞旁边，然后坐了下来，余飞把头埋在手臂里面，没有人知道他在想什么。

　　孩子们都没想到在开学的第一天就看见了这样的事情，他们都吓坏了，同时又觉得莫名的激动，这样的事情只有在电视里面才见过。袁青山同样是这样的一个孩子，虽然她长得很高，还穿着大红色的运动服，她坐在位子上面，不敢看余飞的方向，感到还没来得及被换掉的那根烂板凳正在自己屁股下面颤抖着。

　　这颤抖像电波，把另一个孩子的恐惧、愤恨、不安，全传到了袁青山的身上。

　　于是一瞬间，她想得到自己晚上回家去的时候了：父亲正在准备做饭,白婆婆已经回家了,妹妹一个人在床上咿咿呀呀地玩玩具,她走过去就对父亲说:"爸爸,我跟你说,今天我们班有一个人被打了!"

除此之外,还有好多事情,杨老师的事情、何斌的事情、医院里面护士的事情,她要把这些全都绘声绘色地告诉他——她知道父亲会听她说的,以前,她会常常那样给下班回家的父亲讲一天的事情,父亲也会偶尔讲故事给她听——她用最慢的速度想着这些事,像一个吃光了最后一颗糖的孩子那样回忆着以前的糖。她终于懂事了,她想,我要爱妹妹,因为她是我的妹妹。

实际上,袁青山不知道是第几次这样下定决心了。没有人能确定是不是现在就是那一次——就是她可以遵守诺言,一直爱妹妹的那一次——并且不再为父亲对她的爱感到不快乐了。但这一刻,她觉得她是可以的,她没有想到是这样的结局,因为她身边那个可怕的野孩子,对面可怕的六年级学生,她突然知道了她的家是那么的温暖而踏实,她发现自己是那么地想念他们。

张 仙 姑

　　平乐镇南街老城门过去一点，就是有名的玄武巷，我们镇的人都叫这里生死巷——还没走进巷口，就看见十几个花圈把好几家丧葬用品店的店面遮了一半，纸钱蜡烛香火坟飘，应有尽有。把生死巷走到头，却是另外一番景象，摇篮、手推车、玩具，好几家婴儿用品店把货品都摆到了店门外面，大着肚子的女人们在这里去了又来，张仙姑就住在其中一家店铺的楼上，在她最为鼎盛的时期，找她算命的人一天要排上将近十个。

　　我认识张仙姑和她的职业无关，只因为她是我一个高中同学的奶奶。有一天，我去找我的同学，他在楼上跟我说："你上来嘛，我们还在吃饭。"

　　我就上去了，张仙姑的家布置得颇为特别，客厅里面供着神坛，中间放着观音菩萨，墙壁上挂着十字架，大红绸子上写着"南无阿弥陀佛"。除此之外，还贴着毛泽东以及列宁像，点着几根红蜡烛，显得阴风阵阵。

　　他们两婆孙在屋子正中间的方桌上吃饭，对着一碗红烧肉和一个糖醋莲白，张仙姑看见我来，就站起来给我拿碗筷，我说："我吃过了。"张仙姑说："再吃点嘛，年轻人多吃点好，你们读书好用脑筋哦。"

　　那天是我第一次看见张仙姑，那时候我不知道她是谁，她脸上的皱纹很多，有点龅牙，手指是烟黄的。

　　我跟我同学出来了，两个人准备在街上去乱晃一下午，我说："你奶奶有点奇怪哦。"

　　他说："她是算命的。"

　　"算得准不准嘛？"我很好奇。

　　"准！好多人找她算哦！"我同学很骄傲。

我回去就跟我奶奶说了这件事情，我奶奶肃然起敬说："那个是张仙姑的嘛！"

后来有好几次，我去我同学那里做作业，都看见有人来找张仙姑算命，她算命的时候戴着眼镜，拿出一本书来，还握着钢笔在一个本子上面写写画画，就像是个知识分子。我把这个想法跟我同学说了，他说："当然，我奶奶以前是在省城读过女专，见过大世面的！"——我吃了一惊。

随便去平乐镇的哪个茶铺一打听，原来人们都知道张仙姑的事情。以前她家是平乐镇最大的地主，后来当然落魄了，张仙姑嫁了三次，当了三次寡妇，她唯一的一个儿子离婚了以后去南方做生意，至今音讯全无。

就这样，我和张仙姑渐渐熟了，或者说，每次去她家我都会偷偷看她了：大多数时候，她就坐在那里，手里面握着一串佛珠，不知道在喃喃自语什么，和大多数老人一样，嘴角一直黏着湿润的口水——偶尔她也抽两支纸烟。

张仙姑也会过来和我说两句，内容大多数是："高歧最近在学校乖不乖哦？""这段时间他成绩上进没有？""你要多帮助他哦。"

我听得多了，也会跟我同学说："你认真读书嘛，都要高考了。"

他就说："读啥子哦，读得起个屁。"

高考之前，张仙姑免费给我算了一次命。她问了我的八字，又像做函数题一样在纸上画了老半天，然后在纸上写了三个数字给我看。

我问她："这是什么？"她只笑了笑。

高考结束以后，我发现那三个数倒过来就刚好是我的高考分数。

我考上大学走了以后，我的同学在镇上到处跟人家打零工，我就很少看见他们婆孙了。

张仙姑渐渐就不灵了，大家都说："老太婆昏了，人都认不清楚，说话颠三倒四的。"

过了一年，我们镇上新开了一家健身中心，这可是一件不得了的大事，我一回去他们就带我去参观。健身中心修在以前的旱冰场，我居然在里面看见了我同学，他在柜台后面，问我："小姐，你要不要办个我们的会员卡？现在有优惠。"

我愣了愣，说："高歧，我不办。"——他于是最终认出了我。

我们两个有些尴尬，我就问他他奶奶的事，他说："她最近已经完全昏了，经常一个人站在屋头说要等到天上的人来接她走。"

"天上的人？"我又惊讶，又难过。

"她说天上的人就是以前仓库里头那个人。"高歧说。

我真正感到震惊了，张仙姑说的人无疑就是袁青山。

我们又说了几句，他就要去忙了，他终于问我："你过得好不好？"

"好。"我说出的，只是他期待的那个答案。

后面的故事我们镇的人都知道了，张仙姑等到的那个人并不是天上的人，而是她失踪了好多年的儿子。他趁张仙姑一个人在家的时候跑回去问她要钱，她没有给他，他就用一个大花瓶把她砸死了。

几天以后平乐镇公安局的邱队长在崇宁县的一个小旅馆里找到了他，他从母亲家里拿走的钱已经都花光了，留下来的只有几包摇头丸。

第 *4* 章

平乐镇下过了那场大雪以后,袁青山常常做关于雪的梦。在梦里面,镇上下了好大的雪,她已经长大了,除了她以外,还有张沛。张沛和她骑着高大的自行车放学回家,两边都是白茫茫的雪,远远地,袁青山看见了街的尽头出现了那个黑色的影子,她长得更加细长了,两只手拖了半条街宽,她站在那里,看着她。袁青山问张沛:"你看见那个鬼没有?"

张沛看了看,说:"没有。"——他也长大了,长得很高,穿着一件类似中山装的衣服,面容俊朗,看起来简直就是另一个人。

他们骑到街中间的时候,"妈妈"不见了,张沛突然说:"袁青山,我带你去峨眉山爬山好不好。"

袁青山说:"明天吧,我妈还等着我回去吃饭呢。"

那一天,袁青山醒来之前,做的就是这样的梦。

整个早上,她都像还没睡醒一样,想着这个梦,想着张沛说的话——袁青山,我带你去峨眉山爬山好不好——虽然她不明白为什么梦到的人是他,但这句话让她深为感动。

其实,她仔细想一想,就会明白,这个梦都是发生在下大雪那天——那应该是袁青山有记忆以来,镇上下的第一场雪。早上醒来,一切都白了,袁清江推开门,吓得尖叫起来。

那天下午父亲很早就从幼儿园接了袁清江,到平乐一小来找她去照相。凤凰照相馆外面等了好几拨人,他们排在那里,看见整个镇上的人好像都凝固了,所有人的行动都变得缓慢。那天袁华心情很好,他一手拉着一个女儿，说："以前我跟你妈谈恋爱的时候去爬峨眉山，就见过这么大的雪。"——他说完，自己就愣住了，然后什么也没有再说。

他们照了相，两个孩子还拿着气球。袁清江先拿了一个气球，然后指着袁青山说："姐姐！姐姐！"——袁华就又拿了一个黄色的气球给袁青山。

那时候的照片已经洗出来了，压在家里唯一一张写字台的玻璃下面，还有袁华用漂亮的钢笔字给袁青山抄写的乘法九九表、拼音表和几首唐诗。

袁青山从写字台上把昨天的作业像收垃圾一样扒到书包里面，匆匆忙忙地上学去了，父亲正在给袁清江穿鞋子，一边穿，一边喊："午饭钱拿了吗？路上小心点！"

袁青山头也不回地跑下了楼。

还没出院子门，她破天荒地遇到了张沛，今天他居然自己走路上学。她小跑了两步，赶上去，叫他："张沛！"张沛一副没睡醒的样子，半眯着眼睛，穿着一件蓝色防寒服，上面有一些黄色的条纹。他回头看见她，随便点了个头。

两个孩子肩并肩走着，袁青山说："今天你爸怎么没送你啊？"

"今天兰花市啊，他才没空送我。"张沛用一种老气横秋的口气说，"最近兰花火暴得很，我爸又赚了一笔，又要去买新的苗子。"

"哦，"袁青山点头，"那你昨天的数学作业最后一道大题做完没有？"

"当然做完了。"张沛不屑地说。

"那，你借给我看看好不好？"袁青山低着头，看着比自己矮大半个头的张沛，可怜兮兮地说。

"好啊。笨哦你。"张沛瞟了她一眼。

他拿起胸前挂着的电子表看了一眼，说："快点走，你还要抄作业，要来不及了。"

他们加快脚步，冬天的街道还没亮开，几乎是黑漆漆一片，不时有中学生骑着自行车飞快地过去。

看着那自行车，袁青山又想到了自己的梦，她有一种强烈的感觉，张沛也做了和她相同的梦。她这么想着，就笑了起来，一边笑，一边偷偷看着张沛。

他胸前那个昂贵的电子表随着他的走动跳跃着，好像那是他破出来的一颗心。

教室里面本来没有几个人，袁青山刚刚抄完张沛的作业，人就来了大半。余飞随着人潮涌进来狠狠拍了一下袁青山的头，说："喂！作业给我抄！"

袁青山看了他一眼，说："你怎么又拍我？"

"我拍我的马子怎么了！"余飞说。

"谁是你马子！"袁青山又羞又恼，摸着后脑勺，瞪他。

"快给我抄作业！"余飞一屁股坐下来，从书包里面翻出一支笔，用脏兮兮的手把袁青山桌子上的一堆本子拉了一本过去。

袁青山还是在千钧一发之际抢下张沛的本子，她把它和别的小组同学交的作业一起收到抽屉里面，然后重新拿了一本给余飞。"抄这本。"她说。

余飞并不在乎抄谁的，反正有得抄就好，他埋头工作了起来。

以前打过他的大孩子早就毕业了，余飞现在成了学校里面的一个大哥大，他带着一帮低年级的学生，成立了一个青龙帮，还在二三年级每个班给自己找了一个马子。他在三年级三班的马子就是袁青山。第一次的时候，余飞问她："袁青山，你给老子当马子嘛。"

"什么是马子？"袁青山说。

"马子就是女朋友。"余飞得意地说。

还有一次，余飞说："袁青山，我教你说英语嘛。"

"你会说英语？"袁青山一点都不相信。

"我当然会。"余飞拿出一张纸，在上面写了"I LOVE YOU"，他说："这个是'I LOVE YOU'，你知道是什么不嘛？"

"不知道。"袁青山说。

"意思就是'我爱你'。"余飞凑过来说。

虽然他是那么一个脏兮兮的孩子，虽然他的嘴里面发出了一股腥臭，但袁青山的脸还是狠狠地红了。

现在袁青山也红着脸,不过她在想的是另外的事情.她在抽屉里面把刚才被余飞弄皱的作业本一点点抚平了。

上课以前,她像一个勤劳的农夫那样收完了自己小组所有同学所有科目的作业,把它们交到课代表那里去了.张沛是数学课代表,她交完了语文作业,又把数学作业交到他那去——他正跟坐在他前面的乔梦皎讲话,像每一个顽皮的男孩子一样,他也喜欢拉前面女生的头发.他们说了什么,两个都突然转头过来看袁青山,她抱着本子交到张沛桌子上,听见张沛问她:"袁青山,今天吃了晚饭我们去旱冰场滑冰嘛?"

袁青山吓了一跳,把作业本几乎是丢在了桌子上。

平乐镇去年新修了一个室内旱冰场,还可以在里面唱卡拉OK,只有镇上风头浪尖的年轻人才去那里。

"啊?"她呆呆地说。

"晚上去滑冰啊。"张沛笑眯眯地说,"我请你去。"

袁青山的心脏剧烈地跳动起来,张沛的话像某个秘密那样突然裂开了,在这个秘密里面,张沛没有带她去爬峨眉山,他就是说:"去吧,你不会滑我还可以教你。"

"好,好啊。"袁青山终于说。

"那晚上七点半滑冰场见。"张沛说,一边说,一边看了乔梦皎一眼,乔梦皎看着袁青山。

袁青山什么都没看见,她呆呆地走回了自己的位置,脑子里面想到了非常遥远的事情。

余飞在抽屉里面玩一把蝴蝶刀,这东西在小镇上是很少见的,所有的孩子都觉得那把刀几乎是一个圣物了,现在余飞把那把刀伸过来划了划袁青山的衣服,问她:"你怎么了?"

"没什么。"袁青山说,"我要看书了。"

杨老师走进教室来上早自习,看见的就是孩子们埋头学习的样子.她满意地点点头,在讲台上面开始领读一篇课文.她的第一批孩子们就这样慢慢长大了,她看着他们天真可爱的样子,微笑了起来,她怎么知道他们的抽屉里面居然有那么多千奇百怪的东西。

这就是平乐一小里面最普通不过的一天，一间间教室响起了琅琅的读书声，两个校工扫着院子里面的落叶，因为雪才刚刚化完，泥土显得非常松软湿润。他们都对这学校的一切感到熟悉了，因为熟悉，事物都成为了幻影。上课的孩子们总是一个样子，那些说话的孩子都被请出了教室。下课的时候要躲开打闹的孩子，有特别野的孩子在教室后面的暗巷里玩纸牌游戏赌钱。一年级的孩子转眼就成了六年级的孩子，没有几个是他们记得住的孩子。

校工扫完了地，就下课了。

三年级三班没有一个学生出来，因为他们在数学考试，黄元军带着几个人走到他们教室门口去看余飞，三年级二班和一班的学生占满了整个楼道，但他们周围没有人靠近，终于一班的岑仲伯走过去，问他："耗子，你在干啥哦？"黄元军转头就给了他一下，说："耗子都是你喊的！"他继续往里面看，看见余飞就坐在袁青山的旁边，他没有做题，正在抽屉里面玩什么东西。他还想看的时候陈老师就走出来了，像赶鸭子一样赶着孩子们："快点走了！看什么看！"

黄元军只好带着自己的人走了。

他差点撞到教体育的高老师，高老师认得他，说："黄元军，你不在你们五年级玩跑到三年级来干吗？"

"嘿嘿。"黄元军笑了一下，赶快逃走了，上次他被高老师打在头上的那拳还在隐隐作痛。

他不知道的是余飞并不是没有看见他，余飞只是来来回回玩着自己的蝴蝶刀。

与此同时，何斌在桌子下面看漫画，他的同桌马一鸣老老实实地把答案写得又黑又大，方便他等一会儿来抄。他看几眼漫画，就警觉地抬头看看陈老师，发现她终于又把近视眼镜放到了桌子上，继续戴着老花镜批改昨天的作业，他就再次放心地看起来——陈老师两个眼镜的秘密，是他哥哥很久以前就告诉他的。

何斌知道在整个班上只有他一个人知道这个秘密,他得意地笑了起来。

袁青山不知道何斌在笑什么,她皱了皱眉毛,继续在草稿本上算那道应用题,她刚刚的答案居然除不尽,虽然天气很冷,但教室里面的孩子挤得热气腾腾,她的额头上几乎冒出了汗珠。

她觉得这一刻是多么难熬,往下面还有半张卷子,一节数学课,然后是语文和美术,然后是下午的课。她是那么绝望,又再次发现她列出来的式子最后除不尽。

袁青山不由抬头看了看张沛,他的背影看起来竟很惬意。"他肯定快做完了。"袁青山想。

张沛的成绩是什么时候就变得那么好呢?袁青山想不起来了,她甚至不记得来上小学的第一天自己是什么样子了,但她有预感她会一辈子记得今天,一定是这样的。

她并没有来得及确认自己要记得它,上课铃就响起来了。上课了以后,没有下课的孩子也不会惹人注意,整个小学陷入的是同一种声音,孩子们的普通话里面多多少少地带着的那种平乐镇的方言。

袁青山用了很久才学会不要把"一遍"念成"一片"。

每天中午放学以后袁青山都是全校最后几个走的人,因为反正她也不用回家。从袁清江上幼儿园以后,父亲每天中午都在单位上主动值班,这样就可以多拿一点值班费。最开始她很不习惯中午不回家的日子,好像没有看见自己那张床就觉得缺了点什么,但她终于学会慢慢地收拾好书包,避开人潮走出校门,在门口向准备下班回家的大队辅导员韩老师打招呼,去玉兰快餐店吃午饭。

今天她只吃了一两刀削面,来吃饭的人很多,她不得不和人拼桌,跟她一起吃饭的叔叔长得很胖,一口气吃了四两饺子。

她又回了学校,冷冷清清的校门口一个人也没有,她去上了厕所,回教室把上午留下来的作业先做了,然后她走出教室,穿过操场,爬到篮球架的篮板后面去了。

这是袁青山的一个秘密,在全校的人都走了以后,她就可以爬到篮球架最高的那个地方,坐下来,让篮板挡着自己,一只手臂绕着旁边的铁杠看书。她一边看,一边晃着自己的腿,她看的是从何斌抽屉里面偷偷拿来的漫画书。

实际上,袁青山用了很久才找到中午不回家的乐趣。她鼓起了好几次勇气才把何斌那些她一直想看的漫画书拿出来看了一眼,后来她就在他桌子旁边看,以便于一听见什么声音就塞回去,过了几天她坐在自己的位子上看了,直到她终于找到了一个全校最神气的地方。她坐在高空中,晃着双腿,感到十分危险,但是很开心。

中午的学校一个人都没有,好像整个平乐镇都在睡午觉——还在读幼儿园的时候,袁青山就是那个班上唯一睡不着午觉的人,她学会了把自己的头蒙在被子里,给自己讲故事消磨时间,她还学会了在老师来查房的时候不让闭着的眼睑抖动一下,做出睡得很熟的样子,但她始终学不会如何睡午觉。

有一次,袁青山还问了袁清江:"妹妹,你们睡午觉吗?"

"嗯!"袁清江皱着眉毛说,"我隔壁的江乐恒每次睡着都要踢我!"——她嗫着粉红色的嘴巴,上面还挂着一粒米。

袁青山以一种过来人的心态帮妹妹把米拿掉了,她想:"现在的孩子真不听话!"

早上的时候,袁清江给袁华闹了,说她要穿新皮鞋上学。袁华说一定要等化雪的土都干了再穿,她差点就哭了。袁青山在旁边看着,再想了一次:"现在的娃娃太不听话了!"

漫画的内容是恐龙特警打击外星人的故事,这是最近很流行的漫画,男孩子们每天讨论的都是这个。袁青山没来由地喜欢里面一个金色头发的男人,她总是看一会儿,就停下来,想象自己也在那本漫画里面,她是一个公主,于是所有的战士都会到北二仓库她们家来找她,跟她做最后决战前的告别。她站在楼道上，把张沛家才有的那个五彩斑斓的孔雀灯拿来点上，让它在她身边闪闪发亮。等到他们走的时候，她也抱着那个灯下楼去送他们，并且，眼睛里面饱含着泪水。

每天中午她就想着这些浪漫的事情，时间很快过去了。在孩子们来上学之前她就会警觉地爬下篮球架，把书放回原处，继续木讷地看自己的课本。

但是今天她没来得及这么做。

袁青山发现余飞站在篮球架下面，看着她，还是玩着那把蝴蝶刀。

余飞说："袁青山，你居然跑到这来了！"

袁青山张了张嘴，连忙把漫画书往自己怀里塞去，她把身子往后一仰就想翻下去，却发现余飞像一只猴子一样爬上来了，他爬得很快，甚至比自己还快。

过了一会儿，他们两个人像两只猴子那样分别坐了铁杠的两边，陷入了沉默。

余飞终于说："今天是老子的大日子了。"

"什么啊？"袁青山问。

"今天是我们青龙帮跟他们斧头帮决斗的日子。"余飞庄严地宣布。

"斧头帮不是五年级那些人吗？你要跟他们打架？"袁青山吓了一跳。

"嗯。"余飞庄严地说，"你放心，他们不敢动我的马子。"

袁青山的胃里面涌出一股陌生的感觉，一股混合着胃酸的暖流几乎冲破了她的横膈膜，但她依然觉得"马子"这个说法让她想起的只有那种平乐镇上夏天上街只穿内裤的二流子，她什么也没说。

余飞突然伸手过来摸了摸袁青山的肩膀，他用一种很让人恶心的表情说："袁青山，其实我觉得你长得多漂亮的。"

袁青山终于觉得自己是在恶心，她骂余飞："你神经病！"她爬下篮球架，跑回教室。他们的教室已经搬到了二楼，她用最快的速度冲上楼梯。

她坐在教室里面，喘着气，觉得自己是一个苦命的女人。过了十几分钟，早到的同学都来了几个了，余飞才回来了。

下午上课,第一件发生的事情是何斌发现自己抽屉里面的漫画有点皱巴巴的,他问马一鸣:"你是不是把我的漫画拿去看了?"

马一鸣紧张地说:"啥哦?你说了下午要给我看的嘛。我上午给你抄了题的!"

何斌把漫画拿出来,给他看:"怎么这么皱哦?"

马一鸣一把抢了过来:"皱还是可以看嘛!"

他马上进入了状况,这件事情就不了了之了。

课堂上,自然课冯老师在眉飞色舞地讲课,他看着班上几个长得最好的女学生,发现她们都专注地看着自己,特别是乔梦皎,她今天戴了一顶白色的绒线帽子,像个雪娃娃。何斌疑惑地看了几眼马一鸣,他还在看那本书,已经到了尾声,准备问他拿下一本了。余飞像个出发以前的刺客那样把全部的精力都凝聚在自己的蝴蝶刀上,他觉得因为今天中午的话,袁青山一定在看他,但是实际上袁青山根本不敢看他,她倒是偷偷看了张沛几分钟,他不时凑到乔梦皎背后跟她说话,乔梦皎还装出了一副在听课的样子。

袁青山不屑地调回了自己的视线,想着今天晚上和张沛的约会,她想:"中午剩下的那一块钱可以请张沛坐三轮。"

这时候,她发现今天一整天她都没有认真听过课,她觉得很罪恶,坐直了,把手端端正正放好,认真听起课来,她就什么也记不得了。

袁青山的好状态一直持续到下午放学之前,她记了整整一页自然课笔记和半页劳动课笔记。突然外面就骚动起来。

还有几分钟就下课了,兼任劳动课的班主任杨老师已经开始了每天放学后班主任们的日常训话,她也忍不住跑出去看,发现对面楼有一个班的孩子在楼下乱成了一团,那个班也是她教过劳动课的,她认出其中一个正在痛哭流涕的孩子就是那个很调皮的黄元军。医院里面的担架也来了,正抬着一个手臂上都是血的孩子往外走。

好几个老师都走了出去,杨老师问隔壁班的秦老师:"怎么了?"

"好像是一个娃娃把另外一个从楼梯上推下来了。"秦老师说。

"现在的小娃娃太不像话了嘛!"杨老师说。

她的话没有下课铃声那么响亮,立刻就被那响起来的铃声淹没了,没有一个孩子听见了她的指责,他们都涌出了教室跑去看热闹,张沛也跑过来了,他问袁青山:"怎么了? 怎么了? "

袁青山说:"我怎么知道啊。"

张沛说:"下去看嘛! "

他们就跑下楼去了,孩子们都觉得发生了大事,兴奋地聚在那里,老师们正让他们回教室去。他们看见肖校长和教务处田主任正拖着黄元军往外走,黄元军几乎是在号啕大哭了,他喊着:"老师,我错了! 老师,我错了! "

张沛看见岑仲伯也在,问他:"怎么了? "

岑仲伯他们班这节上的是体育课,他要笑不笑地说:"黄元军跟人家在玩恐龙特警,在楼梯上头比谁发射得远。"

更多的孩子在议论纷纷,老师们没有听到,他们说的是:"斧头帮的帮主遭了! 斧头帮的帮主遭了! "

那些青龙帮的孩子们又高兴又懊恼,他们跑去报告了他们的帮主余飞,余飞像个真正的黑社会老大那样吐了一口口水,说:"×! 看来决斗只有改期了! "——他一边说,一边还是不忘耍着自己的蝴蝶刀。

孩子们兴奋地讨论着青龙帮就要一统平乐小学的事情,整个学校都因为这突然发生的事情而乱成了一团,过了几分钟,他们终于回到了自己的教室,发现同学都走了大半,老师们没有控制住局面让孩子们留下来做每天下午的训话,只有在黑板上用大字写着:"今天的作业:P32,1-5题。"

按照常理来说,今天学校里面发生了这么多事情,袁青山至少要在饭桌上跟袁华讲上半个小时,但是她只是猛地埋头吃饭,倒是袁清江咿咿呀呀地在讲今天中午他们班的江乐恒又抢她饼干吃的事情。她吞下最后一口饭,假装漫不经心地对袁华说:"爸爸,今天我要到张沛家里去做作业。"

"去嘛,"袁华说,"今天我洗碗。"

她跳起来就要跑,袁华说:"把书包拿起嘛!"

袁青山愣了一愣,但是她找不到理由不带书包去做作业,现在已经没有时间后悔没有找对借口了,她只好拿着书包出门了。

她背着书包走到院门口,看见孙师傅正在吃晚饭,她走过去,问他:"孙伯伯,我可不可以把书包暂时放在你这里?"

"好啊。"孙师傅说,"你要到哪儿去哦?"

"我去帮爸爸买个东西。"袁青山一边把书包放到门卫房里面,一边说。

"好乖哦,你爸好有福气,两个女儿都这么乖!"孙师傅感叹。

如果是平常,袁青山一定会走得慢一点,来享受这赞扬,但她现在飞快地跑出了大门。

街上的人并不多,整个天已经变成了深蓝色,在街灯的映照下,远处的山就好像不存在一样,但如果深呼吸一口,还是可以闻到山峦的气息。袁青山看见的是每一个大人的心口和每一个孩子的脸,它们无一不呈现出一种神秘的黄色,这样的黄色一直绵延到很远的地方,它不像是真的了,反而像是袁青山从小时候起就会不时看见的某种异相。

袁青山几乎是怀着一种庄严的心情走到了东街上,从足球场散步的人已经慢慢回家了,人都是迎面过来的,她走过足球场,就看见旱冰场像城堡一样矗立在大地上了。

她走了七十三步,穿越了整个足球场,感到湿漉漉的草把她的裤脚都打湿了,才看见了张沛。

袁青山知道,她度过这漫长的一天就是为了等待这个时候的浓墨重彩的到来。

"你来得好早哦!"张沛笑嘻嘻地说,并且从手里面把早就买好的票给了袁青山。

他们两个站在门口,周围都是一些比他们还大的人,几个小伙子买票进去滑冰,在门口抽着烟不知道说着些什么,哄笑起来。

袁青山觉得他们在笑的就是她和张沛,她连忙对张沛说:"我们进去嘛。"

"再等一下,"张沛说,"乔梦皎还没有来。"

这是袁青山第一次滑旱冰,她扶着栏杆,一步一步地蹭着,觉得自己随时都会摔倒。张沛倒十分熟练了,他肯定来过好多回,乔梦皎也滑得不是很好,但是总算可以滑,他们两个就去滑了,袁青山就看着他们说说笑笑地滑着,两个人隔着一段距离。

他们滑了一圈回来看袁青山,张沛说:"你放手嘛,你抓到栏杆永远都学不会!"

乔梦皎说:"袁青山,你滑嘛,就像走路一样。"

袁青山虚弱地笑了笑,继续死死地抓着栏杆,好像那就是她最后的信仰。

乔梦皎显得有点不自然,她很快丢下张沛去滑了,张沛站着又跟袁青山说了两句:"不好意思喊你陪到来了,乔梦皎昨天说如果就我和她,她不要跟我来。"

"嗯,没事。"袁青山说。

"你慢慢学,"张沛说,"不然去喝水嘛,等会儿我给钱。"

"我不去,我学一会儿。"袁青山说。

但是她始终没有学会,冰场里面的男男女女手拉着手风一样从她面前掠过了,女孩子们都笑得很大声,有几个人在唱歌,情歌唱了一首又一首。

袁青山站在那里,茫然地前后挪动着双脚,让自己看起来不那么尴尬,她突然发现不知道从什么时候起,世界上歌唱春天、秋天、果实、花朵、童年的歌都消失了,留下来的只有情歌。

有一个男人声嘶力竭地唱:"我对你爱爱爱不完!"爱,爱,爱,不完。

袁青山被这个反复的字震撼了,这个字是爱。就是余飞以前教她的,I LOVE YOU,就是我爱你。

她偷偷地,很小声地,说了一句:"我爱你。"——自己也不知道是对谁说，立刻羞红了脸。

她看着张沛和乔梦皎又滑过去了，张沛在教她怎么滑得快一些。

她终于丧失了信心，一个人出了冰场，在旁边的一张空桌子边坐了下来。

何勤正跟他女朋友说着一个笑话，就看见有一个小女孩走过来，坐在了他们隔壁的桌子边，她穿着一件棕色的灯芯绒外套，领子上面翻出紫色的毛衣，她看起来很面熟，他终于想起来她是他弟弟班上的一个同学。

"现在的小娃娃不得了哦，这么小就有夜生活了！"何勤把自己的女朋友拉过来，努着嘴指了指袁青山，说。

那女孩就笑了起来，她说："我以前小时候好乖哦。"

何勤说："现在还是乖嘛。"

女孩子瞪他一眼，说："哪里有你们班的那个班花乖。"

袁青山听见他们在笑，不过她没有觉得和自己有任何关系，她觉得有些困了，用双手撑着下巴，看见张沛他们滑到冰场的另一边去了，两个人靠着栏杆休息，她好像看见张沛把手伸过去拉住了乔梦皎的手。

她就慢慢地睡着了。

她睡得并不安稳，不时听见周围的人突然提高了声音讲什么话，又没了声音。在她睡着的时候，她感到有人来拍她的肩膀，她转头去看，就看见了"妈妈"，她站在她后面，拍着她的肩膀，让她跟她走——袁青山已经好几个月没有见到她了，她站起来，跟着她走出去了，和以往一样，其他的人都消失了。整个运动场的天是那么深蓝，星星又大又亮，"妈妈"站在那里，用一双悲伤的眼睛看着袁青山。袁青山说："最近你好吗？"

"妈妈"点点头，她黑色的身体完全隐匿到了黑暗中，她长长的手臂从草地上抬起来了，甚至还有露水的芬芳，那手触了触袁青山的脸，然后指了指天空中的某个地方——袁青山忽然领会了她的意思，她说："你要带我到天上去吗？"

她就再点了点头。

张沛拉着他终于拉到的手出了旱冰场,看见的就是袁青山趴在桌子上露出微笑的睡脸。

"起来了,袁青山,回去了!"他说。

他们去换鞋,袁青山还有点没有清醒过来,她把滑冰鞋退回去的时候看见柜台后面的钟,原来已经九点半了。她吓了一跳,说:"这么晚了!"

"是啊,"张沛说,"早点回去吧,我送乔梦皎回去。"

"我自己回去就是了,太晚了。"乔梦皎说。

他们一路上都在讨论这个问题,到了大街上,却马上看见两辆三轮停在路边。

"好了,我回去了,你们两个回去。"乔梦皎上了一个三轮。

张沛没有怎么坚持,只是把钱给了,和袁青山上了另一辆。

她跟他们说再见。

他们在漆黑的路上回家了,一路上都没有怎么说话。

到了北二仓库门口,他们下了三轮,还是张沛给了钱,袁青山并没有拿出自己的一元钱。

他们向家属院走去,门卫室的灯看起来又温暖又明亮,在远处发着模模糊糊的光。

他们还没走到,就看见有一个人跑了过来,她是张沛的母亲陈琼芬。

陈琼芬"啪"地打了张沛一巴掌,神情憔悴,她骂道:"你跑到哪里去了!还知道回来!这么小就不学好,还要人家看我们家的笑话啊!"

袁青山马上就看见袁华也在门口站着,手里面还提着自己的书包,他的脸色也比陈琼芬好不到哪里去。

在这让人恐惧的时候,袁青山忙里偷闲地感到了一丝讽刺,她发现自己还是那么的小,那么不值一提,根本是个孩子,刚才的那些事物全都不见了,抛在冬天的黑暗里面的,只是幻觉。

到了明天,雪化了以后的泥地也会慢慢变硬了。

曾寡妇

南街上开杂货店的曾寡妇出事以后整整一个星期，都没有人敢从她铺子门前走过。那个时候我在念初中，我们所有的孩子放了学都绕着几条巷子回家，整个南街上死气沉沉，弥漫着莲藕炖肉的香味。

在我还小的时候，曾经和曾寡妇很亲近，那时候镇上的每一家杂货店都是孩子们最向往的地方，每天晚上吃了夜饭散步出来，我总是要走到曾寡妇的杂货店门口，那里正对着酱油厂的大门，好多孩子都喜欢聚集在那里玩纸牌游戏。

曾寡妇的店门口就挂着一大串那样的花纸牌，不过我总是走过去，问她买一个酸酸糖。她长得很白，眼睛并不大，笑起来很温和的样子，头发烫成一朵蘑菇云，盘踞在她的额头上。

曾寡妇就问我："妹妹读几年级了？"

我爸说："一年级了。"

她就说："好福气哦。"

很久以后我发现这只是她常常用来跟客人说的一句话："吃了吗？""孙儿好大了？""儿都参加工作了哇？"——"好福气哦。"

但每次曾寡妇说出这句话，有点圆的脸上都好像笑出了一朵花来。

后来有一次，我爸爸对我说："以后不要到酱油厂对门子的小卖部去买东西了。"

我说："为什么呀？"

我爸说："小娃娃不要管那么多。"

但是我还是听说了曾寡妇的事情，我们镇上本来就是没有秘密的，去她店里面的孩子少了，多的是来路不明的男人，他们大多数都很老了，吊着眼角，穿得老老实实，就像我们镇上到处都可以见到的那种老头子。

大家都说，那些都是她的相好。

曾寡妇前前后后都有五六个相好，或者更多，一段时间里，整条街上的女人都恨透了她，她们去赶场，不得不从她的店门口走过，就狠狠地在地上吐一口口水给她看。

那样的日子大概持续了整整半年，直到南门上的妇女们找到新的事情，学会了忍耐她的存在，甚至最后还会去她那里买一包盐了。

最艰难的日子过去了，那时候我们都还小，她的委屈我们谁也记不得了。

我们家搬到了西街，好几年，我都好像没有再见过她。

她出事以前两三个月，我已经读了初中，每天可以骑自行车回家了，那一天我鬼使神差地到她的店去买一瓶可乐。她的店面变了，招牌很漂亮，店门口放着厂商提供的大冰柜，里面都是花花绿绿的饮料。

她出来给我拿可乐，突然叫出了我的名字，她说："最近你爸爸妈妈还好吗？"

我很惊讶地看着她，发现她就是以前那个曾寡妇，我说："好啊，都很好。"

她把可乐拿出来，又从柜子上拿出一张毛巾，擦了擦瓶子，就像十几年前镇上流行的那样。她的皮肤已经变得黄了，脸上长着黑色的斑。

她说："你也该上初中了吧？"

"嗯，"我说，"刚刚初一。"

我站在那里，还想多和她说几句，街口的老二流子陈老头就来买烟了，陈老头买了烟也不走，坐在门口的凳子上一口一口地抽，我就骑上车走了。我走的时候，曾寡妇过来递给我一块水果糖，她说："经常回来耍嘛。"

我说："好。"

那天我很晚才做完数学作业，第二天考试还没有考上八十分，我痛苦了三个星期，很快把这些事情都忘了。

那次的期末考试，我的数学终于考了九十五分，我就高高兴兴地回家去了，路过南街的时候，看见路上围着好多人，我的同学说："去看一下嘛。"

我说："有啥子看的嘛，又是哪家打架了。"

就是那样，我没有见到曾寡妇的最后一面。镇上的民警——那时候的邱队长还是一个才参加工作的愣头青——反扭着她的双手把她带了出来，报警的人是陈老头那个同样是二流子的儿子。镇上的人说那天他哭得像一条被淋湿的狗，那天以后，他经常在街上跑来跑去，问其他人："你喝不喝排骨汤？喝不喝排骨汤？"

等到邱队长成了刑侦大队队长以后，经常在茶馆里面吹嘘的也就是这当年让他一举成名的平乐镇曾红嫒杀人案。满铺子的人都津津有味地听他讲他们是怎么走进了曾红嫒家里，她正在打一件毛衣，看见他们来，居然笑眯眯地放下针线，盛了几碗莲藕汤给他们喝。

"×！老子当时就觉得不对！"邱队长讲到这个时候，都是满脸通红，"老子当当当冲进去一看，煤气炉子上那么大一个锅，老子掀起锅盖一看！×！一个人脑壳就漂起来了！"

——这个故事单单是我就听他讲过三次，对这个高潮耳熟能详，以及他说完这句话以后整个茶铺的人都会发出的那一声惊叹。

我们镇上的人就那样呻吟一声，我后来终于相信那是没有任何意义的一声。

没有人会想起来以前我们都叫曾红嫒曾寡妇，曾寡妇笑眯眯地跟每个人说的那句："好福气哦。"

第 *5* 章

铃声突然响起来了,袁青山吓得手哆嗦了一下,还以为不过是自己的幻觉,接着她看见满教室的人都开始动起来,她才意识到这一切是真的结束了。

这一刻她不知道自己以前是否想过,但这一刻她的盼望终于落下了。她把卷子上面的名字和准考证号又检查了一次,忽略过后面大片的空白,把它贡品般铺在课桌上,拿起笔捂着肚子走到讲台上去拿书包了。

大片大片的书包靠在黑板下面的墙壁上,她一眼就看见张沛的书包压在好几个书包上面,但是她找不到自己的书包,她忍着痛,找了又找,终于在靠近讲台的地方找到了——它有一整面都变灰了。

她拿着书包就出去了,站在走廊上等张沛——在这时候看来,整个走道是那么漫长,布满的是两边教室透出的光,她看见一个个脸熟的人都走出来了,所有的人都在对答案——她就马上把双手举起来,狠狠地捂住了耳朵,她捂得耳朵都热了,才看见张沛和另外几个人对着答案走出来。他看见她,对她点了个头,她就跟在他屁股后面走了。

天气渐渐热起来,树木都变成了深绿色,袁青山一路躲避着不时传来的考试答案声,全身而退,走出了校门。奇迹般的,刚刚好像占据了她整个生活的那种疼痛消失了,她回头去看的时候,像个大人那样想:这一切是真的结束了。

她跟张沛一前一后走着回家,小学五年级以后,袁青山终于学会了总结中心思想,并且明白了它和主要内容的区别。中心思想的意思就是:生活并不是它看起来的那个样子。就像此刻，她走在张沛后面，看见他们仍不会明白他们是什么关系，以及她的内心是多么悲伤。

在路上，他们看见五六个孩子猴子一样爬在一辆三轮车上尖叫着过去了，她眼尖地发现是何斌他们，何斌看见了张沛，在车上大喊："张沛，记到下午去大坟包！"

张沛提着书包带子，大喊："龟儿子给老子爬下来！"

何斌就又回了他一句更脏的脏话。一时间，孩子们的脏话传遍了整条东街，恨不得让全镇的人都知道他们的骄傲——他们的脏话有多脏，他们就长得有多大了，漫长的暑假从今天开始了，过完这个暑假，他们就都是初中生了。

这狂欢的情绪感染了袁青山，让她也笑了起来，她笑着跟在张沛后面跑，追着何斌他们的三轮车，直到小腹重新痛了起来。她停下来，喘着气，张沛跑了好远才发现她不见了，他跑回来，看着她，说："你怎么啦？"

"我肚子痛。"袁青山说。

"那我们慢点走，我帮你拿书包。"张沛柔声说。

他拿着他们两个的书包和她走回家去了，他的书包是个名牌，干干净净的，她的书包用了好几年，和另一个一比，好像刚刚拍掉的灰又都回来了。袁青山忽然想到，这或许是她最后一次和张沛一起放学回家了。

"你们家什么时候搬家？"袁青山问张沛。

"下个星期吧。到时候你们都来玩，我们家很大的。"张沛说——这几年张俊卖兰草赚了钱，在西门上开了一家馆子，接着又在十字口开了一家，上班也是三天打鱼两天晒网，领导批评了很多次，他都当做耳边风，大家都说他们家是真的赚到了钱，不然怎么能在西街上的熊家巷修那个二层的小洋楼。而张俊，他等不及过完整个暑假，就要离开这个让他压抑了大半辈子的地方了。

这样的中心思想是两个孩子远远不能体会的，他们看见了北二仓库那个熟悉的大门，因为即将来临的离别，显得那么庄严、雄伟、苍凉。

张沛说："下午早点出来，跟飞哥约好了要去办那个事情。"

"噢。"袁青山郑重地点了点头。

中午吃饭的时候,她对父亲说:"下午我们要去大坟包。"

"注意安全哦。"袁华一边看电视,一边说,他把筷子伸到盘子里,夹了好几次菜,却没有夹起来,他才终于把视线从电视屏幕上挪回来了,准确地夹了一块猪肝。

他把猪肝夹给了袁青山,说:"今天多吃点猪肝,补血,专门给你做的。"

袁青山的脸不可克制地红了起来,她忙看了妹妹一眼,还好袁清江根本不知道发生了什么,她正在专心地摆弄了两颗青豆,考虑到底要不要吃下去。

"清江,专心吃饭,别玩了。"袁华也给她夹了一筷子菜,就继续转头去看电视了。

袁清江这才慢吞吞地吃了一口饭,在她的对面,袁青山可以清楚地看见她脑袋上飞起来几根头发,它们才刚刚长出来,伸入到空气里面,发着迷人的金光,好奇地看着其他的头发被低眉顺眼地笼在彩色的橡皮筋里,颜色分别是:红色、蓝色、黄色、紫色、绿色。

她回忆了一下,发现并不清楚袁清江是什么时候学会扎头发的,也不知道是谁教她的,可能是街道办最爱她的郑主任,也可能是汪燕的妈妈王学红,甚至连不太和院子里其他人来往的陈琼芬也喜欢她。有一段时间,那是袁清江还没有上小学的时候,她就在院子里面每一家人家里玩,大家都喜欢她长得白白嫩嫩的样子,嘴巴又很甜,大家就说:

"袁清江,你抱到我们家来给我们当女儿吧?每天都可以吃回锅肉。"

有一天,袁华回来,就看见袁清江在床上铺着一个枕巾,零零碎碎地放着她平时玩的一些东西,她问他:"爸爸,我们家的户口本在哪里?"

袁华说:"你找户口本干吗?"

"陈阿姨说让我抱给他们家,她说要有户口本才可以抱。"袁清江睁着大眼睛,扑闪扑闪地说。

袁华说："你为什么要抱给他们啊？"

"他们家有钱啊。"袁清江说。

——除了袁清江被打得开花的小屁股，没有人知道这件事是怎样深深地伤了袁华的心。

小孩子不懂事啊。这句话被他在心里面念得起了褶子又掉了皮，直到袁清江终于可以自己绑小辫了，上小学了，上三年级了，当劳动委员了，一家三口坐在一起吃着午饭，他对袁青山说："袁青山，下午你带着妹妹一起去玩吧。"

"啊？"袁青山愣了一下，她说："我的同学她又不认识。"

"怎么不认识，不是认识张沛吗？你带她去吧。"袁华说完，站起来进厨房添饭去了。

两姐妹互相看着对方，袁清江说："下午沛沛哥哥也去吗？"

"嗯。"袁青山不情不愿地答应。

"我要去。"袁清江宣布。

"你的作业做完了吗？"袁青山垂死挣扎。

"上午就做完了。"袁清江说。

"带妹妹去吧，下午我也要上班，她放假以后都没人陪她玩，你带她出去玩。"袁华打了满满一碗饭过来，告诉了两个孩子最后的决定。

张沛在北二仓库门口等袁青山，远远地看见她后面居然安安静静地跟着一个袁清江，她穿着一件米白色的连衣裙，扎着两个翘翘的辫子，斜背着一个海军蓝的塑料包，看起来就像是去参加一个真正的郊游。他问袁青山："你怎么带着你妹来了？"

"我爸让我带的。"袁青山一脸不愿意。

"我们找个地方把她甩了吧。"张沛咬着袁青山的耳朵说。

"不行，"袁青山说，"她会哭的。"

他们说的这些话袁清江一句也没有听到，但她看到他们两个亲亲热热地说了好久的话，终于张沛走过来跟自己说："清江，你跟着我们去玩就要听我们的话，不许跟大人们说我们的事情，好不好？不然哥哥姐姐再也不跟你玩了。"

"好。"袁清江脆生生地答应。

事到如今，他们只能把这个"好"字当做一个庄严的承诺，就带着袁清江走出了门，快到门口的时候，他们看见汪燕和黄元军骑着自行车出去了，他们呼地就掠过了他们身边，把袁清江吓了一跳，袁青山看着他们的背影，羡慕地想："那就是初中生了吧。"

余飞和岑仲伯已经在约好的地方等他们了，看到袁清江，他们也吃了一惊，孩子们再次聚在一起，窃窃私语了一会儿，决定对袁清江投出他们的信任，一切按照原计划进行。

袁青山和岑仲伯走在一起，张沛和余飞走在前面，她努力想要忽略掉袁清江的存在，却感到屁股后面正在火辣辣地烧着。岑仲伯还在吹嘘着他今天上午的卷子，他说："我对了答案了，差不多是九十五分，张沛，最后那道题是不是等于27啊？"

张沛不知道在跟余飞说什么，过了几秒才回过头来说是。"看到没，陈倩倩又错了嘛！她还跟我说是25！"——岑仲伯和陈倩倩都是一班的，在一个考室。

"张沛你对了答案没有啊？你又是全对啊？"岑仲伯继续问张沛。

"题目太简单了，我都不想对答案。"张沛轻描淡写地说，他吊儿郎当的样子就像一个真正的二流子。

袁青山的心被他们说得像战鼓一样擂了起来，她清清楚楚地记得最后那道题自己的答案是25。"没关系，说不定张沛错了呢。"她在心里面说，可是怎么也不敢把这句话说出来。

"不要对答案了嘛，岑仲伯你这个龟儿子，考都考完了！反正老子就是不及格，不及格算了嘛！"余飞终于说了一句公道话。

袁清江跟在他们后面一句话也没有说，袁青山回头看了她几次，她走路的样子让她想起了那个影子一样的鬼，不知道从什么时候起，袁青山就再也没有见到过她了，她心里没来由地空荡荡的。

"袁清江！"走到南街老城门的时候，街对面忽然有个男孩叫着。一群孩子都停下来，看着他，这孩子穿着一套很旧的运动服，还好很干净，他牵着一个中年女人的手，那应该是他的母亲，但是剪了一个学生头。

"袁清江！"孩子在街对面叫袁清江，"你去哪里啊？"

"跟我姐他们去大坟包。"袁清江骄傲地回答，她回答的声音是那么嘹亮，好像她一路上的沉默都是其他人的幻觉。

袁青山看着两个人说话的样子，她忽然觉得这个孩子会让袁清江离开他们的队伍，张沛可能也感觉到了，他们都期待地看着那个对街的男孩。

但他完全被他们的气势吓住了，他知道他们都是青龙帮的人，他们一个个都那么高，其中袁青山长得最高。他站在街对面，羡慕地看着袁清江，他还没来得及说什么，他身边的女人就说："江乐恒，赶紧走了！不要在路上说话！"

江乐恒立刻不说话了，他牵着女人的手走了。袁青山这才知道那个孩子就是袁清江以前说到过的江乐恒，这时候她听到余飞说："那个不是我们西街上的魏二姐嘛？疯子也上街了！"

几个男孩立刻对这个话题感兴趣了，岑仲伯说："她是疯子啊？看不出来嘛！"

"不过头发有点像。"张沛评价。

"也不是疯了，反正有点怪。"余飞心不在焉地说，他们已经走过了南街的老城门，袁清江依然像个定时炸弹那样吊在队伍后面，他感到自己的队伍不再像以前那么坚不可破了。

"飞哥，"袁青山听到岑仲伯跑过去叫他，"不然今天算了嘛？"

"算个屎！"余飞吐了一口口水，"怕屎！"

他的口水落到了地上，灰尘都退开了，这件事情就算是这样最后定了。

按照他们之前的约定，袁青山把妹妹带到酱油厂门口，跟她说："清江，你在这里等一下我们，我们去对面买东西。"

“我也要去。”袁清江说。

“乖，在这里等哥哥，哥哥给你买你喜欢吃的。”张沛凑过去加入了说客的队伍。

“我要吃大白兔奶糖。”袁清江说。

“好。”张沛说。

四个孩子就这样过了马路，到对面的小卖部去了，放了暑假以后，店主人在门口伸出一个小摊来，上面摆满了各种零食和玩具，余飞他们之前就已经看上了这片宝地。

他们走过去，挤到孩子们中间，岑仲伯进到店里，问：“老板，有没有大白兔奶糖？”——卖东西的是个长得很白的女人，她柔声柔气地说：“有。”就转头过去找了。

袁青山看见张沛漫不经心地走到摊子的一头，把手放上去，把一把糖果抓进了口袋里，她知道是自己行动的时候了。她向一袋杨梅走去，用手带着把它拉下了摊子，袋子掉在地上，发出一声巨响，别的孩子在研究一把喷水枪，没有人看见。她蹲下去，把它捡起来，装进了裤袋。余飞则在大大咧咧地装着几个弹力球。

岑仲伯终于从自己的包里把钱找齐了，递给了女老板，他说：“阿姨你看够不够？”

女人埋着头数了一下，说：“够了。”就把大白兔奶糖递给了他。

四个孩子互相使了一个眼色，准备离开这里去分享战果了，张沛把口袋装得满满的了。就在这个时候，店里面居然又走出一个男人来，比起那个女人，他一看就是一个坏人的样子，长着浓浓的胡子，一口黄牙，他一把抓着张沛，说：“死娃娃！老子看到你好多回了！穿得人模人样的，不学好！”

谁也不知道他是什么时候来的，他说出来的话让袁青山的脑子嗡地一下。

他们都吓得呆住了，另外几个不认识的孩子连忙放下水枪跑了，她难以置信地看着这一切真的发生了，那男人用力扯了一把张沛的口袋，里面的糖果乱七八糟掉了出来，满地都是，他问他："这是哪里来的？"

"那边买的。"张沛涨红了脸，含混地说，伸出手来指了指他们来的方向。

"那边是哪边嘛？你带我去看是在哪买的！"男人一把把糖甩回了摊子上，转头骂老板娘："曾红媛，老子打会儿牌，喊你守个摊子你都守不好！"

那个叫曾红媛的白白净净的女人走出来，她看着张沛被拉得翻出来的口袋，张了张嘴，什么也没说出来。

"叔叔，对不起嘛，算了嘛。"余飞最先反应过来，走过去拉着老板的袖子，好声好气地说。

"算了嘛，都还是小娃娃。"老板娘也反应过来了，她说出的话让袁青山终于喘出了一口气。

"小时候就这样子，长大还了得！是哪家人的娃娃！把你爸妈喊过来！"老板拉着张沛继续骂。

张沛这才抽抽搭搭地哭起来，一边哭，一边说："叔叔，我错了，叔叔，我错了。"

街边上的好几个人都围了过来，看着稀奇。

袁青山唯一庆幸的就是这里离北门是那么的远，她憋着一口气看着张沛，觉得肚子剧痛起来，她从没有那么想吐过。

余飞看了看那个周围的人，他立刻像蛇一样缠在了曾红媛手臂上，嘶着声音说："阿姨，给叔叔说算了嘛，他知道他错了，他知道他错了。"

袁青山注意到余飞说的是"他"，而男人并没有表示什么异议，她敏锐地知道他们其他人并没有被发现，余飞也发现了这一点，他更用力地摇晃着女老板的手臂，拼命说着好话，他的声音是嘶哑的，里面还隐隐有他以前很强烈的那种外地口音，他说："阿姨，你们把我弟弟放了嘛，我爸爸来了要打死他，我爸爸最喜欢打人了！他知道错了，回去我好好教他！"——他说得那么急切，那么真，好像他就是个每天在棍子下讨命的孩子一样。而岑仲伯站在一个稍微远一点的地方，脸色铁青，紧紧握着自己的拳头，好像随时准备出击。他们僵持了几分钟，那几分钟里面，袁青山觉得她把平乐镇所有不认识的人都看过了一次。

最后老板娘终于把老板拉了进去，她对孩子们说："快点走，以后不要这样子哦，要好好读书嘛。"

老板还是在骂着张沛，他骂的脏话是孩子们从来没有听过的，比起这些，今天上午他们在三轮上骂的简直不算什么。

他们终于离开了那个是非之地，筋疲力尽，全身的骨头都散架了，走了一会儿，袁青山才想起袁清江还在酱油厂门口，她说："我妹还在那呢！"

说完这句话，她就看见袁清江正跟在队伍后面，她穿着米白色的连衣裙，背着海军蓝塑料小包，看起来就像是个天使。

"清江。"她怯生生地叫她。

其他的孩子们也发现了她的存在，他们全都跑过去迫不及待地讨好这个孩子。岑仲伯把大白兔奶糖拆开了给她吃，吃了一颗，又给了她另一颗。

张沛还没有完全停止哭泣，正在轻轻打着嗝，他用光了所有的力气，没精神看袁清江一眼。而余飞奇迹般一抹脸就笑了起来，他把自己兜里面的战利品翻出来给张沛看，说："没事，反正这是南街，没人认识我们。你看我这还有好多东西哦，那个瓜娃子还不是遭了，别哭了，等下我给你吃我的。"

"我以后再也不了。"张沛哭着说，声音听起来就像是个婴儿。

袁青山看见余飞翻了个白眼，但他还是说："好，好。"

"我以后真的再也不了。"张沛又说了一次，好像还没有从那些可怕的大人身边逃开。

他们终于继续往南门外清溪河边的大坟包走去，现在是袁青山拉着袁清江的手在走，张沛跟余飞走在一起，岑仲伯一个人走在最后面，手里拿着那包大白兔奶糖，他从头到尾都没有什么表情，只是脸色铁青着。

等他们甩掉这个不愉快的小插曲，走到大坟包的时候，其他人已经在那里等得不耐烦了，何斌带着他的女朋友陈倩倩正在铺报纸，他远远看见了他们，说："怎么这么慢啊！娃娃都生出来了！"

余飞笑嘻嘻地走过去，捶了他一拳，说："你才生娃娃！"他走过去帮乔梦皎把东西从袋子里面取出来，不时摸摸她的脸，乔梦皎僵硬着脖子任由这纵横江湖名震平乐一小的大哥大摸。

孩子们总是不知道从哪里就学来了一些奇怪的小游戏，然后开始流行。他们自有他们的逻辑，并且和世界上的其他逻辑一样，好像是约定俗成的从来就有了。

现在青龙帮是平乐一小最大的帮派了，孩子们都恭恭敬敬地叫余飞"飞哥"，飞哥还有四个好兄弟，分别是岑仲伯、张沛、何斌、马一鸣——这就是著名的平乐一小五小龙。在这里面，余飞是大哥，何斌是二哥，张沛排第三，然后是岑仲伯，马一鸣因为和何斌很要好勉强坐上青龙帮的第五把交椅，但这也足以让他在平乐一小甚是是平乐二小的孩子们里面耀武扬威，抬起鼻孔走路了。

帮里的规矩都是余飞定的，比如他规定五个兄弟必须每个找一个马子，宣布之后第二天，他就指明乔梦皎当他的马子——被袁青山拒绝了很多次以后，他终于和她相逢陌路，并且迅速搭上了班上最漂亮的乔梦皎，还学会了和其他男生一起嘲笑袁青山的大个子了。而乔梦皎，自从和张沛去滑了那次旱冰以后，两个人的关系就莫名其妙降温了，孩子们就是这样善于忘记以前的事情，到现在，除了袁青山自己，恐怕没有人记得那个草草收尾的晚上了——然后何斌找了岑仲伯班上的陈倩倩当女朋友，张沛因为和袁青山经常出双人对，被大家认为是一对了，最开始的时候，张沛还会骂几句"爬哦！你们再说！老子砍你们"之类的话，后来也就默认了。

目前还没有马子的人是岑仲伯和马一鸣，马一鸣倒是很想找个马子，但是因为他近视得很厉害，又老是看上太漂亮的姑娘，一直没有成事。而岑仲伯是唯一在这个问题上顶撞余飞的人，每次余飞说到，他就红着眼睛像一头小豹子那样喊："老子不干，要马子没得，要命一条！"——岑仲伯是帮里面打起架来最狠的一个，虽然他长得并不高，但是随时都有一股要人命的架势，余飞也就由着他去了——袁青山想着幼儿园时候的岑仲伯跟在张沛屁股后面，还跟老师打小报告的样子，她就不由地觉得他们这帮人是真的都长大了，不知道怎么就长成了现在的样子。

帮里还有一些别的规矩，比如不定期地去平乐镇各个小卖部狩猎，比如组织帮里的弟兄带着各自的马子到大坟包来野餐，好像古代贵族的出游。

现在张沛还没有恢复过来，他脸色苍白地站在一个角落里，看着自己的哥们儿用从家里带来的香肠、饺子、午餐肉准备着丰富的午餐。袁青山也站在那里，乔梦皎从余飞那里跑过来叫她，并且往张沛的方向挤了挤眼睛，说："怎么啦？你们吵架啦？"

"没，没有啊。"袁青山结结巴巴地说。

这时候余飞也转过头来，对张沛大喊了一声："张沛！照顾好你的马子嘛！"

从第一次余飞对袁青山提到这两个字，到现在她已经很熟悉这两个字了，她看着张沛，像一个女人看着她的男人那样，眼睛里面都是电视里出现的那种温柔，她的心里流出一股滚烫的液体来。

但是张沛谁也没理会，他走到炉子旁边，抢过马一鸣手里的报纸，开始往火堆里面塞。

"张沛怎么啦？"乔梦皎又问了一次。

袁青山摇摇头，她忽然想到妹妹就在旁边，就用她纯洁的眼睛看着这一切，因此她叫着袁清江说："清江，过来，我们去包饺子。"袁清江乖乖地点了点头，看来她并不知道什么是"马子"。

三个女孩就去包饺子了，陈倩倩在不停地吃何斌给她买的零食。袁青山在家是常常做家务的，袁清江也做得不错，乔梦皎就包得歪歪扭扭的，每一个都立不起来，她们把包好的饺子放在一个大锅盖里面，袁青山觉得自己的鼻子里面有一股酸酸的气体拼命往上冒，与此同时，其他每一个面目狰狞的饺子都像是在向她炫耀一种幸福，那是拥有母亲，可以每天穿裙子的幸福。

她压住这种莫名其妙的情绪，专注在包饺子上，还是忍不住一直去看张沛，他和马一鸣已经把锅架起来了，里面的水开始沸腾了。马一鸣说："可以过来下饺子了。"

"清江，去下饺子。"袁青山对妹妹说。

袁清江捧着一锅盖的饺子就去了，袁青山立刻放下了脸上作为姐姐的表情。"你们吵架了？"乔梦皎又问了一次。

"没有，路上出了点事。"袁青山压低着声音说——还好张沛没有听见她的话，他去和岑仲伯坐在一边了，余飞和何斌、陈倩倩坐在了另一边，他正在跟他们说路上发生的事，又不知道从哪里摸了一支烟出来抽——他老练地在吐出烟的时候眯起眼睛。

除了马一鸣，在场的每一个人都感觉到了张沛低落的情绪，何斌好几次回头去把手放在他肩膀上想和他说话都被他一把挥开了，余飞也叫了他两次，他都没有说话，他就丢了一根烟给他，他也没有动——这一切马一鸣丝毫没有察觉，他把全部的注意力都放在了袁清江身上，他知道这是袁青山的妹妹，以前也见过好几次了，袁清江乖乖地叫他："哥哥。""叫小马哥。"马一鸣神气地说。

"小马哥。"袁清江就叫了，这三个字对她来说和其他两个字并没有任何区别。

但是马一鸣浑身舒服，他看着袁清江低着头，把饺子一个个沿着锅缘放进开始冒泡的水里，她的小辫子扎得很紧，他可以看见她的头发因为被拉扯而露出的青白色的头皮，而她辫子上的彩色橡皮筋花花绿绿的，那颜色依次是：红色、蓝色、黄色、蓝色、绿色。与此同时，袁清江幼嫩的皮肤在彩色光芒的映照下显露出一种透明的白来。

"袁清江，你们班上有没有人追你啊？"马一鸣问她。

"没，没有。"袁清江结结巴巴地说。

马一鸣看见她脸上可疑的红色，他说："有吧，给哥哥说，我给你去摆平他。"

"真的没有。"袁清江一下连手里的饺子都咚地掉进了水里，热水溅在她的手上，她狠狠地缩了缩手，并且迅速地看了看张沛，他和岑仲伯不知道在说什么，露出一丝讽刺的笑容，倒是岑仲伯往这边看了一眼。

马一鸣又说："你喜欢吃大白兔奶糖啊？"

"嗯。"袁清江说。

"以后我每天给你买三个。"马一鸣立刻豪气地许诺。

"下学期你们不是读初中了吗?"袁清江一针见血地指出。

"我们会经常回一小的,还有那么多弟兄嘛。"马一鸣终于感到了当大哥的愉快。

他们拉拉杂杂地说着话,中途袁青山过来看了看锅,加了两次水,饺子就好了,香肠和萝卜也好了,乔梦皎和陈倩倩张罗着在报纸上把碗筷放好了。

天色还早,远远不是午饭的时候,但孩子们管不了这些,他们的身体都在急速地长大着,并且消耗着过度的激情。

把第一口饺子吃到嘴里的时候,袁青山觉得她等它等得实在是太久了。她注意到张沛却久久地没有吃,他拧着眉毛,好像在思考什么重大的问题。

后来,袁青山常常想到,如果马一鸣不说那句话,那么后来的事情是不是就都不会发生了。或者说,如果那天没有带袁清江,一切就会不一样了。

饭吃到一半,马一鸣说:"袁清江,给哥哥打碗萝卜嘛。""你自己打嘛!"岑仲伯说。但是袁清江乖乖地站起来去打了,马一鸣看着她走了,对袁青山说:"袁青山,喊你妹当我马子嘛。"

"爬噢!"袁青山说。虽然马一鸣常常想要别人当他马子,但她还是吃了一惊。

"眼光可以嘛!"余飞却笑了起来,一边咂着一截香肠。

"袁青山,"余飞表态,"喊你妹当马一鸣的马子,我让她加入青龙帮。"

"不行!"眼看妹妹已经回来了,袁青山急急地说。

袁清江走回来,把碗递还给马一鸣,坐回了自己的位子,她不明白为什么气氛变得有些奇怪了。

"袁清江,"余飞说,"你过去挨着马哥哥坐。"

"为什么？"袁清江有些怕他，她基本上没怎么和他说过话，她挪了挪身子，她的左边是袁青山，右边是陈倩倩。

"去嘛，妹妹。"陈倩倩跟着起哄，并且拉了拉袁清江的手臂。

事情就是在这一瞬间发生的，张沛猛地站起来，拍了陈倩倩的手臂，骂她："你拉什么拉！"

何斌马上放下碗站起来，保护自己的女人，他狠狠地推了一下张沛的头，说："你要干啥子嘛！"

张沛也狠狠地站起来推了一下他的肩膀，说："你要干啥子嘛！"

"你要干啥子嘛！"何斌用更凶狠的语气又说了一次，再推了张沛一下，把他推了出去。

"你要干啥子嘛！"张沛把何斌一把拉了出来，眼睛一下子红了。

"张沛！"余飞终于站起来了，"今天你过分了嘛！阴阳怪气的！又不是我们害你被逮的，还不是你自己瓜！"

"你才瓜！"张沛天不怕地不怕地骂余飞，"不是老子给你卷子抄，你哪次及格了嘛！"

余飞两步就走了过去，飞快地给了张沛一拳——当年他就是那样把拳头打在斧头帮老大黄元军头上，并且最终把他打得拼命求饶的。

但张沛不是黄元军，他彻底地发了狠，回了余飞一拳，与此同时，他自己又被何斌踢了一脚。陈倩倩捂着被张沛打的手臂，说："踢他！"

三个人就这样打了起来，袁青山吓得呆住了，袁清江不停地叫"姐姐！姐姐"，乔梦皎也紧张地拉着袁青山的手，她高大的身材让她在这个时候显然成为了一个靠山。马一鸣也有点怕了，他说："算了嘛！算了嘛！"——也不知道是说他自己还是他们。

岑仲伯也站了起来，说："飞哥，不要打了，自己的弟兄不要动手！"

"就是成绩好嘛，有什么了不起的！早就不想跟你耍了！"余飞丝毫没有停手的意思，他把张沛按在地上，用手肘捶他的背脊，张沛则用力抓着何斌的腿，掐着，何斌痛得全脸的白肉都在抖，他一边叫，一边蹲下来打张沛的头。

岑仲伯终于走过去从他背后给了他一拳。

"自己的弟兄,真的要打死啊?"他吼道。

四个孩子就混战了起来,他们的招数都是从电视上看来的,每一下都那么狠,那么重,袁清江吓得哭了起来,袁青山觉得自己从小腹有一股暖流一直往下流,她的肚子又痛了起来。

乔梦皎也哭了起来,她一边哭,一边说:"别打了,别打了。"

终于,她和马一鸣两个人过去把他们劝住了,两边的人都喘着气,挂着伤,余飞说:"有种明天拿家伙决斗!"

"决斗就决斗!"张沛说。

袁清江哭得声音都嘶哑了,袁青山连忙把妹妹抱在怀里,她深深地觉得今天无论如何也不应该带她出来。

他们再对峙了一会,张沛说:"岑仲伯,我们走!"

他转身就走了,岑仲伯也跟着他走了,他的脸被何斌狠狠咬下了一个血印子,就像古代罪犯的刺青。余飞站在那里,对着他们的背影,大喊:"从今天开始青龙帮没有你们这两个人!"

在他站的地方下面,传说是某个古代贵族的墓地,现在已经芳草萋萋,稍远一点的地方,清溪河的水涨得满满地,像女人的乳汁那样奔流了下去,从这里开始,它要浇灌的是整个肥沃的平原了,在平原上面,余飞的声音就那样野兽般响起来,并且完全是他的家乡话了:"今天开始青龙帮没有你们这两个人!"

山里的话比平原上的话有更多卷舌音,听起来,就像是一支古老的进行曲。

何斌看了袁青山一眼,说:"你要跟张沛他们还是跟我们?"

袁青山拉着袁清江站起来,跟在张沛他们后面走了。

这就是后来在平乐一小传得沸沸扬扬的青龙帮五小龙的决裂,也就是岑仲伯和余飞的决裂——没有人知道故事本来是什么样子的,他们都说是岑仲伯和余飞闹翻了。

四个孩子走在回去的路上，来的时候张沛在哭，回去的时候袁清江在哭。岑仲伯回头看了袁青山他们一眼，跟张沛说："张沛，等到你的马子嘛。"

"她才不是我的马子！"张沛说，头也不回地走着。

袁青山被这话震得头一晕，她走得更慢了，在陌生的南街上，她看见有个黑色的影子出现了，就像过去那些心碎欲绝的时候一样，袁青山知道这是"妈妈"来了，她觉得好过了一点，她往她看过去，却发现那根本不是"妈妈"，而是昨天不知道被谁丢在那里的一条长扫把。

袁清江看出了她低落的情绪，她拉着她，说："姐姐，姐姐。"

这是怎样的回家路啊。和来时候的路相比，它更是一个隐喻。她们从酱油厂门口过了，袁青山忍不住看了一眼，铺子里面只有那个女人，她呆呆地看着某个地方，眼睛是红肿的。

到底有多少人流了泪啊。她想。

没有人知道，平乐镇上的人想哭就哭了，哭了就算了。

袁华回来的时候也没有发现两个女儿有任何一个哭过，只是觉得屋里有点安静。

"今天玩得开心吗？"他问袁清江。

"嗯！"袁清江点着头，露出了一个微笑。

袁青山感激地看了妹妹一眼，她发现她真的是那么可爱。她转过身要去给袁华倒水，却听见袁华用一种骇人的声音喊了一句："袁青山！"

她吓得哆嗦了一下，以为今天在南街的事情被哪个熟人看见了，一时间，她的心里面好像被刨出了千万条丝，她回过头，问："什么事？"

"快点去换条裤子！"袁华指着外面属于两姐妹的房间说。

袁青山赶紧去了，她把裤子换下来的时候，才发现上面那摊血远远比她想的要大，它不知道什么时候就渗了出来，遮盖了本身的色彩，然后又迅速失去了光芒，变成了暗红色，好像是一声重重的叹息——袁青山看着这块血，她忽然像被锤子砸中一样明白她是再也见不到那个鬼了，再也见不到她年幼时候的朋友，她长大了，变成了一个普通人。

趁着还好洗的时候，她赶快到阳台上去把裤子洗了。

刘全全

　　将近十五年的时间里，刘全全的样子从来就没有变过。我总是在平乐一中操场的某个双杠附近看见他，他喜欢用两只手把自己吊在双杠上，曲起膝盖，双腿离地，紧接着他就低着头开始研究自己的鞋，直到他的手终于承受不住，让他跌落了下来——摔到地上以后，他也并不觉得痛，经常会笑上好一阵子——甚至他的脸也没有老过，看起来一直像是个十几岁的少年。

　　将近十五年的时间里，刘全全仿佛穿着同一件衣服。那是一件青灰色的西装外套，夏天的话，他就光着膀子穿，如果是冬天，里面就加一件枣红的高领毛衣。他的衣服总不是很干净，因为他总是能找到那些年久失修的角落，躲在里面，从这个世界上消失一阵子，然后又神秘地出现。

　　将近十五年的时间了啊，平乐一中的冯云芬白了头发又得了胆结石，但是她寻找刘全全的姿态也从来没有变过。很多人都看见她从平乐一中出来，然后在国学巷从头寻到尾，有时候还找到南街的大街上去了，有好事的人对她喊一声："冯老师，你们全全跑到北门上去了！"——她就脸色铁青，拔腿就往北门跑，过了半个多小时，或者更久，我们就能看见她拉着刘全全的手走回一中去，母子两个都是一言不发，低着头猛走。冯老师走得很快，我们都觉得跟在后面的刘全全会因为两只脚相互绊住忽然跌倒——还好这样的事情一次也没有发生过。

　　刘全全本来叫什么名字我们镇的人并不知道，甚至没人知道他父亲的名字，街坊邻居都说，弄大了冯云芬肚子的是个外乡人，那一年我们镇上忽然来了很多卖假药的，过了十个月，才刚刚当上平乐一中语文老师的单身姑娘冯云芬生下了一个傻子，并且从此就被派到食堂去打饭了——"这都是报应啊。"老一辈的人讲起这个故事总是说。不知道从什么时候起，大家就叫他刘全全了，连冯云芬也这么叫了，虽然我怀疑这个名字的来历很可能跟刘全进有什么关系——那名字在我们那里是傻瓜的代名词。

每一个念过平乐一中的孩子都熟悉刘全全，他经常在我们上体育课的时候来逛操场，有时候站在树下歪着脖子看我们，有几次甚至嘴里呼啦啦地喊着向学生们冲过来，把我们吓得四处逃窜——后来我们都有些怕他，看见他出现了，大家就都尖叫着："刘全全！刘全全！"然后飞快散开了。

我跟刘全全唯一一次接触是在我高一那年，那时候的刘全全应该已经有三十多岁了，但完全还是个孩子的样子。那天下午我一个人在操场上看一本书，故事说到有个寡妇丢了她的儿子，她儿子走时偷了他们家的闹钟，寡妇就每天到桥上去问："你们看到我们家的闹钟没有？"——这样问了好多年。

那个时候刘全全忽然出现了，我甚至没来得及躲闪，他站在另一棵树下面，看着我，笑眯眯的，嘴里面发出"呵呵"的声音。可能是被刚刚故事的情节触动了，我并没有马上逃开，而是也微笑着看着他。他就慢慢地走了过来，一边走，一边"呵呵"的。

他走到我椅子旁边，就不动了，看着我，依然笑着，眼睛里面竟然有恐惧。"坐吧？"我拍了拍旁边的位子。刘全全听懂了我的话，他坐了下来，但还是和我保持着大段的距离，半个屁股都在板凳外面，他浑身僵硬地坐在那里，看着我笑。

我们在那坐了一会儿，我继续看我的书，刘全全抬着头看我们顶上的树冠，他没有再发出什么声音，也没有动过，我觉得整个世界就那样停止了。

后来冯云芬过来找他了，看见刘全全和我坐在一起，她猛地跑过来把傻子一把拉了起来，挥手就给了他脑袋一巴掌，骂道："喊你不要乱跑，咋坐在人家边上呢？"她把他拖到自己身后，拼命地跟我道歉。我说："没事，是我让他坐这的。"

但是冯云芬像根本没有听到我的话那样，只是一直说着对不起，拉着刘全全飞快地走了——傻子回头看了我好几眼。

我不知道冯云芬回去以后是怎么教育了刘全全，之后我虽然还是经常见到他，他也依然好像记得我的样子，对我笑着，但再也不敢走过来了。

而直到刘全全死了之后，我才领悟傻子为什么经常跑到北门上去，以及他和另一个去世多年的人似乎有着的某种神秘的联系。

那是我高中毕业前夕，我们镇上来的第一家房产开发商买下了北二仓库的老仓库，他们用了一个多星期的时间，把那些仓库一座一座拆掉了。那是我们平乐镇史上的一件大事，整个镇似乎每天都能听到拆房子的巨响。

事发那天，冯云芬始终没有找到失踪的刘全全，她终于跑到北二仓库去了，才听说刘全全已经被送到了县医院。看热闹的人说，刘全全跟外地来的建筑队打了起来——他守在一座仓库面前，大哭大闹，甚至扑上去咬了人。

"刘全全这娃还是精灵嘛！知道咬穿得阔气的人！"大家说——结果他咬到的果然是建筑公司的某个领导，就被几个人围着打得半死，我们镇上的人远远看着傻子被打了，没有人上去。

刘全全伤得很重，另一种说法是冯云芬没钱给医药费，硬是把他从医院搬回了家，总之，过了不到一个星期，她在清溪河边的墓地买了一块坟，把他葬了——从那以后，冯云芬也好像消失了，更奇怪的是她不见了以后我们镇上没有人能想起来她到底长成什么样子。

考上大学离开平乐镇前夕，我去过一次清溪河墓园。袁青山的坟是那里最大的，一眼就能看见，接着，我找了很久，才找到刘全全的坟。那块地上只有一个小小的碑，一不小心就会走过了。

我知道那就是刘全全的坟，因为和袁青山的碑一样，那块碑上也一个字没有，光溜溜的，顶端积着昨天下的雨水——那一瞬间，我的眼睛有些湿润，我知道刘全全最后保卫的仓库就是袁青山住过的那座，袁青山早没了，仓库没了，刘全全也没了，没有人知道该说点什么好，我们镇上的人对他们这样的人，总是那样无言。

第 *6* 章

早自习一下课，袁青山就去体育教研室找钟老师了，他正在跟办公室里另外一个男老师讲昨天发生的事情——"……我们都不信，结果她真的就吃下去了，啤酒泡饭！就为了五十元钱！"——两个老师都笑起来了，他们的中气都很足，笑得袁青山耳朵发痛了，她有些紧张地站在刚刚进门的地方，直到钟老师笑完了，发现了她，招呼她说："袁青山，进来嘛。"

她就走了过去，对钟老师说："钟老师，我跟我爸商量了，我爸说同意我参加排球队，只要不耽误学习。"

"不耽误！不耽误！"钟老师挥着手说，"你看我们排球队的女娃娃，成绩都好得很，而且以后高考还可以加分嘛！"

"嗯，我知道。"袁青山说。

"不过打排球很辛苦，打了就要打好，不能半途而废，你身体条件好，更要努力。"钟老师正色说。

"嗯，好。"袁青山说。

"今天下午放学就来训练。"钟老师说完，转头又跟另外那个男老师说上了，"下次我们再赌冯云芬吃火锅油泡饭嘛！一百元看她吃不吃！"

他们又大笑起来，袁青山在笑声中退出了体育办公室，远远地，她看见器材室那边说说笑笑走出来几个排球队的，他们刚刚结束了晨练，收拾好了东西，准备去上课了——那些人都长得很高，有几个比袁青山还高，她看着他们，想到自己很快就是其中的一员了，她就又站着看了一会儿。

她走着回教室。秋天正在慢慢变浓，每年这个时候的平原是最美的，天空呈现出难得的高蓝色,时而吹过来的风都是远方的,静下去听,可以听见整个平原的樟树、桉树、梧桐树都在哗啦啦地响着,从一头响到了另一头——但平乐一中的年轻人没人懂得欣赏这样的声音。袁青山转上了二楼就差点被一个男生撞到墙上去,她还没来得及说什么,另一群男生又追了过来,一群人大叫着打闹起来——这就是整个初一年级最可怕的二班,这个班聚集了所有穷苦人的、爱打架的、不听课的、搞早恋的孩子。过去一点就是一班,那是一个住校班,班上都是领导的、有钱人的、有关系人的孩子。楼上是袁青山读的四班和三班。这两个班的孩子没有什么大区别,都是老百姓的、低眉顺眼的、便于管理的孩子。

他们从平乐一小读上来的几个玩得特别好的,张沛在一班,和何斌同班,袁青山和乔梦皎同班,都在四班。岑仲伯被分到了二班,和余飞他们同班。

袁青山惆怅地看了一眼二楼尽头伸出去的大阳台,那是整个初一一班的孩子专用的,虽然大人们自以为做得很隐蔽,但她却发现了他们已经把他们明确分类了,这个发现让她觉得心灰意冷,前途黯淡。而张沛就是在那个阳台上,从暑假他搬家以后,她既没有去他们家玩过,甚至没有和他怎么说过话,加上读了封闭班,接触得更少了。在袁青山的脑子里,张沛对她说过的最后一句话竟然是:"她才不是我马子!"——她惆怅地想到,他们曾经在一起过吗?在一起上学放学,是算谈恋爱吗?——她这样一想,就能听到满秋天的声音扑面而来了,凉得能催下她的眼泪来,她甩了甩头,把手插进运动裤的口袋里,走上楼去了。

乔梦皎坐在靠窗户的位子,看见她回来了,探出头来说:"袁青山,你去跟钟老师说了吗?"

"说了。"袁青山一边走进教室,一边说。

"那以后你放学要去排球队训练啦?"她问。

"嗯。"袁青山说,并且在自己的位子上坐下来,她还是坐在最后一排,和乔梦皎一组,中间隔着两个位子。

"那谁和我放学回家啊?"乔梦皎皱着眉毛,撒娇一样说。

"余飞啊。"袁青山冷冷淡淡地说,乔梦皎那撒娇的语气让她觉得自己更不像个女的了。

"我们都不同班了,他哪里有时间陪我。"乔梦皎哀怨地说——就在这时候,上课铃粗暴地响起来了。

上了初中,袁青山他们开始学英文了,她学得不是很顺,总是用中文把发音标在英文下面,但是每天回家,袁华检查她作业的时候看到了这样的字就会狠狠批评她一顿,袁华说:"当年我们也知道,这样是学不出来英语的,这样学出来的是土英语!"袁青山听从了父亲的话,从那以后她总是用铅笔轻轻地写上注音中文,然后在回家之前擦掉,正当她又在搜肠刮肚地找出适当的中文来标新单词的读音时,前面传来了一张纸条。

她一看就知道是乔梦皎传的,她总是把纸条折成一颗心的形状。袁青山已经会熟练地打开这种纸条了,而不会像第一次那样把它撕烂。她打开乔梦皎的心,里面写着一句让她顿时停止了心跳的话:

"我听余飞前几天说,这个星期五要找人打张沛他们,你知道吗?"

袁青山看了看贴在文具盒里面的日历,发现今天就是星期五。

袁青山终于等到了下课,她匆匆忙忙下楼去找岑仲伯。

到了二班门口,她就远远看见陈倩倩穿着一件桃红色的外套,扎着一个同色系的蝴蝶结,坐在阳台上面,埋着头像女王一样跟几个男生说话,她的表情十分丰富,眼睛转起来,是那么漂亮。

袁青山心不甘情不愿地走过去,问她:"陈倩倩,看见岑仲伯了吗?"

顿时,那几个男生都转过头来看了袁青山一眼,他们的目光几乎要把她杀死了。她稳住巨大的身体,问她:"帮我找下岑仲伯吧。"

陈倩倩瞄了她一眼,推了推其中一个男生,说:"去把岑仲伯叫出来嘛。"

"我不去,"那个男生说,"凭什么帮她去找人。"他指了指袁青山。

袁青山难堪地站在那里,像一棵被连根拔起的乔木,还好这个时候马一鸣走了出来,他还是戴着同样的大眼镜,手里面拿着几本漫画书准备到隔壁班去还给何斌，他说："袁青山，你怎么跑下来玩了？"

"帮我找下岑仲伯嘛。"袁青山说。

马一鸣倒是很爽快，他把头伸进教室里面，大叫了一声："岑仲伯，龟儿子滚出来，有人找你！"

袁青山站在那等了十秒钟，岑仲伯就出来了。

一个暑假不见，袁青山觉得他好像长高了，以前她能高高地看见他的头顶，现在只能看见额头了。他看见袁青山，有些惊讶，说："你找我干什么？"

袁青山好像见了亲人一样，一把把他拉到旁边，压低了声音，问他："我听说余飞他们要打张沛，是不是真的？"

岑仲伯面色一凝，问她："谁告诉你的？"

"乔梦皎嘛。"袁青山说。

"我也不清楚，"岑仲伯说，"现在我跟他们关系也不是很好了，但是他们昨天好像是一群人到一班去找张沛了。"

"那你怎么不告诉我呀？现在怎么办？"袁青山六神无主地问他，她只觉得他是现在在平乐一中唯一可以相信的人，在这个陌生的学校，来来回回都是比他们资格更老的人，袁青山忽然无比想念平乐一小，想念在那里指点江山的熟悉和惬意，那一切都一去不回了，他们又在这里慢慢地把地皮踩热了。

"管张沛的哦。"岑仲伯懒散地说。

"不然我们去问下张沛嘛？"袁青山不依不饶。

岑仲伯看着她着急的样子，掠过了一丝复杂的神情，他终于说："好嘛，去嘛。"

他们去找张沛，跨过去的大阳台上只有一班的人在玩。他们在门口站了一会儿，一班的教室和其他的教室不太一样，因为是住校班，教室后面有个柜子，里面放着每个同学的生活用品，有杯子、饭盒、毛巾，还有别的琳琅满目的东西，像一个小小的博物馆。

张沛的座位刚好在靠着门的那个小组倒数第三个，岑仲伯轻轻地叫：

"张沛！张沛！"张沛埋着头不知道在写什么，好几个其他的学生都回头来看他了。"张沛！"岑仲伯就抬高声音又叫了，这下张沛终于回头过来了。他看见了他们两个，皱了皱眉毛，还是放下手上的事，推开椅子走了过来。

张沛也好像长高了，袁青山发现他比岑仲伯矮不了多少了。他穿着一件灰蓝色的毛衣，上面有一只海豚，看起来是那么不一般。

他看着他们俩，说："什么事？"

岑仲伯的动作几乎和刚刚的袁青山如出一辙，他把张沛拉到了一边，压低声音，神秘地说："余飞要打你啊？"

"打就打嘛，哪个怕他。"张沛冷冷地说。

"你知道了为什么不跟我们说啊。"袁青山着急地问他。

"他们昨天就来说了，喊我今天放学桂花林见，我觉得没什么好说的。"张沛说。——桂花林是平乐一中操场尽头的一片林子，靠着新修的主席台，平时没有几个人过去。

"你不要去嘛。"袁青山说。

"我自己知道。"张沛说，他转过身，看样子准备进教室了。

"张沛，"袁青山着急地伸出手，拉着他的袖子，她用尽了全身的力气，说，"要不要我们跟你一起去嘛？"

"不了，"张沛甩了甩袖子，望着教室里面，说，"我们现在又不同班，我自己知道看着办。"

——就在这个时候，上课铃又像催魂一样响了起来。

袁青山和岑仲伯不得不回到自己的教室里面去了，她传纸条给乔梦皎，问她："你知道他喊了哪些人打张沛不？"

"好像是初三的几个人。"乔梦皎说。

"你去给他们说叫他们别打张沛了嘛。"

"余飞才不听我的。你又不是不知道。"

袁青山还想说什么，就发现讲台上的地理老师明显地看着她这边咳嗽了几声，她连忙把纸条收起来了。

她把那张纸随手一团，塞到了书包的一个内包里面，那里皱皱巴巴的都是开学以来她和乔梦皎传的纸条，她望着满班似是而非的同学的脸，还是选择低下头研究地理书上的地球风带图了。

　　一个上午袁青山都被这件事情弄得心神不宁，她像个真正的女人那样焦虑着，课间操的时候，她本来想和张沛再说两句话，但是一班和四班隔得太远了，她远远地看见他灰蓝色的毛衣一眼，但是一做完操就不见了。

　　她反而在操场上看见了汪燕，她在北二仓库看见过她几次，都是骑在自行车上飞快地消失了。她发现她已经长出了一对滚圆的胸，和其他几个女孩一起说说笑笑走了。

　　中午，袁青山和乔梦皎一起放学回家，他们在国学巷路口买了两个蛋烘糕，乔梦皎说："吃奶油果酱的嘛，我觉得那个最好吃了。"她就要了一个奶油果酱的——那是最贵的一种蛋烘糕，要一块钱一个。袁青山说："不了，我还是喜欢吃大头菜的。"一边说，一边从兜里摸出四毛钱来，买了一个大头菜的。

　　两个人在十字口分开了，袁青山一回到家，就闻到父亲炒回锅肉的香味，和以往不同的是，这味道并没有让她急剧地开始分泌口水。

　　吃饭的时候，袁华发现她吃得很少，他问她："你是不是又在路上吃零食了？喊你不要吃零食，多吃饭。"

　　"没有，烦得很。"袁青山粗暴地说，埋头吃饭。

　　"你跟老师说了参加排球队的事情没？"袁华接着问。

　　"嗯。"袁青山说。

　　"你跟他说了不要耽误学习没有？"

　　"说了说了，烦得很。"袁青山用力戳着一团饭。

　　袁华一下子把筷子用力地摔在桌子上："你这娃娃太不像话了！前几天喊我买自行车不买给你你就每天跟我乱发火！每家有每家的情况，我们家要供你又要供妹妹，你要学会节约嘛！"

　　袁青山和袁清江都吓了一跳，袁青山知道父亲又火了，开学一个多星期以来家里的空气总是格外紧张,袁清江也一脸惊恐地看着她。

袁青山第一反应是给父亲道个歉,但是她已经过了那个能够随时说对不起的年龄了,她骨子里面的骄傲长起来了,扎得她自己生痛,何况还是当着妹妹的面,她也不知道怎么的,就把筷子一摔,拿起书包就走了。

袁清江急了,跑过来一直叫她:"姐姐!姐姐!"袁青山理都不理,一把推开了妹妹,大踏步下楼去了,筒子楼上其他的人都在关着门吃饭,只听到袁华用一整个楼都能听见的声音大叫着:"袁青山!袁青山!"

她有些害怕了,但还是走了。

她直接就到学校去了,路上觉得肚子很饿,她翻了翻口袋,发现还有一块三,她就去买了两个馒头,在路上吃了。

学校里面一个人都没有,静悄悄得看起来完全像是另一个地方了。袁青山走到操场的尽头,去看那片桂花林,桂花刚刚开过了,留着残香,那些花是那么小,落到地上就成了泥。她在那呆呆地站着,恨不得就这样死了,就在这时候她听到了脚步声。

她多么希望是张沛,但她知道绝不会是,她转过身去,发现是那个傻子刘全全。在第一节体育课上她远远地看见过他一次,听别人讲起来过,这还是她第一次这么近看见他,他看起来和自己差不多年纪,居然也和她差不多高,穿着一件青灰色的西装外套,歪着头看着她笑,脸上露出稚气的笑来。

这笑脸不知道为什么让袁青山想到了自己的妹妹,她也对他笑了笑,他就笑得更欢了,只是还是动也不动,看着她。

袁青山想试着跟他说话,她说:"刘全全?"

刘全全还是笑着。

她说:"我叫袁青山。"

刘全全还是笑着。

袁青山忽然觉得自己这样有点蠢,她就转过头走了。她走的时候,心里面其实有点害怕,一直回头来看,怕傻子会忽然发疯,但刘全全一直跟着她,跟到操场的尽头,他看着她往教室走去,不动了。

袁青山到了教学楼下，看见岑仲伯已经来上学了，她欣喜地走过去，说："你怎么来得这么早？"

　　"我中午不回去，自己吃了就回来了。"岑仲伯说。

　　"噢，"袁青山随口应了一句，她的心思完全不在这上面，她说："下午的事情你想好怎么办了吗？"

　　"打嘛。"岑仲伯轻轻松松地说。

　　"他们找了初三的人。"袁青山说，"我听说初三的那些人打架都用钢管。"

　　"不怕，我有这个。"岑仲伯神神秘秘地从裤子里面摸出个亮闪闪的东西给袁青山看，袁青山发现那是一把蝴蝶刀，就是余飞曾经在她面前耍过的。

　　"你也要去？"袁青山问。

　　"去，打我兄弟我怎么不去！我们南门上的人没有那样的！"岑仲伯说。

　　"不然我们去告老师嘛？"袁青山灵机一动。

　　"你有病啊！"岑仲伯不屑地说。

　　"哎呀，你就不要管了，这些都是男人的事情，你又不是张沛的哪个，你管这么多干什么，人家乔梦皎都没说余飞什么。"岑仲伯受不了地拍了拍袁青山的肩膀，准备上去了。

　　岑仲伯的这句话把袁青山结结实实地给堵住了，她愣愣地站了一会儿，用眼睛的余光可以看见自己运动服上的红色条纹，她还看见岑仲伯穿的那条旧西装裤上面补了一个很大的疤，她觉得这千篇一律索然无味的丑陋正在嘲笑着她自己，她终于说了一句："不管就不管了。"

　　她就从另一边楼梯上楼去了。

　　教室里面已经来了几个学生，看见她进来，他们缩着脖子不说话了。袁青山知道他们在怕她，因为她长得是那么高，剪着一个男人一样的短发，还和其他班的学生玩。她知道这一切，但是她懒得说什么了，她把书包甩到桌子上，狠狠拿出了文具盒——做完了这一切以后，她觉得好受多了。

过了一会,乔梦皎也来了,她放下书包,把文具盒和第一节课本的书都放好了,就过来和袁青山玩了。

袁青山说:"余飞他们今天真的要打张沛啊?"

"嗯。"乔梦皎说,"好像是。"

"他们初三的人打架是不是要用钢管啊?"袁青山接着问。

"好像是。"乔梦皎笑眯眯地接着说。

她那个不在乎的样子让袁青山升起了一股无名火,她压下火气,把上午说过的话又说了一次:"你怎么不跟余飞说一下让他别打张沛了?"

"他哪次听了我的嘛。"乔梦皎噘着嘴说,"没事,他们经常都要打架嘛。"

袁青山又被刺了一下,她知道乔梦皎说的没错,自从和余飞他们玩在一起以后,张沛经常都会去打架,以前她从来没有这样烦躁过。

她看着乔梦皎的脸,那是那样一张美丽的少女的脸,干净、舒服、明澄,乔梦皎对她说:"你就别管了,他们哪次不是那样,肯定是上次大坟包的事情还没解决嘛。"

"这次不一样啊……"袁青山喃喃地说,也感到自己是不是有点反应过度了。

不用看,她也能知道自己的脸,那是一张黄色的、宽阔的、平凡的脸,剪着永远的男式头,总是呈现出一种忧郁。

就是这一瞬间,袁青山明白自己的不安和焦虑是从哪里来了——因为这一次她被排开了。没有人告诉她要打架的事情,余飞、岑仲伯,甚至张沛,还有何斌,就是因为张沛。她隐隐约约地觉得那是一种决绝,张沛要告别过去的那个世界,告别和过去世界有关的事物,而她刚好不巧在这个范围内,甚至不是因为她得罪了他,只是因为这样。

现在,她明白自己的难过是从哪里来了,她明白自己这么卑微的心里都在期待着并且恐惧着什么。上课的时候,袁青山把头埋在手臂里面,大颗大颗的眼泪滚了出来,她听见老师在讲台上说:"……你们知道作者为什么要用个省略号吗?那六个小圆点代表他飞溅的泪水,代表敌人冷酷的子弹！”

　　袁青山就默默拿出笔来，把语文书上十六页第四排那个省略号圈了起来，把老师说的话默默地记在旁边——在这过程中，她用力控制着自己的鼻子不发出抽泣的声音来，她的眼泪把整个十六页打湿了一半。

　　下了课以后，袁青山就去女排报到了，她庆幸自己就在今天的上午决定加入了女排，庆幸她可以在放学之后来训练，而根本不用思考其他选择了。

　　一起参加女排的还有好几个初一的，袁青山是里面最高的，格外显眼。她们先跟着老队员一起围着操场跑了八百米，操场一圈是四百米，袁青山有两次的机会离桂花林格外近了，但是她没有去看一眼，也没有听，整个过程中，她只听到平原上面那种秋天的风声又响起来了。整个操场就像一个灰白色的旷野，跑到三百米，她就有些累了，于是她努力地调整着自己的呼吸，把思绪排开，只是要持续地跑到终点。

　　跑完了这一路，新来的人都累得弯着腰在喘，钟老师就拿着球过来教垫球了。垫球的重点是要把小臂合拢，钟老师一个一个用力掰着新人们的手臂，用她们还没有退队的红领巾狠狠地捆着那些臂膀。

　　和以往的时候不一样，袁青山一直低着眼睛，她不想去看见别的不认识的人，也不想认识她们，她就拿着一个球自己去旁边练了，球很快把她的手臂打得红通通的了——整个暑假她都在家里预习初中的课本，完成父亲自己布置给她的作业，没有怎么出去玩过，手臂还是雪白的，因此红得格外触目惊心——她按照动作要领，微微蹲下，整个眼睛里面只有那个排球，它上上下下的，这律动终于变成了世界的主题，疼痛就这样消失了。

　　忽然，她听见一声惨叫从操场的另一边传了过来，更确切地说是哭喊，声音的主人丝毫没有打算掩饰自己的恐惧和绝望。“啊！啊！啊！”他喊着跑了起来。女排和男排的人都转过头去看到底发生了什么事。

　　那声音是那样的凄厉，以至于在最初的几秒钟里，袁青山并没能听出那不是张沛的声音，她麻着半边身子转过去，就看见刘全全从桂花林跑出来，他拼命挥着自己的双手，斜着半个身子往前跑，一边跑，一边惨叫着。

在他后面,追着好几个男孩,袁青山看见有余飞,还有他们院子里面的黄元军,还有另外两个她不认识的男生,在他们后面,跟着的是岑仲伯,岑仲伯一边跑,一边喊着什么,但是完全淹没在傻子的声音里了。

追傻子的人都是平乐一中的亡命之徒,他们旁若无人,在操场中间把刘全全扑倒在地上,像打一条狗一样打起了他来,他们没有拿钢管,或许是觉得没必要拿出来,傻子的惨叫响彻了整个操场。

男排的人发出了一阵嘘声,女排的几个姑娘跟钟老师说:"钟老师,他们在打刘全全。"——钟老师也看着这一幕,他说:"打嘛,那个傻子不知道又干什么了。上个星期才把我们屋里刚刚种在阳台上的蒜苗扯了,他妈也该把自己的儿管好点!"

袁青山也看着傻子被打,她还没反应过来这事是怎么发生的,就看见岑仲伯在后面追上了他们,袁青山惊讶地发现他想要拉开黄元军,两个人很快打了起来。

钟老师认出了那个想要把傻子救出来的是他们南门上岑婆婆的孙子岑仲伯,他终于觉得还是不能这样看着,他就走了过去,一边走,一边大声喊:"不许打架!哪个再打!给老子停到!"

他一喊叫,其他几个孩子都停下来了,他们都认识钟老师,知道他是惹不得的老师,只有一个孩子还在打着刘全全,刘全全仰起头来像野狗一样踢他,咬他,两个人都打红了眼睛。这个人是余飞,钟老师不认识余飞,他惊讶于平乐一中还有不给他面子的混混儿,他决定跑过去好好给他一个教训,但他不知道余飞发狠的时候是六亲不认的,他跑过去还没来得及发威,余飞就反手给了他一拳。

听到钟老师的惨叫,整个排球队的人都冲过去了。

袁青山也混在人堆里过去了,她一边跑一边想:"张沛呢?张沛在哪里?"

保健室的卢老师今天本来想早点回家,结果星期五的晚报总是特别厚,他坐在办公室里面仔仔细细地把报纸都看完了,才发现已经过了下班的时间，他就收起东西准备走了，忽然听到门外面激烈地吵闹起来，像是开过来了一个师，多年的工作经验告诉他，肯定又是学生打架了。

他才把门打开，就看见一群学生把两个满身狼狈的男孩送了进来，他惊讶地发现其中一个是刘全全。

"怎么了？"他问来的一个排球队的学生。

"这两个人遭打了。"学生说。

"打人的人呢？"卢老师问。

"他们把钟老师打了，钟老师把他们扯到派出所去了。"学生说。

卢老师一惊，他没想到还有不识相的人敢打平乐一中的钟镇西，他年轻的时候跟着南街著名的铁砂拳张七哥打过拳，在南门上操扁褂的小伙子里面是数一数二的好手，据说他能用食指把砖墙敲出一个坑——这些事情平乐镇的老街坊都是津津乐道的。

他没空去思考那些孩子们的下场，就发现刘全全被打得很厉害，他的一只眼睛全肿起来了，另一个孩子则要好一些，他正摆着手说："我没事情，老师，你先看他嘛。"

卢老师就忙着给刘全全处理伤口了，一屋子的学生都看着他，他不停地在人堆里穿来穿去拿东西，一边嘴里说："你们这些娃娃，叫你们不要打架！不听话！"——每次这个时候，是卢老师最为满足，最为享受的时候。

袁青山在人堆里面欣赏他的表演，她走到岑仲伯身边，问他："张沛呢？"

岑仲伯白了她一眼，说："张沛这龟儿子根本就没去！我们几个在那瓜等了他半天！我都要走了，这个瓜娃子不知道从哪跑出来，还扯余飞的头发，把余飞惹毛了。"——他指了指刘全全。

袁青山愣了愣，然后发现自己早就应该想到才对，张沛这样的人怎么会真的跑去让余飞打呢。她露出了一个微笑，看着岑仲伯狼狈的样子，忍不住笑了。

岑仲伯骂她："你笑个屁哦！你知不知道你早就把张沛得罪了嘛？"

"我什么时候得罪过他了？"袁青山脑子嗡地一下。

"你说呢？"岑仲伯语重心长地说，"张沛是为了你妹才和余飞他们闹了的，上次在大坟包你居然都没站出来帮他，我们走了你还在那坐着，他怎么不气嘛！"

袁青山怎么也没想到张沛居然是因为这样一直不理她的，她明明知道张沛不是为了袁清江跟余飞他们闹翻的，但她又说不出口这样的话，那些可以解释的话经过了一个漫长的暑假，都已经凋零了。

她想大叫一声，却又笑了起来，她终于说："他也太小气了嘛！"

岑仲伯说："他本来就小气，你还不知道啊？"

"就是，就是。"袁青山笑得停不住，她想到自己一个暑假的千回百转，黯然神伤，想到自己下午哭湿的半张纸，觉得这简直是一场闹剧。

这个张沛不就是她认识的张沛吗？她应该过去跟他说一声，说："张沛，我错了，你不要生我的气了。"或者捶捶他的肩膀，或者拍拍他的脑袋，这一切就过去了。

她真的笑了起来，刘全全还在床上呻吟着。

就在这个时候，一个女人扒开人群进来了，她急冲冲地走到床边，问卢老师："我们全全怎么了？谁打他了？"

卢老师正在剪一块纱布，他慢条斯理地说："冯老师，你不要着急，没事……"

但那女人不管这些，她转过来环顾整个屋子的人，一把就抓住了岑仲伯，她说："你！是不是你打我们全全？"

女人长得很高，比袁青山还要高一些，穿着一件棕色的灯芯绒外套，烫着微微卷的短发，岑仲伯被她抓在手里就像个真正的孩子。

她狠狠地问岑仲伯："你为什么要打我们全全？你是哪家的娃娃？"

"哎呀冯云芬呀！"还是卢老师放下纱布过来解了围，"人家没打你们全全，打你们全全的被钟镇西拖到派出所去了！"

冯云芬这名字让袁青山觉得好像似曾相识，但她没来得及想出是在什么地方听到过，就看到冯云芬风风火火地放下岑仲伯，跑回去看自己的儿子了。

她一边看傻子受伤的脸，一边摸着他的手，一边喃喃自语，没有人听懂了她在说什么。

　　排球队的人都陆陆续续地走了，今天不用训练了，他们走的时候脚步轻快。袁青山也觉得应该走了，她拉了拉岑仲伯，岑仲伯点了点头，他们就要出去了。

　　"小同学，"冯云芬这时候居然转过头来叫住了岑仲伯，她的脸还没有从悲伤中恢复过来，袁青山意外地发现她的眼睛有一对很大的瞳仁，就像是一双别人的眼睛长在了那沧桑的脸上，"小同学，"冯云芬说，"你姓什么？"

　　"岑。"岑仲伯说。

　　"是岑还是陈？"冯云芬又问了一次。

　　"岑。"岑仲伯说了等于没说地又说了一次。

　　"你爸是不是岑奇？"冯云芬着了魔一样说。

　　"我不知道，我跟着我奶奶的。"岑仲伯冷冷地说，袁青山吃了一惊，她从来没听说过这样的事。

　　"你爸就是岑奇，"冯云芬皱着眉毛感慨地说，"你长得跟他一模一样。以前我还在教书的时候，他跟我配一个班的课。"

　　"你说的是哪个啊？"卢老师插话。

　　"哎呀你不认识，他在这没教多久的书就走了。"冯云芬说。

　　卢老师撇了撇嘴，继续给刘全全涂酒精了，他给了袁青山他们一个眼色，让他们快出去，大家都觉得傻子的母亲也不太正常。

　　袁青山就和岑仲伯出去了，排球队的人已经走得干干净净，高中的人开始来上晚自习了，教室里面亮起来的灯看起来是那么陌生而神圣。

　　袁青山说："你爸真的在这教过书啊？"

　　岑仲伯说："别听她扯。"

　　袁青山要回排球场拿书包，岑仲伯要回教室拿书包，两个人就分开了。岑仲伯说："你跟张沛不要吵架了，屁大点事情。"

　　袁青山说："我知道了。我开始又不知道他是因为这个跟我生气的。"

袁青山走在回家的半路上，就觉得饿了，她想起来中午自己才吃了两个馒头，她又想起来，中午她一不小心把袁华得罪了。她不由感叹起来，为什么自己老是莫名其妙得罪人呢。她一边想，一边笑，她想，明天一上学她就去找张沛把事情说清楚。

原来世上本无事的。袁青山深深地理解了这个道理，她走在回家的路上，看着熟悉的小镇，这些道路上面散落着的都是她的回忆，细碎的，都过去了，在此刻都变得不重要了。

已经有人在吃饭了，她闻到那还是回锅肉的味道，她的口水就出来了。她加快了回家的脚步，她知道父亲会在那等她回去，还有妹妹也是一样。

她不知道的是，她踩上去的路面上，还有别人的回忆，旧的，新的，将要发生的，未曾发生的。一个人的悲伤叠在另一个的欢乐上，另一个的恐惧又挨着别的一些扬扬自得，她的脚踏下去，它们就烟消云散了。留下来的只有镇上的路，从南街走过去，再往前走，就能直直走到北街了。

宣传员

　　我想我们镇没有人知道宣传员平时都在干什么，或者说他住在哪里，靠什么为生，叫什么名字——这些我们统统都不关心，就算有知道的人也不会去谈论，因为每次我们谈到宣传员的时候，一定是他又做出了某一件壮举的时候，我们镇的人就在茶余饭后说："昨天宣传员又钻出来了！"——仅此而已。

　　每年总有几个时候宣传员一定会钻出来，雷打不动，一是春节，一是清明节，还有一个是国庆节。

　　到了正月初一那天，家家户户早上打开门，都能在门上看见宣传员贴的纸。

　　那通常都是一张白纸，质量低劣，上面打着诸如"又是一年新春到，家家户户放鞭炮。辞旧迎新齐欢乐，勿忘防火与防盗"之类的句子，下面的落款总是端端正正的三个字："宣传员"——我爸爸就会扯下那张纸，说："又来了！"他看完上面的字，笑一笑，把它揉作一团就丢进垃圾桶了——不只如此，一夜之间，平乐镇每个院子、居民楼、街道的宣传黑板上也会贴上宣传员的宣传单，他每次都会写上好几个不同的版本，整整齐齐贴满小半个黑板。

　　那是我年幼时候的平乐镇留给我的几个谜题之一，就是宣传员是怎么在晚上把这些东西都贴到该贴的地方的呢？

　　到了清明，又是一番新的宣传攻势。宣传的单子上写："清明时节菜花黄，路上行人莫断肠，今年花谢明年开，花开时节君再来——宣传员。"

国庆时候，宣传员就会特地换上红纸，就是那种玫瑰红的纸，上面印着宋体的黑色大字："欢度国庆！"然后下面照例有："祖国大地换新貌，各族人民开口笑，五色神州展旌旗，七彩祥云也来朝——宣传员。"

宣传员总是像一个幽灵，忽然在夜里降临到了我们的小镇，留下了大片白色的遗迹，又消失无踪——但每年还是有一些时候，我们镇上的人会有幸见到宣传员本人，比如平乐镇各个学校新生报到的时候，他就会出现在某个学校门口，穿着一套深蓝色的整齐的中山装，戴着一顶同色鸭舌帽，拿着一摞宣传单，发给进进出出的每一个学生。

我第一次真的看见宣传员就是在我小学二年级报到的时候，他站在平乐二小门口，站得笔直，看见我过来了，就走过来发一张传单给我。他长得和我爸爸差不多高，略略有些瘦，半个脸都遮盖在帽檐下，戴着一副眼镜，上衣胸口的口袋里插着两支钢笔。我被他吓了一跳，反而是我爸爸说："拿着嘛。"我就拿着了。

我打开来看，上面写着："好好学习，天天向上，青年人是中国未来的希望！——宣传员。"

我这才知道，他就是著名的宣传员，我回头去看他，他和我们镇上的其他人不太一样，有一个挺拔的鼻梁，此刻，他正低头拿出钢笔在宣传单上写着什么，写完了以后，又立刻发给了下一个学生。

我爸爸把我的宣传单拿去看了，看完以后，跟我说："看人家说得多有道理，你还不好好读书嘛！"——说完以后，就把那张纸丢了。

我记忆中宣传员最为轰动的一次行动是在某一年的七月，那一年的夏天格外闷热，我刚刚上了初中，我们学校居然要让我们上什么暑假英语补习班，我跟我爸爸抱怨了好久，我爸说："别人都上了，你也要上，不然就落后了。"——于是一整个暑假我都耐着炎热去平乐一中学英语，那一天早上，我刚走到国学巷，就看见了宣传员的作品。

——已经有好几个人在看了，有的字迹已经模糊不清了。那是一条漫长的白色粉笔写成的小路，有路的一半宽，往前面看过去，竟然好像看不到头。

在我进巷子的地方刚好是这个作品的开头部分，我看到标题是："人人齐努力，建设新平乐——宣传员。"下面是洋洋洒洒可能超过了五千字的文章。我慢慢地往前走着，一排一排地看着，看着看着，我的好几个同学都从我旁边飞快赶过去了，并且叫我说："快点，不要看了，有啥看头，要迟到了！"

我不知道那天有多少人看完了宣传员的那篇《人人齐努力，建设新平乐》，或者我就是我们镇上唯一看完的人，到现在，我也已经忘记了那篇文章到底说了什么，只记得最后一句是："合力建设起高楼，平乐夜夜闪霓虹。"——我记得那一句，是因为这句话唤起了我奇特的臆想，我想象着有一天我们镇上就会耸立起美国电影里面才会看见的摩天大楼，上面密密麻麻闪着彩色的霓虹灯，我们每个人都会穿着银色的太空服去上学——这个形象居然让年幼的我无比向往。

我想完这个，就去上学了，那一天我虽然迟到了，却学得格外认真。

那次事件以后，宣传员又做过好几次这样的事，每次他都在国学巷写，可能是因为这里来往的学生是最多的。到了初二的时候，我的一篇散文被学校推荐在县报发表了，我去报社拿稿费。永丰县报社在北街一个很不起眼的小巷子里面，我以前从来没有来过这里。报社在三楼，我上楼去，传达室的老头问我："找哪个？"

我说："来拿稿费。"——就在那时候，我发现那个人居然是宣传员，那个我们平乐镇十多年来神出鬼没，叱咤风云的宣传员。他坐在传达室里，穿着一件普通而肮脏的毛衣，没有戴帽子，头上的头发白了不少，紧紧贴着脑袋，看起来很久没有洗头了，他手上拿着一碗面在吃，半个嘴巴都是油。

我不敢相信，宣传员居然就在这里，他居然是这个样子的，他怎么能是那个挺直着腰板，穿着整齐的中山装，在传单上潇洒地签名的宣传员呢？

我低着头去拿了稿费又出来了，我不敢问报社的人他是不是宣传员，我没有再看传达室一眼，我听见他吃完了饭，正在大声地咳痰——我走到北街上，仔细地想了想，又觉得那个人不太像是宣传员，他可能就是另一个人。

那次之后，不知道是我再也没有去注意还是本来就没有了，宣传员出现的次数渐渐少了，到了高考前夕，我和我的同学有一次放学过国学巷，他忽然说："你还记得到以前有个宣传员不？经常发些纸、在这里路上写粉笔字。"

我这才想起来还有这么一个人，我问我同学："他现在到哪去了呢？"

"鬼晓得。"我同学说。

直到我爷爷去世了，我去看他们埋他的时候，忽然在一堆坟里发现了这样一座，碑上面写着："人生苦短几十载，个中滋味谁人知，忙忙碌碌走一遭，全心全意为人民。"隔了两行，又用更小的字像是落款一样写了一首："清溪江水长，平乐永安康，走了袁青山，还有宣传员。"

我站在那儿，就又见到了宣传员，他应该还是那个挺拔的样子，站在那里发给我他的宣传单，上面写着："好好学习，天天向上，青年人是中国未来的希望！"

我们都大了，他却走了，我们依然对他没有任何了解，没有人知道他是在什么时候离开了我们。

第 7 章

从前一天晚上起,袁华就在不停地对袁青山说:"明天把妹妹带到一起去嘛。"

袁青山刚刚起来,正在穿衣服,袁华就又推开门走出里屋来说了:"等会儿把妹妹带去啊。"——袁青山刚刚把内衣扣好,还没来得及拉下毛衣,她大叫了一声,把毛衣拉了下来,瞪着眼睛看着袁华。

袁华像什么也没看见似的,又说了一次:"等会儿把妹妹带去啊。"

袁清江在隔壁床上就这样被吵醒了,她迷迷糊糊地发出了一声呻吟,转身又想继续睡,袁华走过去在她被子上打了一下,说:"清江,起来了,今天跟姐姐一起去,要给姐姐加油的嘛!"

"嗯。"袁清江应了一声,又闭了一会儿眼睛,才慢慢起来了。她起来的时候,父亲已经下楼去喂他的海狸鼠了,姐姐穿好了衣服,正在走廊上漱口,看见自己过去了,她说:"快点,我今天要早点去。"

"比赛不是下午吗?"袁清江一边拿牙刷,一边说。

"上午是张沛他们的比赛。"袁青山说。

袁华喂了海狸鼠上来,看见的就是两姐妹在洗手池边齐刷刷刷牙的样子。袁青山好像又长高了一头,参加排球队以来她的身体长得更开了,脸红扑扑的,健康得挑不出任何毛病。而袁清江也长高了一些,不只如此,她上个星期又考了一个双百分,现在她还没来得及梳头,头发披下来,显得整个身子又瘦又长,她转头看见袁华来了,把嘴里面的水吐了出来,问他:"欢欢和乐乐起来了?"

袁华说："起来了，在窝里头跳来跳去的，看见我去可高兴了。"

袁清江就笑了起来，她笑的时候有一瞬间，袁华觉得她已经彻底长大了，哪还是个十一岁的小女孩。

他的心又重新紧张了起来，他就又说了一次："袁青山，把妹妹带起一起去啊。"

"知道了！"两姐妹都怪叫起来。

他看着她们笑起来的样子，忽然觉得眼睛发酸。

吃了饭，袁华一直把她们送到北二仓库门口，他说："我给你们喊个三轮嘛。"

袁青山说："不坐三轮了，走着去。一下就到了。"

"坐个三轮，坐个三轮！"袁华坚持着，他就冲到街上去大叫了一声："三轮！"——立刻，就有一辆三轮过来了，他把两个孩子推上车，对车夫说："到平乐一中。"——他一边说，一边给了两块钱，还让三轮车夫把顶棚拉起来了，这些动作一气呵成，袁华看着三轮带着他的秘密这样走了，终于松了一口气。

早上八点过，街上的人已经开始陆陆续续动起来了。北街出去就是到平乐镇的路，汽车站也在北门外面，经常会在这里看到一些外地来的人，他看了一会儿，没有发现那个人，他就进去了。

在三轮车上，袁清江说："你觉不觉得爸爸这两天有点奇怪？"袁青山说："就是，更年期来了。""我真的觉得他有点怪。"袁清江说，"他是不是生病了？"

袁青山笑了起来，拍了下袁清江的脑袋说："你呀，小说看多了！"

她们到了平乐一中，下了三轮，在校门口碰见了马一鸣，马一鸣匆匆忙忙地要进学校去，看见两姐妹，停下来跟她们打招呼。

"你今天不是要考试吗？"袁青山说。

"我们下午再考，上午先来给他们加油。"马一鸣胸有成竹地说，一边瞄着袁清江，她今天穿了一件鹅黄色的滑雪衫外套，有些旧了，他好像看到袁青山曾经穿过这件衣服,那时候还有很多人笑她穿起来像个企鹅。

"你妹今天也来看你比赛啊?"马一鸣问。

"啊。"袁青山说,又转身跟袁清江说,"怎么不跟哥哥打招呼呢?"

"哥哥好。"袁清江礼貌地说。

他们三个往里面走,马一鸣一边走一边跟袁青山吹嘘他要考市五中的事:"五中专门有一个绘画班,招我们这种艺术特长生,我之前的画老师都看过了,觉得很不错,今天再去做个体检,考个专业,也就是走个过场,就算是没问题了。"

袁清江也在听他说话,她问姐姐:"姐姐,他要考哪里啊?"

"市五中。"袁青山说,"他要考艺术特长生。"

"哦!"袁清江崇拜地说,"哥哥肯定没问题,你的漫画画得那么好的。"

"下次我再给你画个彩色的!"马一鸣豪爽地说。

袁青山有点受不了马一鸣一直说话,就在这时候她看见张沛从里面跑了出来,他已经穿好排球队的衣服,风风火火的。

"哪去?"袁青山问他。

"我妈来了,我去接她。"张沛说,已经跑过了他们。

"今天好多人来哦。"袁清江看着来来往往的人,说。

"今天是冠亚军决赛嘛,当然来的人多了!"袁青山说,他们走到运动场边,更是一派节日的景象,有一个中巴停在那里,把来参加比赛的别的学校的学生都拉来了,排球场旁边安上了铁架的看台和一些椅子,上面已经坐了一些人——在两棵桉树之间拉着一个红色的条幅:"第五届永丰县初中排球赛。"

袁青山看见男排的人已经在做准备活动了,女排的队员们和他们在一起,她对马一鸣说:"你带到我妹,我去那边看一下。"

"没问题,你看嘛。"马一鸣带着袁清江去找位子坐了。

袁青山跑到自己的队伍里,听到钟老师正在凶神恶煞地说:"我们男排是传统强队,只许成功!不许失败!哪个输了哪个就给我滚出去!"

小伙子们目光炯炯的，大喊了一声："好！"

这声音激荡了在场所有年轻人的心，袁青山在找岑仲伯，发现他坐在旁边的椅子上，低着头喝水。

"岑仲伯，"袁青山走过去，"你怎么还不做准备活动啊？"

"做了。"岑仲伯明显地往后缩了一下，低低地说。

"怎么啦？我等着看你扣球呢！"袁青山说。

岑仲伯终于抬起头看着袁青山，他完全是用看一个陌生人的表情在看她，眼睛红红的。

"怎么啦？"袁青山吃了一惊。

"昨天没睡好。"岑仲伯冷淡地说。

他又不说话了，低着头，把手里的矿泉水瓶捏得啪啪作响。

就在这时候，张沛回来了，袁青山问他："他怎么了？"

"鬼知道，"张沛说，"早上来就这样。"

"喂！"他粗鲁地打了一下岑仲伯的头，说，"你怎么了？瓜啦？你今天不好好打小心读不到高中！"

袁青山知道张沛不是在吓他，岑仲伯的成绩并不是很好，而学校之前就承诺，如果得了第一名，排球队的主力队员全部免试升本校高中——"就是，岑仲伯，只许成功，不许失败。"袁青山说，这话也是对她自己说的。

"不要你管。"岑仲伯说，他把水瓶丢到一边，站起来开始做准备活动。

袁青山和张沛对看了一眼，张沛很明显地翻了个白眼，他也转身走开了。

袁青山跟着张沛走，她问张沛："你妈妈来了吗？"

"那儿。"张沛对着观众席努努嘴。

袁青山一眼就看见了陈琼芬，这个永丰县粮食局老局长的女儿，她穿着一件毛领的大衣，烫着一个很时髦的发型，坐在椅子上，正在低头翻她的BP机，她的额头下面，两条眉毛文得又黑又细。

"你妈买BP机啦？"袁青山还没怎么见过这种高级的东西。

"啊。"张沛漫不经心地说，"她现在也帮着我爸做点生意，就买了一个。我爸说我上了高中也给我买一个。"

"哇。"袁青山应了一句，不知道该说什么好。倒是张沛说："袁清江也来啦？"

"嗯，"袁青山看见马一鸣正亲热地跟袁清江说着话，"我爸非要让她跟我一起来。"

"马色魔今天不是去考试吗？怎么还在那儿？"张沛皱着眉毛说着马一鸣的绰号。

"他说他先来给你们加油。"袁青山说。

"算了嘛。"张沛哼了一声，他把护腕从一只手拉到另一只手上，拿了一个排球过来拍。

"袁青山！陪张沛练一下对垫！"钟老师的吼声传过来了。

袁青山把袖子挽起来和张沛垫球，他们配合得很好，球升起来又落下，节奏非常稳定，他们两个人都是队里的主力一传手。

比赛还有半个小时就要开始了，来的人越来越多了，先来的人找到位子坐下了，后来的就只有站着，或者到处闲逛。

袁青山和张沛垫得很悠闲，她用余光看见黄元军也摇摇晃晃地走了过来，他毫无悬念地走过去跟岑仲伯说话了。

她听见黄元军热情的声音说："土狗，我来看你比赛了！"

然后岑仲伯的声音像个炸弹一样炸开了："土狗都是你喊的！"

袁青山被他吓了一跳，一个球没接住，张沛也停下来，两个人转头去看岑仲伯那边。

黄元军也吃了一惊，他说："怎么了？你吃炸药了？"——但是他并没有生气，还是笑嘻嘻的，其他人看在眼里都觉得有些肉麻——不知道从什么时候起，黄元军就和岑仲伯好了，他居然像乔梦皎等袁青山一样经常来等岑仲伯训练完了一起回家，他到处跟人说："初中的那个岑仲伯，我兄弟，不给他面子就是不给我面子！"

可能就是从余飞打了钟老师被退学以后，事情就开始变了。钟镇西看上了岑仲伯这小子，非要他加入男排，他就拉着张沛一起来了。从那以后,他的个子就开始嗖嗖地往上长,他长过了一米六五,又长过了一米七五,已经快长到了一米八,看起来完全不像一个初三的学生了。大家都知道岑仲伯讲的是兄弟义气,打起架来是不要命的,只要是朋友,打架叫上他没有不去的,就算是不熟的人,只要说一声:"岑哥,帮个忙嘛!"他就一口答应下来,不但初中的,高中的人都给他几分面子,甚至好几次人家都能看见傻子刘全全也忠心耿耿地跟在他后面——黄元军还没见过他这么低落的样子。

袁青山看不下去了,她招呼黄元军说:"黄元军,要来早上怎么不跟我们一起来啊?"

"你们起来得太早了,"黄元军一边走过来,一边说,"我还在睡就听到你们在外头漱口。"

他走近了,贴到他们旁边,低声说:"今天土狗怎么了?"

"不知道。"张沛已经给够了岑仲伯面子,他大声说,"估计是来月经了。"

黄元军就怪笑起来,他说:"哎呀,来就来了嘛,都那么大了,不来是不正常嘛!"——他说得很大声,半个球场的人都听见了他的话,但岑仲伯无动于衷,倒是钟老师狠狠地瞪了他一眼,黄元军吓得打了个冷战,但在他逃走之前他还是问袁青山:"今天乔梦皎怎么没来啊?""今天他们家走亲戚去了。"袁青山说。黄元军就"哦"了一声,他大方地说:"那我下午帮她给你加油。"——观众席上都坐着人了,他看见袁清江旁边还有一个空位子,他就高高兴兴地走过去准备坐下,谁知袁清江说:"这个位子是要留给姐姐坐的。"

黄元军说:"姐姐不得过来坐,先给我坐嘛。"

"真的?"袁清江疑惑地问。

"她要陪张沛做准备活动嘛。"黄元军说完就一屁股坐了下来。

天意弄人的是,他的屁股还没有完全贴合到板凳上,就看见袁青山走过来了。

"起来让我姐姐坐!起来让我姐姐坐!"袁清江发现受骗了,用力地拉他,她的声音里有那种独特而引人发溃的少女的尖锐。

"好好好!"黄元军的耳朵被震得难受,就站起来了。被弄得难受的还有旁边的好几个人,陈琼芬也看了这吵人的小姑娘一眼,发现她居然就是袁清江。"清江!"陈琼芬隔着三个位子叫她。

袁清江探过身子来看她,马一鸣也转过来看着她,但是小女孩好像认不出这个浓妆艳抹的女人是谁了。

还好这个时候袁青山坐下来了,她连忙对妹妹说:"陈阿姨啊,不认识啦?"

袁清江的小脸上掩饰不住惊讶的表情,她说:"陈阿姨好。"

陈琼芬并没来得及注意她的惊讶,她迫不及待地要对北二仓库的每个人炫耀她现在的幸福,就算只是两个孩子也一样。

她站起来,跟旁边的人说:"挪一下位子嘛。"——她连着让三个人挪了位子,坐到了马一鸣和袁清江的中间。

她一坐下来,就问袁青山:"你爸的海狸鼠还养得好吗?"

"还可以,"袁青山想起那两头大老鼠就头疼,"就是有点臭。"她补充。

"哎呀,你不懂,娃娃!"陈琼芬把半个身子都压过来,用不亚于袁清江的尖锐声音说,"现在海狸鼠好赚钱嘛!你爸是肯定赚了,他从我们那儿买那两只的时候我们才卖给他三百元,现在卖出去随便都是一千多嘛!"

"那么贵啊?"袁青山应了一句,她脑子里面飞快闪过的事情是父亲在带海狸鼠回来的时候,居然说是张俊送给他的——从他们搬出北二仓库以后,袁家可能是他们唯一还有联系的人了。

"还要涨,还要涨,现在海狸鼠炒得好热哦!"陈琼芬忽然做出神秘的样子,但音量不减地说:"我们家专门在我们馆子后面的院子里搭了个棚子,里头养了五十多只了!"

果然,她的话音刚落,在座的大人们就起了一阵小小的骚动,好几个人都特地多看了她几眼。

她的得意还没有结束,就发现张沛已经上场了,她又重新兴奋起来,用力地鼓起了掌。随着她的掌声，袁青山努力压下了想到五十多头海狸鼠而泛起的恶心。

　　平乐一中的男排是县里面的传统强队，连着好几年都蝉联着初高中组的冠军，在市里也是赫赫有名。这一场比赛更是进行得毫无悬念，五比一，十比三，十五比五——他们飞快地拿下了第一局。

　　虽然如此，袁青山还是手心里都是汗，每次对方发球或者扣球过来，她就怕张沛把球给丢了，她紧紧地捏着拳头，看着他弯着腰，沉着气，虎视眈眈地看着球网，不放过每一个飞过来的球——他当然还是丢了球，哪有不丢球的一传手呢？

　　而袁清江一直不停地问她问题，她并没有看过什么正式的排球比赛，她就问："姐姐，什么是发球权啊？"或者："姐姐，我们还有多少分就赢了啊？"——袁青山尽量简短地回答了她，她的回答经常被欢呼声打断。

　　那是每一次，张沛把球接起来，二传手把球传起来，岑仲伯就要扣球了。袁青山总觉得今天的岑仲伯有些陌生，他的眼睛是红通通的，他的球带着格外的狠，好像对面不是他的对手，而是他的仇人。到最后，岑仲伯一跳起来，对方的人就不动了，静静等着排球扣落时候的那声巨响——然后就是一阵的欢呼，袁青山听到黄元军大喊："土狗！土狗！"

　　钟老师也兴奋地手舞足蹈，得意忘形，不停地在旁边喝道："好！岑仲伯！再来一个！扣死他！"——袁青山注意到对方的教练不满地看了他好几眼。

　　可是，在平乐一中的主场，没有人顾及失败者的情绪，中场休息的时候，大家像潮水一样向英勇的小伙子们涌了过去。

　　陈琼芬拼命地夸着张沛，袁清江主动给他倒水，而岑仲伯却是今天队里的大英雄，袁青山站在张沛那里，看见钟老师拼命拍着岑仲伯的肩膀，一群人都围在他旁边说着话，黄元军也跑过去慰问他的兄弟了，而岑仲伯默默地擦着汗，他的神情依然没有缓和下来，看起来就像一个杀人犯。

　　她思考着要不要过去和他说话，就看见岑仲伯忽然看了这边一眼，现在的岑仲伯已经长得比她稍微高一点了，两个人的目光在半空中碰了一下，然后岑仲伯迅速低下了头。

袁青山还没来得及想什么，就听到张沛说："看什么嘛看，有病。"——他也看见岑仲伯看过来了，他以为他在看的是自己。

她愣了愣，第二场的哨声就响起来了。全队的人围在岑仲伯那里把手拉在一起喊着："加油！加油！"张沛喝了一大口水，直接走上了场。

袁青山是那么了解和她一起长大的张沛，她仅仅是看着他的背影，就知道他不高兴了。

袁清江也敏感地发现了这一点，她忽然对着张沛大喊了一声："张沛哥哥，加油！加油！"

张沛这才回头过来对袁清江笑了一笑。

袁清江就又叫了一声："张沛哥哥，加油！"

第二场看到一半，马一鸣就走了，他赶着要去下午的考试，袁青山说："下午考了再过来嘛，给你说比赛结果。"

"有什么好说的嘛，"马一鸣说，"肯定赢了嘛！"他也像在说他自己。

——他没有说错，平乐一中男排二比零赢了，今年是他们的四连冠。

一群人裹着去学校外面的馆子吃午饭，钟老师今天心情很好，不但叫上了排球队的人，还叫黄元军他们也一起去，他也叫陈琼芬去，陈琼芬说："干脆去我们家的馆子吃嘛！"张沛说："妈，你走了嘛！你跟我们一起吃什么嘛！"钟老师说："一起吃嘛，一起吃嘛！"

到了国学巷门口的沙师饭店，大家一窝蜂就拥了进去，袁青山看见陈琼芬叫住了张沛，就带着妹妹站在门口等着他，陈琼芬塞给了张沛什么东西，然后走了。

男排和女排的人很快各自坐满了一桌，袁青山他们走进去的时候，就坐在男女混坐的第三桌。

钟老师豪气地点了菜，大家就开始敲着碗等上菜，有好几个男排的甚至等不及上菜，要了白饭和泡菜，大口地吃了起来，岑仲伯吃了一碗，又要了第二碗。钟老师说："岑仲伯，慢点吃，今天你要多吃点菜，不要被白饭喂饱了。好歹人家说钟老师请客不能请你吃白米老干饭嘛！"

张沛就站起来，走到柜台那里，把三百元递给馆子里面的人，说："今天这顿我请。"

所有人的视线都集中到他身上了，张沛把钱递过去，说："今天我请。"

"哎呀，"钟老师说，"这怎么行！"他站起来要去把张沛的钱抢下来，张沛说："钟老师，我妈都把钱给我了！回去还给她她还不骂死我！"

钟老师就坐下来了，他说："不好意思，不好意思，今天还吃学生的了！"

坐着的人就说："你经常都吃学生的嘛！"

大家都笑了起来，张沛也笑起来，回位子坐好了，环顾四周，坐得端端正正。

学生们叫着对方的绰号，说着笑话，抢着每一个刚刚上桌的菜，吃得杯盘狼藉。袁清江坐在张沛和袁青山中间，她有点拘束，不敢伸筷子出去夹菜，袁青山就给她夹她喜欢吃的番茄炒蛋，张沛说："清江也喜欢番茄炒蛋啊？你姐姐小时候也好喜欢吃。"

"我什么时候喜欢吃过？"袁青山完全不记得了。

"以前你在我们家吃饭的时候，最喜欢吃番茄炒蛋，我们那个姚阿姨还经常做给你吃。"张沛说。

"谁啊？"袁青山一脸茫然。

"我们家以前的保姆啊！人家还对你那么好的！你真是没记性！"张沛笑起来。

"你就记得到！你那时候还不是小得很！"袁青山不服气。

"至少比你大半岁嘛！"张沛得意地说。

袁清江推了推张沛，说："沛沛哥哥，帮我打碗汤嘛。"

他们吃饭吃到一半，就有个人进来了。他是个高高瘦瘦的年轻人，戴着鸭舌帽，看起来像是个大学生，他的手上拿着一摞传单，一进来就一桌一桌地发，才发了几张，老板沙师傅就冲出来，骂道："发什么单单发到我这来了！还要不要我做生意了！"——提起拳头就要把人往外面赶，那个人说："师傅，看一下嘛，看一下嘛，都是我自己写的。"一边说，一边退出去了。满屋的人都有些莫名其妙，岑仲伯拿着一张单子在看，看完了，忽然笑了起来，他说："说什么清明怀故人！老子就从来不怀！死了反而干净些！"他说完这话，随手一揉，就把纸丢到了地上。

袁青山忽然发现清明节就要来了，她还忽然想到，他们家从来没有去给她的母亲上过坟，她甚至不知道母亲的坟在哪里。

她忽然有一种说不出来的感觉，说到"妈妈"的时候，她只能想起来幼年时候那个黑影子，而不是母亲的面孔，她看了看妹妹，发现袁清江安然地喝着汤。她还那么小，什么也不知道。袁青山这样觉得了。

袁青山是在吃完了午饭以后半个小时开始紧张的，她换好队服，在操场旁边看着另外一个学校的队员从中巴上一个个下来了，她就忽然觉得喘不过气来了。

女排的水平和男排差一大截，这次几经波折，打进了决赛，让钟老师又吃惊又得意，此刻，他把女弟子们都拢到身边，语重心长地说："今天下午的比赛主要是不要有包袱，大家放松去打，打出我们的水平。我相信我们一定有夺冠的实力！"接着他开始一个个地叮嘱队员那些说过了无数次的话，袁青山的胃也开始痛了，她看到钟老师走过来，对她说："袁青山，一定要动起来，才能接好球，知道不？"

"知道。"袁青山说。

钟老师抬起头来看着袁青山的脸，他说："你个子这么高，打一传其实是可惜了，你要好好练扣球啊！"

"知道。"袁青山说，她根本没听到钟老师在说什么。她看见整个男排的人都在对面坐下来了，他们有的穿上了厚外套，有的还穿着运动服，坐得四仰八叉，说说笑笑的，她又看见岑仲伯看了她一眼。

她听见比赛开始了。她知道自己第一个发球。她用左手把球拿起来，换到右手,她居然把球发出了界。她看见对手脸上也露出了恶狠狠的表情。她听见钟老师开始着急地骂人了。她听见队友们大喊:"一传拿起来,发球权夺回来!"她没有听见张沛的声音。她想看一看张沛在干什么。她集中着注意力。她记起钟老师说要跑动,跑动!她听见第一局比赛结束了。

她们就这样输了第一场。

球员们垂头丧气地坐着,袁青山听见有人说:"一传都接不起来,打个屁哦!"

她觉得张沛真是个了不起的人,他怎么就能接起来那么多球呢。

钟老师又过来和她说话了,他说:"袁青山,你平时都打得很好嘛,怎么今天这么不稳定?把你平时的状态发挥出来,你没问题的!"

袁青山发现他正握着自己的手,用无比坚定的眼神看着她,她发现张沛就站在钟老师背后,也看着他,他说:"袁青山,不要给老子丢脸嘛!"

"好。"袁青山说。

她知道这场比赛是多么重要,她知道她的成绩可能比岑仲伯还差,她知道自己能不能读高中,能不能继续和张沛当同学就看今天了,她发誓如果上帝再给她一个机会,一定会好好学习。她知道这一切,但是她的脑子居然异常活跃地想起很多莫名其妙的事情来。

她想起了番茄炒蛋,想起自己小时候好像真的喜欢吃过,她还想起了张沛家的保姆姚阿姨——陈局长死了以后她就回了老家——她想起她长成什么样子了,还有她温柔地叫她的声音,还有她曾经一直幻想她就是她的母亲——她居然全都想起来了,那些细节一个接一个往她脑子里面跳,缚住了她的全身。

她用力地甩了甩头,看见妹妹也在看着她,袁清江不知道怎么面对姐姐的失败,她只是可怜巴巴地看着姐姐。

她不知道自己看袁清江的眼神里面有什么,她总觉得不可能是这样,按道理说她总应该被这么多人里面的某一个人,被他们的某一句话打动,然后重新振作起来,回到赛场上,横扫千军,所向披靡。她坐在那里呆呆地等着那句话,等着那句话被谁说出来让她停止她的胃痛,让她接起球来，把这场比赛赢下来。

她听见哨声响起来了，钟老师说："袁青山，你没问题的！"

张沛也说："袁青山，雄起！"还有好些人都过来跟她说话，她觉得自己振作起来了，她等的那句话一定就藏在这些话中间，她已经振作起来了。

她跑回了赛场上，接起了第一个球。

她听见场边爆发出一阵欢呼。

她又接起了一个球——她知道自己真的回来了！

她就把第三个球接丢了。

平乐一中的女排戏剧性地以零比二输了，跟男排形成了鲜明对比，赢了她们的是合作镇中学，她们是连续三年的冠军。

颁奖仪式上，队长夏承桃拿着第二名的奖状，钟老师说："没事，这已经是历史性的纪录了！合作镇中学女排在市里面也能打进前四的，不怪你们！你们打得很好，特别是第二场！"他还特别跟袁青山说："你第二场打得很好。"

但是袁青山还是哭个不停。

男排的人拿着第一名的奖状过来看他们，他们都是些好孩子，看见袁青山哭了，一个个都过来安慰她，最后岑仲伯也过来了，他说："袁青山，别哭了，你今天打得挺好的。"

袁青山抬起头看岑仲伯——他是这群人里面唯一一个她需要抬头看的人，她看见他看着她，并且露出了一个微笑。

她抽泣着问他："你今天怎么了？那么不高兴了。"

岑仲伯还是看着她，他说："你知道不知道我爸他和……"——他就笑起来，笑出了声，他的笑声是那么响亮，以至于袁青山都没听清他后面的话。他说："我没事，你管我干吗，你管好你自己吧！"

那一瞬间，可能是袁青山的错觉，她觉得岑仲伯的笑容看起来让他像是脱胎换骨似的变了一个人。

无论如何，平乐一中排球队在钟镇西老师的领导下，取得了历年来的最好成绩,钟老师又说晚上要请大家吃饭,队员们说:"我们要去唱卡拉OK。"

钟老师说:"不行,明天星期一还有升旗仪式,要提前训练。"

大家都呻吟了起来,大喊:"明天还要晨练啊?"

"废话!"钟老师说,"又不是过年,还要放假吗?"

于是所有的人都说要回去了,他们就散了。

张沛、袁青山和袁清江一起走着回去,岑仲伯从后面走过来了,袁青山看见他,招呼他说:"岑仲伯!"

岑仲伯回头跟他们匆匆打了个招呼,说:"我先回去了!我奶奶等到我吃饭!"

他就走了,他们三个又走了一会儿,袁清江不时"沛沛哥哥""沛沛哥哥"地问着问题,张沛不时回答着,忽然他说:"你说这个岑仲伯,硬是要拉我参加排球队,都像他,成绩不好,一天到晚那么多时间!"

他说完这句话,又开始跟袁清江说别的话,就像他刚才根本没说过那句话一样。

不知道为什么,张沛的那句话让袁青山觉得很不舒服。他们走到十字口,张沛说:"不然今天去我们家玩吧,我们家新来的保姆做的饭很好吃。"

袁清江说:"好啊!"

袁青山却说:"不了,我们回家吃,爸爸等我们回家呢。"

她和妹妹就回家去了,他们走过北街的菜市,袁清江说:"我还没去过沛沛哥哥的家,他们家是不是很漂亮?"

袁青山就想到张沛的家,他的房间里面摆着整整一柜子的漫画和机器人,他们每次一去坐下来,保姆就会端着整整齐齐的水果和瓜子进来给他们吃。那房间还有一股清洁而干爽的味道,这特别的味道就是属于张沛的。

她就有点后悔了,她跟妹妹说:"下次我们再去。"

她们走过了一家小卖部,已经看见北二仓库的门了,袁清江又说:"我想吃牛肉松。"

袁青山低头看妹妹的小脸,她就像刚才那样期待地看着她。她就摸出一块钱来，说："去买两包嘛。"

袁清江捏着钱跑回去买了，袁青山站在那里等。她忽然看见袁华出来了，跟着他的还有一个女的，那个女的穿着一件墨绿色的棉衣，围着一条黄纱巾。袁华叫了一个三轮车，把那个女的送上去，看着她走了，三轮车往北门外面去了。

天色还很明亮，那女人上三轮的时候转过脸来，袁青山就看见了。那是一张温柔的脸，上面做出来的是悲伤而痛苦的神情。她忽然觉得这张脸似曾相识，她站在那里，寒毛倒竖地发现自己又想起了张沛家以前的保姆姚阿姨。

袁华还是站在门口，动也没有动，袁青山怀疑他根本不会动了，如果不是袁清江发现了他并且叫他："爸爸！"

他吓了一大跳，发现两个女儿已经回来了，他说："你们怎么这么早就回来了？什么时候回来的？"

"刚刚。"袁青山说，疑惑地看着他。

而袁清江没有发现任何事情，她拆开一包牛肉松，抓了一撮给袁华吃——袁青山又惊讶地发现袁华顺从地把它吃了，而没有说什么"谁叫你们又吃零食，都要吃饭了"之类的话。

他们回到了家，他们的家还是在筒子楼里面，筒子楼还是在北二仓库家属院的大铁门后面。

袁清江一到了，就去看那两只在一楼楼梯口养着的海狸鼠，却发现缸子里面空空的。

"欢欢和乐乐呢？"袁清江转头问袁华，她水灵灵的眼睛好像发现了一个凶杀案。

"卖了。"袁华说。

"为什么卖了？"连袁青山也觉得很惊讶。

"养起也没意思，你也觉得臭嘛。"袁华说。

"可是我喜欢啊！"袁清江闹了起来。

"爸爸给你买只小乌龟嘛，今天我去卖的时候，看见有人卖小乌龟，好乖哦。"袁华哄她。

"我不要小乌龟！我要欢欢和乐乐！"袁清江那种尖锐的童声又出现了。

袁青山和袁华费了好大力气才把袁清江哄上了楼，哄到桌子旁边吃晚饭了。今天的菜居然都是从门口的菜馆端回来的，袁华说："今天爸爸有事，来不及做饭了，就吃外面的吧。"

没有人对此提出异议，他们三个一边看电视一边吃了晚饭。这一天就这样过去了，没有发生什么特别的事情，袁青山想起父亲居然没有问她比赛的结果，她就说："我们输了。"她以为父亲会叹息两句，至少会说："那你还不好好复习，不然怎么读高中！"——但他却说："没事，多吃点烤鸭，我今天买了一只。"

实际上，只有他自己知道这一天是多么的惊心动魄，他看着袁清江小口小口地吃饭，她一边吃，一边说："爸爸，明天你要去给我买小乌龟啊。"——袁华觉得这就够了，失去的那些钱一点也不重要了，他说："明天我就给你买，买两只。"

钟腻哥

南门猪市坝出了一个钟腻哥,我们全镇的人都觉得钟家人算是被开了个大玩笑。在我们平乐镇,对一个男人的侮辱不外乎几种称呼:豁皮、啃屎汉、腻哥——它们说的是一个男人出尔反尔,没有骨气,死皮赖脸,不像个男人——而"腻哥"的意思就是这个人已经女里女气到了让人发腻的程度。

钟腻哥就是这样一个人,我还小的时候,经常在南街上遇见他,他走在前面,扭着屁股,看起来是那么婀娜多姿,这时候就会有调皮的孩子跟在他后面,一边跑,一边喊:"钟腻哥!钟腻哥!"

钟腻哥就黑着脸转过头来,说:"这么小就不学好!不许这么喊!"——可他说话的声音是极其温柔的,根本吓不住任何一个孩子,他们大笑起来。

但是除了钟腻哥本人,没有人敢在钟家其他人面前说到钟腻哥。"南门猪市坝的钟家人哪个敢惹哦!"乡亲们一个个都说——钟家人连着好几代都是有练武的,好多年前,当我们镇还开打金章的台子时候,有个钟家人拿了一个金章——事情已经过去了好久,当然没有人见过这个金章,但钟家人的霸道是有名的,别的不说,单单平乐一中排球队的老教练钟镇西,就是我们平乐好多代孩子们心中最最不能招惹的人物——而钟腻哥就是他的儿子。

大家都说:"钟镇西管其他娃娃有一套,不知道怎么就把自己的儿管成那样了!"

又有人说:"肯定是小时候打得太凶了,把那儿打出毛病了!"

钟腻哥读的是县职中，那是在东门外的一所劳改院一样的学校，全镇最顽劣、凶残、油盐不进的坏孩子都在那里打混。据说当年钟腻哥说要学剪头发，把钟镇西气得几乎发了疯，最后他终于拗不过儿子，说："你去嘛！"——就把钟腻哥丢到县职中去自生自灭了。

他读了书出来，先从洗头做起，在南街上老城门口的朱师理发店工作了好几年。我第一次和钟腻哥有接触也是在朱师理发店里。

那次是我妈妈带我去的，她说："给她剪个蘑菇头嘛，电视上那种。"朱师傅正在给另一个女的卷头发，看了我一眼，说："钟强，你去给她剪头发。"

钟腻哥就过来了，我妈说："朱师，徒弟剪要得不啊？"

"要得。"朱师一边卷着女人的头发一边说。

钟腻哥站在那里，看着我，有些尴尬，我就对他笑了一笑，他也笑了——其他的事情我都忘记了，只有几张小时候的照片记录着那个由钟腻哥剪出来的蘑菇头，我妈特地给我买了个鹅黄色的头箍，我在照片里面假笑着，像个小大人。

我真正和钟腻哥接触频繁还是上了初中以后，那个时候他已经出来自立门户了，因为我们学校规定女生都要剪齐耳短发，我妈就带我去他那儿剪了。

每次剪的时候，我妈就要守在旁边看，她的眼睛总是像游标卡尺一样定在我的耳垂下面，不停地跟钟腻哥说："短点，再短点嘛。"

钟腻哥说："不能再短了，再短了女娃娃哪里好看嘛。"因为不可能有什么变化，每次他都花大量的时间来给我剪刘海，有时候削碎一点，有时候有个微小的弧度，有时候甚至是稍稍斜着的，这些变化是那样的灵巧、微妙、迷人——每次剪完，钟腻哥就问我："喜欢不？"

我就对着镜子仔仔细细地看我的刘海，然后说："好看！"——那个学生时代的我倒是很少有照片留下来，留下来的那些大多都是集体照，我们班整个齐刷刷的西瓜头女生里面，我总是可以轻易地找出那个其实脸色惨淡、面容平庸的我来，找出我的刘海和其他女孩的区别来，这会让我无比骄傲满足。

——我妈也喜欢在他那儿做头发，有一次，她在街上碰见钟镇西，她就说："钟老师，你儿的头发弄得好哦！"

钟镇西就狠狠白了我妈一眼，说："别提了！别提了！说起我就气！"——我妈就知道说错话了，之后，我们镇上的人都知道最好不要在钟镇西面前提到钟腻哥了。

那时候钟腻哥已经三十七八岁了，但是还没有结婚。早几年的时候，我们热情的街坊邻居给他介绍过好几个对象，有的吃了几次饭，有的见一面就吹了，那些被介绍给他的女的一脸恶心去跟介绍人讲了："给你说，他简直就是个女的！"——很快大家都知道了，并且传说钟腻哥那里小得吓人。

于是就有那种不要命的二流子在街上把钟腻哥拦下来，非要他把裤子脱给他们看，看他那里是不是真的那么小，钟腻哥像个鹌鹑一样在这些二流子中间挣扎了好久，终于提着裤子狼狈地跑回了家。好些看热闹的人都说："钟腻哥那个脸红得哦！简直都要哭了！"——这件事最后还是被钟镇西摆平了，他怒气冲冲在街上找到那几个二流子，把他们狠狠打了一顿。

——从那以后，没有人再提要给钟腻哥介绍对象的事了。

但是有一次我一个人去剪头发的时候看见有个陌生姑娘在钟腻哥那里，他一边给我剪头发一边和她说话，两个人神情很亲密，看起来并不像一般的朋友。那姑娘穿着一条我们镇上少见的黑丝裙，跷着脚坐在另一把椅子上，头发烫得蓬起来，还染成了金黄色。

"强娃儿，你说我的头发怎么弄才对嘛？"姑娘说。

"你不要弄了，你那个头发弄得太烂了，还有，你那个颜色哪里染的嘛，太黄了，你先修整一段时间，等头发好点了我再重新给你弄过。"钟腻哥说。

"要给我打折哦！"姑娘眨着眼睛说。

"打嘛。"钟腻哥说。

姑娘又坐了一会儿，看钟腻哥给我剪头发，她说："小妹妹眼睛长得好大哦，强娃儿，你看到过比这个大的眼睛没？"

我吃了一惊，对她笑着，不知道说什么好。而钟腻哥很仔细地看了一会儿我的眼睛，说："以前袁青山的眼睛比她大。"

让我更惊讶的是那姑娘显然是个外地人，她说："袁青山是哪个？"

钟腻哥说："去年死了，你认不到。"

她又坐了一会儿，就站起来说："走了走了，打麻将去了。"

"怎么又打麻将哦？"钟腻哥说她。

"最近生意不好嘛，只有打会儿小麻将。"姑娘甩着胳膊走了，她的屁股长得很大，好像要把那条惹眼的短裙撑破了。

"你的女朋友啊？"——我跟钟腻哥已经比较熟了，就开玩笑一样地问他。

他"哈哈"笑了一下，说："不是。"

那一瞬间，我多么希望钟腻哥能有个女朋友。但我没有把这话告诉他。

我们镇上的人说到钟腻哥，都觉得他是个真正的腻哥，说话做事情都是慢条斯理的，从来没见他发过火。他的一双手给我的印象极深，那是一双十分美丽的手，皮肤白皙，手指修长，指甲也修剪得整整齐齐——那简直就是一双不属于平乐镇的手。每次，他用那样的手拿着剪刀给我修头发的时候，我觉得他根本不像是我们镇的人。

我初中毕业的那年夏天，钟腻哥自杀了。他用一把刮胡刀割断了左手手腕的大动脉，血流了满满一屋子。

我们都吃了一惊，没有人想到他会自杀，更没有人想到他会用那样暴烈的手段自杀。

早就退休了的钟镇西白了他最后几根黑头发，他佝偻着身子和老婆一起，去清溪河边把儿子埋了，两口子哭得肝肠寸断，大家都说："造孽啊。钟老师一个好人，一辈子没享到福。"偶尔，有人在街上碰到钟镇西，他好像整个人都小了一圈，大家都不知道怎么安慰他，他倒是喃喃地先开口说了。

他说的是："我们钟家绝后了啊。我们钟家绝后了。"

第 *8* 章

　　上个星期一，袁青山他们上英语课，讲的是马克思和恩格斯的友谊。老师把正在下面开小差的岑仲伯点起来，问他："岑仲伯，你说说马克思的生日是什么时候？"——岑仲伯下意识地去看他的同桌袁青山，他们两个全班最高的人坐在最后一排，袁青山侧过头小声对他说："一八一八年五月五日。"

　　岑仲伯就像唱歌一样抑扬顿挫地大声回答："一八一八年五月五日！"

　　他顺利地坐了下来，不可思议地问袁青山："马克思是五月五号生的？"

　　"是啊。"袁青山说。

　　可是岑仲伯依然不相信的样子，他翻开书，问她："在哪里？我怎么没看到有数字呢？"

　　"书上没有，"袁青山说，"这是常识嘛。"

　　"不会吧，这也算常识？"岑仲伯翻个白眼，"你也太厉害了，这个也知道。"

　　袁青山没理他，她继续认真读课文了，读的时候，她把一个个英语单词都含在嘴里，而不会念出声来——平乐镇的孩子都是这么学英语的——课文里面说马克思和恩格斯是怎么见面的，恩格斯在马克思去世以后，是如何地怀念了他——课本里面就是没有说到卡尔·马克思生于一八一八年的五月五日。

五月五日。

而今天,就是伟大革命导师卡尔·马克思的生日了,但是没有任何人发现这是如此特别的一天。

爸爸和妹妹都还在睡她就起来了,跑着来学校参加排球队的晨练,晨练完了,吃了早饭,刚好赶上下早自习。她匆匆忙忙走进教室就看见岑仲伯已经趴在位子上睡觉了,他又在训练还没完的时候溜了,钟老师又在其他人面前把他骂了一顿,说下午要罚他跑三千米。"跑就跑嘛!"岑仲伯每次下午去了都笑眯眯地去跑三千米,过几天又提前逃了晨练回教室睡觉。

"哪有那么多瞌睡啊?"袁青山不可思议地把笔记本拿出来记第一堂课的笔记。从最后一排,袁青山可以看见高一四班的大多数同学都在东歪西倒地做自己的事情,有的在吃早饭,有的在看课外书,有的在传纸条,陈倩倩干脆拿了一面大镜子出来放在桌子上照,而坐在她前面的马一鸣干脆和自己的同桌在作业本上下起了五子棋——今天是星期六,只上半天课,所有的学生终于又过了一个星期,从早上开始就格外兴奋了。

但是袁青山不管他们,她心无旁骛地打开课本,翻到了今天要上课的地方。

上了高一以来,袁青山真的在努力认真学习了。中考的时候,她险险地多出了录取线三分,终于上了高中——虽然上的是最差的高一四班。

张沛考了全县第二名,他读的是一班,乔梦皎也读了一班。现在她只有在排球队训练的时候才能看见张沛了,而乔梦皎跟黄元军成了一对,袁青山训练完匆匆忙忙吃了晚饭赶回学校上晚自习的时候,经常可以看见他们两个恋恋不舍地在教学楼下面分手。

以前的学生要到高二才会开始上晚自习,但现在整个平乐一中都要上了。袁清江刚刚读初一,他们也要上晚自习了。一开始袁华很不放心,他对袁青山千叮咛万嘱咐,一定要每天晚上等着妹妹一起回家。

过了一个学期以后,他们都发现袁清江对中学的生活适应得非常快,比袁青山初一时候不知道好了多少倍。她成绩好,长得也很可爱,老师同学都喜欢她,那些喜欢打架生事的孩子都知道她是排球队那个长得很高的袁青山的妹妹,也没有人敢去惹她,小女孩唯一的烦恼可能就是总是有那么一两个男同学会写点肉麻的情书给她。

前一天晚上,她们一起回家,袁清江就又拿了一封出来给她看,小男孩在信纸上歪歪扭扭地画了一个一箭穿两心, 在旁边写着:"I LOVE YOU."袁青山问袁清江:"你才学英语啊,知道这是什么意思吗?"

袁清江白了姐姐一眼,说:"谁不知道,就是我爱你嘛。"她一边说,一边做出恶心的表情。

张沛也在旁边笑了,他说:"袁青山,你太落后了,现在的小娃娃哪个不知道'I LOVE YOU'。"

"这个是你们班哪个同学写的啊?"袁青山问妹妹。

"是隔壁班的那个江乐恒。"袁清江皱着眉毛说,她把展示给他们看的信拿了回来,放回了书包里面。

——袁青山坐在课堂上,想起了这个场景,她忽然就想起了余飞,不知道他现在在哪里呢?

她最后一次看见余飞是在两年前了,他在街上和一堆真正的混混儿一起骑着自行车,甩着双龙头,抽着烟飞快地飙了过去。

她正在想着,猛然听见英语老师说:"岑仲伯,你来翻译一下课文的第一段吧。"

袁青山连忙撞了岑仲伯一肘子,他触电一样醒了过来,站起来了。

"岑仲伯,翻译一下第一段。"英语老师说,她刚刚才从中专毕业,比自己的学生大不了几岁,但教学非常认真负责。她很白,可并不好看,此时她笑眯眯地走下了讲台,一直走到教室最后一排,站在岑仲伯身边——在牛高马大的岑仲伯身边,她看上去更不像个老师。

袁青山已经在老师走过来之前把页码指给岑仲伯看了,他就按着袁青山指给她的地方结结巴巴错误百出地把文章翻译了,英语老师居然耐着性子把他的翻译全部听完了,然后说:"你坐下吧。"

她就走回去继续上课了,但是岑仲伯被这么一折腾,终于彻底醒了。他从抽屉里面摸出了一条烤鸭腿,大大方方地啃了一口。袁青山瞄了他一眼，她说："今天不吃馒头了？"——国学巷口上每天早上都有个钟太婆卖早饭，岑仲伯总是在那儿买馒头吃。

"还是要改善一下生活嘛。"岑仲伯吃得满嘴是油。

下了第一节课，陈倩倩在外面喊了一声："袁青山，有人找你！"

她的声音酸溜溜的，听起来很不屑，袁青山想："是不是张沛啊？"

她忐忑地站起来，她想："张沛为什么要来找我呀？他是知道那件事情了吗？"她一路期盼着，怀疑着，猜测着，走出了教室门，发现何斌站在那里。

陈倩倩指着袁青山对何斌说："来，你自己跟她说，我才懒得传话！"

"你找我？"袁青山有点不敢相信，她和何斌没有什么来往。

"对啊。"何斌笑眯眯地说，他已经长得很高了，喜欢穿一身很时髦的牛仔服，梳着一个偏分头，脸依然很白。

"中午放学了不要走，下午去唱卡拉OK嘛。"何斌说。

"什么事情啊？"何斌他们居然会找她去玩，袁青山自己都觉得不可思议，陈倩倩在旁边吊着眼睛看着她。

"你来了就知道了，张沛他们也来，我也叫了岑仲伯。"何斌说出了两个名字。

袁青山只听到了前面一个。"张沛也去？"她问了一次。

"对。"何斌说。

"那我也去吧。"袁青山说，"不过是什么事啊？"

"来了就知道了。"何斌神秘地说，"下课在校门口等。"

袁青山说了一声好，就走进教室去了。何斌还站在走廊上，他把嘴巴贴在陈倩倩的耳朵旁边，不知道说了什么，陈倩倩兴奋地尖叫起来，她抓着何斌又叫又跳。

袁青山还没来得及回头去看，岑仲伯就从教室里面抱着一堆英语作业本出来了。何斌眼尖看见了，说："岑仲伯，去哪哦？"

岑仲伯说："交作业。"

"你狗日的都可以当课代表啊？"何斌扬起了声音说。

"不关你事！"岑仲伯骂骂咧咧地。

"中午放学等到啊。"何斌提醒他。

"嗯。"岑仲伯抱着本子走了，他甩开两只脚丫子走得像个狗熊，袁青山看着他的背影，觉得英语老师想通过这种方式让他学好完全是不可能的。

她就进教室去准备下节课了。

"为什么要去唱卡拉OK啊？"她想着，她多希望是因为张沛，她忍不住去想，会不会是因为张沛知道了那件事情——她一边想，一边泛起一股甜蜜的酸楚，越是不可能，她就越不能克制自己去想。

何斌依然在走廊上，他和陈倩倩卿卿我我个没完，袁青山惊讶地看见他居然跟她亲了个嘴。

"锤子哦，演奥斯卡嘛！"马上，教室里面有几个跟何斌熟的人骂了起来。

第二节课上了有一会儿了，岑仲伯才回来，袁青山说："又被骂啦？"

岑仲伯笑了一下，脸上满是嘲讽的表情，他问袁青山："何斌来找你干吗，下午也让你去？"

"嗯。"袁青山说，她知道这的确是有点奇怪，"你知道是什么事吗？"

"不知道，"岑仲伯懒懒地说，"反正老子光耍不给钱，瓜娃子才不去。"

"张沛也去啊？"袁青山又问了一次。

"好像是。"岑仲伯回答完就露出了坏笑，他说："想跟张沛约会啊？"

"什么啊！"袁青山吐出一句，她有些厌烦这些人都这么开她的玩笑，这玩笑映衬在她庞大丑陋的身躯上是显得那样的不合适。

"约会就约会嘛，亲个嘴又不犯法。"岑仲伯居然说。

袁青山猛地把书翻了一页，说："明天不要想抄我的作业！"

"不抄就不抄，我还懒得抄，省得还去交。"岑仲伯懒懒地说，他整个人都趴在桌子上，脸对着袁青山这边，眨着他的小眼睛，坏笑着说："你亲过嘴没有哦？"

袁青山知道她的脸一定红了，她说："爬哦！你亲过没嘛！"

"当然亲过。"岑仲伯说。

袁青山吃了一惊，岑仲伯现在是学校里面的大哥大了，又是男排的队长，他每天带着一群男生招摇过市，甚至找初中的收保护费，但袁青山从来没看见他和哪个女生多说过话。

"你又跟哪个亲过哦？"马一鸣转过头来搭话——他斜着半个身子，把身体靠在墙上，把胳膊放到袁青山的课桌上，舒舒服服地问。

"关你啥事嘛，狗日的马色魔！"岑仲伯不屑地说。

马一鸣立刻沉下脸，一句话不说地转了过去——以前别人叫他马色魔，他是不生气的，但自从他因为蓝紫色弱没有读成市五中的艺术特长生以后，这个名字就成了他的禁忌，这件事情他们玩得好一点的几个是都知道的。

袁青山坐在马一鸣的背后，看到他从文具盒里面拿出尺子和铅笔来开始在作业本上画新的五子棋棋盘，她感到他的那股悲伤甚至流到了自己的脸颊上，她一阵难过，转过头恶狠狠地瞪了岑仲伯一眼——她是真的生气了。

岑仲伯耸了耸肩膀，对这种脆弱的情绪不以为然，他很快再次睡着了，算是补上他第一节课没有睡的那些觉。

但袁青山还是沉浸在悲伤的情绪里面，这悲伤从她今天早上张开眼睛，穿好衣服轻手轻脚地起来，听到里屋父亲的鼾声和妹妹轻微的鼻息的时候就开始了，她呆呆地坐在位子上，看着马一鸣的背影，看着他像个侠客一样手势熟练地画着五子棋的格子，她忽然觉得自己再也压抑不了这样的悲伤了。

她就埋头想给乔梦皎写信，从她们分班并且她又谈了男朋友以后，她的抽屉里就经常有这种乔梦皎写给她的信。

她拿了一封她这个星期三塞在她口袋里的出来看——她依然把那封信折成一个心的形状。

每次她都用一个开头，那就是："亲爱的袁青山"——没有人这样叫过袁青山，她每次看的时候，心都会莫名其妙地跳动一下。

"亲爱的袁青山：

你还好吗？现在我们在上《烛之武退秦师》，全班同学朗诵课文，读到'烛之武退秦师'的时候，我总觉得是在说郑国的人用某一种舞蹈把秦军退掉了。呵呵。今天早上我来上学的时候，我又仔细地看了校门口那棵树，你知道吗，我太爱这棵树了，它长得多像一朵云啊，它真的是我们平乐镇最漂亮的树了……"

每天早上，排球队都会在乔梦皎写到的那棵树下面集合然后开始晨练，每天早上袁青山都去得很早，她站在那里，看见在黑夜里失踪的人一个个重新出现了，他们打招呼，互相拍打，说笑话，开始一天的生活——但是她从来没有注意过那棵树。

她羡慕乔梦皎，羡慕她长着一对灵巧的胸，羡慕她脸上沉静的样子，羡慕她在一班读书，羡慕她可以写出这样的信来，她甚至羡慕她跑到自己面前来为了她和黄元军吵架而哭的时候。

每次她看了乔梦皎的信，每次她从来不回信，每次乔梦皎都说："袁青山，你怎么不回信呀？"袁青山就说："我写不来。"

而在这个特殊的上午，袁青山忽然决定，她要回一封信给乔梦皎。

她就拿出作业本来，用尺子比着裁了一张纸。

她把纸铺开来，又重新看了岑仲伯一眼确定他的确是睡着了，她拿出笔，准备开始写了。

"亲爱的乔梦皎。"

"亲爱的乔梦皎。"

"亲爱的。"

她停在了这里，有一种前所未有的感觉穿透了袁青山，她没有想到她能够用自己打惯了排球的手写出"亲爱的"这三个字来，她体味着这三个字。亲爱的。

亲爱的乔梦皎。亲爱的张沛。

亲爱的张沛。

她想到了这个,她没有办法把信写下去了。

她本来可以不用这样,她本来可以想想张沛横起来不讲理的时候,想想张沛总是比较维护袁清江的时候,想想张沛理所当然地说"袁青山去给我买晚饭"的时候,想想他生气起来绝对会把怒火发到她身上的时候,她本来可以不用这样。

但是今天,就是今天这一天,袁青山想要尽情地多愁善感,像个十六岁了的女孩一样多愁善感,她趴在那里,想起了张沛分苹果给她吃的日子,想起了陈局长去世以后,他们两个在北二仓库的孩子们中间相依为命的日子,想起了小学时候他每次拿作业来给她抄的样子,想起自己崴了脚那次他扶着她回家的样子。

她想起张沛来,甚至想起她每次看见他头顶上那个小小的发旋的样子。

就是在今天。只是在今天。

虽然袁青山早就知道,自己会在今天心不在焉,但她没有想到自己是这么心不在焉,她数着数着想时间快点过去,后来开始在一张白纸上画画。她想起在自己还是个孩子的时候,总是以为出了平乐镇北门,那片她从来没有去过的世界里,居住着一个形状不明的怪物,它是它的守护神,会像别的孩子的母亲那样,守护着她——她就在一张纸上画那个东西,她开始把它画成了一个球体,后来又给它加了一双很长的手臂,她知道她需要这样的一双可以用漫长来形容的手臂,因为只有这样它才会给她一个只有用缠绵来形容的拥抱。

她画了一会儿,岑仲伯忽然醒了,她吓得赶紧用手蒙住本子,谁知道岑仲伯根本没看她,他从裤袋里拿出电子表来看了一眼,就又埋下去了。

"几点了啊?"袁青山问。

"还有十五分钟。"岑仲伯说。

——还有十分钟下课,高一四班的全部学生都从沉睡中苏醒,开始忙碌起来,好几个人收好了书包,另外一些人开始心不在焉地和旁边的人说话,陈倩倩又拿出镜子来仔仔细细地照她脸上有没有什么不对的地方,并且开始梳头发,只有马一鸣还在守着他心猿意马的同桌下最后一盘五子棋。

就在这时候,余飞回来了。

——最开始,袁青山没有认出那个在窗户外面晃的人就是余飞,她以为是某个同学的哥哥,她看见他站在窗户那里往里面看,穿着一件米色的夹克,梳着偏分头。她又看了他一眼。

她发现那个人居然是余飞,他长胖了,长了胡子,但她还认得那吊起来的眼角,那就是余飞。

她猛地撞了一下岑仲伯,说:"你看!"

岑仲伯顺着她的方向去看,他说:"狗的,余飞的嘛!"

他站起来就出了教室,地理老师不知道发生了什么,站在讲台上无助地叫:"岑仲伯!岑仲伯!"

袁青山就看见岑仲伯也出现在窗户外面了,他狠狠拍了一下余飞的肩膀,两个人惊喜地互相捶了对方一拳。

袁青山努力想了一会儿,发现余飞被退学之前是和岑仲伯闹翻了的。但是和他们自己一样,大多数人都忘了这个潦草的结局,只记得他们几个还在一起混的时候了。

地理老师无法忍受自己被忽略的事实,他冲到走廊上,大喊:"岑仲伯,给我进去上课!"——他长得格外矮,站在高的讲台后面,剩下的只有一个肩膀,此刻,他握着教鞭,浑身颤抖。

袁青山惊讶地看见余飞居然把岑仲伯推进来了,还连连退着像是在道歉的样子,在岑仲伯进教室的同时,他就消失了。

岑仲伯过来一屁股坐下,还在兴奋着,他对袁青山说:"余飞!他下午喊我们一起去唱卡拉OK!"

原来谜底就这样揭开了,袁青山之前所有的期待就这样顺理成章地落了空。

不知道余飞自己是否想过,在他离开以后,袁青山曾经想过他的归来,他应该已经变成一个黑社会老大,开着平乐镇首屈一指的桑塔纳轿车回到平乐一中来,所有以前曾经被他打过以及和他打过架的人会让整个走廊水泄不通,大家奔走相告:"余飞回来了! 余飞回来了!"

实际上的情况远远不是这样,袁青山他们到了校门口,看见余飞、何斌、张沛三个人零零落落地站在那儿,余飞正在和何斌聊天,张沛低着头在那儿看自己的BP机。

陈倩倩飞快地跑过去,抓着余飞的手臂,说:"飞哥! 你死到哪去了!"

余飞就笑了,他说:"倩妹儿越来越漂亮了。"

"回来都不说一声,只跟何斌说!"陈倩倩白了余飞一眼。

"给你老公说就等于给你说了嘛。"余飞说。

"哼!"陈倩倩余怒未消的样子。

余飞就看见岑仲伯过来了,他抬起头跟岑仲伯扬了一下,算是打招呼。

"飞哥现在混得好啊?"岑仲伯笑嘻嘻地说。

何斌忽然笑了起来,他说:"说出来你都不信,余飞当厨子了!"

"屁哦!"岑仲伯发出号叫一样的惊叹,让放学出校门的好几个学生都看了一眼,他们发现发出惊叫的居然是岑仲伯,收起他们的白眼匆匆忙忙走了。

袁青山站在那里,跟余飞笑了一个,余飞说:"袁青山,又长高了,你还要不要我们这些男的活啊?"

袁青山尴尬地不知道说什么好,余飞这句话深深戳到的,正是她的痛处。

岑仲伯在旁边猛地拍了她的脑袋一下,说:"没事! 我还活起在!"

"对的,你们配嘛。"余飞说,大家就都笑了起来。

袁青山没有笑,从走过来开始,她一直在观察张沛,分班了以后,她觉得张沛离她越来越远了,训练的时候他也很少和她说话,上星期有一天袁青山鼓起勇气去对张沛说:"张沛,星期天我妹说想去你们家看漫画。"

她为自己的这个小阴谋感到不齿,因为她把妹妹抬了出来,张沛一向对袁清江是最好的,最有哥哥样的。谁知道张沛说:"这个星期我们家有事。"

她看着张沛站在那里,浑身别扭,皱着眉毛看着BP机。

她忽然灵光一闪,想道:那个时候张沛是跟岑仲伯一起和余飞闹翻了的。

她没来得及多想什么,忽然看到乔梦皎和黄元军一起走出来了——黄元军读高三了,下课总是比较迟,乔梦皎每天都去他们班等他。

他们两个走出来了,离得很近,乔梦皎走路,把书包放在黄元军的自行车筐里。

他们很难不注意到门口这一堆人,乔梦皎看见余飞了,袁青山认为她可能刚刚在一班就看见了,她咬着牙往前走。

"乔梦皎。"余飞终于给她打了招呼。

"哦。"乔梦皎站住了,回答,眼睛不知道在看哪里。

"余飞回来啦?"倒是黄元军跟余飞打了个招呼,他们分别是曾经叱咤风云的平乐一小青龙帮和斧头帮帮主。

"嗯。"余飞说。

"我们先走了,你们好好玩。"两个男人沉默了一会儿,黄元军开口说。

"一起去嘛。"余飞最终还是说。

"不去了,我们高三下午还要补课。"黄元军说。

乔梦皎就跟在黄元军后面走了,她一直没抬头,甚至没有跟袁青山打招呼。

袁青山看着她离开的样子,忽然发现她写的那棵树不就正在他们头顶上吗?!此刻,袁青山发现了那树的美,它的枝叶都心无芥蒂地展开来,是那样悲伤。

"以前,乔梦皎最喜欢在这儿等我。"余飞忽然说,他转头看乔梦皎离开的方向,没有人看见他的表情。

——不仅是袁青山,大家都觉得余飞变了,他那身从来没有被理顺过的毛终于顺了。但袁青山还想到了另一个小秘密,那就是,乔梦皎是不是从那个时候起就发现了校门口这棵树的美呢?

几个童年的伙伴都站着,失散了的失散着,余飞说:"走嘛!去唱卡拉OK,顺便吃麻辣烫,我请客!"

他们就出发了,余飞和岑仲伯走在最前面,何斌拉着陈倩倩,张沛落在后面一点的地方,袁青山走在他身边。

把国学巷走到头,然后往东门外的方向走一点,就到了平乐镇著名的音乐茶座一条街,现在是白天,还不是很热闹,黑洞洞的铺子外面零星有几家卖烧烤的在做生意,狗都在路边睡觉,二楼上的窗户也都关着,外面晾着一些刚刚洗了的浴巾和女人的内衣裤。

余飞熟门熟路地走到一家叫做"夜来香"的音乐茶座,他带着大家走进去,一个小妹正在扫地,余飞说:"唱歌!"

他们坐下来,灯亮起来了,中间的彩色灯球转起来,屏幕亮起来了,啤酒和可乐都开上来了,烧烤也从外面烤进来了。余飞倒了一杯酒,第一杯举给了张沛,他说:"今天要谢谢张沛来,以前的事情不说了,我们还是好兄弟!"——说完,一口干了。

张沛说:"我不喝酒哦。"

"喝可乐一样的。"余飞大方地说。

张沛就倒了一杯可乐,也干了。

岑仲伯给自己倒了一杯酒,说:"来,余飞,我跟你喝!"

余飞笑嘻嘻地说:"岑仲伯现在不得了了,整成大哥了啊!"

岑仲伯说:"你说这些洗刷我嘛!"

——两个人也干了。

陈倩倩最先点歌唱了,其他几个人开始喝酒吃烧烤,袁青山坐在角落里,握着自己的那杯可乐,余飞:"袁青山去点歌唱嘛。"

袁青山说:"我知道。"

余飞就不管她了,一个劲跟张沛他们说话喝酒。

倒是岑仲伯给袁青山拿了几串烤肉过来,他说:"袁青山,吃肉嘛。"

袁青山说:"不吃。"

"给我个面子嘛。"岑仲伯继续。

"凭什么要给你面子嘛。"袁青山跟他斗嘴。

"给你说,"岑仲伯靠过来,贴得袁青山很近,小声说:"今天是我过生。"

袁青山大吃了一惊,说:"爬哦!"

岑仲伯露出不满的神情,他说:"小声点,我没跟其他人说。"

袁青山看着岑仲伯,她忽然想大笑几声,但她什么也没做,只是看着他,她说:"生日快乐。"——她说出了这句话,眼睛竟然要湿润了。

还好屋子里面并不明亮,岑仲伯没有发现袁青山的表情,他只是固执地把手里的一把肉递给袁青山,说:"给我个面子吃点嘛。"

这次袁青山吃了。

一群人吃吃喝喝打打闹闹,张沛的BP机响了好几次,他看了一下又放下来,余飞说:"什么事情啊?"

张沛说:"没事。"

他刚刚说完,BP机又响了,他终于站起来,说:"我去回个电话。"

他就出去找公用电话了,袁青山看着他出去,就想站起来跟他去看看,但是她最后还是坐定了。

她低下头,藏在黑暗里,看他们继续唱着情歌。余飞的歌到了,他站起来唱,是那首他们小学时候很流行的,余飞唱到高潮部分,格外忘情,他像一头受伤的狼那样,嚎着:"我对你爱爱爱不完……"

就在这时候,袁青山看见有个男人搂着一个女人从大厅后面走出来,两个人说说笑笑从余飞身边过去了,余飞看见了那个人,他忽然变得手足无措了,一下子没了声音,只留下伴唱放着高潮部分的乐曲。那个男人也就看了余飞一眼,他一看,就认出了余飞,他说:"小余,唱歌耍啊?明天上班不要迟到哦!"

余飞说:"好。"——他的表情还从没有那么难看过。

就在这个时候,张沛走了进来,他也一眼就认出了那个男人,他说:

"爸，你怎么在这哦？"

——那个人就是张俊，他一副老板打扮，他那匆匆从身边女人肩膀拿下来的手上，戴着一个明晃晃的大金戒指。

从头到尾，袁青山都没有机会站出来叫张俊一声张叔叔。张沛在他们面前把BP机摔了，他说："你自己看，里头都是我妈呼我的，你是不是真的要把她整疯嘛！"

张俊放开那个女人，拉着张沛，说："走，跟我回去说。"

张沛死站在那儿，说："我不回去！你们两个回去说清楚了我再回去！"

"跟我回去！"张俊火了，大喊了一声，拉着张沛就走了。

那个女人站在那里，站了一会儿，上楼去了。

其他的人都没说话，放完了余飞的歌，又开始放《万里长城永不倒》，那首歌是张沛点的，就继续放了下去，这些人里面，只有袁青山是见过以前的张俊的。她想起以前袁清江才来家里的时候，袁华每天都忙着照顾她，张俊就每天都一起接送她和张沛，好多次，她坐在自行车后面，听张俊一边唱歌一边骑车，他最常唱的歌曲，是《啊朋友再见》。

何斌终于说了句话，他说："飞哥，这下怎么办？"

余飞一抹脸，说："这下糟了，本来想勾兑一下关系，结果关系没勾兑到，肯定明天一上班就要被炒了。"

岑仲伯也找回了自己的声音，他努力装作什么都没看到，说："哪有那么凶哦！"

余飞说："你看嘛，我跟你赌！"

陈倩倩说："刚才那个是张沛的爸啊？"

"废话。"何斌说。

陈倩倩说："上次我还见过张沛他妈，长得还是多漂亮的嘛，你们这些男人真的是！"

"我又不会。"何斌说。

他们一句接一句地说起话来，用话语填补了所有的空隙，陈倩倩阴阳怪气地说："没事，你离北二仓库远点就是了，他们那个地方太阴了，都是出这些事。"

"袁青山，"陈倩倩说，"你们北二仓库的人是怎么搞的啊？"

"我们北二仓库的人怎么了？"袁青山莫名其妙地问，她的心情也变得很糟糕，语气有些火了。

陈倩倩感觉到了这怒火，她立刻让自己的怒火压过了她。

她尖声说："你们北二仓库的人全部都是烂货！"

"哪个是烂货！"袁青山"刷"地站了起来，她觉得自己的血都涌到了脑门上，她一站起来，就把陈倩倩完全笼罩在了阴影里。

何斌见情况不对，就拉了一下陈倩倩，说："你说啥嘛！"

"本来就是嘛！"陈倩倩越说越来劲，完全是个人来疯，"你们北二仓库的烂事说都说不完，以前你们那个陈局长，还有你妈，还有现在张沛他爸，不晓得还有好多！"

袁青山脑子"嗡"地一下，感觉一下耳鸣了，她说："我妈？"

她看见陈倩倩张了嘴，一个字一个字地说："你妈生了你就不知道跟谁跑了，谁不知道啊！"

袁青山听着她说出这些话来，她还没听懂她的话，她就看见岑仲伯熊一样站起来给了陈倩倩一巴掌。

何斌说："你干什么啊！"他就去拉岑仲伯，但是他拉不动岑仲伯，岑仲伯狠狠把他的手挥开，说："把你婆娘那张臭嘴管好点！"

——他就提着两个人的书包，扯着袁青山走了。

他们一直走，出了音乐茶座的巷子，走到了东门外，然后又走回十字路口——中途他们路过了平乐一小的校门，周末的学校静悄悄的。他们一直到了十字路口，袁青山忽然说："好像以前你们跟余飞他们闹翻那次也是因为陈倩倩。"

岑仲伯就转过头来看她，发现她的脸上竟然已经全是泪水了。

岑仲伯说："那个疯婆子胡说八道的话你也信，哭个屁啊。"

袁青山摇摇头，不说话，只是默默地流泪。

岑仲伯从书包里面翻了老半天，扯了一张作业本的纸给袁青山擦眼泪，说："别哭了别哭了，明天我喊张沛打她。"

"凭什么叫张沛打。"袁青山说。

岑仲伯嘿嘿笑了一下，没有说话。

他们两个人走了一会儿，走到了西门外面，岑仲伯说："我们来这干什么啊？"

"我跟着你在走。"袁青山说。

他们站在路边，不知道去哪里，忽然看见钟老师带着他儿子走过来了，他看见他们两个，露出了了然的神色，说："岑仲伯，袁青山，不好生读书嘛！"

岑仲伯说："没什么事。"

"本来就没事嘛。"钟老师笑着走了，没给他们任何解释的机会。

两个人被这样一闹，互相看了一眼，袁青山终于笑了，她说："这下完了。"

"唉！"岑仲伯翻了个白眼，他说，"在平乐镇走一百米不遇到个熟人简直是不可能的事！"

他说："我们去吃面嘛，我还没吃饱。"

"好，"袁青山说，"我也没吃饱。"

两个人去吃了一碗牛肉面，岑仲伯吃了四两，袁青山吃了三两。吃完了面，岑仲伯给了钱，他说："今天我过生，我请你吃饭。"

袁青山说："不，我请你吃，今天我也过生。"

岑仲伯惊讶地看了她一眼，但他接着居然马上露出了然的神情，他说："那我们各给各的嘛。"

袁青山反而有点惊讶了，她说："你就信了啊？"

"不然你怎么记得卡尔·马克思的生日呢！"岑仲伯吊儿郎当地说。

两个人把钱各自给了，他们走出来，袁青山觉得两个人站在路边的样子和吃面之前并不一样了。

他们走到十字路口，就分别了，一个往北，一个往南，告别的时候，岑仲伯说："袁青山，生日快乐。"

袁青山说："好。"

她回家去了，一边走，一边想到，刚刚那句生日快乐竟然是她记忆以来的第一句生日快乐。

从小她就没有过过生日，懂事了以后，她问袁华："爸爸，人家都有生日，怎么我没有啊？"

袁华就说："你自己去翻户口本嘛，我们家不过生日。"

袁青山就去翻了户口本，她这才知道了自己的生日。

户口本上第一页是袁华的名字，他是户主，再有就是袁青山了，她是女儿，中间那页应该写着她母亲名字的被撕掉了，后来为了给袁清江上户口，他们就拿着户口本去改，结果还被派出所的民警骂了一通，说："哪个叫你把户口本撕了？户口本都是可以随便撕的吗？"

袁华就一直道歉，说："小娃娃不懂事撕了，不好意思，不好意思。"

袁青山忽然发现，自己并没有和父亲认真谈过母亲的问题，她只问过一次，说："爸爸，我妈妈呢？"

袁华愣了一下，然后说："死了！"

年幼的袁青山被这两个粗暴的字以及它们后面那恐怖的含义吓坏了，她从此没有再提过。

长久以来，在袁家，袁青山没有发现任何和她母亲有关的痕迹，没有照片，没有衣服，甚至没有一句话。

她走在路上，五月的天气应该是很暖的，但她忽然觉得寒毛倒竖，她并不觉得多悲伤，或者多绝望，她的母亲不见了，从她睁开眼睛的时候，她的生活中就没有了这个人，袁青山走在路上，她每走一步，就对自己说一次："没事，别管她的事，她就只是一个陌生人。"

她就这样一步步走回了家，回去的时候，袁华和袁清江已经吃完了饭，袁华说："今天没回来吃？"

袁青山说："在学校吃的。"

袁清江说："今天以为姐姐要回来吃，爸爸做了好多菜哦。"

袁青山愣了愣，不知道这是什么意思。

她也没有去多想，就坐下来看电视，袁清江在做作业，一边做，一边看，她说："明天去沛沛哥哥那儿玩嘛，我想看他的漫画。"

袁青山说："他们家明天有事。"

袁清江嘟起嘴巴，不说话了。

袁华说："吃不吃苹果？"

"不吃了。"袁青山说。

父女俩坐在那里，肝肠寸断，柔肠百转。袁青山什么也没有说。

倒是袁华忽然说话了，他莫名其妙说了一句："袁青山，大了，要懂事了。"

"哦。"袁青山说，她努力把眼泪都忍回去了，她不能哭，这一天是她满十六岁的生日。

谢梨花

我敢说，我们平乐镇长大的孩子没有一个不认识谢梨花，没有谁不是从她手里死了一回然后活过来的。

我已经忘了我第一次看见谢梨花的情景——那个时候的我还太小了，不足以去记忆。但我能够记得之后我一次又一次看见她的情景，而这些情景都基本相同，所以它们就重叠在一起，我想起谢梨花，就会想起这场景来，这就是我从第一次到最后一次看见她的情景。

这个情景是这样的：

一定是有很多孩子在哭，然后走廊上泛出的是浓烈的消毒水和葡萄糖水味道，我坐在走廊上，而且不知道为什么，往往是一个人。我强忍着恐惧，听见屋子里面的孩子一个接一个地哭着出来了，坐在我旁边，继续发出抽搐，在那个千分之一秒的瞬间，会和我交换一个绝望的眼神。

接着就听见有人叫我的名字。我进去了，就看见谢梨花在那儿，按着一张处方笺叫我的名字，她又叫了一次，然后抬起头问我："就是你啊？"

我说："是。"

她就让我坐在板凳上，把我的裤子拉下来一点，然后她拿出一支新的针头，装在了从铝盒中拿出来的针管上，从药瓶子中抽出八百万单位的青霉素，给我抹上碘酒，用手按着我屁股上的几块肉，她的动作是那么均匀而平静，我的肉是那么僵硬，所以我难以分辨她到底是要打在什么地方，忽然，她就下手了，狠狠地，一下。

她把液体推入的时候，我就低头看着她，她的额头上已经有好几条皱纹，露出来的毛衣领子旧了，帽子下面露出的头发也变得有些灰，但是有一对很长的睫毛，像两朵怒放的心花。

我们沉默地对峙，直到她把针拔了出来，她说："好了。"——她说这话的时候，面无表情，然后把针头丢掉了，去看下一张的单子，她拿着单子，张口就叫出了下一个名字。

比起平乐医院的其他护士，谢梨花更像是个自动注射机，她的动作准确、简洁，推入液体的速度均匀有致，不浪费一秒钟的时间，她也从不和孩子说多余的话。

我相信不仅仅是我，所有的孩子都希望不要被分到谢梨花手上，但是事与愿违，往往我们越这样想，给我们打针的人就永远是谢梨花——到后来，平乐医院肌注科好像有了一条不成文的规定，所有的孩子的针都是由谢梨花来打了。

到最后，甚至发展为每次我爸骂我的时候都说："你再闹嘛！我把你送到县医院去给谢梨花打针！"

实际上，不但是现在，在我出生以前，谢梨花就是我们镇上的风云人物。我妈给我讲了刚刚卫校毕业的谢梨花去平乐医院上班，穿了一条黄色连衣裙走过整个十字路口的情景，我妈说："那个时候，我们镇上没有人敢那样穿！"

谢梨花是个护士，身材又十分标致，一时之间，给她说亲的人几乎踩平了她宿舍的门槛。但是谢梨花一个都没有答应。"心野得很！"——我妈如此总结。

那个时候的谢梨花在平乐医院是个人见人爱的姑娘，她是整个医院最小的员工，上到院长，下到看门的，都对她格外亲切。有一段时间，我们镇上的二流子们每天的娱乐就是在谢梨花上下班的时候守在十字路口，看她今天又要穿什么时髦的衣服来。"不知道哪个才服得住这个婆娘哦！"——小伙子们穿着拖鞋蹲在花台上，一边抽纸烟，一边看着谢梨花飘过了。

服住了谢梨花的人就是平乐医院骨科的医生彭永年，他也是整个平乐镇少女们的梦中情人，他高大英俊，穿着得体，谈吐不俗，传说彭永年医生下班以后，总是喜欢在办公室阳台上吹一段笛子再回家。对我描述这让人神往的场景的人还是我妈，她说："彭永年当年真的是一表人才，这么多年我都没再看到过那样的小伙子！"

——问题只有一个，彭永年不但有了老婆，而且孩子也刚刚满了一岁半。

但谢梨花就是被他服住了。

一有空，她就往骨科跑，中午吃饭，她也总是自告奋勇帮彭永年打饭，她还给彭永年写了好多封信，彭永年吹笛子，她就也跑去找了一个老师教她吹笛子。

"谁能挡得住谢梨花哦！"——所以说，彭永年不理她是不正常，理她才是正常。

彭永年就理了谢梨花，谁也不知道两个是好了还是没好，反正大家都看得见彭医生在和谢护士说话的时候，脸上总是挂着格外迷人的笑容。

"最后他们就被告发了啊？"我听到这，就问我妈，故事总是应该这样发展的，社会舆论，棒打鸳鸯，特别是在我们众口铄金方都能说成圆的平乐镇乡亲们口中。

"没有。"我妈不以为然地瞥了我一眼，"最后他们闹翻，是因为彭医生的儿子。"

故事就是发生在有一天，彭医生的儿子生了病，他妈抱着他来注射科打针，给他打针的就是谢梨花，当时她一针扎进去，小孩就大哭起来，她一针拔出来，就看见屁股上面的血珠子开始一滴滴往外冒。

谢梨花拼命地给彭医生的老婆道歉，手忙脚乱地要给小孩止血。"但是人家也不是省油的灯嘛，何况看她不顺眼不知道好久了！"彭医生的老婆大哭起来，惹来了彭永年，他看见自己儿子和老婆哭成了一团，看见儿子屁股上青了的一大块，一张脸立刻就青了。

"两个人就翻脸了，其他人都说，'这个谢梨花才歹毒的！'"——我妈说完故事，擦了擦嘴，洗碗去了。

我坐在那里，对着厨房喊："然后呢？"

"然后就老了嘛，给她介绍的对象就变成了那些离婚的、死老婆的，或者就是有娃娃的，以前她选人家，现在人家选她！"我妈妈在水流声里面说。

　　"然后呢？"我又问。

　　"还有啥然后，没然后了！"我妈洗碗的时候总是喜欢把水放个不停。

　　"你吓得我不敢打针了！"我喊。

　　我妈也喊回来："你不要乱生病，打啥子针！"

　　——但是过了几天，我就又感冒了。

　　给我打针的还是谢梨花，这次，我格外多看了她几眼，她看上去又老了一头，脸色很不好。她安安稳稳地给我打了针，突然说："妹妹又长高了嘛。"

　　我吓了一跳，只能说："啊。"

　　她说："要注意锻炼身体哦，你好像经常感冒。"

　　我说："好。"

　　走出注射科的时候，我又回头去看了谢梨花几眼，她已经在给下一个孩子打针了，我试着用一种全然陌生的眼光去看她，发现她已经老了。

　　谢梨花的死也极具传奇色彩，她在年终体检的时候忽然被查出了乳腺癌，并且已经是晚期了，还没等到春天，她就去了。

　　我们平乐镇上的二流子们就说："看嘛！女的还是要结婚生娃娃才对，不然一对奶子都要闷出病来！"

　　谢梨花死了以后，我依然还是经常感冒，但每次去给我打针的就换成了其他年轻的小护士了。不到半年的时间，我感冒了差不多七八次，把所有平乐医院注射科小护士的针给挨了个遍。

　　我最后终于发现，原来谢梨花的针是所有这些护士里面最温柔的。

第 *9* 章

　　事情好像是忽然之间就发生了。如果说有什么预兆，就是之前袁青山和袁清江一起下晚自习回来的时候，在北二仓库门口的小黑板上看到了贴出来的一张纸，上面写着："永丰县粮食局分房小组成员名单。"袁清江去看了一下，她说："都是当官的……咦？还有张叔叔的嘛！"

　　袁青山就也凑过去看，果然在上面看见了张俊的名字，她立刻就想起了几个星期前在卡拉OK的事来，那件事情发生以后，就算只是看见张俊的名字，她也觉得有些尴尬。她就拉着妹妹走了，说："不关我们的事嘛。"

　　谁知道过了几天，袁华买来了两瓶五粮液、一条红塔山，他指着这些东西对袁青山说："这个星期天跟我去张沛他们家一趟。"

　　袁青山吃了一惊，她当然明白这种事情叫做"送礼"，但她有点惊讶的是，袁华也会做这样的事情了，对象还是张沛的爸爸张俊。

　　其实她早就应该看出来了，前几天中午，张沛来他们家吃饭的时候，袁华就问："沛沛，你爸爸最近好吗？"

　　张沛愣了愣，说："好。"

　　袁华丝毫没有发现袁青山在紧张地盯着自己看，他说："星期天我想去看看他，你帮我问下他有空没。"

　　"好。"张沛说——从袁青山生日那天以后，他就经常来他们家吃饭，不然就在外面吃，袁青山知道他们家里的气氛肯定还是很紧张，洗碗的时候，她问袁华："你到张沛他们家去干啥？"

"看一下他们嘛，好久没走动了。"袁华说。

袁青山想敲开父亲的脑袋，告诉他张沛他们家的那些事情，但外面张沛在跟袁清江讲数学题的声音阻止了他。

她最终没有告诉父亲张俊和陈琼芬的事情，这样的事情对现在的袁青山来说依然很难开口，直到袁华终于来对她说："明天我们去张沛他们家一趟。"

"去干啥嘛？"袁青山不情不愿地说。

袁华说："想不想住新房子嘛！"

——袁青山才把这一串事情联系了起来，她就说："好嘛。去嘛。"

袁清江在一旁听见了，说："我也要去沛沛哥哥家。"

袁华说："小娃娃就不要去了。"

袁清江就撇起了嘴，她说："姐姐都去了，我也要去！"

她可怜兮兮的样子终于让袁华屈服了，他想起来以前张俊他们还住在北二仓库的时候两口子是很喜欢袁清江的。

九点四十多还没到十点，一家三口像做贼一样提着礼物蹑手蹑脚地走出了北二仓库的门，因为是星期天，好些人都还没起床，他们成功地没有被任何人发现，走到了大门口。

但守门的孙师傅早就起来了，看见袁华他们提着东西出去了，孙师傅说："袁老师，走人户啊？"

"嗯。"袁华含含糊糊地应了一句，带着两个女儿走了。

他们走到大街上，袁华终于松了一口气，他开始教育两个女儿：等会儿到了人家家里要乖，要喊人，要……

袁青山一直在想要不要把那天的事情告诉父亲，让他有个心理准备，但她实在不知道如何开口，她应该说"张叔叔在外面有外遇了"或者说"陈阿姨在跟张叔叔吵架"，她权衡了好久，终于在走过十字路口的时候，说："爸，张沛爸爸妈妈最近好像有点闹矛盾。"

"闹矛盾？"袁华愣了一下，然后爽朗地说："哪有两口子不吵嘴嘛！

没事！没事！"

父亲的话不由地让她想到了母亲,想到她从陈倩倩那儿听来的母亲的那些事,她想问父亲:"我妈是死了还是跟人跑了?"——但她更加问不出口。

三个人到了熊家巷口子上,就能看见张沛家的房子了,二楼上的阳台伸出来,修了两个气派的罗马柱,依稀可以看见里面的一些摆设。

他们到了楼下,看见张俊的奥拓车停在路边,袁华的心就落下来了,他知道张俊肯定是在家了。

袁青山看见父亲穿着一件好久没有穿过的西装,头发梳得整整齐齐,眼镜也擦得亮亮的,他挺直了腰板,"咚,咚,咚"地敲了三下门。

没有人回应,袁华又"咚,咚,咚"敲了三下。

他们听见有一个人穿着拖鞋出来的声音,他们听见陈琼芬在门后面问:"哪个?"

"我。"袁华说。

"哪个哦?"陈琼芬还是不开门。

"袁华。"袁华说。

门这才开了,陈琼芬穿着一件大红色的圆领裙子,像是一条睡裙,她的黑眼圈很重,人看起来十分憔悴,唯一她烫起来的那个头发还是高高地立着。

"袁哥怎么来了!"陈琼芬亲热地说,然后她立刻就看见了他手上提着的东西,她说:"哎呀,你来就来,买什么东西嘛!"——她一边说,一边把袁华他们迎进来,一边说:"张沛,张俊,袁青山他们来了!"

袁青山就走进了张沛他们家,她已经好长时间没有来过了,总觉得房子里面有点异常,电视上放着好几本漫画,茶几上面乱七八糟堆着不知道好多天的报纸,陈琼芬招呼他们坐下,一把把报纸抱起来,抱到另外一间屋子里面放下了,她乒乒乓乓地拿了茶杯出来,说:"袁哥,喝茶还是喝咖啡?"

"不客气,不客气,我们坐一下就走,不泡了!"袁华站起来说。

"要泡,要泡!"陈琼芬说着,就开始泡茶了,她又喊了一句:"张俊！快点下来！"

张俊就下来了，他已经梳洗好了，穿得整整齐齐，手上还提着公文包，一副要出门的样子，他看见袁华，也是亲亲热热地走过来，说："老袁，怎么想起到我们家来耍？好久都没来过了！"

"嗯？"袁华有些惊讶，他说，"我不是跟沛沛说过我要来吗？"

"怎么张沛这娃娃没跟我说呢？"张俊疑惑地坐下来，然后往楼上喊，"张沛，你们同学来了，快下来！"——张沛已经走下来了，听到了他们说的话，他冷冷地说："我星期四就给你说过了，自己没记到。"——他显然也是刚刚起床，头发乱糟糟的，冲客人们草草点了个头，就进厨房了，大家都听到他在厨房里面喊："妈！我昨天买的面包呢？"

陈琼芬一边把茶给他们端过来了，一边说："自己找嘛！这娃娃就会一天到晚乱丢东西！"

两口子分别在两张沙发上坐下来，一左一右夹攻着袁家三口人。陈琼芬感慨地看着袁家两姐妹，没话找话地说："两个娃娃都长这么大了！袁哥，你真的不容易哦。"

"哎呀，还好娃娃都听话，也没什么。"袁华把茶杯拿在手里，发现水很烫，又不好意思直接放回去，就只有托着杯子。

"没有，真的好辛苦哦，袁青山、袁清江，你们要对爸爸好哦。"陈琼芬对两个孩子说。

"嗯。"两姐妹说，袁清江一直在看厨房里面张沛什么时候出来，然后她就可以跟着他去他房间看漫画，袁青山也在看着厨房的门。

但是他们一直听见张沛在里面翻东西找面包的声音，就是不见他出来。

"张俊这几年生意越做越大了哦。"袁华终于喝了一口茶，放下茶杯，说。

"混口饭吃。"张俊摆摆手。

"都混成大老板了，还混口饭吃！我们仓库的人都说，陈琼芬这辈子好命，就把你找到了！"袁华呵呵笑着说。

"什么好命啊！我命苦得很！"陈琼芬幽幽地叹了一声。

袁华就知道他们两口子还没吵完，立刻有些尴尬。

"你来是有什么事啊？"张俊开口问了，"不好意思得很，张沛那个娃娃又没给我说你今天要来，我等会儿还有事要出去。"

"我星期四给你说了的！"张沛在厨房里面暴喝了一声。

"没事情……没事情……也没什么大事情……"袁华连连当和事佬，一张脸都笑得麻了。

"其实，就是房子的事情……"袁华吞吞吐吐地说了。

"哎呀！"张俊一拍大腿，"老袁啊！你来找我干什么嘛！你去找汪局长嘛！"

"汪局长是要找的，但是我们这么多年的老关系了，我还是想先来看下你嘛。"袁华说。

"找我有什么用嘛！"张俊摆着手，上半个身子都随着摆动起来，"我就是个摆设！你知道我早就没在仓库里面了，这次分房子说分房小组不能全是领导，要有两个群众，又要没有利益关系的，就把我拉进去，我能说得起什么话嘛！"

"总还是能说点嘛，老张，你看我带着两个娃娃在那儿都住了十多二十年了，实在是……"袁华还是笑着凑过去说。

"哎呀，老袁，你说的这些我还不知道吗，我们这么多年的关系了，上次开预备会议的时候我提了你的情况了。"张俊说。

"汪局长他们怎么说？"袁华期待地看着张俊。

"唉！"张俊叹了口气，"汪局长说了，这次分房子主要还是照顾结婚了的，你毕竟是一个人……"

"我哪是一个人，我还有两个娃娃嘛！"袁华急了。

"对啊，我也是这么说，但是汪局长说规定是这么规定的，你也知道，有很多两口子都在我们仓库工作的还没分到房子，虽然你工龄长，情况也比较特殊，但是排队要房子的人太多了啊。"张俊解释道。

"老张，你要再帮我想想办法啊。"袁华来来回回用手蹭着大腿。

"我知道，我知道，老袁你的事，就是我的事嘛，你还不放心我？但是我毕竟是个普通科员，最后的决定还是在领导，你啊，还是应该去汪局长那儿跑跑……"张俊转过头看见袁华拿来的东西，指着说："那些东西，你还是拿去送给汪局长，我们两个不说这些了。"

"不行不行，就是些烟酒，都是实用的。"

"哎呀，老袁，你客气什么，你们家的情况我知道，我们家又不缺这个，拿走拿走！"张俊豪气地说——就在这时候，他公文包里的电话响起来了。他掏出一个漆黑的大哥大，接起来："喂？啊，我就要出来了。啊，啊，啊，好，对嘛，要得，啊，你说的我哪里敢不听嘛，啊，对对，马上出来了，啊，好，好，好，拜拜。"

挂了电话，他抬起屁股，对袁华说："老袁，你的忙我看我是帮不了，但能说的时候我一定帮你说两句，实在不好意思我今天有个急事，那边还等着我呢我就先走了，你慢慢坐慢慢玩，留着吃个午饭再走，不好意思，我先走了，不好意思。"——说完话，他已经站了起来。

袁华也站起来，说："没事，没事情，我们也走了，你忙你的，你忙你的。"

"不走不走，"陈琼芬走过来拉着了袁华的手臂，她说："袁哥好不容易来一次，要吃了饭再走！"

"我走了，我走了，老袁，吃了饭再走！一定吃了饭再走！还有，东西拿走！陈琼芬，喊他们把东西拿走啊！"张俊说着，就出了门了。

张俊的门一关上，陈琼芬的手还在张俊膀子上，她的眼睛就红了，她说："袁哥，你今天一定要留下来吃个饭，好久没见到了，一定要吃了饭再走。"

袁华被她的表情吓住了，他不由地坐下来，说："好嘛好嘛，有什么事慢慢说，你不要哭嘛。"

袁青山在沙发上如坐针毡，她感到父亲那卑微乞求着的样子深深地伤害了她，她看了袁清江一眼，发现她把小脸板得死紧，看着张俊离开的方向。

就在这时候，张沛终于找到面包，他一手拿着一杯牛奶，一手拿着面包，一边吃一边走了出来，他走到茶几边，对两姐妹晃了个脑袋，说："上去耍嘛。"

袁华坐在陈琼芬对面,有些尴尬,他还是说:"你们先去耍嘛,等会儿我喊你们就走。"

"吃了饭再走嘛!"陈琼芬又说了,"等会儿我炒两个菜就吃了,方便得很!"

"真的要走,我等会儿还有事情。"袁华说。

——他们两个人继续推推阻阻,三个孩子就这样上楼去了。

张沛的房间还是很乱,桌子上面放了好几个空的饼干盒。张沛走进去,旁若无人地坐在床上,然后继续吃起面包来。

袁清江马上扑到那个放满漫画书的书柜上去了,她抽出她上次还没看完的那本,迅速地沉浸到故事里面去了。袁青山小心翼翼地在离张沛有一段距离的床沿上坐了下来,就算如此,她依然感到床重重地沉了一下——还好张沛并没有发现。

她看着张沛:他的头发还是乱糟糟的,他嘴唇上面长出了青色的胡子,他低着头吃东西,吃得好像被饿了很久,他没有看她。

"张沛……"袁青山叫了他一声,从她生日以后,她就没有好好和张沛说过话。

"嗯?"张沛吃完了面包,他又随手撕开放在床头上的一包花生来吃。

"你还好吗?"袁青山问他。

"好!好得很!怎么不好?"张沛笑着说。

"嗯,那就好。"袁青山不知道说什么好,她转过头看书桌上,那上面还堆了好些课本和参考书,袁青山就拿了一本参考书过来看,那是一本奥数书,她看见上面都密密麻麻被写满了。

这些密密麻麻的字好像让她看到了另一个张沛。

"袁青山。"张沛忽然主动叫了她一声。

"怎么?"袁青山马上合上书转过去看他。

"我最近经常去你们家吃饭,你爸很烦吧?"张沛低声说。

"没有！怎么会！你来我们都很高兴！"袁青山急急地说。

"嗯。"张沛点了点头，他说，"我以前做了好多让你不高兴的事吧？"

"没有，"袁青山摇着头，她看见张沛把头低得很低，他的头发垂下来了，挡着他半个脸。

"我们，会是一辈子的好朋友吧？"张沛问她。

袁青山没有想到张沛会说出这样的话来，她觉得这样的话不应该是张沛说的，那是张沛啊，陈局长的孙子，一班的尖子生，北二仓库永远穿得最漂亮的孩子，永远扬眉吐气，趾高气扬，骄傲自满，永远没有做不好的事情的张沛。她强忍着心里面的难过，说："当然是，当然是的。"

袁清江也注意到了他们的谈话，她从漫画里面抬起头，睁着一对眸光流转的眼睛看着他们。

"我爸妈他们。"张沛抬起头来，像要做新闻发布一样环视了袁青山和袁清江两个人，他清了清喉咙，说，"我爸妈他们可能要离婚了。"

袁青山说不出话来，不明就里的袁清江在喉咙里发出一声没有意义的叹息。

"他们要离婚了。"张沛又说了一次，脸色苍白。

虽然这么做很荒诞，但是那一瞬间，袁青山想把张沛拉到自己的怀里，她想要保护他，让他在她怀里大哭一场——当然，她没有这么做。

三个孩子静静地坐着，房间里面是极其压抑而安静的，袁清江忽然说："他们不会离婚的，沛沛哥哥。"

她的话提醒了袁青山，她就像忽然被开了发条一样，也机械地说了一句："他们不会离的，你别想太多了。"

张沛笑着摇了摇头，又摇了摇头，还是饱含着笑容。

他说完了这些话，好像又活过来了，他一个鲤鱼打挺翻起来坐好在床上了，说："下午我们去打游戏吧，马一鸣和岑仲伯约了我去。"

"好，去吧。"袁青山说——这个时候，就算张沛说要个星星，她也会给他戳下来。

他们在房间里面说这些话的时候，袁华和陈琼芬也在楼下说他们自己的话，但是袁青山他们不知道他们讲了什么，他们甚至没有想到要下楼去看一看，而楼下的大人们讲着他们的痛苦，讲着疏离的这些年，曾经的青春岁月，还有那不期而至的灾难，他们不知道孩子在楼上到底在干嘛，不知道天不怕地不怕的张沛对于这个家的分崩离析是那样恐惧。而当陈琼芬上楼去叫他们下来吃饭的时候，她看见三个孩子都各自抱着一本漫画看着，她说："下来吃饭了。"

　　张沛抬起头来，眼睛是炯炯的，他说："来了嘛，不要又喊我吃昨天那个鸭子啊，好难吃哦。"

　　陈琼芬说："知道了知道了，你就是少爷命，以前我们有吃的就不错了，还挑！"

　　她开着门转头下去了，拖鞋噼噼啪啪的，她想："这些不懂事的孩子啊！"——他们的眼神没有来得及在对方的眼睛里面停留过，因此，没有一个人发现另外那双眼睛刚刚流过的泪水。

　　陈琼芬应该是在巷子口的清真馆子去端了菜，满桌子都是牛肉，袁华一边吃饭，一边说："唉，真的没想留下来吃饭的，麻烦了，麻烦了。"

　　陈琼芬夹给他一块牛肉，说："袁哥，你们来了我最高兴了，不然这屋头冷冷清清的，最好你们天天都来吃饭！"

　　袁华说："你不要这样说，你觉得冷清了就出去玩嘛。"

　　陈琼芬也给袁青山和袁清江夹菜，一边夹，一边说她们小时候的那些事情，她说："你们两个都是我们满院子一起养大的，所以你们也是我的女，这几年搬出来，都不亲热了，早知道这样，说什么我也不搬了，以前住在仓库的时候，好热闹哦！"

　　张沛对母亲的神经质的喋喋不休有些不耐烦，他说："下午我们出去玩。"

　　"去哪里玩？"陈琼芬问。

　　"跟同学去玩。"张沛说。

　　"哪个同学？"陈琼芬继续问。

"你管那么多干什么啊？"张沛埋头扒饭。

"我问一下嘛，我每天一个人在屋头，你们两爷子都出去，没人跟我说你们在干什么。"陈琼芬喃喃地说。

"你出去管馆子里头的事情嘛。"——整个饭桌上大概只有袁青山能看出来张沛是在试图安慰母亲。

"不管，倒了算了，要那么多钱来干什么嘛！"陈琼芬说，眼睛又红了。

气氛有些尴尬，袁华说："唉，不要在娃娃面前这样……"他又沉默了，没有人说话。

张沛烦躁地吃了两口饭，说："下午我跟岑仲伯和马一鸣去玩。"

陈琼芬就接了他的话，说："是不是上次来过的那几个男娃娃里面的？"

"嗯。"张沛说，"岑仲伯是长得很高的那个，马一鸣是那个戴了个大眼镜的。"

"哦。"陈琼芬说，"我想起来了，这两个娃娃的名字都很有意思嘛。"

"就是，"袁华接口说，"一个陈仲伯，一个马一鸣，家头肯定都是有点文化的人。"

"是岑，不是陈，"袁青山说，"一个山，一个今天的今的那个。"——在平乐镇的卷舌平舌不分的方言里，人们通常都把"岑"误认为"陈"。

"岑？"袁华愣了愣。

"他爸爸是干什么的？"陈琼芬立刻问。

"不知道。"袁青山说。

"岑……他住在哪里？"陈琼芬又问，她像是发现了什么了不起的大事，整个身子都神经质地紧绷起来，配合着她文得漆黑的眉毛，让她看起来像个假人。

"不知道，"袁青山说，她忽然发现她对岑仲伯一无所知，也从来没有听他说过他自己的什么事情，"好像是在南街吧？"

"南街啊……"陈琼芬想了一阵，她推了推袁华，说，"好像那家人是住在西门上啊？"

袁华的脸色也不是很好看，他像忽然从梦中惊醒一样，说："不知道，我忘了。"

"岑……"陈琼芬又念了起来，"平乐镇姓这个姓的人不多嘛应该……"

"什么事情嘛？"张沛奇怪地问。

"没什么事，没什么事，"陈琼芬连忙说，"就是觉得这个姓不是很多。有点奇怪，问一下。"

"有什么怪的？"张沛嘀咕了一声，继续吃饭了。

但是两个大人都陷入了沉默，他们好像又回到了刚刚讨论过的那些陈年往事中，袁华忽然觉得，可能那些事从来就没有过去。

好不容易吃完了一顿饭，张沛和袁华他们一起走了，陈琼芬孤零零地站起来送他们，她靠在门边上，对袁华说："房子的事情，我会跟张俊说，让他尽量帮忙。然后刚才我给你说的那个事，你也考虑一下嘛，那个女的人还是不错，这不是说分房子，这么多年了，你也该考虑一下了。"

袁青山听着她话里面的意思，心里头咯噔了一下，她看着父亲，忽然发现他的后颈已经长出了几根白头发。

袁华看了陈琼芬一眼，说："再说嘛，你照顾好自己。"

他们就走了，走到半路上，陈琼芬又从后面噼里啪啦地追了上来，她还是穿着那条像睡衣的裙子，没有化妆的脸在天光里更加显得憔悴，她把手里面提的一包东西都递给了袁华，说："来，东西拿起走，我们不缺这些，你拿去送给汪局长。"

"你们拿到嘛，你们拿到嘛！"袁华推辞了几下，终于接受了，毕竟是在路上，人来人往的。

陈琼芬又跑了回去，张沛说："妈，你跑慢点。"

袁华感慨地说："你不知道，你妈年轻的时候跑得好快哦，我们北二仓库没有几个小伙子追得上她。"

就着这句话，袁青山重新看了陈琼芬跑步的姿态，她整个身子都笼在那条大裙子里面，她跑远了，什么也看不见了。

他们又重新开始了离开张家的旅途，到了曹家巷巷子口，袁华忽然大声叹了一句："哎呀！"

三个孩子都看着他，以为出了什么大事。

袁华看着陈琼芬递给他的包，说："你妈怎么又给我多装了两条烟啊！"

他要还回去，张沛拉着他，说："袁叔叔，你就拿到嘛，我爸爸的烟多得很！"

袁华就一路叹着和孩子们走到了十字路口，他说："我回去了，你们也早点回来，沛沛晚上来吃饭嘛。"

"不吃了，"张沛说，"我们在外头吃。"

"好嘛，好嘛。"袁华说，就转身走了。他提着那一包东西，生怕被街上哪个熟人看见了。

袁青山他们三个就往南街上面走了，他们约好的地方是国学巷口子上的一家游戏厅，去那里玩的基本上都是平乐一中的学生，袁清江从没有去过那种地方，她仰着一张透明的脸，问张沛："沛沛哥哥，你们要打什么游戏嘛？教我打嘛？"

袁青山看见她那个样子，就想起初中时候张沛他们第一次带她去打游戏的情景，她问张沛："张沛，这个游戏是怎么打的呀？"——她幻想张沛能够手把手地教她把那个游戏打会，就像两个人有了一个秘密那样——但是张沛说："你看嘛，看看就会了！"他整个人都埋在机器上，把按键砸得嘭嘭响，没空理她。所以，袁青山跟他们去打了那么多次游戏，到现在也是只会看，不会打。

谁知道张沛和颜悦色地对袁清江说："等会儿我教你打，有一个游戏最适合你们女娃娃打了，你肯定喜欢打。"

袁青山的心瞬间充满了悲伤，虽然这悲伤已经是年代久远的悲伤了，但依然不损伤它带给她的伤感和迷茫。

他们走到游戏厅，马一鸣已经到了，他在跟另外一个孩子对打，跟张沛点了个头，说："等我打完这盘我们打足球！"

张沛说："没事，你打嘛。"——他问老板买了十个币，开了一台机子，教袁清江打游戏，那个游戏里面有一个粉红色的娃娃在打气球，那个娃娃长得十分漂亮。

袁青山无聊地站在游戏厅里，听见整个世界都充满了电子音乐，充满了叮，嘭嘭，当当当的声音，她问马一鸣："岑仲伯还没来啊？"

马一鸣说："嗯，他娃死了！"——他说着，转动遥控杆，猛地按出了一个必杀技，他的对手低低地诅咒了一声。

袁青山就出去了，她站在街上，看着一个个的人走来走去，里面有不少是她经常都会看见的面孔——在平乐镇上，袁青山总是会看见一些熟人，她每天都看见他们，虽然不一定知道他们是谁，但她毫不怀疑，一旦她走上前去，跟他们搭个话，他们必然是她的某个远房亲戚，父亲的某个熟人，或者是某人熟人的朋友。总之都是有关系的人——她看着这些人，想到今天上午父亲的样子，她觉得肩膀上面的空气是那么沉重，袁青山想："总有一天我要出人头地。"——虽然她不知道要怎样才可以。

她看着这些熟人，远远地，就看见岑仲伯从南街上转过来了，他和另一个人站在路口告别，她发现那个人居然是他们的英语老师陈老师。

袁青山真的震惊了，她呆呆地看着他们两个告别了，陈老师又把手上的纸袋递给岑仲伯，两个人推辞了一会儿，终于分手了。

岑仲伯提着纸袋往游戏厅这边走了过来，他低头看纸袋里面的东西，然后抬头去看天空——他的神情是那么忧伤，袁青山从来不知道在岑仲伯脸上也可以看见那样的表情——直到走得很近了，他才看见袁青山站在游戏厅门口，他一见她看他的表情，就知道她看见了。

"袁青山。"岑仲伯叫了她一声，不知道说什么好。

"他们都在里头打了。"袁青山说完，转身进去了。

在里面，袁清江正在惊叫连连地打气球，张沛看见袁青山他们进来了，就说："袁青山，你过来一起打嘛，你打我这边，我去跟岑仲伯打。"

袁青山就过去打了，她并不会打这个游戏，袁清江告诉了她每一个键的作用。

两姐妹站在那里，把十个币都打光了，袁青山真正明白了为什么男生们都那么喜欢打游戏，因为它是那么快，那么紧张，一不小心就死了，所以就根本不可能再思考别的事情了。

他们酣畅淋漓地打了一个下午的游戏，张沛赢了岑仲伯和马一鸣，他非常得意，笑得露出了整个嘴巴的牙齿，他的笑容那样灿烂，没有人知道他在上午的时候，是多么悲伤。

张沛请他们去吃饭，在国学巷口的小店里面，五个人一人要了一盘炒饭。张沛一边吃一边说："马色魔，今天我总算把你赢了！"

"今天状态不行，下回重新来！"马一鸣说。

袁清江也说："好好耍哦，下次我还要来！"

马一鸣突然发现了岑仲伯放在椅子上的纸袋，他说："土狗，你拿的什么啊？"——土狗这个名字已经莫名其妙被黄元军喊开了。

"衣服。"岑仲伯说，他拉了一角出来，是一件新运动服。

袁青山看了他一眼。

——他们继续吃饭，岑仲伯一边吃一边看着袁青山，他想跟袁青山说什么，又不知道怎么开口。

他们吃了饭，就要分别了，岑仲伯说："我跟你们走到十字口，我要买东西。"

他就又跟着他们走了一截，其他三个人还在热烈地讨论游戏，快到十字路口的时候，他终于找到机会，走到袁青山旁边说："你不要想歪了。"

"我没想什么。"袁青山说，一边说，一边想到岑仲伯每天去英语办公室回来的样子，她还忽然想到，岑仲伯上次说他亲过嘴，她猛地出了一身冷汗。

"我知道你想歪了，"岑仲伯叹了口气，他又犹豫了几秒钟，终于低声说，"陈老师是我爸以前的一个学生，经常都来看我。"

"你爸是教书的？"袁青山惊讶地问。

"嗯。"岑仲伯说。

"在哪教书哦？"袁青山问。

"平乐一中，"看见袁青山惊讶的神情，他又补充，"以前。"

"现在呢？"袁青山问。

"死了。"岑仲伯说。

袁青山被吓了一大跳，她怎么也没想到在最后等着她的竟然是这两个字，它就像一头匍匐的猛兽，忽然跳了出来，咬住了她的喉咙。

"哦。"她呆呆地说。

回家以后，她还是呆呆的，心里面空荡荡的，只觉得风飕飕的。袁华说："袁青山，你怎么了？发什么呆啊？"

袁青山说："爸，你知道吗，我们班那个岑仲伯啊，今天陈阿姨还问他爸是干什么的。你记得吧？"

"啊。"袁华坐下来，说，"怎么样？他爸是干什么的？"

"他说他爸死了。"袁青山说。

"死了？"袁华皱起眉毛。

"他说他爸以前是平乐一中的老师呢。"袁青山补充。

那一瞬间，袁青山发现袁华变了脸色，他的脸瞬间呈现出一种死人般的灰色来，他坐在那里，好像全身的骨头都干裂了，在咔咔地响。

"怎么了？"袁青山说。

袁华用了好久才找回自己的声音，他对女儿说："没什么，以后少出去玩点，要认真读书，不要每天都玩。"

"哦。"袁青山说。

明天就是星期一了，两姐妹早早地洗脚，准备睡觉了，袁华坐着，用遥控器把电视一个个台飞快地翻过去。

他忽然说："今天陈阿姨给我介绍了一个阿姨，是县医院的护士，人没有结过婚，比我小两岁，而且她一说原来这个阿姨也是我的一个老熟人了，人很好，也本分，我准备过几天去见个面，今天我下午去看了汪局长，他明确表示要是两口子才能分到房子。"——他说的时候，眼睛还是看着电视，手里面还是翻着频道。

两姐妹都愣住了，事情就是这样，好像是在忽然之间就发生了。

茅厕娃

平乐镇东街以出产二流子而著称，因此，读了书的西街人和拳头硬朗的南街人都看不起东街的人，以前我还住在南街的时候，南街上的汉子们都说："东门上那些人，耍起泼来可以在地上打滚，哪个敢真的给我们打一架！"后来我搬到西街去了，西街上的先生说："东门上的，大字不识一个，每天就知道吹牛皮！吹得各人都不知道姓啥子了！"

我倒没有听二流子们说过别人的坏话，我对东街的印象仅仅来源于我路过它的时候：我小的时候，特别是夏天，就可以看见很多光膀子的在路边乘凉，天气非常热，他们一人拿一把扇子，但是不扇，而专门用扇子柄刮肚皮上面的汗，然后猛地往街上一甩——街上的行人躲闪不及，他们就高兴地笑起来。

茅厕娃就是东街上二流子中最著名的一个。

茅厕娃的名字传到了我们南门上，是因为他和城管大队刘副队长那场轰动的争斗。那是有一年过年时候，茅厕娃不知道从哪里批发了一堆火炮来卖，别人卖火炮都在路边卖，茅厕娃偏要把摊子摆在路中间，刘副队长就去管他，他说："郑学通，把摊子移到路边去嘛。"

茅厕娃坐在摊子旁边，点了一个小火炮，丢在刘副队长身边，"啪"地爆了。

刘副队长就毛了，说："给老子把摊子移到路边去。"

茅厕娃从自己的位子上抬起头来看了他一眼，说："孙儿乖，把老子抬过去嘛。"

一向横行霸道的刘副队长哪受过这鸟气，他飞起一脚，踢了茅厕娃的摊子。

但故事的高潮还没有来到：大年初三那天，刘副队长照例在街上巡逻，茅厕娃不知道从哪里跑出来，提了一个桶，劈头盖脸都往刘副队长身上泼去了。

不用说，那是一桶粪水。茅厕娃就此一战成名。

但他自己的下场也没好到哪里去：他被城管的人抓住，狠狠打了一顿，打得他哭爹叫娘。但第二天早上，他照样扎着半边白衬衣，穿着脱线的防寒服，拖着一双烂皮鞋，啪嗒啪嗒地在我们街上鼻青脸肿地走过了，人家就笑他："茅厕娃，昨天遭打惨了哇？"

茅厕娃不以为然地嘿嘿一笑，说："他们给爷爷捶了会儿背，爷爷又没吃粪水！"

那时候我还没上小学，每天在我爷爷家玩，一群人在他门口下棋，茅厕娃走过来笑嘻嘻地看。大家就说："茅厕娃，自己在你们东门上泼粪水嘛，跑到我们南门上干啥子！"

茅厕娃还是笑嘻嘻地，说："我看一下嘛。看一下又不犯法。"

没有人跟他说话，但他还是笑嘻嘻地站在那里看，还自说自话地指挥着棋局，直到下棋的人下完了那一盘，茅厕娃对赢家说："下得可以！听郑老师我的没得错嘛！"——他就晃悠悠地走了，我们都可以看到他的后脑勺还贴了一块醒目的纱布，但他浑然不觉，只管骄傲地走在平乐镇南街的路上。

我爷爷跟我说："看到没嘛，整不死的茅厕娃！哪个敢跟他整！"

我们平乐镇的人都说："要脸的怕不要脸的，要命的怕不要命的。"茅厕娃就是那个又不要脸又不要命的，你骂他他不生气，你打他他也不特别痛苦，你不知道什么时候就把他惹毛了，他就跳出来泼你一盆粪水——哪个不怕他！

茅厕娃被我们镇的人称为茅厕娃以后，就变得越来越脏，他经常穿得像个叫花子一样招摇过市，看见姑娘穿了件漂亮衣服，就跑过去跟在人家后面，大家都对他避之不及。本来我以为我这辈子都是不会和茅厕娃说上一句话的。

　　读了初中以后，有一天，我同学来跟我说："我认了一个师父！"

　　——当天下午，他带我去看他师父，那个时候老虎机风靡了我们镇，有好多家专门打老虎机的地方。我们去了其中一家，我同学走过去，端端正正地站在某个人后面，叫："师父！"

　　那个人还没转过来，我就发现他就是茅厕娃，他瞄了我一眼，说："可以哦，高歧，女朋友都找到了！"

　　我非常生气，对我同学说："我走了！"——好几个星期我都没有和他说话。

　　他倒是来跟我说："我师父好得很，还请我吃面！"

　　一会儿又说："我师父凶得很，赌老虎机都没输过！"

　　终于有一天下午，放学得早，他又拖着我去找茅厕娃。他还是在同一家老虎机店，甚至穿的也是同样一件衣服。

　　我同学说："师父，今天带我们回去耍不嘛？"

　　茅厕娃又回头看了我们一眼，说："你娃娃还是个情种嘛，硬是要带起女朋友。"

　　我同学就拼命拉着我的书包给我使眼色，我终于没有走掉。

　　茅厕娃带我们去了他家，打死我都想不到，茅厕娃的家居然是在东街干休所里面，那是我们平乐镇以前最体面的大院，里面都是独门独户的小房子，种着高高的樟树，还有好些小花园。茅厕娃摇摇晃晃带着我们进去了，给门卫点了个头算是打招呼。

　　茅厕娃的家只有他一个人，他的房间里面有个大柜子，里面有很多乱七八糟的东西，有书，有看起来像古董的小玩意儿，有一些漂亮的瓶瓶罐罐，还有很多外国画报。

　　我同学就扑到那个柜子上面去了，他说："快点过来看嘛！"——我在那玩了一个下午，明白了我同学为什么对茅厕娃那么死心塌地。因为那的确是个不可思议的柜子，它就像来自外星球。那些外国的画报上有绿得不像话的大草原，有高高的古堡，有白色的木房子，有漂亮的汽车，有蔚蓝的海，还有好些个露着胸口的金发女郎。

连着好久，我跟我同学每天一放学就去找茅厕娃，跟着他去他家玩，有时候我看到一张很漂亮的风景画，我就指着大叫："高歧！高歧！我要去这！"

茅厕娃就伸过头来看一眼，然后说："这里是某某地方。"——他说得那么熟，好像他去过一样，我就说："你去过啊？"

茅厕娃得意地说："我比去过的人还熟。"

我终于了解到茅厕娃的一项绝技，就是背地图。他能够完整地背下详细的世界行政地图，还有好些大城市的城市地图——在我们终于取得了他的信任之后，他给我们看了很多他手画的地图，都是外国的地图。

后来我有些害怕了，我问我同学："他是不是间谍哦？"

我同学白了我一眼，说："爬哦你！"

但我真的害怕了，并且不敢把这件事情告诉任何人，我渐渐就不去了。

茅厕娃知道我不理他了。可每次在街上看见我，他还是笑着跟我打招呼，说："小徒弟，最近好哇！"

旁人都用诧异的眼神看我一眼，我恨不得钻到地下去。

我初三那年，茅厕娃死在了公安局——公安说他赌博，把他从老虎机店拖出来，他像个疯狗一样吐那些公安痰，咬旁边抓他的人，红着眼睛，骂："老子×你全家！老子×你妈啊！"——他的声音是那样疯狂，像是在哭丧。

那些看热闹的人也被他骂了，他说："你们这些人瓜×！袁青山那么好个娃娃就是遭你们整死的！你们这些瓜×！"——事后我问了好几个人，他说的真的就是袁青山这三个字。

大家也被他惹毛了，一个个都在骂他，他像垃圾一样被拖上了警车，过了几天，像垃圾一样死在拘留所里，又像个垃圾一样被丢到清溪河的坟堆里——直到好几年以后，我才在我们县志上读到，茅厕娃的父亲，我们县以前仅有的一个中央大学毕业生，著名林业学家，林业局老局长郑理辉，也是在拘留所里含冤被人打死的。

第 10 章

早饭吃到一半,袁华终于找到一句话来打破沉默。就算如此,他依然把它包在嘴里面,含了好几分钟,观察着两个女儿的动作:袁青山把鸡蛋泡在稀饭里面,用筷子专心地一点点把它戳开,袁清江低着头喝稀饭,诡异地没有发出一点声音。他像是犯了错误的孩子,等了又等,终于说:"袁青山,昨天拿回来的成绩单你还没给我看。"

"哦,在书包里头。"袁青山说,她立刻放下筷子出去拿成绩单。

只留下了袁清江一个人和他对着吃饭,袁华觉得屋子里面那股无形的压力反而增大了,他吞了口口水,小心地问:"清江这次考得不错吧?"

"嗯。"袁清江说,没有看他。

袁青山终于把成绩单拿过来了,她递给父亲,说:"这里。"

袁华接过那张纸。上面写着"高一下期期末成绩单,高一四班,袁青山,学号:43。语文87、数学75、英语80、政治85、历史79、地理75、物理65、化学63、生物71"。

袁华忍不住皱了皱眉毛,说:"明年分班你是要读文科还是理科?"

"文科。"果然,袁青山说。

"文科以后不好找工作啊,"袁华说,"你还是再考虑一下嘛,趁着暑假把理科认真补一下。"

"我报都报上去了。"袁青山说。

"什么时候报的啊?"袁华很吃惊。

"上上个星期。"袁青山终于把那个蛋彻底肢解在稀饭里面了。

"你怎么不跟我商量啊？"袁华有些生气。

"有啥商量的嘛，反正我也不可能读理科。"袁青山说。

"你还不是不跟我们商量。"袁清江冷不丁冒出了这么一句。

袁青山撞了她一下，但是她毫不妥协，抬起头来，一双眼睛是黑白分明的，看着袁华。

袁华被她看得发毛，他想说什么，张了张嘴，终于没说出来。

但他必须要保持父亲的尊严，他说："袁清江，说话注意点！"

袁清江轻轻哼了一声，低下头继续吃饭了。

他看着袁清江，每个月两姐妹同时来例假那几天，他就会深深地觉得，两个孩子都长大了，而现在，他忽然想："是不是袁清江也该到了叛逆期了？"

他逃也似的吃完了早饭，准备收碗去洗。袁青山说："我洗吧，你去上班嘛。"

他就继续逃也似的去上班了。

两姐妹听见父亲关上门走了，袁青山问袁清江："吃完没有？吃完我洗碗了。"

袁清江说："你为什么要帮他洗碗嘛？让他自己洗嘛。"

袁青山说："爸爸上班来不及嘛。"

袁清江说："那就喊那个女的来洗。"

袁青山看着妹妹倔犟的样子，在心里面叹了口气，她说："你不要说气话了，你那样爸爸多难受。"

"我也难受啊！他怎么就不为我想啊！"袁清江的声音一下尖锐起来，她抬起头，眼睛都红了。

——最近，她经常都是这样，袁青山已经有点见惯不怪了，她说："哎呀，你懂事点嘛，我洗碗去了。"

她就开始收碗，把所有的剩菜扒到一个盘子里，然后把碗一个个叠起来，她走到厨房里面，打开了水龙头，听见袁清江在外面幽幽地说："姐姐，我喜欢我们住的房子，我不想换新房子。"

袁青山说:"还不知道能不能分到呢。"

袁清江愤愤地说:"反正我不想要新房子。"

袁青山没有再说话,天气有些热了,她把手伸在凉凉的水龙头下,感觉到水就这样流过去了,它们是那么温柔,那么无声,那么微微地凉着,这样的凉在夏日里,显露出来一种压抑的悲伤。

外面走廊上,她看见黄元军走过来了,还有几天他就要高考了,但他完全没把它放在心上,他爸总算是粮食局的一个科长,早早给他安排了一个工作了,听说他们家对那套新房子也是十拿九稳了,袁青山看着他走路的样子,觉得他的人生是那么完美。

黄元军看见她在窗户后面洗碗,他说:"袁青山,今天出去不?"

"可能不哦,要做作业。"袁青山说。

"做什么作业嘛,作业都做得完吗?"黄元军哼了一声,潇洒地下楼了。

袁青山洗完了碗,出去看见妹妹坐在床边发呆,她那张少女的脸上充溢着少女才有的悲伤。

她说:"快点做作业,做完了就能去玩了。"

但妹妹完全没有听到她说的话,她只是又说了一次:"我真的不想要新房子。"

袁青山知道,妹妹不想要的哪里是什么新房子。

袁华终于谈了一个对象的事情已经在北二仓库里面传得人尽皆知了。这几年,北二仓库越来越不景气,每个人拿着几百元的工资,要死不死,闲得要命,说出来的话也就格外恶毒。有的人说,袁华憋了这么多年终于憋不住。有人说,袁华为了分到新房子是不择手段了。有的说,袁华以前就认识谢梨花,两个人早好上了,只不过终于抬上了台面。有的就神神秘秘地补充:"你们以为袁华真的是什么东西哦,他好过的女的还有人呢!"于是另一个人说:"那正好,谢梨花也不是什么好东西。"——大家就一齐愉快地笑了起来。

这些话袁青山并不是没有听到,但是她早已经习惯了北二仓库的人是这样的恶毒。当年,袁华刚刚把袁清江捡回家的时候,她少不得听到了这样那样的闲话——她曾经那样被他们伤害过,就像现在的袁清江一样。

袁清江的情绪明显很低落,上个星期,他们考完了期末考试,父亲带她们出去吃饭,也带去了谢梨花。

之前,父亲说:"今天晚上我们四个去吃顿好的,你们这几天考试都辛苦了。"

袁青山还没有反应过来,袁清江就说:"四个?"

"啊,"袁华说,"还有县医院的谢阿姨,她一直都想见见你们。"

袁清江不说话了,袁青山说:"好啊。"

她强忍着心里的难过笑着说:"好啊。我们去吃什么?"

袁华欣喜地说:"你们说要吃什么我们就吃什么。"

最后他们去吃了菌汤火锅,这家店刚刚才开起来,是镇上最贵的店。

袁青山他们先到,他们坐了方桌的三方,袁华跟服务员说:"四个人。"

于是两个女孩都紧紧看着那副多出来的碗筷,好像它会忽然跳出来说话。

忽然她们听见袁华说:"来了啊。"

袁青山就抬头,看见了一个很面熟的女人,她长得一般,穿得也一般,并且,她确定自己见过她,她去打针的时候,肯定见过她几次。她的平凡让她松懈了下来,她对她笑了一笑。

那女人也就对她笑了一笑,她坐下来,用一种怜爱的目光轮番打量两个女孩,说:"袁青山,袁清江,你们还小的时候我都给你们打过针哦。"

袁青山不知道说什么好,她拿起桌上的茶壶给谢梨花倒茶,袁清江低着头,什么也没说。

袁华就说:"袁青山,袁清江,喊人嘛!怎么搞的!"

两个女孩就喊了一声:"谢阿姨。"

她们喊的声音叠到了一起,但其实是完全不同的两个声音。

这顿饭让袁青山十分疲惫,父亲要给她们夹菜,又要给谢梨花夹菜,谢梨花又给她们两个夹菜,袁青山就考虑要不要给谢梨花和父亲夹菜,她是先给父亲夹菜还是先给谢梨花夹菜，她最终先给父亲夹了，给谢梨花夹了以后又给妹妹夹了——倒是袁清江一直埋着头吃饭，谁也不理。

她们回去以后，两姐妹睡在床上，袁清江说："你为什么给她夹菜？"

"我觉得她多尴尬的。"袁青山说。

"我不喜欢她，"袁清江明明白白地说，"她看起来简直就是个中年妇女。"

"他们本来就是几十岁的人了嘛。"袁青山说。

"你喜欢她？你喜欢她当我们后妈？"袁清江尖锐地问。

袁青山说不出话来了，她的心里觉得很难受，她也想像妹妹那样大声地说："我不喜欢她！我不要她当我的后妈！"——但是她就是说不出来，袁青山看着黑暗中的屋顶，那里的那种沉默又缓缓地给她压了过来，每一次，她看着那个屋顶，就会想起无数次她那样看着屋顶的夜晚。

"对不起，姐姐，我真的不喜欢她。"袁清江在黑暗里面低声说，她的声音有点抽泣。

"没事，慢慢来嘛。"袁青山说。

"我不想喜欢她。"袁清江说，"我不喜欢爸爸这样子。"

"爸爸总要结婚嘛。"袁青山说服着妹妹，同时也是说给自己听。

"人家小说里面那些好多爸爸还不是一辈子都没结婚。"袁清江嘀咕着。

袁青山沉默了，妹妹说的那些小说她一本都没有看过，她能想起来的时候，自己总是有做不完的事情，根本不可能看什么小说。

她让自己越来越大的身体像个石碑那样倒在黑暗中去了，它就那样轰然倒塌了。

"姐姐，你听到人家说谢梨花那个人不好没有？"袁清江才写了几行字，又开始和袁青山讨论起来了。

"不要听人家乱说。"袁青山说。

"我听说她以前当第三者，坏得很，还打那家人的娃娃。"袁清江说出了袁青山早听过的那些话。

"爸爸的事情爸爸自己知道的。"袁青山心情沉重地说。

"说不定爸爸根本不知道呢？说不定爸爸被她骗了呢？"袁清江追问。

袁青山说不出话，她把练习册上的一行字都涂黑了。

"不然，"袁清江忽然说，"我们去县医院看她上班嘛，我们偷偷看一下。"

"这怎么行？"袁青山吓了一跳。

"当然可以！"袁清江放下笔，"我们去看一下，也算是了解一下她啊。"

"那要是被她看到怎么办？"袁青山问。

"看到就看到，我们去县医院看一下又不犯法！"袁清江振振有词——即使是在这样的时候，她的脸看起来还是那么美，像一块玉一样散发出温润的光芒，她初一才读完，已经主持过好几次学校的节目，每一次，她穿着漂亮的裙子，化着妆，站在台子上说"各位老师，各位同学，大家好"，袁青山就觉得，世界上没有妹妹干不成的事情。

过了十几分钟，两个人出了北二仓库大门，走在去县医院的路上了，袁青山脑子里面还是想的这句话，她被她说服了，她让自己被她说服了。

但她还是很紧张，她说："我们怎么去看她啊？"

"去了再说嘛，"袁清江说，"我记得医院注射科对着住院部那边还有一排窗户啊，我们就去那看。"

袁青山一路走，一路看，她生怕这个时候忽然碰到哪个熟人了，特别是张沛。

还好，直到走到县医院门口，她们都没有遇到一个熟人，这在平乐镇来说，基本上是个奇迹。

袁青山站在县医院门口，忽然感到过去的回忆全回来了。又是夏天时候，医院门口的那棵槐树长得是那样茂盛了，袁青山看着它，她忽然清楚地想起来她小时候特别爱生病的那段时间，总是来医院看病，然后去打针，她记起了谢梨花，那个时候她比现在还年轻一些，她的确认识父亲，她甚至想起了她叫父亲"袁老师"的声音，她总是笑眯眯地给她打针，一边打，一边哄她："妹妹乖，阿姨说一二三就打了啊，不痛。"然后她就说："一，二……"袁青山等不到那个三，她在她反应过来之前就轻轻把针扎了进去——袁青山把这些都想起来了。

她站在那里，不敢动了。

袁清江说："走啊。"

袁青山说："我们还是回去吧。"

"为什么呀？"袁清江竖起眉毛。

"我觉得不太好。"她迟疑地说。

"有什么不好的，"袁清江说，"你不去我去！"

"那，我在这等你嘛。"袁青山实在没有办法走进去，偷窥父亲的女朋友谢梨花，她宁愿接受妹妹轻视的目光。

果然，袁清江就用那样的目光看了她一眼，她说："好嘛，我去了，害怕什么嘛！"

她就进去了。

袁青山站在那里，等着妹妹出来，每当这样的时候，她就希望自己长得矮一点，她高大的身躯让她无处遁形。

她看着整条西街，来来回回的人，医院对面是好几家小吃店，还有一家人在门口推着车子卖吃的。

那辆车看起来居然很面熟，袁青山紧接着发现了岑仲伯站在车旁边，他身边是经常在国学巷口卖早饭的那个钟太婆。

岑仲伯站在那里，那么高大而不协调，他正从车子里拿了一包豆浆给一个来买东西的，袁青山紧接着又发现他旁边的街沿上还坐着一个人，那是她刚刚才看见的黄元军，他正在吃一个油糕。

袁青山看着他们，她一时消化不了这个信息，她不知道应不应该过去打个招呼。

她于是就站在医院门口，一边等着妹妹出来，一边看着岑仲伯他们，并且害怕被人发现了。

但是岑仲伯还是看见她了，毕竟她是那么高，街又是那么窄。

他说："袁青山！"并且挥挥手。

袁青山就过去了，她不知道先招呼谁，就说："好啊。"

黄元军说："你不是还在做作业的嘛？怎么出来了？"

"有点事。"袁青山说。

"狗娃儿，这是你同学啊？"钟太婆问——袁青山这才知道黄元军喊他土狗是有原因的。

"嗯，这是袁青山。"岑仲伯说。

"哎呀，我认得到，她经常来我这买早饭的嘛，"钟太婆看了袁青山一眼，然后说，"你早说她是你同学嘛，我就不收她钱了嘛。"

"哎哟，奶奶！"岑仲伯受不了地说，"我同学那么多，你个个都不收钱啊！"

"这个是女同学嘛。"钟太婆眯着眼睛说。

黄元军笑了起来，岑仲伯也笑了，他说："奶奶你才笑人的，我的女同学也多嘛！"

"反正以后我不收她的钱了，"钟太婆伸出一双皱巴巴的手拉着袁青山，亲热地说，"小袁，你吃早饭没有？喝不喝豆浆？"

袁青山愣了愣，还从没有人那样称呼过她，她说："我不吃，吃过了。"

钟太婆还是拿了一包豆浆出来，说："喝起耍嘛，喝一袋，我们自己磨的豆浆，好得很。"

岑仲伯说："你喝嘛。"

袁青山就接过来了，她插了吸管，一小口一小口地喝着，豆浆是那么甘甜。

她还没喝完豆浆，就忽然看见街对面有两个穿着制服、戴着城管袖章的人走了过来，一边走，一边骂："那边摆摊摊的，哪个准你摆在那的！"

钟太婆吓得马上就要收摊，岑仲伯说："我们经常都在这摆的嘛。"

"经常？你骗哪个哦！怎么老子从来没看到过呢？"其中一个人说，伸出手来就推钟太婆的车，钟太婆被撞了一下，差点摔倒。

"你推啥子嘛！"岑仲伯有点毛了。

"老子喜欢推就推，你个乱摆摊摊的吼个屁吼！"那个人说，又推了一下，摊子上面的豆浆掉了一包下来，摔在地上，流了一地。岑仲伯狠狠拍了一下他的手，说："你再推！"

那人就又狠狠推了一下，说："推又怎么了嘛！屁大点个娃娃要干啥嘛！"——这次他推得更用力了，又掉了几包豆浆下去。

岑仲伯一把把他推开了，他骂道："你推个锤子！"

"你敢推老子！"那人火了，一拳打在了岑仲伯身上。

两个人就打起来了，另外那个城管呆呆地在那里看，像是不敢相信还有人敢打他们，他叫着："陈队长！陈队长！"——不知道应该干什么好。

黄元军反应就快多了，他一把走上去扯岑仲伯，一边扯，一边说："土狗，土狗，不要打了，打不得！"

钟太婆也反应过来了，她哑着声音叫："狗娃儿，狗娃儿，不要打了，狗娃儿！不打了嘛！"

袁青山扶着钟太婆，只恨自己什么也不能做。

还好不到三十秒的时间，黄元军已经架开了岑仲伯，岑仲伯像野兽一样已经打红了眼睛，恨恨地看着陈队长，他的眼角青了一块。

陈队长捂着嘴角，那里面已经流血了。

"死娃儿！你不想活了！"他骂岑仲伯，"你把老子惹到了，你还想不想在平乐混哦！"

"我们看哪个混不下去嘛！我们看嘛！"岑仲伯给他骂了回去。

钟太婆连忙奔过去道歉，她说："算了嘛，算了嘛，娃娃不懂事，算了嘛，我们马上收了，马上收了。"

陈队长说："快点收了！以后不准摆了！"

钟太婆连连说好，一边抖着手收摊子，袁青山帮她收着，岑仲伯看见那两个城管走了，就喊："你们给老子回来，你们凭什么欺负人！"——黄元军狠狠扯了他一下，沉声说："土狗！你娃不要发疯了！"

好不容易这团混乱安定下来，袁青山已经忘了妹妹的事情，她跟黄元军一起送岑仲伯婆孙回家。

岑仲伯家住在南门猪市坝里面，一进一出两间房，还有一个小院坝，伸出来的房檐下面缩着一个蜂窝煤灶台，屋子里面的东西都是很旧的了，发出一股陈味，岑仲伯的床在外面那间，上面乱七八糟丢了很多东西。他们把推车放在院坝里面，岑仲伯扶着钟太婆进去坐，又倒了一杯水给她。

　　钟太婆说："狗娃儿，我给你说，这些人惹不起，你去惹他们干啥子嘛。"

　　"我知道了。"岑仲伯闷声说。

　　"你每次都说你知道了，你啥子时候才懂事哦。"钟太婆叹息。

　　老太太坐在那里，幽幽地叹着气，忽然落了眼泪下来，她说："我怎么这么命苦哦，你爷爷死得就早，你妈生了你也走了，你爸更不像话，跟到那个女的说跑就跑了，这么多年没个音讯，你也是，这么大了，还不懂事，我的命怎么这么苦啊！"

　　她嘤嘤地哭起来，缩在床边上，看起来像个孩子，她的眼睛已经变黄了，哭的时候，眼角全是眼屎。袁青山站在房间里面，心里面居然并不是非常惊讶，她早就隐隐约约想到的事情都被说出来了，她早就应该猜到了。她站在那里，看那个岑仲伯他们家的老房子上面那个高高的房梁。

　　岑仲伯手忙脚乱地从枕头下面抽了一张手纸给钟太婆擦眼泪，他说："我知道了奶奶，你不要哭了，我错了，你不要哭了。"

　　他把老太太抱在怀里，拍着她的背，说："我错了，奶奶，你不要哭了。"——袁青山发现，他露出了某种微妙而温柔的表情，这表情软化了他那张犯人一样丑陋而凶狠的脸。

　　袁青山看着他这样的脸，她忽然很想知道，岑仲伯的父亲是长了怎样的一张脸呢。

　　岑仲伯终于把他奶奶哄得睡下了，他带着黄元军和袁青山走到外面的那间屋子，他像被抽光了力气，刚刚像熊一样隆起的身体全萎缩了，他说："今天谢谢你们了，你们走嘛，我要煮中午饭了。"

　　"你先去把眼睛看一下哦。"黄元军说。

袁青山这才看见岑仲伯眼睛旁边那块青的肿得很大了，她被吓了一跳，说："真的，肿好大了！"

"不看了，没啥看头。"岑仲伯说。

"你给老子爬！给老子去看了再说！"黄元军黑着脸把他拉出去了。

袁青山以为他们要去县医院，她就想到袁清江了，不知道她怎么样了。

谁知道他们没有走到南街上，反而顺着猪市坝那条巷子走到了里面，走了大概五十米，有一家小中药铺子，有一个老头儿坐在门口的石臼处正在磨药。

"爷爷！"黄元军喊。

老头子一抬头，就说："狗娃儿又打架了？"

"嗯。"岑仲伯哼了一声。

老头子站起来，把手在围裙上擦了擦，走进药店去了，一边走，一边说："你过来你过来，我给你看一下，没啥子，不痛。"——他的语气像哄个小孩子。

岑仲伯说："黄爷爷，我又不是小娃娃。"

"嘿！"黄爷爷说，"你还小得很！娃娃！"

他给岑仲伯处理伤口，黄元军和袁青山站着看，黄爷爷说："军娃儿，你爸的药我配好了，等会儿拿回去给他喝。"

"嗯。"黄元军说。

黄爷爷又看见了袁青山，说："你们同学啊？"

"嗯，"黄元军说，"都是我们北二仓库的，袁青山。"

"袁青山……"黄爷爷念着这个名字，"袁华的女儿哇？"

"嗯。"袁青山说，"你认得到我爸啊？"

"哎哟，"黄爷爷来来回回打量了袁青山和岑仲伯几眼，呢喃："作孽啊！作孽啊！"——他一边说，一边动手，岑仲伯痛得哼了一声。

他们处理完了伤口，三个人一起往巷子门口走，岑仲伯说："谢谢了，我先回去煮饭了。"

"回去嘛回去嘛，明天再出来耍。"黄元军摆摆手。

他们就要走了，岑仲伯忽然又叫："袁青山。"

袁青山回过头去，看见他站在巷子门口，看着她，她知道他不知道说什么好，她就笑了笑，说："没事。"

可能只有他们两个才知道，这两个字是在说什么，它们又是经历了多少千回百转，流离失所才终于被说了出来，而实际上，他们两个人没有人能够知道，是不是真的就没事了。

没有人知道。

平乐镇的人可能更习惯于心照不宣地活着，甚至在背后说别人的各种坏话。但是他们见面的时候，是什么也不会说的。

就剩下袁青山和黄元军两个人走回去，袁青山说："你经常去岑仲伯那玩啊？"

"啊。"黄元军说，"他经常去我爷爷那嘛，后来就熟了，都是南门上的人嘛。"

他们走过整个南门，作为一个北街上长大的孩子，袁青山忽然觉得这一条街是那么神秘，那么充满了故事。

他们走到南门老城门口，黄元军说："我先去找乔梦皎了，她爸妈今天走人户去了，这女子没人喊她吃饭就要自己饿死。"

他们告别了，袁青山看着黄元军的背影，实际上和她早上看见的那个是一样的。

她匆匆忙忙往西街走去了，她不知道袁清江怎么样了，她是不是回家了，但她还是想先去医院看看。

她跑过去，发现医院已经快下班了，她还是跑到肌注科去看了，袁清江根本不在那里，谢梨花正在脱护士服——袁青山正想走，她就看见了她。

"袁青山！"谢梨花说。

"谢阿姨。"袁青山只有走了进去。

"有事情啊？"谢梨花笑眯眯地说。

"啊。"袁青山应着,"你看到袁清江没？"

"袁清江？"谢梨花疑惑地说,"没有啊,她不舒服吗？来医院了？"

"没有,没有,"袁青山连忙否认,她说,"那我回去了。"

"哎,等等,"谢梨花说,"跟我一起走嘛,我们一起吃饭嘛。"

"不了不了,袁清江可能回去了,我还要去煮饭。"袁青山猛然发现她说的话正是岑仲伯刚刚说过的。

"你好能干哦,还要煮饭。"谢梨花说,她穿好衣服了,拿着提包,和袁青山一起往医院门口走去。

"你小时候我就给你打过针,你记不得了吧？"谢梨花说。

"好像还记得。"袁青山说。

"你肯定不记得了,你还是个奶娃娃的时候,我就认识你！"谢梨花说,"你小时候好乖哦,我们整个医院的护士都好喜欢你！"

"那个时候你爸很帅,对你和你妈妈都很好,我都没想到我现在还能认识他。"谢梨花温柔地对袁青山讲着。

袁青山没有说话,谢梨花忽然意识到自己好像说错了话,她不敢说别的话了,两个人走到了医院门口,谢梨花说:"我回去了。"

"好。"袁青山说。

和她说话让她觉得很疲惫,袁青山没有办法想象,是否真的有那么一天,她们要生活在一起。

她回了家,发现家里来了客人,是一个清秀的小男孩,长得有些女孩子气,和张沛算得上同一个类型。

袁清江和他坐在一起看电视,看见姐姐回来了,站起来,说:"姐姐,你去哪了？我从医院出来就找不到你了。"

"临时出了点事情,对不起啊,你们还没吃饭嘛？我给你们弄。"她麻利地走进了厨房。

"我们在外面吃了,"袁清江说,"江乐恒请我吃的抄手。"

袁青山听到了一个似曾相识的名字,她又探出头去看了那男孩一眼,他礼貌地对她笑着点头,她想起来自己见过他几次,他居然已经长成了这个样子。

"你们同学啊?"袁青山问袁清江。

"嗯。隔壁班的,小学同学。"袁清江说。

袁青山在里面弄自己的饭,她把早上的剩菜热了,还有一点稀饭和两个馒头,她一起热了。

她热好饭,端着出来,看见江乐恒站起来要走了,她说:"坐一会儿嘛。"

"走了走了,姐姐再见。"江乐恒客客气气地说。

两姐妹坐在一起,袁青山吃着馒头,她问袁清江:"你上午看见她没有?"

"嗯。"袁清江说。

"怎么样?"

"她给小娃娃打针,一个个地把小娃娃都打哭了。"袁清江皱着眉毛说。

袁青山有点哭笑不得,她没有办法让袁清江想起她小时候每次去打针是哭得如何惊天动地,让周围人都以为发生了什么巨大的惨案一样。

她忽然明白,就像自己面对谢梨花的时候永远都有那种疲惫的感觉一样,袁清江面对她的时候,也永远充满着不能解释,无可逆转的厌恶。

她不说什么了,默默吃着饭。她想到母亲,想到她自己的母亲,她想到小时候一桩桩的事情,院子里面的人一个个看她的眼睛,直到此刻,她才明白她们在看的到底是什么,她忍不住出了一身冷汗。她又想起岑仲伯那天挥陈倩倩的一巴掌,现在她也明白了那原因——他和我一天生的,他和我一天生的——她心里不停地冒出来这句话,但是再没有了下文,她不能确知岑仲伯说的是不是真的,如果是真的,又到底意味着什么。

"我们今天认真跟爸爸说一下嘛,我真的好不喜欢那个人。"袁清江忽然坐过来拉她的手臂,她的眼睛像个烈士那样充满了坚定的光芒。

每次她的眼睛里面出现这样的神情的时候,袁青山就会觉得,这个世界上没有妹妹干不了的事情。

花疯子

很小的时候，我就认识花疯子了。那时候我还跟爷爷他们一起住在南门上临街的房子里，每天早上，我爷爷出去打豆浆，我还在床上迷迷糊糊的，就可以听见外面有一个嘹亮透彻的嗓子响起来了："北京的金山上光芒照四方，毛主席就是那不落的太阳……"

整条街上的人一听，就知道花疯子出来了。他穿着一件掉了大半扣子的旧军服，背着一个箩筐，拿着一柄竹做的长钳子，看见他想要的垃圾就捡起来，熟练地反手丢到背篓里面去——他总是很早就出门了，在清洁工将每条街打扫干净以前，来收拾昨天晚上的残骸——他从西街转到南街，又从南街转到东街，最后是北街，一路走，一路唱着："……我们迈步走在，社会主义金色的大道上……"

那个时候，我们镇上的人都起得很早，没有人会埋怨花疯子吵到他们睡觉，反而有些人就干脆起来了，抄着手靠在门上听花疯子唱歌，听到高兴处，就吆喝一声："花疯子，唱个太阳出来喜洋洋嘛！"

花疯子立刻就开始唱："太阳出来罗嘞，喜洋洋罗郎罗，挑起扁担郎郎采光采，上山冈罗郎罗！"——他的嗓音是那么洪亮，那样直冲云霄，好像这尘世上没有任何东西可以牵绊住他。

还有一些日子，常常是星期天，太阳是少有的透亮，花疯子一边走一边唱，后面就会跟着一群小孩，花疯子唱得兴高采烈了，就放下箩筐开始跳锅庄，孩子们看见花疯子又跳舞了，就唧唧喳喳扑上来跟他一起跳，他们就在路上围成一个圈子，一群人尖叫着，唱着："北京的金山上……哟，巴扎嘿！"——那时候，就像是一个节日来了，半条街上的人都陷入了狂欢的愉悦之中。

因此，和我们镇上别的疯子和瓜娃子不同，花疯子得到了平乐镇大多数人的喜爱——虽然他穿得不是很干净，但长得高高大大，眉目俊朗，他的歌唱得好，锅庄也跳得好，在疯了以前，还是在藏区当兵的——人们对他甚至有了一种尊敬。

花疯子不姓花，我们之所以叫他花疯子，是因为据说他是为了和一个女的耍朋友的事疯了的。我爷爷说："那个花疯子啊，被一个女娃娃甩了，就疯了！疯了就复员回来了嘛，造孽啊！为了个女娃娃！"——当然这只是男人们的想法，女人对这样浪漫的故事总是充满了同情和向往，有时候，她们看见了花疯子，就会主动招呼他，把家里准备丢掉的一些比较好的东西给他，甚至给他一点东西吃。因此，花疯子可以说过得相当滋润。

在我小学五年级的时候，花疯子甚至成为了我的一个偶像。每天放学回家，我都会希望在街上看见他高大的身影，为了找到他，我从东街绕到西街，然后再穿过猪市坝的巷子回家，有时候我真的会听见他在唱歌，唱的是："南方飞来的小鸿雁啊，不落长江不呀不起飞……"——我就背着书包追着歌跑，终于远远看见了花疯子背着箩筐在街上晃悠，我跑过去，跟在他后面，保持着五步的距离，觉得这样就能不被他发现，花疯子就继续唱歌："天上的鸿雁从北往南飞，是为了躲避北海的寒冷，造反起义的嘎达梅林，是为了蒙古人民的利益……"——我看着他的背影，在年幼的我面前，显得更加高大了，他的肩膀很宽，有一种非凡的气度，我多么希望，就是他，就是这个人，他会带我远走高飞，到西藏去，到我没有去过的地方去。

我跟了花疯子几次，并没有被他发现过，但倒是被我妈发现了。

有天晚上，我妈从外面下班回来，问我说："今天你是不是在街上跟到花疯子跑？"

"你怎么知道？"我问。

"全镇人都知道了！"我妈说，"人家说你的女儿这么小就不学好，跟到要饭的跑。"

"花疯子没要过饭，他是捡渣渣的。"我低声争辩。

我妈黑了脸，说："那还不是一样，总之以后我再听到人家说你跟到他，你看我打不打你！"——我妈妈说到做到，接下来好几天，她都来接我放学，我坐在我妈的自行车上回家了，生怕碰见花疯子，我不知道怎么面对他。

但我还是看见了花疯子——在我们镇上走一走，不可能不遇见花疯子——他背着箩筐弯着腰，在一个垃圾桶里面翻着，不时把东西丢到筐里面去，我觉得他没有看见我。

那次之后，不知道为什么，我忘记了我对花疯子朦朦胧胧的爱。

到了我初二的时候，花疯子一时之间成为了镇上的新闻人物，他们说和平乐一小旁边蒋好吃包子老蒋的女儿蒋小晴好了，每天守在他们铺子旁边，只收他们扫出来的渣渣。

这消息伤透了我的心。我见过蒋小晴几次，她的脸长得也算端正，但看起来是那么粗俗，那么平庸。

蒋好吃包子店的老板老蒋被这件事气得发疯，每次花疯子一出现，他就拿扫把出来打他，蒋小晴就在后面一把鼻涕一把泪地抱着老蒋不让他打出去，老蒋终于把女儿关了起来，还要找人打花疯子。

我不由担心起来，还问我同学，说："我听说有人要打花疯子，你有没听你那些朋友说啊？"

我同学说："我那群朋友说他们不打，老蒋好像找北门上的人去打了。"

但是他们并没有打到花疯子，在他们动手之前，花疯子在西门上的老泡桐树下被一辆城里面来的桑塔纳撞了——开始他被撞得摔在树下面，一时没站起来，花疯子骂那个开车的，说："你干啥嘛？"

开车的是个女人，而且肯定是个新手，估计她也慌了手脚，不知道怎么又把油门踩了一脚，就把花疯子活生生抵死在了树上。

花疯子死了以后，我们都以为老蒋好歹要把蒋小晴放出来了，但是却并没有人见到蒋小晴，关于蒋小晴的失踪，镇上的人众说纷纭，最玄的一种说法是老蒋打开关蒋小晴的屋子之后，蒋小晴居然不见了，飞出来的是一只杜鹃鸟。

公安局的人查了几次，老蒋一家人都有点疯疯癫癫了，事情只有不了了之了。

就是这样，镇上的人说了两句风凉话，说："老蒋做恶事做多了嘛，儿女是来讨债的。"

到了第二年，那棵泡桐树的花疯了一样开起来了，从三月一直开到了四月，五月还不见完，整条街上都是泡桐花的臭味，更多的事情我也忘了，只记得有一天我和我同学路过树下的时候，他对我说："你看。"

我就抬头去看了，春天快过完了，但是泡桐树上满满地停着杜鹃鸟，那是我们平乐镇上最多最多的鸟。

第 *11* 章

"袁青山，你真的不能再长高了。"刚刚吃过午饭，袁华看见女儿站在门口，把脚放在凳子上面系鞋带，她巨大的脊梁弯起来，像一座石桥那样挡住了整个门，让整个狭小的房间变得更加狭小了，他不由地发出了感叹。

袁青山看了他一眼，系好鞋带，站了起来，她现在高出了父亲一个头了。

袁华抬头看着她，他说："你量过没有？你现在好高了？"

"去年体检的时候量了，一米八五。"袁青山说——但是她肯定又长高了。

"你真的不能再长了，不然以后怎么嫁得出去啊。"袁华叹息，他不明白为什么从小到大女儿的个头从来就没有停止长高过。

父亲的话让袁青山愣了一下，她还没有想过这个问题，那就是有一天，她也要结婚，嫁给一个男人，可能还会生个孩子。她知道自己的确是长得太高了，今天她穿着一套红白相间的运动服，和她小时候经常穿的完全一样，只不过大了很多，这是排球队的队服，做的时候，她的是拿到市里面厂里特别订做的，钟老师为此骄傲地抱怨说："他们说好多年没见过我们这里有长得这么高的女娃娃了！"——但是，袁青山好像真的没有扣球的细胞，打了这么多年排球，她还是安安稳稳地打一传，无论怎么练，她扣的球就是没有什么杀气——袁青山听到父亲说那样的话，忍不住想到这个问题,她为什么不能打好排球呢,她也读不好书,她甚至很可能找不到一个人结婚了——她深呼吸了一口,也没能排开冷冰冰压在她心上的那些东西。

但袁华浑然不觉他伤了袁青山的心,他看见她要出门去了,奇怪地说:"你现在出去有什么事啊?好不容易星期天,还要跑出去。"

"今天要陪乔梦皎去照相。"袁青山说。

"那晚上回来吃饭吗?"袁华问。

"不了。我们直接去上晚自习。"袁青山说完,提着书包出门了。

袁华送袁青山到了楼梯口,自从没有分到房子以后,他整个人都好像蔫了,呈现出要变老的样子来,他走女儿后面,看见她挡住了整个走廊。

他说:"袁青山啊,我真的把名字给你取错了,你看袁清江就长得好嘛。"

袁青山懒得说什么,她就下楼去了,袁清江一大早就去学校排节目了,今年五一的联欢会又要她来主持,她每天忙得见不到人。

袁青山低着头看自己的脚走路,她的头发长了一点,不再是小男式了,而是搭了脸的两边,她低头的时候,就觉得头发会把整个世界都为她遮住。

到了北大街上,袁青山还是忍不住在街边铺子的玻璃门上看了看自己的影子,她看见镜子里面有一个很高很高的人,还微微有些驼背——她连忙把背挺直了,可是走了一会儿,她又忍不住把背驼起,好像那样可以让她看起来矮一点。

乔梦皎远远就是看见袁青山以这副样子走了过来,她忍不住跑过去拍她的背,说:"袁青山,不要驼背!"

袁青山被吓了一跳,直起了身子,她看见了乔梦皎,她只长到她的肩膀下面,此刻正抬起一张晶莹剔透的脸看着自己。今天的她格外漂亮,穿着一件粉红色泡泡袖的毛衣,下面是一条米色的裤子,她还特地在头发上别了个粉色的发夹,她甚至发现她化了一点点淡妆,嘴唇红红的。

她说:"你化妆啦?"

"嗯,"乔梦皎不好意思地说,"这样上照好看点。"

她们一起往凤凰照相馆走过去，它已经变成了凤凰影楼，扩展成了上下两层的店铺，临街的橱窗里面放着好几个穿婚纱的模特，以前的老布景都不见了。

她们走进去，发现里面有好些人，有人今天要结婚，正在那里做头发，乔梦皎看着那个新娘子，说："今天他要花夜了。"

"花夜？"袁青山不知道是什么东西。

"就是正式结婚之前一天晚上的酒席。"乔梦皎解释。

她们两个坐在一张小桌子边，看着那群忙活的人，新娘子长得并不漂亮，有点胖胖的，袁青山觉得她应该是南门上的人，但是她笑得那么好看，还贴着长长的假睫毛。

影楼里面的一个清洁工正在挨桌挨桌扫地，扫到了袁青山那里，她在袁青山的背后说："小伙子，把你脚抬起来一下。"

袁青山惊讶地回过头去，那个清洁工才发现她是个女孩，她笑了起来，说："对不起对不起，小妹妹，把你的脚抬起来一下。"

袁青山就把脚抬起来了，她觉得那一下用光了她所有的力气。

她们两个坐在那里等了一会儿，新娘子一群人还在忙着，另外一个像是伴娘的女的又在化妆了，乔梦皎等得不耐烦了，跑去问影楼的人："什么时候才能照相啊？"

那个人看了她一眼，说："你只照五张，等一下嘛，马上就完了。"

乔梦皎噘着嘴，走了回来，说："你看这些人什么素质。"

袁青山说："没事，等嘛。"

她们话还没说完，就看见黄元军和岑仲伯走进来了——黄元军已经毕业了，在粮食局里工作了，他们家也搬了，袁青山不像以前那样经常看见他了，但他还是跟岑仲伯混得很紧，一到放假就玩在一起，他们应该是新娘子那群人的朋友，走进来就跟他们打招呼，但是岑仲伯看见了袁青山，紧接着黄元军也看见了乔梦皎。

"袁青山，你们在这干什么？"岑仲伯走过来坐了下来，他一坐到板凳上,其他人就觉得那个小板凳要垮了。

"我们来照相。"袁青山说。

乔梦皎急急地说:"学校要照相。"

"学校照什么相?怎么我不知道?"岑仲伯摸了摸脑袋。

黄元军也走过来了,他一屁股坐到乔梦皎对面,贴过来说:"不得了,今天还化妆了!"

他吊儿郎当的语气让乔梦皎有些生气,她往后缩了缩,说:"你管我呢!"

"不管,不管,"黄元军顺着她说,"本来就漂亮嘛,化妆了更漂亮!"

"你们来照啥子相啊?"黄元军又问。

袁青山看了乔梦皎一眼,她不知道这件事情她有没有告诉黄元军,乔梦皎紧张的神情让她觉得她可能没有告诉他,她就没有说话。

"你是不是要去考那个啥空姐?"岑仲伯忽然反应了过来,乔梦皎和另外几个女生想去考空姐,整个高二的人都在说这件事情。

"考空姐?"黄元军愣了愣,他转头问乔梦皎,"你怎么没跟我说过呢。"

"又不一定考得起,有什么好说的嘛,考起要的。"乔梦皎说。

"就是!"黄元军笑了起来,并且拍了拍乔梦皎的头,说,"你算了嘛,你都可以考空姐!"

乔梦皎看了他一眼。

黄元军立刻知道他把女朋友得罪了,他笑着说:"哎呀,我觉得你成绩那么好,考啥空姐嘛。"

乔梦皎不说话,坐在那里,四个人都很尴尬。

忽然影楼的人过来了,是个照相的,他说:"哪个要拍照片?过来拍了。"

"我。"乔梦皎说,她站起来就跟着摄影师进去了。

留下黄元军和岑仲伯两个人看着袁青山,黄元军说:"她怎么想起的要考空姐哦?"

"前几天陈倩倩在报纸上看到的,说要招三十个空姐,先寄照片资料过去,然后在永安市复试。"袁青山说。

"哎呀,这些事情哪轮得到我们哦!"黄元军说。

"好多女生都去寄了。"袁青山说。

"你去了没有啊？"岑仲伯问。

"我怎么可能去嘛。"袁青山不知道他为什么要问这么愚蠢的问题。

岑仲伯也发现他说错了话，两个犯了错的男人只有坐在那。

"黄元军，岑仲伯，过来嘛！"结婚的人里面有人叫他们了。

黄元军烦躁地坐着，他忽然站起来，骂了一句，然后他跟岑仲伯说，"我进去看一下。"——他就钻进摄影室去了。

岑仲伯站起来走到那群结婚的人里面去了，那都是他的街坊邻居，一群人捶捶打打，十分亲热，袁青山坐在那里，觉得很失落。

就在这当口，她看见何斌带着陈倩倩也走进来了。陈倩倩也特地打扮了一番，站在何斌身边，像个骄傲的公主，何斌叫影楼的人说："师傅，照相！"

——袁青山觉得她早该想到的，他们每个星期一到星期六都上课，只有星期天才会放假，凤凰影楼又是他们镇上最高级的照相馆，她觉得接下来再遇到几个同学她也不会惊讶了。

但是看见袁青山坐在那里，陈倩倩很惊讶，她挑高声音叫了起来："袁青山！"——一边说，一边伸出手来指着她。

何斌也看见袁青山，他说："袁青山也在啊。"

"你来干什么啊？"陈倩倩说，"你也来照相？"——她的语气里面掩饰不住的嘲笑，她也根本没想掩饰。

"就准你们来，不准我们来啊？"岑仲伯走过来，亲热地拍了拍何斌的肩膀。

"土狗啊！"何斌的脸一下松开了，他说，"你也在？"

"我们街上朱师傅的女儿结婚。"他指了指后面的人，新娘子也转过头来看了看他。

"恭喜恭喜！"何斌也算是南门的人，他连忙抱了抱手。

陈倩倩站在柜台旁边不耐烦地敲着柜台，何斌听见了，走过去对柜台后面的人说："我们要照相。"

"你们先等一会儿，今天比较忙。"柜台的人跟他们说。

他们就坐了下来，陈倩倩上上下下打量着袁青山，她醒悟过来了，她说："你是陪乔梦皎来照相吧？"

袁青山不置可否，陈倩倩冷笑了一声，说："早知道就不给她们看报纸了，弄得现在是不是人都要去考。"

还好那群结婚的人一直在吵吵闹闹，很快把陈倩倩的话掩下去了。

忽然，袁青山听见里面"啪"的一声，她扭过头去，就看见乔梦皎冲了出来，脸上居然有泪水，她看见袁青山坐在那里，也不走过来，跟袁青山说："我走了。"就走出去了。

黄元军在她后面匆匆忙忙地赶了出来，叫她："皎皎，皎皎！"他跑了几步，想去拉乔梦皎的手，乔梦皎给他甩开了，走得更快了，黄元军不敢拉她了，就跟在她身边，不停地说："皎皎，你不要生气嘛，皎皎……"

两个人就这样走了。

摄影师从里面也追出来，骂道："两个娃娃才是的，吵嘴就吵嘴嘛，把我的反光板给我掀了！"

陈倩倩看见他出来了，连忙站起来说："师傅，我们要照相！"

"等会儿！"摄影师黑着脸吼了一声，又进去了。

陈倩倩就重新坐下来了，袁青山忍不住笑了，她发现乔梦皎的书包还在她身上，她就问岑仲伯："乔梦皎的书包还在我这，怎么办哦？"

"没事，给她丢在这，她自己知道回来找。"岑仲伯笑嘻嘻地说。

"那怎么行！我晚上给她。"袁青山说。

"晚上你还上课啊？不要去了，跟我们去花夜嘛，好耍得很！"岑仲伯劝袁青山。

新娘子听见岑仲伯这么说，也跟袁青山说："妹妹，去嘛，好耍。"

"不去了，晚上我们还要上课。"袁青山说。

"你去嘛，你去嘛，"陈倩倩说，"免得你又不晓得要记哪个的名字。"——袁青山现在是文科班的纪律委员，负责记上课不认真听课的同学名字。

袁青山讷讷地看了她一眼，不知道说什么好，岑仲伯就毛了，他一直都很不喜欢陈倩倩，他说："陈倩倩，你是不是还要挨打嘛？"

陈倩倩就猛地站起来，一下子激动了起来，她说："你打嘛！打女的算个屁本事！"

岑仲伯两步就要走过来，拳头已经挥起来了，他说："老子管你女的男的，老子就是要打你！"

何斌连忙站起来，把岑仲伯的手压下去，说："土狗，土狗，算了嘛，算了嘛，女娃娃家，算了嘛。"

岑仲伯总算把手放下去，他哼了一声，在袁青山身边坐了下来。

陈倩倩看到他的样子，阴阳怪气地笑了一声。

岑仲伯看了她一眼，知道没有把她吓住，她继续冷笑着说："你喜欢袁青山就说嘛，每次拿我发气，反正你们两个一个比一个高，好配哦。"

袁青山没想到她说出这样的话来，她脑子"嗡"地一下，不敢看岑仲伯，完全呆住了。

岑仲伯说："老子喜欢哪个关你锤子事，把你的嘴管好点，事不过三啊。"

袁青山觉得心里面像被一口痰堵住了，她坐在那里，觉得自己总会压断板凳的腿，她就站起来了，拿着自己和乔梦皎的书包，她说："我先走了，拜拜。"

岑仲伯呆了呆，他说："走啥嘛，真的，跟我们一起吃饭嘛。"

"不了，不了，我走了。"袁青山不敢看任何一个人，直到走出了凤凰影楼，她才松了一口气。

她看了看自己的电子表，发现已经快四点钟了，她不想回家去，何况她已经告诉父亲不回去吃饭了，她就走到学校去了，她想，她至少可以去看妹妹她们排练节目。

但实际上，她忽然很想去张沛家找张沛，此时此刻，她是那么地想要见到张沛，她不知道要和他说些什么，也不知道要做什么，但她就是想看看他，她的心里长出的荆棘扎得她痛得要落泪了，她觉得只要一看见张沛的眼睛，它们就会全部枯萎掉。

她不由自主地往西街走去，走到张沛家门口，她看见张俊的那辆奥拓车居然停在楼下面，她看了一会儿，终于没有进去。

她从猪市坝穿回南街了，然后再过了国学巷，就到了学校。

去年，平乐一中修了一个新校门，还好依然把那棵校门口的树保留了下来，袁青山站在树下，停下来看了一会儿，然后走进了学校——不知道什么时候起，她也像乔梦皎一样养成了这个习惯。

她没有去教室，直接往大礼堂走去，袁清江她们在那里排练节目。

她还没走进去，就听见袁清江大声地说："江乐恒！叫你把板凳搬开！我们要排下一个节目了！"——妹妹的声音就像苹果一样脆。

她不由笑了，走进去，看见很多学生都挤在舞台附近忙碌着，袁青山忽然想到，他们忙碌的样子和那群要结婚的人其实没有什么区别。

袁清江兴奋地忙碌着，指挥着大家，站得高高的，看见姐姐来了，她说："姐姐！"——她从舞台上跳了下来，她今天穿着一条灯芯绒的背带裙，袁青山记得是用她以前的一件外套改的。

大家被袁清江的声音吸引了注意力，回头看了袁青山一眼，又各自忙各自的了，他们都认识她，她是全校最高的女生。袁清江跑过来，拉着她的手，说："姐，你怎么来了？"

"下午没事嘛。"袁青山说。

"来坐嘛，沛沛哥哥也来看我排练了。"妹妹热情地拉着她过去。

袁青山没有想到她在这里看见了张沛，他坐在一张板凳上，穿着一件格子衬衣，外面套着一件毛背心，膝盖上放着一本书，他对袁青山点点头，他虽然不笑，但却还是那样英俊。

袁青山走过去坐下来了，袁清江又跑去忙活了，她对张沛说："怎么过来了？"

"我爸他们又在屋头吵嘴，烦得很。"张沛淡淡地说。

"又吵了啊？"袁青山应了一声，他们终于学着习惯了这件事情，她想张家两口子也是一样。

"我真的觉得他们干脆离了算了,大家都受罪。"张沛说,一边打开书来看。

袁青山看了那书一眼,上面是密密麻麻的化学公式,她像看见辐射光一样连忙把眼睛移开了。

她不知道和张沛说什么好,只有坐在那里陪他看书。"你好认真哦,现在还要看书。"她终于没话找话地说。

"不是认真。"张沛摇摇头,他忽然合上书,抬起头来,用一种严肃的眼神看着她,他说,"袁青山,你想过没有,我们只有考上大学,才能离开这里,离开这里的这些乱七八糟的人,不用像我们爸妈一样一辈子烂在这里。"

袁青山的确没有想过这个问题,她看着张沛的脸,他是那样英俊,那样雄心勃勃,用一种坚定而炽烈的眼神看着她,她连自己的心跳都忘记了,只能看着他。

"我不知道你怎么想,总之我一定要离开这里。"张沛说。

袁青山这下才听到了张沛的话,并且明白了他的意思,他说的她都懂,这可能就像乔梦皎要不顾一切去考空姐一样,平乐镇最有出息的孩子们都想离开这里,离开这里背靠的山,离开这里的那条清溪河,离开满街嘴碎而无聊的人,离开下雨时候就会变成泥潭的家门口的路,离开街上闪着廉价的亮片和蕾丝的大红大绿的衣服们,他想要离开这些,而这些事物里面,也包括了袁青山。

想到这点,她就觉得挖心的痛,忍不住敲了敲自己的心口。

"怎么啦?"张沛问她,"不舒服?"

"没事,"袁青山说,"你说得对。"

她知道了这个事实,有一天,她最好的朋友乔梦皎,还有张沛,他们都会离开这里,但是她没有办法,她打不好排球,读不好书,她拥有的只是一副因为巨大而丑陋的身躯,它把她重重地击倒在了这土地上,击倒在了北二仓库洋溢着厕所臭味的筒子楼里面。

他们两个北二仓库的孩子坐在那里,不时说两句没什么意义的话,张沛有时候在看书,轮到袁清江上台串词了,他就抬起头看看袁清江,袁青山也看着妹妹,她的普通话说得那么好,那不是一般平乐镇上的人能够说出来的普通话,简直听不出一点方言的味道。

上晚自习之前,他们三个去吃了晚饭。之前,江乐恒过来说:"袁清江,晚上我们去吃饭嘛。""不了!"袁清江骄傲地说,"我跟我姐姐他们去吃!"江乐恒沮丧地走了,袁青山想叫他跟他们一起去吃,但她看张沛没有什么表示,她就终于没说。

他们三个在国学巷上找地方吃饭,张沛问袁清江:"你想吃什么?"

"随便嘛。"袁清江说。

最后他们吃了烧菜,这家烧菜在国学巷中间,做得很干净,而且也不贵,好多学生都喜欢在这里吃。

他们一走进去,就看见黄元军和乔梦皎坐着吃饭,两个人点了四个菜,已经快吃完了。

黄元军看见他们来了,说:"一起吃嘛!再点几个菜!"

张沛笑着说:"不了,不了,我们不当电灯泡。"

袁青山对乔梦皎说:"你的书包在我那,等会儿你来拿。"

他们三个人坐在另外一桌,但就是在黄元军他们桌子旁边,黄元军还是和张沛说了两句话。

黄元军说:"张沛,听说你爸最近又开了一家铺子?"

"我不知道,"张沛说,"我不管他们。"

他们就各吃各的了,张沛问袁清江想吃什么,袁清江点了她要吃的,他又补了两个菜。

黄元军和乔梦皎沉默地吃着饭,黄元军说:"你下了晚自习我等你嘛。"

乔梦皎说:"没事,你先回去嘛,你明天还要上班嘛。"

"我等你嘛。"黄元军说——他们吃完了,叫老板过来结账。

张沛说:"黄哥,你放到走嘛,我给。"

黄元军说："要不得，怎么能让你请我呢，整颠倒了！"他就把钱给了，还给了张沛他们的钱。

张沛说："谢谢黄哥了！"袁青山和袁清江也连声说着谢谢。几个人就闹哄哄地把那两个送走了。

他们走了以后，张沛说："黄元军这娃还有点意思嘛。"

他又说："岑仲伯这娃最近又打架了，简直是没脑壳。"

袁青山说："你下个星期来我们家吃饭嘛，我爸说你都一个多星期没来过了。"

张沛说："最近要期中考试了，排球队的训练又紧，都在学校里头吃的饭，星期二过去吃饭嘛。袁叔叔还好嘛？"

"还好。"袁青山说。

"他就是烟越抽越凶了。"袁清江说。

她一说，袁青山就想起爸爸晚上一个人坐在那里看电视，然后把烟头插满一个烟灰缸的样子来，常常地，姐妹两个放学回去，打开门来，就会被呛得咳嗽几声。

"我爸说仓库头效益越来越差了，他说的那天他回去拿工资，好像很少。"张沛说——实际上，父亲的原话是："那点钱我都不好意思拿！"

"嗯。"袁青山应了一声。

"对了，我们家上个星期有人送了好多水果还有什么奶粉那些来，我吃饭的时候给你们拿过去。"张沛说。

"不要拿了，爸爸肯定又不高兴。"袁青山说。

"没事，我不给他，我给清江嘛。"张沛笑着说。

"谢谢沛沛哥哥！"袁清江立刻大声答应了，眨着眼睛，像是完成了一个阴谋。

袁青山心里面又酸涩，又感动。

袁青山回了教室等着上晚自习，她拿出今天晚上要上的教材来，翻开看了起来。她就听到乔梦皎叫她了："青山，青山！"

袁青山这才想起她还没把书包给她,她连忙从抽屉里面把书包拿出来,走出去递给她了,乔梦皎接过来,说:"谢谢,今天不好意思把你一个人丢在那。"——她还是穿着上午的衣服,但是脸上的妆都没了。

"没事,"袁青山说,"你们两个没吵架了吧?"

"嗯。"乔梦皎说。

"你们别吵架了,黄元军多好的。"袁青山试图安慰她。

"我知道啊,"乔梦皎幽幽地说,"黄元军对我真的好好,不像以前余飞经常理都不理我,他真的好好,但是……"她叹了一口气。

她看着袁青山,一双眼睛挂在眉毛下面,她说:"袁青山,如果这个世界上没有爱情就好了。"

她拿着书包走了,袁青山走进教室里面,想着乔梦皎的叹息。上课铃忽然响起来了,打断了她所有的惆怅。

课上了差不多五分钟,岑仲伯居然来了,他匆匆忙忙从外面跑进来,喊了一声"报告",没等老师说话就冲到自己位子上坐下来了,他发出来的响声就像是一头大象闯了进来,但是讲台上,政治老师还是继续讲课,对于岑仲伯这样的学生,他已经学会了无视他的存在。

岑仲伯喘着气,把书都拿出来——分了文科班,他跟袁青山还是同桌,他们两个都是最高的孩子。

袁青山说:"你怎么来了?不是要去花夜吗?"

"我想认真学习嘛!"岑仲伯笑着说。

袁青山白了他一眼。

"你没生气了吧?"岑仲伯问袁青山。

"生什么气?"袁青山说。

"没啥子,没啥子。"岑仲伯把书都拿出来了,摆好了,就顺着趴到课桌上去了,袁青山知道,最多不过十分钟,他就会睡去,并且发出低沉甜美的鼾声。

袁青山说:"岑仲伯,不要睡觉,认真听课!"

岑仲伯有点惊讶地看了袁青山一眼,说:"今天怎么啦?忽然这么认真学习了。"

　　袁青山看着岑仲伯的样子，他也像她一样穿着排球队的队服，但是他的衣服比她脏一百倍，因为经常在外面打架，他的脸上留着乱七八糟的伤疤，整个人看起来就像一个真正的坏人——排球队训练的时候，岑仲伯就和她带着一队男排和一队女排跑步，他是那个整个学校甚至是整个平乐镇唯一比她高的男生，虽然只是高一个头顶，但是每次他跑过她，他就要伸手打一下她的头顶。

　　她想把下午张沛说的话说一次给岑仲伯听，但是看见他那个样子，她什么也说不出口了，她粗暴地说："反正不许睡觉，你打呼噜太吵了。"

　　"好好好。"岑仲伯低眉顺眼地说，他拿了一本武侠小说出来看——袁青山真不知道他的书包里面为什么有那么多乱七八糟的东西。

　　他看了一会儿，教室里面渐渐沉静下来，老师讲完了该讲的，让每个学生自己做作业了。

　　他忽然说："袁青山，你知道为什么我们一天生吗？"

　　"因为我倒霉。"袁青山没好气地说，但是她隐隐约约感到了岑仲伯要说那件事了，她全身紧绷，用全部的力气祈祷他别说。

　　但他终于说了，他很小声很小声地靠过来，几乎是贴着袁青山的耳朵，说："因为以前我妈和你妈住在一个病房里面。"

　　他呼出的热气让袁青山打了个冷战，她勉强说："这两件事情有什么因果关系？"

　　但是她的心已经被他打乱了，她做不下去作业，不停地按着圆珠笔。

　　她没有办法控制自己，按照岑仲伯的思路开始组织起整个故事来，故事是关于她的母亲和他的父亲怎么一起抛弃了他们其他的人，离开了这里——她想得头痛欲裂，终于转过去对岑仲伯说："岑仲伯，你不觉得很恐怖吗，如果你不认真读书，就一辈子没有办法离开这个地方了，你就每天那样浪费着生命，就烂在这里死了。"

　　岑仲伯眯着他的小眼睛，像是没明白袁青山说了什么，等到他终于明白了，他说："你担心啥嘛，生命就是用来浪费的，过一天是一天，怎么高兴怎么过，管那么多！"

袁青山像一个充满了气的皮球忽然被泄了气，她看着岑仲伯，觉得自己和他说那样的话真是对牛弹琴。

她闷闷地转过头去，换了一本参考书，重新看了起来。

岑仲伯在旁边不知道写什么，他折腾了一会儿，撞了撞袁青山的手臂，递了一张纸条过来。

袁青山打开那张纸条，上面写着："你知道为什么他会喜欢她吗？"

袁青山就很生气，她想把岑仲伯拖出去骂他一顿，他就非得要跟她纠缠这个她根本不想提的事情吗。

她狠狠地瞪着他，岑仲伯就又递了一张纸条过来，上面写着："因为我喜欢你。"

岑仲伯的字写得很丑，那些字摊在那里，就像刚刚才打过了架，并且他这次说到的这两句话之前依然是逻辑混乱的。

但袁青山的心剧烈地跳动起来，她觉得喉咙很干，她想咳嗽一声，又怕被别人听见，她的胃忽然痛了起来，她想转过去看岑仲伯一眼，骂他："你开啥子国际玩笑！"——但是她竟然不能动弹。

一整个晚上，政治老师都看见岑仲伯格外安静，一直在埋着头，他走过去看了，发现他居然是在做作业，他不由想到自己很喜欢的教英语的陈老师每次都面红耳赤地跟他说："岑仲伯真的不是一个坏娃娃！你们不要处分他！"——他开始觉得她的话可能有几分道理。

这是这个晚上最让政治老师觉得高兴的事情。

两姐妹从学校回到家，打开门，果然又看见一屋子的烟，袁华正在那里抽烟，一边抽，一边看电视。

袁青山打开窗户透气，一边开，一边说："爸爸！你不要抽这么多烟！"

袁清江也过去一把把父亲手上的烟拿过来撮了，她说："跟你说了不许抽那么多烟！"

袁华看着两个女儿生气的样子,他低低地说:"那你总要让我干点啥嘛,我什么都不能干,抽点烟也不能抽啊?"

虽然袁华这句话可能没有别的意思,但袁青山一下子想起了一年前的事情:因为袁清江激烈的反对,父亲和谢梨花分了手,事实也证明汪局长说结婚就要分房子纯粹是一句搪塞话,走后门的人排成了长龙,一个一个塞了不知道多少钱过去,才总算住上了房子。

她看着爸爸,他真的老了,抽着烟,她忽然想起来,自己还小的时候,父亲是不抽烟的。

"他是什么时候开始抽烟的呢。"袁青山想,她忽然觉得很难过,她发现眼前这个男人是多可怜的男人啊。

她走过去,抱着爸爸,说:"爸爸,没事,以后我和袁清江挣钱了,你要啥子我们就给你买啥子。"——她长得是那样高大,袁华在女儿的怀里,就像一个孩子。

她们睡觉了,在黑暗中,一切都是那么不平静,袁青山细细理着头绪,她不知道今天为什么会发生那么多的事情。而袁清江,她忽然轻声说:"姐,我那个时候是不是不应该硬要爸爸跟谢阿姨分手啊?"

袁青山不知道怎么说,她说:"没事,我们以后对爸爸要更好。"

"嗯。"袁清江叹了口气,像个女人一样说,"真的要等到自己喜欢上了一个人,才明白别人的爱情。"

袁青山惊讶妹妹会说出这样的话,特别是还有爱情这两个字,它像一个暗号,猛然出现,把一切都吸走了。

半夜三更的时候,袁青山再次被小腿传来的剧烈疼痛所惊醒,她知道自己又抽筋了。她像野兽一样咬牙切齿地不发出一点声音,握着枕头的一角,用力蹬着腿。她似乎听见自己的骨头在噼里啪啦生长着,拉长她丑陋而庞大的身体。她痛得流下了眼泪,眼泪是那么冰凉,顺着她的脸流到了耳朵里面。

她想到了张沛,想到了张沛,想到了张沛。她的眼泪滚入了更深的耳洞,就消失了,不见了。

邓爪手

邓爪手年轻时候是我们镇上首屈一指的画家，也并不是一个爪手。确切地说，那时候的邓爪手的工笔画是我们永丰县一绝，他的手长得大而骨节分明——这些都是我听人说起的，因为等到我懂事的时候，他就已经是一个爪手的——而且爪的还是他的右手。

第一次去邓爪手那里，大概是我五岁的时候，带我去的是爷爷。我爷爷没事喜欢写两张毛笔字，那天他拿了一张自己最近最得意的字去邓爪手的铺子上裱装。

我们去的时候邓爪手正在那里坐着喝茶，有个年轻人在打扫博古架。我爷爷说："邓老师悠闲哦！"

邓爪手说："忙里偷闲！忙里偷闲！"——他微微抬起右手来对我爷爷致意，我发现那只手缩得像个鸡爪子。

爷爷把字拿出来，说："来裱一下字。"

邓爪手就说："小马，裱字的。"

那个打扫着博古架的年轻人就过来了，他长得老老实实的，戴着一副塑料边的眼镜。他接过字来，打开量尺寸。

爷爷就坐到邓爪手对面的椅子上和他说闲话，他说："邓老师，最近忙啥子啊？"

"画画嘛。"邓爪手说。

"邓老师还画啊？"我爷爷揶揄地说。

"嘿！画！不画不行啊！"邓爪手一副任重道远的样子。

那天我们出来，我就问爷爷："他的手怎么啦？"

我爷爷说："那个就是邓爪手的嘛！"

而那个年轻人就是他的徒弟小马——即使我们镇上最喜欢说别人闲话的人都要竖起大拇指，说："小马这个娃娃，真的可以！"——据说，在邓爪手还没爪手的时候，小马来拜师学国画，邓爪手做尽过场，收够了拜师礼，终于收了小马这个徒弟，可是没几天就突然爪了手——"哎呀！小马这娃娃造孽，我看他就只来得及学会裱字！"说话的人叹息。

邓爪手年轻的时候很是有些傲气，一般人很难求到他一幅画，有人拿着钱去买，邓爪手就要骂人："老子的画你拿钱来我就卖给你啦？"——过了不久，他的手就爪了。

镇上的人就说："傲嘛！以为自己好了不起，爪了嘛！"

出了这种事，邓爪手的婆娘也受不了，过了一年就和他离婚了。

那个时候，离婚在我们镇可是一件新鲜事，就又有好事的人去跟邓爪手说："邓老师，咋整的哦，咋离婚了？"

邓爪手咂着嘴说："老子的婆娘太多了。"

人家就说了："这个邓爪手，死要面子！"

只有他的徒弟小马还死心塌地跟着他，师徒两个人日子过得紧巴巴的，全靠小马帮人家裱字画赚点生活费，但是说来也怪，就算这样，还是会有人看见小马把宣纸一刀一刀往铺子里面抱。

人家就问他："邓爪手，你要那么多宣纸干啥子哦？"

"画画嘛。"邓爪手说。

"画的啥子嘛，给我们看看呢？"我们镇的人纯粹想让他出丑。

"看不得，看不得！"邓爪手摆着他的爪手，说。

大家就说："邓爪手以前自以为是，现在还会提烂劲。"

那个时候，我是要读书的，我的同学是不读书的，街上什么三教九流的人他都跟着混，有一天他跑过来跟我说："邓爪手真的会画画！"

"不会哦！"我说。

"真的！"我同学鼓着眼睛小声说。

"他画的啥子嘛？"我说。

"嘿嘿！"我同学就笑了，我怎么问他，他都不跟我说，只是说："总之真的画得好！"

这件事情终于成为了我年少时候的一个谜。我也很想像我们镇其他人那样直接跑去问邓爪手："邓老师，你到底在画啥子画嘛？"——但我脸皮太薄，问不出那样的话来。

有一天我跟我爷爷提到这件事情，我说："高歧说邓爪手还在画画。"

"他都爪了，画个屁哦，你听邓爪手鬼扯吹牛嘛！"我爷爷说。

"高歧说他的手在画画的时候就不爪了。"我说。

我爷爷就哈哈大笑起来，他说："那他画给我们看下嘛！"

我爷爷又说："高歧那个娃娃一天到黑不学好，你不要跟他一起耍。"

我一听，就知道我爷爷又要开始教育我了，我就赶快找个借口走了。

大概初一的时候，我跟我同学在路上遇见小马。

我同学说："马哥好！"

小马说："高歧，哪去耍哦？"

我同学说："读书嘛。"

小马说："带起女同学去读书，我才不信的，耍朋友啊？"

我同学连忙说："马哥，算了嘛，不要逗我耍！"

我吃了一百个胆，说："马哥，邓伯伯真的会画画啊？"

小马看了我同学一眼，又看了我一眼，说："小妹妹，你问这个干啥子？"

我有点不好意思，但还是说："他的手都爪了的嘛。"

小马笑了一笑，说："小妹妹，我师傅的手，不是一般的手啊，是神手！"

他这样一说，我就不知道说什么了。

我们就走了，走了一会儿，我同学说："你啊，读书都读瓜了，给你说，怪事多得很，观音菩萨每天都看到我们的！"

我说："哪里有观音菩萨哦！"

我同学说："我奶奶说的有。"

我们就不说话了，这件事情我和他是永远讲不明白的。

就在那次过后不久，袁青山死了。我跟我同学说："说不定真的有观音菩萨。"

他很不以为意，大大咧咧地说："给你说了有嘛！"

袁青山死了以后不到一个月，邓爪手也死了，实际上之前他的病就很厉害了，那时候他全身都软了，下不了床，起居全靠小马照顾，有一天在梦里头一口气出不上来就死了。

邓爪手的后事也是小马料理的，遗体火化了就埋，并没几个人参加了葬礼，就算是如此，风声还是传出来了，说是邓爪手的那只爪手并没有烧烂，而是变成了石头。

那些时候我们镇上的人看见石头就要打个冷战，马上又有一个更轰动的事来了：有两个外地人开着小轿车来用一箱钱把邓爪手的画都买了——那天好多人都去看了，指着那个车上奇奇怪怪的车牌说这是一辆香港的车，大家眼睁睁看着小马从邓爪手的铺子里面把画一卷一卷地抱出来了，总共有九卷，每卷都有两米长。

外地人当着我们镇上人的面把画一张张打开来看，父老乡亲们都被惊呆了，当场女的就看不下去走了，男人们全都舍不得走，站在那里看，好几个人湿了裤裆。

每一卷上，亭台楼阁烟柳画桥莺啼燕舞风花雪月，自然美不胜收，而景里面列着一些赤身裸体的男男女女，或抱或坐或躺，扭成让人面红耳赤的形状。"那些人的皮肤跟真的一样，感觉吹口气就能活了！"有人回来说，说的时候，脸还是红扑扑的。

两个外地人一边看，一边啧啧点头称奇，完了就直接把箱子给了小马，里面是整整五十万。

小马就得了那笔巨款，他拿了一万出来，给袁青山修了一座很大的碑，然后离开了平乐镇。

　　我总以为，这下我们镇的人该服气了，没有人再说邓爪手是个吹烂牛的了——结果偏偏不是这样。

　　等到他们终于从那些画里面醒了过来，抖擞了精神，上了街，第一句话就骂开了："狗日的邓爪手太流氓了！幸好他死得早！不然不把他龟儿子逮起来打一顿才怪！"

　　袁华踮起脚来给袁青山理了理前额的头发,他把她的头发别到耳朵后面去了,说:"把脸露出来,精精神神的,看到人要笑啊!"

　　"知道了。"袁青山说。

　　但是她那撮头发还没有长长,它又落了下来。

　　"哎呀,怎么又掉了。"袁华不满地看着那撮头发,和它较上了劲,他问袁清江:"袁清江!你有没有什么东西把你姐的头发别上去啊?"

　　袁清江从里面出来了,初三一年,她长高了不少,发育得完全像个女人了,她披着头发,穿着一件无袖的裙子。她看了看,说:"有发夹嘛。"她就伸手越过袁华他们去拿她的发夹,袁青山看见了她雪白的臂膀下露出了淡黑的腋毛,那些毛是那样软而且细。

　　袁清江拿过来一个铁盒子,里面都是她的玩意儿,她翻了老半天,拿了一个发夹出来,说:"这个嘛?"——那发夹上面是草莓的花纹。

　　"不行不行!"袁青山急了,她被父亲压着头发,干站在那里,说:"有没有黑色的啊?"

　　"黑的?"袁清江翻着,"好像没有黑的,姐,这个很好看啊。"

　　"太花了!"袁青山说,"给我黑的。"

　　袁清江最后勉强翻出一个酒红色的,里面还闪着隐约的荧光。"这个嘛,这个不花。"她说。

　　"不要,好笑人哦。"袁青山说。

袁华可管不了那么多,他一把把那个夹子拿过来,把袁青山的那撮头发给她别上去了,他说:"有什么笑人的,女娃娃别个红夹子好看嘛!喜庆!"

袁青山别扭地觉得头上像黏了个口香糖,她不敢去照镜子,说:"哎呀,给我取了嘛,好难看!"

"不难看不难看,我的女儿最漂亮,就这样去!"他一把把袁青山推出了门。

袁青山站在走廊上,浑身不自在,今天她穿着一件杏黄色的鸡心领上衣,下面是一条牛仔裙,这些都是父亲给她特地买的,让她觉得那么陌生。唯一熟悉的是她脚下穿的还是一双穿惯了的球鞋,因为袁华实在买不到那么大码子的皮鞋了。

此刻,袁华满意地看着他打扮出来的这个袁青山,说:"可以,很漂亮,去了多笑,嘴巴要甜,多动嘴,少受罪!"

"知道了,知道了。"袁青山说着,下楼了。

她下了筒子楼,回头去看,果然看见父亲还趴在走廊的台子上看她,她对着父亲挥了挥手,走了出去,门口的孙师傅在听广播,他眯着眼睛沉浸在广播中,没有看见袁青山。

袁青山走出了父亲的视线,就伸手把头发的发夹扯了,她把它装到了裙子的兜里,甩了甩头发,让那撮头发又落下来遮住她的额头,她终于觉得安全了一些,她就上街了。

七月到了,平乐镇的夏天已经正式开始了,每天早上,明晃晃的大太阳都挂在那里,往西看,就可以看到远远的地方山峰的痕迹隐约出现。袁青山走在路上,不时碰见熟人,他们都是平乐一中高三才毕业的同学,这些孩子终于考完了人生中最重要的考试,像是赢得了全世界,一群群在街上走着,闹着,谈恋爱的人正大光明地拉着手,什么也不怕了——在高考成绩还没有出来之前,他们之间并没有高低贵贱之分,都是成功的人。

她看见他们班的朱长海也在人堆里面,他正在得意扬扬地抽一口烟,再也不怕被人看见了,他看见袁青山的打扮,有些吃惊,吐出了烟圈,说:"袁青山,到哪儿去啊?"

"那边。"袁青山含含糊糊地答了一声，快步走了。

她一直走到十字路口，那里有一家外地来的老板新开张的火锅楼，大门很宽敞，整整有两层楼，平乐镇上还从没有过这样气派的饭店。

她走进去，看到一个人在柜台后面，就问说："请问熊老板在不在？"

那个人抬起头来说："就是我，你是哪个？"——他长得非常瘦小，鼻子下面有浓密的一排胡子。

"我是街道办马主任介绍过来的，袁青山。"袁青山说。

"哦！"熊老板恍然大悟，站了起来，说，"袁青山啊！"——他一站起来，显得更矮了，居然还不到袁青山的胸口，两个人都有些尴尬。

熊老板说："你好高哦。"

"嗯。"袁青山闷声说。

"哎呀，"熊老板为难地上下打量她，他说，"马主任说你长得有点高，我还说你可以当迎宾，谁知道你长得这么高，这样站在门口怎么好看啊。"

找工作这几天来，袁青山已经听习惯了这样的话，她说："我还可以做其他的，我很勤快的，不怕辛苦。"

"是是是，"熊老板说，"我知道，我知道，问题是你长这么高，动作快不快哦？"

"我可以的，老板，我以前是打排球的。"袁青山说。

"打排球？那会不会把我的盘子给我打烂了？"熊老板半开玩笑地说。

袁青山闷着头，知道事情又要糟了，但她还是继续游说着："不会的，我会小心的。"

熊老板迟疑地看着她，显然是被她的身高吓到了，他说："你长得这么高，可以继续打排球嘛，也可以去当模特嘛，跑到火锅店来打啥子工。"

袁青山不知道说什么好了，她只有说："熊老板，你给我个机会嘛，我会好好做的。"——她不敢想象如果她今天再找不到工作，她回去要怎么对父亲开口说。

就在这个时候，有个厨子从后堂出来了，他提着一大袋垃圾，准备出去倒,一边走,一边抱怨:"昨天晚上哪个小妹扫的地,早上还有这么多,都要我来扫,干脆她们来当厨子嘛!"——他走到一半,看见了熊老板和袁青山站在柜台前面,他惊讶地说:"袁青山!"

袁青山回过头去,发现那个人竟然是余飞,他没有在张沛他们的馆子做了。

"余飞?"袁青山说。——余飞长胖了,但没怎么长高,脸上的胡碴长得乱七八糟的,鼻子油亮油亮了,因为脸上肉多了,看起来竟然有些和善了。

"哎呀!好久没看到你了!"余飞高兴地说,"你高中毕业啦?"

"嗯。"袁青山说。

"余师傅,你朋友啊?"熊老板问。

袁青山紧张地看着余飞,她真怕他说出什么坏话来。余飞看了她一眼,说:"铁哥们儿!"

然后他问:"袁青山找工作啊?"

"啊。"袁青山说。

"余师傅,"熊老板问,"她咋样啊?"

"好得很!"余飞说,"以前在我们班上,成绩最好了!"——他的话让袁青山吃了一惊,她看着余飞,怀疑他是不是记错了。

"真的啊?"熊老板的态度明显软化了。

"是啊,次次考第一。"余飞说,"还是我们劳动委员,每次打扫卫生都拼了命地做,以前有她在,我都不打扫卫生!"

熊老板笑了,他说:"原来你从小就不爱打扫卫生。"

他就转过来对袁青山说:"好吧,那你明天就来上班吧,你负责当传菜员,然后打扫卫生,跑快点,做事情认真点就是了。"

袁青山没想到事情居然这样就解决了,她很高兴地说:"好好好!谢谢老板!谢谢老板!"

"嗯。"熊老板点了点头,继续说,"一个月包吃三百元,明天来先交五百元,服装费和押金。"

"五百元？"袁青山吃了一惊，"那么多？"

"不多不多，我们这衣服都比其他地方好！"熊老板说。

"那我穿差一点的嘛。"袁青山说。

"嘿！小袁，我们这里都是新的，你要穿好，每个员工都代表我们店的形象啊！"熊老板得意地说，"我们的管理方法是跟上海北京那种大城市同步的，现在外面都是这样。"

"但是五百元真的太多了。"袁青山低声说。

熊老板竖起眉毛："我们这每个员工都交了五百元，我不能给你特殊对待嘛！新衣服要钱，你万一打烂了个盘子杯子的也要赔钱，你如果做得好，没有打烂什么，走的时候钱是会退给你的嘛。"

"但是我们家现在真的拿不出来这么多钱。"袁青山说。

"哎呀，这个给我说拿不出来，那个给我说拿不出来，要找工作的是你们又不是我，反正明天拿五百元来上班。"熊老板不愿意再说了，他走上楼去。

袁青山还想说什么，余飞给她使了个眼色，她不得不把话吞下去了。

熊老板走上去了，余飞说："袁青山，你不要闹了，出来找工作就是这样的，我们都要给五百。"

"那我去其他地方找。"袁青山赌气说。

余飞白了她一眼，说："你去嘛，我不信你那么容易就找到了，而且其他地方传菜的哪有三百元一个月包吃的，给你一百五顶天了！"

袁青山知道他说的是真的，她也找了好几个地方了。

她说："但是我哪里找五百元？"

"借嘛！"余飞说，"总有人有钱嘛。不然我借给你？"

袁青山吓了一跳，她说："不行不行！我自己想办法。"

余飞说："没事，我借给你嘛，两分利。"

袁青山说："不了不了，我真的自己想办法。"

余飞知道这笔生意是做不了了，说："那好嘛，我不勉强你了，我手头也不宽裕。"

袁青山说："嗯，谢谢你了，我真的自己想办法。"

两个人站在那里，余飞还提着一袋垃圾。

余飞说："走嘛，我出去丢渣渣，你就先回去了嘛，明天来。"

他们两个就一起走了出去，街上的太阳已经开始火辣辣地晒着皮肤。

余飞骂道："啥子鬼天气哦！这么早就这么热！"

他顿了顿，说："听说乔梦皎要走了？"

"嗯。"袁青山说，"她先去航空学校读两年，然后就要去当空姐了。"

"当空姐啊？"余飞神往地说，"没想到她可以当空姐了。"

"你们还有联系吗？"袁青山问他。

"有什么联系啊，以前的那些同学只有何斌偶尔还见个面，人家现在要在他们家的厂头当何老板了，好滋润哦！"余飞一边说，一边把垃圾丢到垃圾桶里去了，那袋垃圾落下去，重重地闷响了一声。

他们道别了，余飞说："袁青山，不要忘了你的工作是我帮了你的大忙哦！"他挤眉弄眼的样子和他小时候一样，一点都没变，袁青山照样下意识退了退。

袁青山茫茫然地走在路上，不知不觉走回了家，父亲不在，估计是出去找人下棋了，袁清江在沙发上看电视，懒懒地躺着，看起来还没有洗脸。

她看见姐姐回来了，坐起来，说："怎么样？"

"嗯，找到工作了。"袁青山说。

袁清江笑了，她笑的样子是那么美，她说："太好了！快点跟爸爸说，爸爸肯定很高兴。"

袁青山说："爸爸去哪里了？"

袁清江说："好像在仓库那边。"——半年多以前，袁华不知道哪根神经短路了，写了一封检举信到县政府，说粮食局汪局长有贪污行为，结果信发上去不到一个月，他就被找了个借口打到仓库去了。

大家都说："袁华这个人，真的是个迂夫子！"

袁青山了解自己的父亲，她知道他就是会那样做，不那样做，他就不舒服——去了仓库以后，他反而舒服些了，每天去找人下棋，看几本书，日子过得怡然自得，但是家里的收入少了，她也是最清楚的。所以高考一完了，她就跟父亲说："我去找工作嘛。"

袁华说："成绩都还没拿到，就找工作？"

她说："我自己的成绩我还不知道？先找工作嘛，免得成绩下来了没考起的都要找工作，更不好找。"

袁华也就同意了。

——妹妹不知道这些，妹妹躺在沙发上说："现在姐姐找到工作了，但是万一你考起了怎么办啊。"

袁青山就笑她："你也知道是万一。"

袁清江说："哎呀，姐姐真是的。"

袁青山说："所以你要好好读书，我们家能不能出大学生就看你了。"

"知道了知道了。"袁清江说完，就坐起来出去洗脸了，她在走廊上一边洗脸一边说："姐姐，今天早点吃饭嘛。"

"下午有事？"袁青山问。

"嗯，下午要去沛沛哥哥那玩，你也去吧？"袁清江说。

"不去了，我下午还有别的事。"袁青山站起来做饭了，她在想的是，下午要去哪里借那个钱。

两姐妹自己在家吃午饭，守仓库的另外一个兰师傅也是个棋迷，两个人一下棋起来就忘了天日，不下舒服没有人要去吃饭。

袁清江说："沛沛哥哥不知道考得怎么样。"

袁青山说："他肯定考得好。"

"那他要考到北京去了啊？"袁清江问。

"不知道他的，听说他第一志愿是填得很高。"袁青山也是听乔梦皎说的，听说张沛的第一志愿填得很高，班上的老师都觉得他应该填得再保险一点，但是他偏偏谁的都不听。

"那他考起了就走了啊？"袁清江又问了一句。

"考起了当然走了。"袁青山说，她看着妹妹失落的样子，逗她说："那你也好好读书,考到北京去嘛。"

"考到北京去好贵哦。"——袁青山惊讶地发现妹妹并不是对家里的情况完全一无所知,她听到妹妹说出了这样的话,心里不由地难过起来。

"没事,姐姐供你。"她拍了拍妹妹的头,"你好好读书就是了,能读书的人就要把书读够。"

她这么一想,就下定决心下午一定要去把钱借到。

袁清江吃完饭就走了,袁青山收拾碗的时候袁华终于回来了,他一回来就说:"今天怎么吃得这么早?还有饭没有?"

"有,有。"袁青山把给袁华留的饭菜给他端出来。

他一屁股坐下来,接着问:"你找到工作没有?"

"找到了。"袁青山说。

"看嘛!"袁华高兴地说,"爸爸花了一百一给你买的新衣服,不错嘛!"

"一百一?"袁青山吃了一惊,"你不是说五十吗?"

"哎呀!"袁华说,"我去了才知道这几年五十哪能买什么像样的衣服啊。要工作了嘛,还是穿好点的。"

袁青山看着自己身上的那套衣服,她发现那杏黄色是那么鲜亮,在中午的光线下简直鲜亮得刺眼。

她就跟父亲说:"我出去了。"

袁华满口的饭,问她:"去哪?"

"有事。"袁青山一边说,一边已经下楼了,她听见父亲在身后喊:"早点回来!明天还要上班!"

袁青山走到十字路口,不知道往哪去了。她觉得她应该往西走,那样的话可以找张沛或者乔梦皎,张沛是肯定有钱的,问题是她不想让张沛知道这些事情,她不能让他知道,她觉得她可能应该去找乔梦皎,她是她最好的朋友了,除了她,她不知道还能去找谁。

她一边想,一边走,等到她发现过来,她看见自己站在南街上,远远地已经看见南门老城门口那家新开的中国银行了。

她停住了，站在那里，狠狠地骂了自己几句，转过头坚定地去找乔梦皎了，在路上，她想："岑仲伯今天应该又帮奶奶卖东西去了吧。"

　　乔梦皎的家在广播局大院里，他们家住在三楼。袁青山走上去，敲门了，她敲了半天，乔梦皎才匆匆忙忙跑出来开门，头发乱糟糟的，看见是袁青山，她十分惊讶，她说："袁青山，你来干什么？"

　　"我，我有点事。"袁青山说。

　　"什么事？"乔梦皎站在门口问她。

　　"啊，我……"袁青山的背都暴露在门外面，虽然天气那么热，但她觉得一股凉气。

　　屋子里面还有一个人拖着脚步走了出来，居然是黄元军，黄元军说："袁青山啊，皎皎，喊人家进来嘛。"

　　乔梦皎这才反应过来，她连忙退了一步，说："进来吧，进来吧。"

　　乔家住的是一室两厅的房子，大大的阳台上面养着花，还放着饭桌。

　　客厅放着一个转角沙发，黄元军在转角的地方舒服地坐下来，靠上了，对袁青山说："袁青山，坐啊。"

　　袁青山坐下来了，她隐隐觉得自己来得不是时候，乔梦皎也坐下来，坐在袁青山旁边，说："怎么现在过来啊？是有什么事吗？"

　　"嗯。也没什么事情。"袁青山不知道怎么开口。

　　屋子里面并没有其他人，但袁青山用尽了全力，还是觉得好多双眼睛在看着自己。

　　三个人坐在那里，坐了一会儿，袁青山说："我走了。"

　　黄元军就站了起来，他说："我走了，你们两个说。"

　　"哎，"乔梦皎说，"坐嘛。"

　　"没事，"黄元军说，"我们晚点再说嘛。"

　　"我真的走了。"袁青山越是坐在这个房间里面，看着井井有条的摆设，看着对面电视后面博古柜上摆的各种各样的小玩意儿，她就越觉得自己来这里是个错误，她站了起来，走到门口去开门了。

　　"袁青山，"黄元军拍了拍她的肩膀，"有什么事情你说嘛，不要跟我们客气。"

　　乔梦皎站在他后面，看着他们，她的脸上露出来的神情让袁青山忽然明白了什么。她说："我走了，我走了。"——她就头也不回地走了，黄元军在后面喊她："袁青山，袁青山！"袁青山说："我没事，拜拜。"

　　她走出去，笑了起来，之前，因为乔梦皎要去当空姐的事情，黄元军和乔梦皎还冷战了好久，袁青山也跟着担心，她觉得他们在一起是那么好，最好永远都不要分开。

　　出了广播局大院，斜对面就是曹家巷了，她站在那里就可以看见张沛家的房子，她一阵难过。

　　这个时候，她忽然看见有人从那里走出来了，那是张沛和马一鸣。

　　他们走了过来，远远地看见了她，张沛说："清江在里面看漫画，你去嘛。"

　　"不去了，"袁青山说，"我有事。"——她看见马一鸣手上提着一个袋子，里面好像是酒还有茶叶什么的。

　　马一鸣看见她在看，就说："看到没，张沛赞助我的拜师礼啊！"

　　张沛捶了他一拳，说："死娃娃，还好意思说，老子家头的东西都遭你提走完了！"

　　马一鸣笑嘻嘻地说："你自己喊我随便拿的嘛。"

　　"对的，对的。"张沛说。

　　马一鸣迫不及待地要去送礼，他说："那我先去了，去晚了邓老师那关门了。"

　　他喜滋滋地走了，袁青山莫名其妙地说："他干吗啊？"

　　张沛说："抽风了，要去跟着邓连忠学画画。"

　　"啊？他不念大学了？"袁青山叹了一句。

　　"他说他考也考不上什么好学校，还不如学喜欢的。"张沛说。

　　"他们家里同意了？"袁青山还是很惊讶。

　　"就是不同意嘛，我看着他可怜兮兮的就让他来我们家拿东西去送拜师礼，谁知道这小子这几年脸皮越来越厚了，拿了我几瓶好酒！"张沛摇着头感慨。

"可能是邓老师有名气,不能拿不好的去吧。"袁青山虚弱地帮马一鸣说话。

"邓连忠一个画工笔画的,能成什么大气候?我跟他说了让他别跟着他学,他还跟我说我不懂,说邓连忠那有好东西,真不知道这人在想什么。"张沛不以为然。

袁青山忽然就想到了马一鸣因为分不清蓝色和紫色没有考上绘画班的事,那一次他们几个去他家看他,他趴在床上拼命地哭,死也不肯下来,一边哭,一边骂他爸妈:"你们把我生下来干啥,生下来还是个残废!把我杀了算了!"

袁青山他们几个站在那里,被马一鸣的悲痛深深震惊了,那个时候,袁青山明白他的感受,因为有的时候她也会觉得,自己为什么要被生下来呢,当她看着镜子里自己平凡的面孔的时候,当她穿着运动服,驼着背走在街上的时候,她就觉得,自己是不是生下来就是要受苦的。

而现在,她站在那里,看着马一鸣义无反顾的背影,忽然觉得一丝安慰。

张沛说:"站着干吗,进去吧。"

她就迷迷糊糊地跟着张沛进去了,她在半路上说:"张沛,我找到工作了。"

"哦。"张沛说。

"你不高兴一下?"袁青山强笑着说。

"你找个那种工作有什么好高兴的?"张沛看也不看她,他知道袁青山这么急着找工作的真正原因,他还跟她吵了一架,觉得她太没出息了。

袁青山被他顶了一下,但她还是笑着说:"等我拿了第一个月的工资,请你吃饭吧。"

"得了,你还是拿回去吧,我又不是饿死鬼。"张沛终于看了她一眼。

他们走到门口,张沛把门推开,他叫了一声:"袁清江,你姐姐来了。"

谁知道冲出来的是陈琼芬,她还是拖着一个竹编的拖鞋,穿着睡裙,她说:"张沛,你爸打电话来,说问到你的成绩了!"

"这么快就下来了？"张沛愣在了门口。

"是啊。"陈琼芬兴高采烈地说，"你爸找的啥子关系嘛！"

"怎么样？"袁青山问了，觉得心跳得咚咚的。

"考得很好哦！"陈琼芬说，她拿起手上的单子，念了起来："语文121，数学130，英语120，物理85，化学80。"

"化学怎么才考了80？"张沛过去抢过那张单子来看，他看了一次，又看了一次，不敢相信，他喃喃说，"英语怎么才120，我估的比这个多了十几分的。"

"80很好了嘛。"陈琼芬说。

"好个屁！"张沛骂了她一句，转身就上楼去了。袁清江也站在客厅里，看着张沛，张沛咚咚地踩着楼梯上去了，"嘭"地关上了门。

"沛沛！沛沛！"陈琼芬叫了他两句，他理也不理。

陈琼芬尴尬地站在那里，眼睛渐渐红了，她说："这娃娃，脾气怎么这么怪哦。"

袁家两姐妹也不知道说什么好，最后，袁青山说："我们回去了吧。"

"噢。"袁清江说。

两个人就回去了。

走在半路上，袁清江说："沛沛哥哥是不是没考好？"

袁青山说："分数线又没下来，谁知道，这种事情是水涨船高。"

袁清江说："他如果没考好会怎么样啊？"

"就上第二志愿嘛，他第二志愿报的是永安大学。"袁青山说。

"那很近嘛。"妹妹说。

她们刚刚走到北二仓库门口，居然看见岑仲伯从里面走出来，抽着烟，他看见袁青山过来了，把烟灭了跑了过来。

他说："袁青山。"

"什么事？"袁青山说，他的脸色很凝重。

"你看到黄元军没有？"岑仲伯问。

"黄元军？下午才在乔梦皎那看到他。"袁青山说。

"刚才他爷爷跑到我那来找他，说他留了一封信说他要去永安市打工，他爸气得要死，说他丢了铁饭碗不要，现在正在到处找他呢。"岑仲伯喘着气说。

"那你去乔梦皎那找了没有？"袁青山问。

"他们两个不是分手了吗？"岑仲伯愣愣地问。

袁青山笑了起来，说："人家两口子吵嘴你也信，早就和好了。"

她就把妹妹打发回家了和岑仲伯一起到乔梦皎家里找人，两个人在路上飞快地走着，他们都很高，走起来谁也不让谁。

岑仲伯说："今天穿得好漂亮噢。"

袁青山看也不看他，说："还有心情开玩笑。"

两个人到了乔梦皎家，岑仲伯一上去就"咚咚"地捶门，袁青山说："你轻点，干啥啊。"

乔梦皎就出来开门了，她看见是岑仲伯他们，愣了一下。

岑仲伯推开她走了进去，果然看见黄元军坐在客厅里面，他上去就捶了他一拳，说："你跑到哪里去了，你爷爷着急得很了！"

黄元军说："我跟他们说不通，我要到城头去打工。"

"你去干啥子嘛！"岑仲伯坐下来，"你这边好端端的铁饭碗不要！"

"你娃连高中毕业证都没拿到，你去城头找啥工作嘛！"岑仲伯骂他。

"洗碗，扫地，搬砖，不信老子还饿死了！"黄元军说。

"你是饿不死，问题是你为啥要去做那些事嘛？"岑仲伯瞪着他。

"我要跟皎皎在一起！"黄元军给他瞪了回来。

岑仲伯这才发现乔梦皎一直坐在黄元军身边，两个人紧紧握着手。

他吞了口气，说："又没有哪个要你们分手。"

"但是我要去陪着皎皎读书，我要照顾她。"黄元军说。

岑仲伯居然没话了，他看了两个人一会儿，说："那好嘛，你想好了，我不管你，但是你回去好好跟你爷爷说，他很担心你。"

黄元军想了想，说："好嘛，我回去。"

两个男人就站起来了，黄元军比岑仲伯矮一个头，但是他们两个站在一起显得那样有气势。

　　乔梦皎也站起来，一脸担心，黄元军说："没事，我好好跟他们说。"他们就走了，岑仲伯跟袁青山说："袁青山，走嘛。"

　　袁青山就也站起来了，乔梦皎说："袁青山，下午你有什么事情啊？"

　　袁青山说："没事。"她低着头看着乔梦皎，她现在看起来是个坚强的小女人了，脸上有一种莫名的光芒，但袁青山想的不是这些，她的脑子里面是另外一句话，她不知道应该不应该说，但她还是说了出来，她说了出来，就像他父亲写举报信的时候那样迂腐地说了："皎皎，你要想好，你现在去了城头叫黄元军不要工作跟你走，以后你真的当了空姐全国飞，难道让他跟着你到处飞啊？"

　　乔梦皎呆住了，她站在那里，平乐镇的孩子总是以为最远的地方就是永安城了，她不知道自己要走的路到底会有多远。

　　袁青山，岑仲伯，黄元军一起走在路上。黄元军说："袁青山，你今天下午有什么事啊？"

　　袁青山说："没事。"

　　黄元军说："你明明就有事，你有什么事你就跟我们说啊。"

　　岑仲伯转头来，看袁青山，说："你什么事？"

　　袁青山说："没事。"

　　岑仲伯站住不走了，说："袁青山，你有事情就跟我说。"

　　袁青山说不出话来，已经下午五点过六点了，家家户户都在准备吃饭了，她也觉得自己应该回家去了，但是一旦回家去，就是明天了，到了明天，她就要给那五百块钱出来了。

　　黄元军说："你们两个说，我先回去了，免得我爷爷他们着急。"他就走了。

　　剩下岑仲伯和袁青山，两个人站在西街上的老泡桐树下面，泡桐树的花早落光了，叶子是那么郁郁葱葱。

袁青山说："就是，我找了个工作。"

"好事嘛。"岑仲伯说。

"但是，他们要押金。"袁青山慢慢地说。

"好多钱嘛？"岑仲伯居然问也不问为什么，就说。

"五百。"袁青山艰难地吐出了那个数字。

"我有。"岑仲伯说。

"不行，我不能要你的。"袁青山立刻说，她明白她不能要岑仲伯的钱，他们家也不宽裕，虽然她不知道为什么她会把这件事情告诉了他。

"我借给你。"岑仲伯头也不回地往猪市坝走过去，他说，"快点，跟我去拿钱，老子饿死了，拿了钱我们去吃饭。"

袁青山不由自主地跟着他走了，岑仲伯的背影看起来是那么高，那么壮，他穿着一件红色的背心，下面是一条短裤——袁青山忽然发现，原来天气那么热了，岑仲伯的背后全是汗，衣服贴着他的后背，暴出来他长期打架长成的纠结的肌肉。

他们走到岑家，钟太婆居然不在。袁青山说："你奶奶呢？"

"可能出去买明天的菜了。"岑仲伯说。

他扑到里屋去就开始翻箱倒柜地找，终于从钟太婆的床下拖出了一个大箱子，袁青山看见那箱子上还挂着一口大锁。

岑仲伯摇了摇那个锁，懊恼地说："居然又锁起了。"他摸着裤子的兜，转过来问袁青山："有没钢丝？"

"没有。"袁青山愣愣地说。

"那发夹一类的？钢夹子一类的？"岑仲伯问。

"没有……"袁青山说到一半，忽然想起来了，她从兜里面摸出了早上父亲给她别上的那个夹子，上面闪着珊瑚色的光，"这个可以不？"

岑仲伯接过去，说："可以。"他就把夹子拉直了，伸到锁孔里面去捣腾了一会儿，锁就开了。

箱子里面是些大包小包的东西，岑仲伯从最下面翻出来一个信封，从里面抽了五百元出来递给袁青山。

袁青山看着那五张青灰色的人民币,迟疑着,她说:"这是什么钱?"

"是我奶奶存给我考大学用的,你拿去用,反正我也考不起。"岑仲伯说着就把钱塞到袁青山手里。

袁青山的手触到了那些钱,觉得它们是那么凉而且坚硬,像是被埋藏了很久。她忽然很想哭,到底是为什么,他们这些还没有拿到分数的人,一个个都说自己是肯定考不上的。

但她没有说,她哽着嗓子对岑仲伯说:"你为什么对我这么好啊?"

"废话。"岑仲伯白了她一眼,说:"你不知道?"

"我,我这么高。"袁青山哆哆嗦嗦地说。

"老子比你高。"岑仲伯挺直了身子站过来。

"以后说不定我会比你高。"袁青山说。

"高有啥了不起的嘛,你长我还不是要长。"岑仲伯说。

"我什么都不好。"袁青山继续说。

"你管老子的。老子说好就好。"岑仲伯骂她。

"我真的不好……"袁青山埋着头,看着自己穿着裙子的腿,因为一直都穿裤子的原因,她的皮肤显露出一种奇怪的白来,映照在岑家的老屋顶下面,居然有一丝金色。

她还想说什么,岑仲伯像一头豹子那样扑了过来,紧紧抱住了她,他把他的下巴靠着她的耳朵,弄得她生痛。

从小到大,没有人这么抱过袁青山,她想到年幼的那个自己,是那么渴望被拥抱,不是父亲抱他上下自行车那种敷衍的拥抱,而是一个实实在在的,深深的拥抱,皮肤贴着皮肤,骨头贴着骨头,抱到她甚至会喘不过气来——那个时候,她总是躺在黑夜里,躺在床上,想着那个黑影子会来看她,她的手臂那么长,她把她叫做妈妈,她总会给她一个细细密密的拥抱——那一瞬,虽然长大的她已经忘记了那黑影子的样子,但她还是看见了她,她站在门口,光从她背后都透进来了,她笑了一笑。

她一阵昏眩,站在那里,站在岑仲伯的怀里,栀子花的香味就随着飘来了,那种开到落下的,微微发黄的,上面沾着露珠和蚂蚁的栀子花的香味。

姜有余

姜有余在我们平乐镇上是一个神仙般的人物，当我还没有记忆的时候，当我们平乐镇的人每天都还在为了要多吃二两肉而奔忙的时候，我爷爷最喜欢带着我去姜有余家走人户。姜有余是我爷爷看着长大的了，看见爷爷带着我去，就对他老婆说："把水烧起嘛。"

他老婆拿了锅出来烧开水，姜有余就拿着家伙出门了，往往是水都还没烧开，姜有余就回来了，手里面随随便便都提着两只鲤鱼或者鲫鱼——这些都是我爷爷对我讲的。我长大了以后，我爷爷经常说："姜老师是好人啊，小时候你没少吃他钓的鱼，你长这么聪明，都要多谢姜老师啊。"

姜有余可能确实是姓姜，但是未必真的叫"有余"，因为他鱼钓得神乎其神，大家就都叫他姜有余。在南街上，我们经常可以看见他骑着个大凤凰自行车，后面驮着他的筐子和鱼竿晃过去了，大家就喊："姜有余，有没鱼哦？"——姜有余就笑眯眯地拍拍自己的筐子，说："多哦！"

姜有余都去清溪河边钓鱼，那个时候，我们的河里面还满是黄腊丁和沙旺子，鲫鱼、鲤鱼也是一翻水就起来了，特别是每年五六月桃花开的时候，满河里都是桃花鱼，经常可以看见浩浩荡荡十多个人跟着姜有余去清溪河边钓鱼。

我们这些小娃娃也跟在队伍后面，盼着看个稀奇，到了清溪河边，姜有余早就看好地方了，他们摆开家伙，一字排来，阵势甚为壮观，姜有余第一个甩竿子下去了，不到十秒钟，第一条桃花鱼就上钩了。

那情景至今还留在我的脑海中，桃花鱼们红艳艳地跃出水面了，它们的鱼泡构造奇特，一出水就死，姜有余一钓起来就随手把它们甩在地上，过不了半分钟，鱼身上鲜红的血水就挂出来了，挂在它五颜六色的鳞片上，阳光照上去，色彩斑斓的一大片，满园落英缤纷。

过了一下午，钓手们钓完了，装好了大鱼，剩下的还有一地的桃花鱼，小娃娃们终于等到了时候，奔上去就捡。他们再手忙脚乱上好一阵，留下的就只有被踩烂的鱼了，糊在河边的泥巴地里，春天就这样过去了。

南街的几个老街坊都会不时收到姜有余顺路来送的鱼，有时候是沙旺子，有时候是鲤鱼，有时候是黄腊丁——我最喜欢沙旺子，一条条烧个一盆，麻麻辣辣的，一口下去，吐出来一条整骨头，肉就化了——但是沙旺子再好吃，也比不上鲇鱼好吃，在那个时候，我们镇上的人都说"闭门吃肉，锁门吃鱼"——这个鱼说的就是鲇鱼。

而鲇鱼不给钱是吃不到的。姜有余总是在晚上去钓鲇鱼，但是没有人确切知道他在什么时候出门，什么时候回来，以及他找到的那个回水凼到底在哪里。只是隔天早上，买菜的人在菜市场看见卖鲇鱼了，大家就知道姜有余昨天去钓夜鱼了，主妇们就把口袋里面垫底的钱都拿出来买了这鱼，一边买一边羡慕姜有余的婆娘。

越是这样，越有人想知道他到底在哪里钓，好事的人又是旁敲侧击地问，又是半夜跟踪他，甚至沿着清溪河走了个遍，都是无功而返。据说姜有余晚上去钓夜鱼，都要先绕着大坟包骑好几圈，来来回回，走些弯路，"说不在就不在了！真的是有鬼了！"——那些跟不着他的人回来抱怨。

话是这样说，那时候的平乐人都知道这就是姜有余吃饭的绝技了，大家抱怨过了，就把钱给了。

那些好时光终于过去了，南门上的泥巴路变成了柏油路，清溪河的鱼少了又少，鲇鱼难得一见，价格翻了几番。

到了我上初中的时候，有一天，我跟我同学抱怨说："唉呀，好想吃鲇鱼哦！"他说："有啥吃头嘛，我知道在哪钓的！"

我白了他一眼，说："就凭你？"

他说："真的！"

他就带我去看了，说来也奇怪，我自小在清溪河边走了不下一百次，居然从来没有去过那个地方。它很是僻静，在大坟包后面，外面长着密密麻麻的竹子，根本看不出来里面另有天地——我们钻进去了，发现那里对着一个又深又黑的回水凼，岸边有放板凳的印子，还落了几条死青虫——那是鲇鱼最喜欢的饵。

我回去就跟我爷爷说了，我说："我去看到姜有余钓鲇鱼的地方了！"

我爷爷说："就凭你？"

我就绘声绘色地跟我爷爷讲了那个地方，我爷爷的脸就黑了，他说："哪个带你去看的？"

我说："高歧。"

我爷爷说："你问他他怎么知道的。"

我就去问我同学，他说："我奶奶给我说的。"

我就原话回给了我爷爷："张仙姑说的。"

我爷爷的脸更黑了，他站起来又坐下去，说："这姜有余狗日的吃了熊心豹子胆，居然跑到回龙湾去钓鱼！"

我说："啥子是回龙湾？"

我爷爷说："你们这些娃娃不要管，这些事情问不得！"

第二天我就去问我同学了，他说："我奶奶说了，回龙湾就是以前沉犯人的地方。"

我打了个冷战，他接着说："我奶奶说，那下头有冤魂！"

我回去了，小心翼翼地问我爷爷："爷爷，以前回龙湾有什么事啊？"

我爷爷正在黑着脸坐在门口，他说："不关你们这些小娃娃的事，少问点这些事！"

我还没说什么，姜有余就来了，他笑嘻嘻地问我爷爷："老辈子，你找我啥子事？"我爷爷一言不发，扑上去就打，姜有余被吓坏了，我爷爷一边打他一边说："哪个教你去那钓鱼的！"

姜有余懂了，他白了脸，说："我爸给我说的。"

我爷爷说："这种钱也挣得！"

姜有余哭丧着说："那你总要给我一条活路嘛！"

我爷爷指着他骂："你作孽！我们全镇的人都跟着你作孽！"

姜有余终于站直了，看着我爷爷，说："老辈子，你这话说得不对，作孽的哪是我，当年作孽的人是哪个你心头比我清楚嘛！"

我爷爷忽然愣住了，刷白了一张脸，整个人缩了下去，我们都看着他，他好像鬼上身一样浑身颤抖，我连忙过去把他扶住了，他满身大汗，说："你说得对，你走嘛。"

这件事就这样算了，只是我们家再也不吃鲇鱼了。

清溪河的鲇鱼彻底绝迹是在袁青山死了以后，姜有余在街上走过来走过去，一走就老了一头，一走又老了一头。

镇上的其他人不吃鲇鱼也就活了，唯独姜有余要等鲇鱼换钱开锅，他一晚晚地出去了，终于没有回来。

我们都知道姜有余肯定是死的：那一天早上，姜有余的老婆开了门，发现门口堆满的都是鲇鱼，但全都是死的，满身挂着血，看上去不像鲇鱼，倒像春天里的桃花鱼，他老婆惊叫了一声，紧接着大哭了起来。

很多人去看了，我爷爷也看到了这奇景，他默默地回来了，他说："报应啊。"

那整整一天，我爷爷都呢喃着这一句："报应啊……"

没有人知道他说的这一句是说姜有余呢，还是说别的什么人。

第 13 章

没有吃早饭,袁青山就出门了,她走到楼梯口,妹妹背着书包急急忙忙从后面追上来,期期艾艾地说:"姐姐,今天下午早点回来,今天要给我过生日啊,嗯?"——说完,看着袁青山的表情。

袁青山并没有露出太多表情,她明白这一定是袁华的意思,但她还是说:"好。"——实际上并没有人知道袁清江真正的生日,父亲把她来到袁家那天作为了她的生日,但和她一样,妹妹从小也没怎么过生日,可是今年不一样,今年是妹妹满十六岁的日子。

袁青山走下楼梯了,随着年龄的增大,她看见这个世界的样子越来越不一样了,现在她能看见楼梯间堆放的杂物顶端积下的那些灰尘——没有人相信,它们居然是螺旋的形状,能看见墙上镂花洞最上面那个里面放的一包吃光了的饼干——那很可能是某个时候她自己放上去,能看见楼顶上的梁柱往自己逼来了——这些景色是别人永远都看不见的。

她和岑仲伯讨论过这个问题:是不是实际上,不同身高的人看见的世界根本就是不一样的,因此,她没有办法了解妹妹和父亲看到的世界,他们也没有办法看到她能看到的世界。

和以往时候一样,岑仲伯觉得她这个问题很无聊,他把整个身体趴在台球杆上,直直地看着前方,屏着呼吸,像没有听到她的话,直到那个球终于入袋了,发出"啪"的一声,他才站起来,说:"有什么一样不一样,躺下来看就一样了。"

袁青山躬着身子走出院子——大铁门还没有打开，只是开了一扇小门，妹妹小跑着跟在她后面。"姐姐，那今天我放学了就来找你吧，我们一起回来。"她依然很不放心地说。

"好吧。"袁青山想跟她说，她一定会回来的，但她明白这样也一定还是父亲的意思。

两姐妹一起走到十字路口，袁青山说："你怎么也没吃早饭就跟出来了？"

"没事，我到学校门口去买东西吃。"袁清江说。

"身上有钱吗？"姐姐问。

"有、有。"袁清江连忙说。

但袁青山还是从兜里面拿了十块钱给她，说："要喝牛奶，要注意营养。"

"嗯。谢谢姐姐。"袁清江接过钱来，两个人已经走到十字路口了，她还是欲言又止的样子。

"那我走了。"袁青山说，"好好上课。"

"姐姐。"袁清江终于叫住她，她担心的样子让袁青山很难过，"你听爸爸的话不好吗？别理那个人了。"

"我们又没有耍朋友。"袁青山说来说去就是这一句话，她又说了一次，转身就走了。

她走到聚友鱼头火锅店，熊老板已经在门口扫地了，他看见她来了，说："小袁，今天来得这么早？"

"早点来把卫生再打扫一下嘛。"袁青山说，进去换工作服了。

熊老板满意地点点头，侧过身子让她进去了。

袁清江百无聊赖地走在上学路上，她想到刚刚和姐姐说的那些话，心里面不由一阵难过。她知道姐姐可能真的不会改变想法了，而父亲也一样。

她有些后悔，她是不是不应该把姐姐的事情告诉父亲。

——最开始是袁清江看见袁青山和岑仲伯一起走在路上，走得很近，她就高高兴兴地回去跟袁华说："爸爸，爸爸，姐姐好像有男朋友了！"——她想，父亲应该也和她一样，希望姐姐能有个男朋友。

袁华果然很高兴，说："哦？她跟你说的？"

"不是，我今天看见他们在路上走，但是感觉应该是在耍朋友。"袁清江笑着坐在沙发上，拿了一个橘子来吃。

"是哪个娃娃？我们镇上的人？"袁华凑过来问。

"嗯！是以前我们学校的男排队长，人长得比姐姐高，是姐姐的同学。"袁清江介绍。

"哦？那好，那好，搞体育的人不错。人老实不嘛？"袁华说。

"不清楚啊，等姐姐回来你自己问她嘛。"袁清江眨眨眼睛，她和父亲一样觉得很兴奋。

"不知道她会不会告诉我啊，你又不是不知道你姐姐闷得很。我先去打听一下，是哪家的娃娃？"袁华问。

"叫岑仲伯，好像是南门上的人。"袁清江回忆着。

袁华的脸一下就黑了，他说："是不是那个上面一个山的岑？"

"嗯。"袁清江说，"爸爸你也认识他啊？"

袁华不说话了，他的面孔一瞬间被什么击碎了。

袁清江看着父亲，她觉得害怕起来，眼前这个男人好像和她没有什么关系了。她说："爸爸，你怎么了？"

她听见父亲用一种非常陌生的声音说："真的是叫岑仲伯？"

"是啊。我们学校的学生基本上都认识他啊。"袁清江不安地回答。

袁华不说话了，他摸了一支烟出来，点了火，狠狠抽了一口。

本来在这个时候，袁清江都会说："爸爸，不要抽烟！"然后去抢父亲的烟，可是那次，她却说不出来这样的话，她看着父亲烟雾后面的面孔，打了个寒战。

当天晚上她放学回家，父亲已经和姐姐吵开了。

她从来没见到爸爸那样生气过，他的脸涨成了恐怖的红色，她真怕他会一口气接不上来，他吼着："跟你说不许跟他耍朋友！马上跟他断了！"

姐姐站在父亲对面,她是那么高,袁清江真怕她忽然倒过来,她说:"我真的没有跟他要朋友,只是关系比较好。"

"那也不行!"袁华不依不饶,他说,"马上跟他断绝一切关系!"

"爸爸!"袁青山叫着,"你讲不讲理,我们当了那么多年的同学,当了那么多年的朋友,你现在忽然要我们断绝关系!"

"我怎么知道你居然会和他要朋友!"袁华的声音已经嘶裂了。

"我没有和他要朋友!"袁青山也提高了声音。

袁清江被吓坏了,她吓得哭起来,跑到爸爸和姐姐中间去,她不知道说什么好,只有一边哭,一边叫:"爸爸!姐姐!爸爸!姐姐!"

——即使只是现在,走在路上,想着那天的情景,袁清江也马上觉得胃疼起来。

她拿着姐姐给她的钱,去了一家面包店。

"买一盒牛奶和一块肉松蛋糕。"袁清江一边说,一边看着柜子里面那些花花绿绿的糕点,忽然,她发现了有一种是她没有见过的。

"这是什么?"她指着那块蛋糕说。

"这是新品种,里面有草莓。"老板说。

"我要吃这个。"袁清江说。

她拿着牛奶和那块蛋糕出了蛋糕店,迫不及待地站在门口咬了一口,那味道是那样美妙,袁清江露出了一个微笑,每当这个时候,她就觉得自己是一个真正的公主。

她把找回来的三块钱放到裤兜里面,上学去了。

聚友鱼头火锅店的员工差不多都来了,袁青山在院子里面洗拖把,就看见余飞走过来把脚踏在洗手台上洗了洗手,水很凉,他只是意思意思冲了一下。

"今天来得早哦?"余飞说。

"嗯。"袁青山继续洗着拖把,她把拖把在池底左右旋转着。

"喂!你动作小点嘛!"余飞厨师服的白袖子上被溅到了水,他连忙退开了，惊魂未定地看着袁青山，骂道："你娃大清早的发啥子疯？"

袁青山不说话，她关了水管，把拖把提起来晾在旁边了。

"来了啊？"余飞凑过来暧昧地问。

"关你屁事。"袁青山骂了他一句。

"哎呀，"余飞挑着眉毛说，"怎么现在说话越来越像那个挨千刀的岑仲伯了？"

袁青山就停住了，低着头看着余飞，正色说："余飞，我今天心情不好得很，你最好不要惹我。"

余飞碰了一鼻子灰，按他的脾气，他今天不整袁青山一顿是不会算了的，但是他看见张英琪走过来了，他就讪讪地走了。

上午火锅店没有什么生意，主要是把菜品都准备出来，袁青山和张英琪两个把昨天弄脏的餐巾拿来洗，她们两个各自坐在一个大澡盆前面，里面全是泡泡。

张英琪说："等我有钱了，鬼才在这么冷的天洗东西！"

袁青山说："那啥子时候才能有钱哦？"

"只有等过几年嫁个有钱老公了。"张英琪说。

"哪有那么多有钱老公，余飞不是追你的嘛？"袁青山接口。

"他？"张英琪翻了个白眼，她长着一对浓眉大眼，生气的样子也不像是在生气。

她们在说着话，熊老板就走过来了，张英琪连忙抬起头，脆生生地说："熊老板好！"

"好好。"熊老板慈祥地笑着过去了。

张英琪就又埋下头来洗东西，一边洗，一边低声说："手都给我冷木了，妈的哦！"

袁青山就笑起来，张英琪说："你笑什么？"

袁青山说："笑你那个脸变得比变脸的还快。"

张英琪甩着满手的肥皂泡给她打过去，袁青山看见空气中飞满了那些白色的泡沫，它们是那么微小，还没来得及落下，就消失了。

张英琪说:"袁姐,今天你男朋友咋还没来看你?"

袁青山无奈地说:"他不是我男朋友。"

"哎呀,"张英琪叹气起来,"袁姐,我觉得他多好的,对你又那么好,如果我遇到这么好个男朋友,我就啥都不求了!"

看着张英琪被冷得红扑扑的脸上憧憬的表情,袁青山又笑出来了,她说:"你不是要找有钱的吗?"

张英琪也咧开嘴笑了,她说:"哎呀,我也是说说嘛,有钱的哪能看上我这样的?"

他们正说着,岑仲伯就进来了,手上提着一袋热腾腾的包子,看见她们在洗餐巾,岑仲伯就骂开了:"你们老板太不厚道了嘛!这么多喊你们两个人洗!"

袁青山吓得赶紧站起来,说:"你小声点!有病啊!"

岑仲伯把手里面的包子递给她,说:"拿去吃。"

袁青山拿了一张抹布擦了擦手,接过来,问张英琪:"英琪,吃不吃?"

"不吃不吃!"张英琪笑得眼睛都眯成了一条缝,她说:"袁姐你吃!我吃过早饭了。"

袁青山就站在旁边吃起包子来了,天气已经很冷了,但包子还是这样滚烫,岑仲伯一定是一路小跑着过来的。

"你去上班嘛。"袁青山说——岑仲伯在南门一家五金铺帮忙,顺便也给人家修修管子什么的。

"等会儿去,等会儿去。"岑仲伯站在院子里面看着袁青山吃。

"你每天这么迟去上班,你们老板都不说你!"袁青山吞下一口包子,教训岑仲伯。

"他敢说我?他娃不想活了。"岑仲伯铆着声音说。

"你就提劲嘛!"看着他扬扬自得的样子,袁青山一边骂他一边笑了起来。

岑仲伯摸了摸鼻子,说:"那我走了,你慢慢吃。中午黄元军要过来请我们吃饭,我来找你嘛?"

"中午？中午正是忙的时候，哪有空吃饭啊？"袁青山说。

"那到时候再看嘛。"岑仲伯一边说一边走出去了，"我们来找你。"

"黄元军又请啥子客呢？"袁青山问了一句。

"他一天到黑没事就请客，你又不是不知道，闲的嘛！"岑仲伯翻了个白眼，消失在门后了。

"岑哥，拜拜！"张英琪跟岑仲伯告别，又舞起了满天的泡泡。

他一走了，袁青山脸上的笑容就消失了，她站在那里，呆呆的，觉得很冷。

第一节课的下课铃响了，袁清江坐在位子上发呆，她想到等一会儿下午要发生的事情，就觉得心脏剧烈地跳动起来，没有办法做其他事情了。

江乐恒又过来找她说话："袁清江，你怎么了？"

"给我爬！"袁清江冷冷地说。

江乐恒不以为意，他坐在袁清江同桌的椅子上，说："今天哪个惹我们班长了？"

"不关你的事。"袁清江把脸转到另一边去了，不想看他。

她转过脸去了，但是她知道江乐恒还是坐在那里，翻着她的书，他翻书的声音让她的心很乱。

她深吸了一口气，转过身去，露出一个微笑，对江乐恒说："今天我过生日。"

"真的？"江乐恒吃了一惊。

"嗯。"袁清江说。

"生日快乐哦！那我要送生日礼物给你，你喜欢什么？"江乐恒迫不及待地说。

"嗯，我想要个绒娃娃，大的那种。"袁清江提出要求。

"好好好，我中午就去买！"江乐恒受宠若惊——他立刻高高兴兴地走了，袁清江看着他雀跃的背影，觉得自己的心情终于好了一点。

她坐下来，从书包里拿出前天买的新信纸，准备给张沛写信。她把一包信纸都打开了，放在桌子上一张一张选，那是一种卡通信纸，每张上面的图案都是不一样的。

她选了一张最好看的，拿出来，开始写："亲爱的沛沛哥哥：你好。你好久都没有回来过了吧，平乐的树已经把能落的叶子都落光了。"

上课铃就在这时候响了，她的同桌廖云珊从外面回来，看见她在写信，就问她："在给哪个写信啊？"

"张沛。"袁清江得意地回答。

张沛没有考上第一志愿，他读了永安市的永安大学——那也是附近最好的大学了，他的照片至今还在学校的宣传栏里面贴着，下面是他得过的密密麻麻的一堆数学、英语、物理竞赛奖。在那张照片里，张沛抱着一张奖状，站在校门口，但是不笑，他英俊的脸因此带上了一丝忧伤，袁清江经常把自己最好的朋友廖云珊拉去看那张照片，给他们说："这个就是张沛，他是我的男朋友！"

廖云珊就说："真的啊？我听说以前喜欢他的人很多的嘛。"

"我们从小一起长大的。"袁清江骄傲地说，然后她又叮嘱廖云珊："不过这个是秘密啊！不能说出去！"

廖云珊就拼命点头说："知道了，我你还不放心？"

——可是，袁清江也应该知道，女孩子堆里面是没有秘密的，过了不久，整个高二一班的女生都知道袁清江有在城里念大学的男朋友，就是以前学校高中部的张沛。

过了几天，江乐恒就来问她了："袁清江，听说张沛是你男朋友？"

袁清江吃惊地看着他，她说："你从哪里听来的？"

他说："班上女同学说的。"

她说："乱说！我跟沛沛哥哥只是关系很好！"

江乐恒就放心地拍拍心口，说："我就说嘛，我就说嘛。"——他就高高兴兴地走了。

袁清江一边写信，一边想到这些事情，她就觉得有点不好意思，她摸着课桌，暗暗说："对不起对不起。"然后她对自己做了个鬼脸，继续写信了:"沛沛哥哥,你知道吗,今天是我的生日——实际上,我不知道我是哪天生日的,但是,就算是今天好了,我多想能在今天看见你啊。"

在这件事情上,袁家没有人避讳过,大家都知道袁清江是袁华从清溪河边捡来的,袁清江自己也清楚得很,但是她并不觉得多难过,反而把它幻想成一个宝藏,每天她放学回家,爬上筒子楼的时候,她就透过每层楼梯间的镂花墙看着天空,天空是一块一块的,她就低低地说:"爸爸妈妈,你们在哪里,快来接我吧。"

袁清江总是觉得,有一天,她的亲生父母会来找到她,来带着她离开平乐,离开这个地方,他们可能是永安市的某个大学教授,或者是有钱商人,甚至是住在外国的华侨,她还会想到,另一种非常有可能的事情是,她根本是外星人的孩子,否则,怎么能解释她会忽然就出现在清溪河边上呢?

袁清江坐在课堂上,写完了给张沛的信,她听着老师在讲 $x + y = 3y + 5$,廖云珊在看一本租来的脏兮兮的言情小说,她骄傲地想:"我一定是外星人的孩子。"

今天的班袁青山上得有些心不在焉,她一边上菜一边往窗户外面看个不停,有两次都差点撞到了人,熊老板狠狠瞪了她几眼,张英琪连忙给她使眼色,但她还是好像没看见似的,拼命看着窗户外面。

"袁姐!你在看啥嘛?外头掉钱了?"张英琪扯了扯她,低声说。

袁青山这才反应过来,她回过神来,发现一桌客人也看着她,一个中年男人说:"小妹,我简直怕你把毛肚水泼到我脑壳上!"

大家都笑起来,袁青山连忙把端在手里面的菜给客人放下了,一边放一边道歉。她做好这些,站在一边去了,她站在那里,依然在想:"今天张沛会不会回来呢?"

昨天她给张沛打电话了,那边电话一接起来,就是男生寝室里面闹哄哄的背景,一个男生用普通话说:"喂,请问找哪位?"

袁青山被这声音吓了一跳,她好不容易调整好声带,也用普通话说:"我找张沛。"

那个声音一下子就变了，变成了她熟悉的平乐镇口音，说："袁青山！"——她笑了起来，她知道这个人就是她熟悉的张沛。

"张沛，还好吗？"袁青山说。

"好，你呢？"张沛高兴地问，袁青山听见他后面有人在很大声地放歌，张沛转过去吼："小声点，老子接电话！"

声音小了一点，袁青山平息着激动的心情，说："我也很好。"

"好久没听到你声音了，清江呢？"张沛兴冲冲地问。

"嗯，清江要过生日了。"袁青山说。

"过生日？以前怎么从来没听过？"张沛有些奇怪。

"今年她满十六岁了。"袁青山解释。

"啊！十六岁了！真是个大事了！我还记得她还是个奶娃娃的样子，转眼就这么大了！"张沛也说出有些沧桑的话来了。

"嗯，你，你明天有空不？"袁青山终于问了出来，她的心如擂鼓一般跳着，她想不起来自己有多久没看见张沛了，到底是两个月还是三个月。

"有空！有空！"张沛高兴地说，"反正回来也就是三个多小时嘛！我正好要回来拿些冬天的衣服。"

"你还没冬天的衣服啊？天气很冷了。"袁青山说。

"有是有，不过还是要再拿两件。"张沛说，"那我就明天回来，不过可能会晚点。"

"嗯，好好，清江一定很高兴。"袁青山说着，但她羞愧地明白自己内心的欢乐也有和妹妹无关的成分。

"好，那你说给清江买个什么礼物？"张沛问。

"我不知道，给她买个绒娃娃嘛，大的，她上次说她很喜欢。我和你一起买给她。"袁青山说。

"好。"张沛说，"我自己给她买就是了。"

袁青山还想和张沛多说两句，但是后面有人跟他说话，说："张沛，快走，高数的老师是点名杀手，点到你不在你就死了。"

袁青山就连忙说："我挂了，你快去吧。"——他们就匆匆挂断了电话。

到现在，袁青山把昨天他们说的话拿出来翻来覆去地在心里面背，两个月还是三个月了，她明明觉得她已经忘记了张沛，忘记了这件事情，但是一听到他叫她"袁青山"，她的心又飞快地跳了起来。

袁青山站在那里，想着这件事情，又忍不住往外面看了，十一月的天气里，平乐镇永远都是阴天，她发现外面淅淅沥沥下起小雨来，她想："张沛带伞了没有？"

有一个客人大喊："小妹！小妹！"

她终于回过神，看着客人，客人说："筷子掉了，给我拿双筷子过来！"

中午的时候，江乐恒非要请袁清江吃饭，袁清江就说："我要吃台湾炸鸡。"

江乐恒说："好，好。"他们两个就去了，台湾炸鸡开在国学巷正中间，虽然只有一个铺面，但是装修得很漂亮，平乐镇上的年轻人都喜欢去那里吃。

两个人进去了，点了吃的，坐下来了，江乐恒说："那今天你们屋头要给你过生不？"

"要。"袁清江一边啃着鸡腿，一边说，她刚刚说完，就意识到自己说错了话。

果然，江乐恒一脸期待地看着她，他说："那我也去嘛，晚上。"

"不行。"袁清江说。

"为什么？"江乐恒的脸垮下来了，"难道我们不是朋友？"

"不是，"袁清江说，"今天我们家有点事情。"

"有什么事？"江乐恒不干了。

"真的有事，"袁清江一边在心里面骂自己说话不过大脑，一边摆出可怜兮兮的眼神，她说："真的，有一件很重要的事，所以你不能去。"

"那是什么事？"江乐恒不依不饶地。

"哎呀，"袁清江知道今天是敷衍不过去了，她凑过去，低声说："你还记得上次我们在街上看见我姐姐和那个男的一起不？"

"岑仲伯嘛。"江乐恒说，"你不是说他们在谈恋爱吗？"

"对啊，"袁清江说，"但是我爸不准，今天晚上，我们就要专门给姐姐讲这件事情。"

"你爸为什么不准啊？"江乐恒的注意力终于被转移了。

"我不知道啊，我爸的反应可大了，都快气疯了。"袁清江皱着眉头。

"岑仲伯不是很好嘛？你姐那么高，要找一个男朋友不容易啊。"江乐恒老成地分析。

"是啊。"袁清江又喝了一口可乐，顺着江乐恒说，"我也觉得我姐姐找到岑仲伯很不错了，不知道我爸怎么想的。"

——难道他还想姐姐找个张沛那样的？袁清江在心里面嘀咕了一句。

她不明白为什么父亲是那样反对袁青山和岑仲伯在一起，在她心里面，是希望姐姐和岑仲伯在一起的，因为她总是隐隐约约担心姐姐会喜欢张沛。

她一想到张沛，就觉得眼前的江乐恒更加讨厌了——他吃起鸡翅来，居然吃得满嘴都是油。

但是此刻，她坐在他对面，喝着可乐，明白这不是自己今天要烦的事情，她今天更烦的，是晚上会发生的事情，她真怕会出什么事。

"如果张沛今天回来就好了。"袁清江在心里念，"他一定知道应该怎么办。"

中午客人正多的时候，岑仲伯和黄元军来了，袁青山说："你看，我根本空不出来，你们两个自己去吃吧。"

"我们就在这吃。"黄元军笑嘻嘻地说。

他们两个真的坐下来了，还照顾袁青山说："小妹，倒茶！"

袁青山无可奈何地过去给他们倒茶，她一边倒，一边说："黄元军，你抽风啊？"

两个男人根本不理他，拿起桌上篮子里面的瓜子就嗑了起来，黄元军说："快点拿单子来给我们点。"

"看嘛看嘛。"袁青山就转过去柜台拿单子了。

他们两个已经不是第一次这样了，熊老板在柜台后面咧着嘴看着她说："小袁，你男朋友不错嘛！还会赞助我们生意。"

"他不是我男朋友！"袁青山不知道自己说这样的话说了多少遍了。

熊老板可不管这个，他乐滋滋地把菜单递给她，说："你男朋友那么高，多点点肉来吃啊。"

袁青山拿了菜单就走。

她走过去，看见张英琪正在给他们拿热毛巾擦手，他们一边擦，张英琪一边说："岑哥，又来了啊？"

黄元军就打趣她："就喊岑哥，不喊黄哥哦？"

张英琪就补上了："黄哥，黄哥！"

"妹妹乖！"黄元军叹了声。

袁青山看不得他逗张英琪玩，就挤过去把菜单递给黄元军，说："点菜！"她像个老母鸡一样把张英琪保护在她身后。

黄元军说："袁青山，你不够朋友啊，有漂亮的小妹都不介绍给我。"

自从乔梦皎半年前写信来和他分手以后，他就变成了这样，袁青山很受不了他这种吊儿郎当玩世不恭的模样，她瞪着他说："你娃发疯嘛！"

岑仲伯知道袁青山真的有点生气了，连忙把单子拿过来说："来点菜来点菜，黄元军，不要把我女朋友惹毛了嘛。"

"哪个是你女朋友！"袁青山更火了。

"好好好，不是不是，以后再说以后再说。"岑仲伯跟哄小孩子一样说。

他们就点了菜，果然点了好多肉菜。

袁青山心痛他们的钱，说："你们点这么多肉我也不会多拿点工资，节约点嘛。"

岑仲伯就白她一眼："你不懂，昨天我们打通宵麻将，今天要好生补一下。"

"又打麻将？"袁青山问。

"赢了这么多！"岑仲伯骄傲地竖起三个手指头。

"你凶！"袁青山说，"你干脆不上班了，就打麻将嘛！"

谁知道两个男人看了一眼，点头说："我看要得！"

她气得理都不想理他们，拿了单子就回去了，但她没看见张英琪还站在她后面不知道发什么呆，她巨大的身体一下把张英琪撞了出去——她一撵出去，刚好撞着另外一个端着火锅过来的小弟，油浇了张英琪一身。

"啊！"张英琪尖叫了起来，好几个客人都尖叫起来。

事情发生在一瞬之间，袁青山想要扑下去帮她挡那锅油，但是岑仲伯眼明手快把她拉住了。

下课铃响起来了，袁清江觉得自己就像要上战场的战士，心扑扑地跳起来。她开始收拾书包，江乐恒跑过来说："袁清江，等到我，我去给你买生日礼物！"

"明天给我嘛！我要去找我姐下班。"袁清江说。

"不行！不行！明天给你还有什么意义啊？你跟我去买了你就走，你姐会等你嘛。"江乐恒说。

袁清江看着他，挣扎了一会儿，终于说："好嘛，我们就在国学巷口上那家礼品店买。"

两个人就一起背着书包出了校门，到了精品店。江乐恒像个大款一样说："你随便选！"

袁清江一眼看上了一个很大的熊，有两个枕头那么大，她是多么想要那个熊啊！但她还是没好意思说出来，她选了一圈，挑了个有一个枕头那么大的兔子，说："我就要这个吧。"

江乐恒就给她买了，他把兔子递过来的时候，趁机摸了袁清江的手一下，袁清江觉得像被苍蝇叮了一下。

她就抱着兔子去找袁青山了，一路走，一路想着昨天晚上父亲一脸严肃地告诉她的事情，当时，她对袁华说："爸爸，我觉得这样有点过分哦，姐姐还要上班的嘛。"

"现在没啥事情比不让她跟那个姓岑的好更重要！"袁华说。

"岑仲伯哪个不好嘛？至少他比姐姐高。"袁清江终于说。

袁华严肃地按着袁清江的肩膀，说："清江，你要记着，以后如果你耍朋友，哪个都可以，就是姓岑的不可以！"

父亲的神情吓到了她，她呆呆地说："哦。"

——现在她已经走在去找姐姐的路上了，一切都按照计划进行着，她忽然想到，她的这个生日，完全是为了袁青山过的。

她抱着那个兔子，绕过干休所的大门，走到了聚友鱼头火锅门口，快吃饭了，里面坐了好几桌人，她走进去，看见姐姐的一个同事，她说："我姐姐呢？"

那个人看了她一眼，认出她是袁青山的妹妹，说："她今天提前下班走了。"

"走了？"袁清江脑子"嗡"的一下。

"嗯。"那个人说。

"什么时候啊？"袁清江问。

"早就走了。"那个人说完，又来了一拨客人，他连忙堆着笑脸迎上去，去给他们带位了。

袁清江站在火锅店门口，一时不知道怎么办了，她站了大概三十秒，还是决定先回去了，说不定姐姐提前回去了呢。她想。

她这样走回了家，还没进门，就听到父亲在和人说话，她推开门，居然看见了张沛。

张沛看见她，笑着说："清江，生日快乐啊！"

袁清江的心咚咚跳起来，她呆呆地站在那里，不知道是应该笑还是应该尖叫，她看了父亲一眼，他的脸色很凝重。

她就不敢笑了，愣愣地点了个头，说："沛沛哥哥回来了。"

"你姐姐昨天专门打电话给我说你今天过生，我就回来了。我们清江十六岁了嘛！"张沛从袁华的床上拿了一个绒娃娃过来给她，是一个熊，有两个枕头那么大。

袁清江连忙把手里的兔子丢在沙发上,去抱张沛给她的熊,她不能不笑了,她笑着说:"谢谢沛沛哥哥!"

张沛看了那只兔子一眼,袁清江连忙说:"这个是我们班的廖云珊送给我的,她是我的好朋友。"

张沛笑了起来,他说:"幸好我给你买的够大,不然我们清江肯定不高兴了!"

他们三个坐在那里,袁华问张沛最近的学习情况,张沛也问袁清江最近怎么样,和乐融融的。

袁华问袁清江:"你姐姐呢?"

"我去找她,她已经先走了。"袁清江不敢看爸爸。

"走了?去哪里了?"袁华着急了起来。

"哎呀,不怕,"张沛说,"她肯定要回来嘛,她都把我喊回来了,自己怎么会不来!"

但是袁华已经焦急地站了起来,他说:"我去找她!"

他刚刚站起来,就看见大女儿推开门走进来了,手上还提着一个蛋糕。

"你去哪里了?这么晚才回来?"袁华厉声问。

"一个同事被烫伤了,送到医院去了。"袁青山没精打采地说,她把蛋糕放在桌子上,甚至没有跟张沛打招呼。

"烫得凶不凶嘛?"袁华问。

"还好油不是很烫,但是还是把手上烫掉了皮,今天暂时住在医院,我明天再去看她。"袁青山坐了下来,把力气都用尽了,她这才看见张沛,对张沛点点头。

"人家烫了,你送起去就对了,看啥子?"袁华说。

"是我把人家撞倒的。"袁青山说。

"啊?"袁华惊呼,"那要不要赔钱啊?"

"岑仲伯帮我给了。"袁青山说。

一提到这个名字，袁华又火了起来，他说："你故意气我啊？我跟你说了不许跟他来往了！"

"他今天刚好在我们那吃饭嘛。"袁青山说。

袁华有一肚子的火要发，但他看见张沛还在那里，他想了想，跟袁清江说："清江，你先带沛沛哥哥出去点到菜吃饭，我跟你姐姐马上过来。"

袁清江松了一口气，她知道自己不必参与那个任务了。

她和张沛走了，提着蛋糕先走了。

父女两个对峙着，袁青山忽然说："爸，我知道你为什么讨厌岑仲伯，不就是因为他爸爸嘛。"

袁华吃了一惊，他没有想到袁青山说出这样的话来。

他终于说："知道你还和他耍朋友。"

"我们没有耍朋友。"袁青山说得已经很疲惫了。

"真的？"袁华说，他的脸色是那样灰白，这几年他一天比一天老下去了。

"嗯。"袁青山看着父亲，说。

"好吧。"袁华终于认输了，女儿刚刚提起的事情重新打垮了他，他站起来，说，"那我们去吃饭吧。"

父女两个下去了，他们走在楼道上，袁华一个趔趄，袁青山连忙一把扶住父亲，她发现父亲的手臂上的肉已经变软了，她心里一阵难过，她柔声说："爸，你别气了，我和岑仲伯真的没什么。"

那个名字又让袁华刺痛了一下，他想起来的事情是袁青山永远没有办法体会到的。

他哽咽着说："你知道吗？那个狗日的跟那个婆娘跑了的时候，你还没断奶。"

袁青山没有想到，有一天她真的会和父亲讨论这件事情，她说："没事，我都大了。"

"如果不是他，我们家不会搞成这样，你也不会是现在这样。"楼梯上的灯光是那样昏黄，袁华的话像灯上的蜘蛛网那样缠绕在袁青山身体上。

"我知道。爸爸。"她不知道说什么好,只能把巨大的手掌覆盖在父亲的肩膀上,她发现父亲的身体微微颤抖着。

两个人走出了家属区,往门口走去,袁华忽然说:"啊,我忘了个东西在仓库里面,你跟我一起去拿吧。"

两个人就往仓库去了,到了一个门口,袁青山拿出钥匙,把门打开了,袁青山听见那冰凉厚重的大门发出凄凉的一声。

袁华开了灯,袁青山发现这仓库里面没有堆多少东西,里面有一张床和一些家具,桌子上还有一盒象棋,这是另外一个守仓库的兰师傅住的地方,这几天他有事回老家去了。

袁华指着一个五斗柜说:"去帮我把第二个抽屉里面的那个笔记本给我拿过来。"

袁青山就走过去拿了,她打开抽屉,发现里面什么都没有,她转头对父亲说:"爸,这里没有本子啊。"——她就看见袁华把门关起来,他推着那扇门,已经只留下了一道缝隙。

"爸!你干什么!"袁青山跑了过去。

但是袁华已经把门关上了,袁青山听见他在外面上锁的声音,他一边上,一边说:"袁青山,爸爸对不起你,你在这里面住两天,等你也淡了心,那个姓岑的也淡了心,你再出来。"

"我们没有耍朋友!"袁青山在门里面说,那扇门是那样高,那样巨大,她站在那里,第一次觉得自己是那么矮小。

"反正你在这住两天,这里啥子都有,也有炉子,爸爸都把菜给你买好了,洗漱换洗的衣服也在。"袁华在外面颤声说。

"我们没有耍朋友!"袁青山说,她的声音里面也有了哭腔,"爸爸!爸爸!我们同事还在医院,我明天要去看她!"

她隔着门听见父亲的声音,就像隔着电话线听到张沛的声音那样陌生,她听到他说:"我以前知道他和你同学的时候,我就应该给你转学,但是我想我们镇反正就这么大,躲也没法躲,我就算了,结果才搞成现在这样,我不能让事情更糟糕了!"

他下了很大的决心，站起来走了，他走在出北二仓库的路上，没有人知道，很多年前，他的妻子也是那样和他走在路上，他们从医院一起回家了，抱着刚刚出生的女儿，袁华说："这娃娃长得真像你。"

妻子就笑了，说："你看她那双大眼睛多可爱。"

他看着女儿，挨着妻子，说："你等到，有一天我要让你们都过上好日子。"

他怀里的女人一阵沉默，然后说："好。"

她说好，她明明是那样说了的。

天气是那么冷，冷得夜格外的黑，袁华觉得自己的眼镜片上起雾了，他就把它取下来，从兜里摸出了一张眼镜布，慢慢擦了。

袁清江和张沛坐在馆子里，把菜都点好了。袁清江说："沛沛哥哥，我今天还给你写信了！"

"哦？"张沛说，"写的啥？"

"我写我想你回来陪我过生日，结果你真的回来了！"因为父亲不在，袁清江笑得格外轻松。

张沛伸出手去，摸了摸袁清江的头发，他说："清江十六岁了！"——与此同时，他感到自己手下面那些头发是那样柔软、纤细、浓密，还带着隐隐夜里的湿润，他看着袁清江的脸，它是那么美，那么恬然，那么柔媚，他觉得她是真的长大了。

袁清江感到张沛手上的体温透过她的头发传过来，此刻，他就在她的身边，那个学校橱窗里面抱着奖状，眼睛里面流露出一丝忧郁的少年，他就在她身边，在这个泛着灰尘的平乐镇上，在这个她没有身世的平乐镇上，这是她唯一为之赞叹的事物了。

两个人那样看着，然后张沛就把手放下了，他感受着掌心残留的触感，看着外面说："怎么你爸他们还不来啊？"

他正在说，就看见袁华走进来了，他低着头，坐下来，说："袁青山不来了，她情绪不是很好，为她同事担心呢，我让她在家里吃了。"

"哎呀,"张沛说,"袁青山就是这个个性,什么事情都瞎操心,世界上那么多事,她操心得过来不嘛!"

　　就在这个时候,菜上了,第一个菜就是番茄炒蛋,袁清江最喜欢吃这个了,张沛和袁华微笑着看着她,说:"清江,你来吃第一口。"

　　袁清江就不客气地夹了大大一筷子送到嘴里面去了,那味道是那样熟悉,就是她最喜欢吃的味道。她忽然想到,以前每年她过生日那天,姐姐就会做这道番茄炒蛋给她吃,她的眼泪一下就出来了。

　　张沛说:"哭什么啊,清江,还没长大,就学会多愁善感啦?"——他递了纸巾给她。

　　三个人吃完了饭,就该吃蛋糕了,他们点上蜡烛,让袁清江许愿。

　　袁清江对着十六根蜡烛,闭着眼睛,握着双手,在心里说:"希望姐姐能够和岑仲伯在一起,希望我能和张沛在一起。"

　　她这么想着,就好像它已经变成了真的,她在烛光下面,抖动着浓密的睫毛,露出了一个美丽而甜蜜的微笑。

贾和尚

从我认识贾和尚的时候起，他就已经是一个老人了，对于大多数人来说，六十岁和八十岁的老人都是一个样子的，老人们都不说话，一个接着一个地蹲在了路边，没有人知道他们自己是怎么想的。

不过贾和尚并没有像大多数老人那样沉默寡言，相反，如果有人在路上碰上他，又不知死活地和他打个招呼，他就会拼命跟你聊开了。贾和尚孤身一人，一心向佛，了无牵挂，因此，他可以跟人讲上整整两个小时，就算是在饭点上也一样，而他话题的主题永远是："去烧香嘛。烧香好哦。"

吃了好多次亏以后，我们镇上的人看见贾和尚都是能躲多远就躲多远了。

除了贾和尚自己，我们没有人认为他是和尚，他住在东门外面，有一间小铺面，他把里面完全修成了一个庙子的样子——但从外面看不到，他都是半关着卷帘门的，一旦你钻进去，就会看见有一个气派的神龛，上面是千手观音像、木鱼、功德箱、蒲团、香火，一切都是袅袅的。贾和尚坐在木鱼旁边，穿着僧服，很可能正在吃一碗鱼香肉丝炒饭，他看见有人来了，连忙放下手里的碗，擦擦满嘴的油，拿起木鱼敲了起来。

贾和尚敲木鱼的意思，一是让你捐功德，二是让你给菩萨磕个头，但是很少有人真的会这样干，进去的人往往跟贾和尚打个招呼，然后说："贾老师，看下我们屋的水管都漏了一个星期的水了！"

他就放下木鱼匆匆跟着人去修水管了。但是贾和尚即使是在修水管的时候，依然不停地跟别人说："苦海无边，回头是岸，有空来烧个香嘛，做过的恶事就算了。"

——就算我们都认为他有点问题，可是他说了几次之后，还是会把别人惹毛了，一般就会敲着贾和尚的光头说："爬哦！你才做过恶事了！"

贾和尚也不生气，摸摸自己的光头说："没做过嘛就算了。没做过就好。"

高一的时候，每个星期五下午，我都会逃课跑到贾和尚的铺子里面去玩——那半关的卷帘门下面透进光线来，明亮得可以照见每一粒空气里面的灰尘，千手观音面前的香火总是很旺盛，不过都是贾和尚自己烧的，第一次我去的时候，贾和尚说："妹妹，来烧香啊？"

我就烧了一炷香，然后坐在蒲团上，抬头去看那个观音菩萨，一般人很难分辨菩萨到底是文殊菩萨或者是普贤菩萨，还是别的什么种类，从下面往上看的时候，菩萨的眼睛总是半闭着，没有人知道它到底看了你还是没看。

到现在，想起贾和尚，我就能想起我和他一起度过的那些下午，我们两个都是默默的，谁也不管谁，贾和尚经常一个人喃喃地说着话，像是在和别人聊家常的样子，我把他的声音当做是一种背景，还有我们整个蕴蕴的平乐镇，我的眼睛睁得够久了，也可能是被烟熏的，就会默默流下泪来。

贾和尚看见我哭了，就放下手里面的活路，为我敲一会儿木鱼。但是他敲木鱼的节奏不像是在敲木鱼，倒像是在敲某个坏掉的水管子。

我想，那可能就是我喜欢到贾和尚那里去的原因，他不会像其他人那样问我："你为啥子哭？"或者劝我："你不要哭了嘛。"他什么也没说，就像根本没看见我一样。

因为这样，我觉得贾和尚是我们平乐镇最聪明的人。

我就对我爷爷说了，我说："爷爷，我觉得东门上那个贾和尚好聪明哦。"

我爷爷说："当然了！他是以前城头的大学生的嘛！他就不是我们镇上的人！"

"啊？"我大吃一惊，我说，"那他为啥跑到这来当和尚呢？"

"他是修路的时候来的嘛。"我爷爷说。

"那他为啥当了和尚呢？"我依然很吃惊。

我爷爷想了想，说："他哪是和尚嘛？他是假的和尚的嘛！"

我就知道我在我爷爷这问不出来什么了，我就跑去问贾和尚。

有一天我就问了，贾和尚正在看一本书，我说："贾和尚，你为啥要当和尚呢？"——谁知道贾和尚自己说："哪个给你说的我是和尚？我不是和尚。"——他还给我晃了晃他手上的书，书名是《在家居士如何修行》。

我没想到他居然这样回答我，我就说："那你以前是在城头读大学的啊？"

"啊。"这次他倒没否认。

我说："你来我们这修路？"

"嗯。"贾和尚眯起眼睛想了好久，喃喃说："我来你们崇宁县是民国好多年的事情呢？"

"我们这现在是永丰县了，早就从崇宁县划出来了。"我提醒他。

"我晓得嘛，修了路以后划的嘛。"贾和尚说，他还是眯着眼睛，说，"修路修了一年多啊。"

在我爷爷还是个少年的时候，我们平乐是不通公路的，它背靠着山，面对着平原，清溪河浇灌着它肥沃的土地，那个时候，我们祖祖辈辈都是农民，我爷爷他们走泥巴道到崇宁县城去，要整整一天一夜的路程，当时没有人觉得这有什么不好。

在平乐大道口的纪念碑上，现在还刻着当初修路的好几个发起人的名字，捐钱的几个乡绅，下面密密麻麻是几乎全镇人的名字，还有从城里来的大学生——那个时候的平乐镇只要可以走路的，都去修路了，所以你在现在的平乐遇见任何一个老人，他都会告诉你："那个时候我是修路了的！"——其实很可能他只是跑去搬了几块石头。

路修好以后，我们平乐镇成了永丰县的县城，过了几年，县政府选了好几个读书的一起修了一本厚厚的崭新的《永丰县志》，修志的人中就有我爷爷，因此，在我家就可以找到这本县志。

县志里开篇就有当年平乐修路的事情，路修好以后，我们平乐的经济就飞速发展了起来。我在县志里面，果然找到了贾和尚的名字，条目是："援修平乐公路的大学生：……贾林飞……"

下次再见到贾和尚的时候，我跳进门去，叫他："贾林飞！"

贾和尚终于被我吓了一跳，他一下从木鱼旁边站起来，看着我，光线从我身后透过去，照射在他的脸上，一时间，他露出的表情是那样温柔，那样悲伤，他说："哎！哎！哎！"

他连着答应了好几声，我忽然发现，他并不是在答应我。

他走过来，像个老人那样，他说："哎！哎！哎！"

然后他终于发现了那是我，他就说："你这娃娃，逗我耍嘛！"

我发现他其实很老了，比我爷爷还要老，他的眼角都是眼屎，他擦了擦。

过了几天，我跟我同学说："贾和尚为啥子要留在平乐镇当和尚？这里头肯定有事情。"

我同学说："你真的管好多闲事哦！"

说曹操，曹操到，我们放学回家，就在路上看见了贾和尚，他拿着一包香，递给路上的人，一边递，一边说："去烧香嘛，烧了香做了的恶事就不算了。"

我们镇上的人对他这样的神经质已经忍无可忍，骂他："你才做过恶事了！"

贾和尚说："烧嘛，烧给菩萨。"

我同学就走过去接过他的香，说："好，烧嘛，烧嘛。"

贾和尚满怀感激地给了我们两炷香，就去给下一个人发了。

我就笑我同学："你管的闲事还不是多！"

他一脸正经地说："给菩萨烧香不是闲事！"

我说："不管，下次你要跟我一起去问贾和尚为啥要当和尚。"

"问嘛，问嘛。"他终于投降了。

谁知道贾和尚一去不还，他在一个建筑工地给人家发香的时候被一块掉下来的砖砸个正着，老人家就这样去了。

那时候是五月，因为我们家门口的蔷薇花都开了，我记得一连好多天我走路的时候都会格外注意地去抬头看天上，但什么也没有，能看见的只有一个明晃晃的太阳。

第 *14* 章

十二点不到，袁清江就在位子上一遍遍地看表了，一连好几天了，她都是这样心不在焉，廖云珊问她："你这几天怎么了？"

袁清江又看了一次表，看到分针马上要走到了十二，她就开始紧张起来，紧张得都没空回答廖云珊的话。

廖云珊又问了她一次："你怎么了？"

"啊。"袁清江像是被吓了一跳，这才回过神来，她说："啊？我今天有事，我先走了。"

"怎么回事？"廖云珊皱起眉毛，袁清江已经好几天放学不跟她一起走了，"你是不是跟江乐恒耍朋友了？"

"哎呀！"袁清江苦着脸，开始收拾书包，一边收，一边说："不是，不是，我走了啊我走了。"

她话刚刚说完，下课铃就响起来了，老师在讲台上还没有宣布下课，袁清江就拿起书包跑了出去，满教室的同学哗然地看着他们班最好的好学生，班长袁清江就这样跑了，老师愣在讲台上愣了两三秒，才说："袁清江有急事啊？"

袁清江小跑着下楼梯，她听到她书包里面的东西都在叮叮哐哐地响，她跑下楼，又往校门外跑过去，她跑得快喘不过气了，心里面只想着："快点！快点！"——一边跑，一边警觉地向校门口看去——她就猛地停住了，跳到旁边的书报亭去躲了起来。

今天岑仲伯很早就来了，看来是铁了心要逮到袁清江，昨天，她差点就被他逮到了：她在国学巷跑着，看见一个三轮就跳上去，这才躲开了岑仲伯，他跟在她后面，也不叫她，红着眼睛跑了半条巷子，他的表情就像她是他的杀父仇人。

——他今天没放学就守在门口了。他站在校门口的那棵树下面，他还是穿着一件黑衣服，衬得表情更可怕了，他像个铁塔，不停地抽着烟。

袁清江站在书报亭后面探出眼睛来看了看，绝望地发现他真的就在那里。

她完全没办法了，平乐一中甚至都没个后门。她站在那里，看见大队的学生已经悠闲地收好了书包，从教学楼里面涌出来了，她看见老师们也走出来了，住校班的学生敲着饭盒去吃饭了——她站在那里，不知道怎么办才好。

忽然，她看见了江乐恒。

她就灵机一动，大叫起来："江乐恒！江乐恒！"

江乐恒立刻就看见了袁清江，她今天穿着一件白色的防寒服，梳着两个麻花辫，一双眼睛不安地转动着，像一头小鹿。他跑过去，问她："你怎么下课跑得那么快？"

"哎呀！"袁清江伸出手来抓着他的袖子，他看见她雪白的手上血管是那么分明，"我给你说江乐恒，你一定要帮我一个忙！"

"什么忙？你说！"江乐恒立刻说。

"那个，你看到岑仲伯在校门口没有？"袁清江指了指外面。

"岑仲伯？"江乐恒刚刚探出身子去看，就被袁清江拉了回来，"好像看见了。"他说。

"好，"袁清江吞了一口口水，"你现在出去，装作偶然看见他的样子，跟他说我今天生病了，没来上学。"

"为什么呀？"江乐恒说，"岑仲伯也算是你姐夫嘛。又不会把你吃了。"

"哎呀！"袁清江觉得自己要尖叫了，"什么姐夫啊！快去快去！跟他说我今天生病没来上学！"她就把江乐恒推出去了。

江乐恒一步一回头地走着，气得袁清江想打他一巴掌，还好，快到校门口时，他终于找到了状态。袁清江看见他走出去，然后跟岑仲伯打了个招呼，岑仲伯马上就走过去跟他说话了，他比江乐恒高整整两个头。

他们两个人说了什么，岑仲伯终于跟江乐恒一起走了。

袁清江站在那里，觉得脖子都快掉了，她看见他们终于走了。

她松了一口气，蹑手蹑脚地走出校门，一辆三轮车开过来，里面的老师下来了，袁清江连忙冲过去，跳上三轮，跟三轮说："北二仓库！"

——直到此刻，她才觉得自己终于安全了。

中午吃饭的时候，袁清江跟袁华说："今天下午我不去上学了！"

"为什么啊？你们不是都要考试了？"袁华皱着眉毛，他一连几天都没睡好了，一张脸黄得像烟丝。

"岑仲伯每天在我们校门口堵我，我不敢去了！"袁清江说。

"有啥子嘛！他不可能一直堵嘛！"袁华不以为然。

"他都来了一个多星期了！"袁清江大口地吃着饭，补充被消耗的体力。

"这个人才怪，两个多月了都一直都没来过，怎么又忽然来劲了！"袁华抱怨着。

"鬼知道！反正我今天下午不去了，反正也没什么要紧的课！"袁清江宣布。

"怎么能不上课呢！他把你堵到又怎么了嘛，他还敢打你啊！"袁华骂开了，如果不是岑仲伯，事情也不会变成这个样子。

"他问我姐姐的事情，我怎么说嘛！"袁清江说。

一句话袁华就沉默了，他坐在那里，整个人都茫茫然的，他最后说："好嘛，你就不去了嘛。快点吃了去给你姐姐送饭。"

"好。"袁清江知道现在父亲根本不敢面对袁青山。

她吃了饭，就去给姐姐送饭了，她提着保温饭盒，一路上东张西望地，生怕被人看见了,好不容易走到了仓库门口,袁清江不由想:"我为什么一天到晚都在躲人啊!"——她敲了敲仓库的大门。

里面没有声音。

她又敲了敲门,说:"姐姐,我给你送午饭来了。"

里面还是没有声音。

袁清江有些担心了,她不知道姐姐会不会做出什么不好的事情来,她连忙拿出钥匙来,抖着手把门打开了。

袁青山坐在那里,一动不动地发呆。

"姐姐?"袁清江不忍心看她的样子。

"嗯。"袁青山终于发出了一个音节,她转头过来,问她:"张沛回来了没有?"

"还没有,他们还没放假。"袁清江说——袁青山这几天老是问张沛回来了没有。

她把饭给她递过去,说:"今天爸爸做了你喜欢吃的菜。"

"哦。"袁青山没有什么特别的表情,她接过饭来,一口一口地吃着。

——最开始一个星期,谁也没觉得有什么不对,袁华怕开了门女儿就要出来,给她放了很多吃的,他们隔着门来看了袁青山几次,跟她说:"青山,这几天岑仲伯都没来找你了,你再等两天,你就出来啊,你不要担心,我去给你们老板请过假了。"

袁青山在里面说:"知道了。"——她的声音听起来没有任何不对劲。

过了一个多星期,岑仲伯也没有来找过他们,他们就决定把袁青山放出来了。那天,是父女两个一起去的,他们走在路上,袁华说:"岑仲伯这个娃娃简直不像话!袁青山这么久看不到了都不问一下!"

袁清江没说话,她忍不住在心里面翻了个白眼。

他们走到仓库门口,袁华敲了敲门,说:"袁青山,我给你开门了,你出来了啊?人家兰师傅也要回来了。"

谁知道,袁青山在里面说:"别开门!"

袁华以为听错了,他说:"我开门了啊。"

"别开门！"袁青山又说了一次，很大声。

父女两个对看了一眼，袁清江心里面涌起了不安的感觉，她说："爸爸，快开门！"

两个人手忙脚乱地把门打开了，就看见袁青山已经站在他们面前了，两个人都被她的样子吓了一跳。

袁华迟疑地说："袁青山？"

"嗯。"袁青山点点头，她的脸上看不出什么表情来。

"姐姐。"袁清江也叫了一声，她说不出话来了。

"你怎么会这样了？"袁华问她。

"不知道。"袁青山说，她重新坐了回去。

三个人谁都没有说话，冬天越来越深了，天空的那种灰色甚至已经浸入了墙壁。

袁华终于哭了起来，他新仇旧恨涌上心口，眼泪就流出来了，他一只手拿着眼镜，一只手擦着眼睛，一边哭，一边说："袁青山，是爸爸对不起你。"

"没事。"袁青山说，"反正都差不多。"——她的眼睛也红了。

袁清江就这样被他们两个感染了，也哭了，她最后变成了那个哭得最厉害的人，她哭得头疼得都快裂开了。

袁青山看见她哭成那样，就说："清江，别哭了，其实都差不多。"

"哪，哪能，一，一样。"袁清江抽着气说。

"没事，没事。"袁青山反而安慰着他们。

三个人坐了好久，袁华说："跟我们回去了嘛。回去再说。"

"不，"袁青山说，"我不回去了。就在这儿。"

"这怎么行？人家兰师傅回来怎么办？"袁华说。

"我不回去。我就在这儿。"袁青山难得任性了一次。

——于是袁华终于同意了，兰师傅那边他找了个借口重新给他布置了一间仓库，反正北二仓库里现在空的仓库多的是——从那天以后，袁华一下老了很多，每天中午晚上都让袁清江去给袁青山送饭，姐妹两个每次见了,说几句闲话,姐姐不问妹妹父亲去哪里了,妹妹也不问姐姐什么时候回去。

从上个星期开始,袁青山忽然开始问:"张沛回来了吗?"——一直问到了今天。

"今天岑仲伯来学校找我了。"袁清江挣扎了很久,觉得还是应该告诉姐姐一声。

"哦。他说什么了?"袁青山头也不抬地吃了一块萝卜。

"我没敢跟他说话,我就跑了。"袁清江内疚地说。

"没事,你下次见到他,就跟他说我生病了。"袁青山说。

袁清江就发现原来姐姐喜欢用的借口和自己的也差不多。

袁清江拿着饭盒走回去了,里面的饭菜都还剩下一半,她晃着那个饭盒,快要过年了,家属院门口又把那条万用的"欢度佳节"的条幅拿出来扯上了。

她刚刚走上四楼,就听到自己家有人在说话,她紧张了起来,连忙跑过去,看见居然是黄元军。

黄元军也看见她了,他脸上露出了嘲讽的表情,说:"袁清江,你不是生病了吗?怎么到处乱跑?"

袁清江连忙把饭盒放在走廊上面的池子里面了,她走进,依然背着手,说:"我好点了。"

黄元军没想到她依然咬死说自己在生病,他笑了笑,继续转过去问袁华:"到底袁青山去哪里了?"

袁华已经被他问得说不出别的话来,他就说:"我女儿去哪里,为什么要告诉你啊!"

"袁叔叔,"黄元军无奈地坐下来,一副要长谈的样子,他说,"袁叔叔,岑仲伯已经找了袁青山一个多星期了,他快急疯了,你也不想他干出什么事来吧?"

"唉!"袁华说,"袁青山真的去崇宁县亲戚家了,她走了两个多月了，岑仲伯早不找她，怎么现在才来找？"

黄元军有些毛了，他说："袁叔叔，你说这个话就不讲道理了，你不知道袁青山在火锅店把他们一个同事烫伤啦？"

袁华这才想起好像那天袁青山是说过有这么一回事，他压下自己内疚的心情，继续绷着脸说："那又怎么样？"

"那又怎么样？"袁清江怀疑如果不是自己还在这里，黄元军就站起来拍桌子了，"那个女娃娃一个手臂都烫烂了，你们都没人去看一眼，袁青山也不去上班，你知不知道那边每天找到岑仲伯闹？"

"那岑仲伯喊他们过来嘛，我赔钱给他们。"袁华说。

"袁叔叔，你知道是哪个在闹不？那个女娃娃是外地来打工的，没有啥子亲戚，是他们铺子里头一个在追他的厨子在找岑仲伯闹，这个人以前是我们镇上的二流子，叫余飞，这种二流子，岑仲伯敢喊到你们家里来？"黄元军自顾自点了一支烟。

袁清江听到了"余飞"这两个字，她不由打了个寒战，就像一条毒蛇爬上了她的脊梁。

"那，那个女娃娃好没有嘛？"袁华缩了缩脖子，问。

"现在好是好了，问题是你知道岑仲伯家头出了啥子事情？"黄元军越说越气。

袁清江很少看见黄元军气成那个样子，印象中黄元军就和他的小平头一样稳重。

现在黄元军还是理着那个小平头，但是头发全都直起来了，他说："连我们这些旁边的人看到袁青山烫到人就爬起来跑了，我们都觉得有点气，更不要说余飞那么横的人了，他找不到袁青山，每天就找岑仲伯发气，还跑到岑仲伯家头把他奶奶打了！"

他这话一说，袁华和袁清江都愣住了，袁华嚷起来："他怎么能打老年人呢！"他觉得好像声音越大，他就越安全。

"也不是打人，就是去找岑仲伯，碰到他奶奶了，不晓得怎么搞的就把他奶奶推倒在地上了。"黄元军又抽了一口烟，眼睛死死地看着袁华。

"那他奶奶没怎么样吧？"袁华连忙问。

"没怎么样？"黄元军瞪着袁华，眼睛一动也没有动，"你说呢？老太婆都要八十岁了，躺在地下还起来得了吗？"

袁清江的心鼓一样擂起来，她记得岑仲伯的奶奶好像就是国学巷里面卖早饭的钟太婆，她还记得以前去她那里买豆浆的时候，虽然她觉得豆浆是那样的寡淡无味，但此刻她的嘴巴依然涩了。

"那怎么了？"袁华呆呆地问，他感到事情莫名其妙地发展得不可收拾了。

"岑仲伯上上个星期才把丧事办完，就开始满世界找袁青山！"黄元军的眼睛也红了，不知道是因为难过还是因为愤怒，"袁青山也是，这么大的事情都不出来！"

"她真的去亲戚家了。"袁华已经没有办法更改现有的说法，包括之前的决定，他知道一切都回不来了，他只能再说了一次："她真的去亲戚家了。"

"那她什么时候回来？"黄元军咄咄逼人地问。

"不，不知道。"袁华呆呆地说。

"不知道？"黄元军逼过去，袁清江觉得他要动手打人了，她扑上去护住爸爸。

"我们真的不知道！"袁清江大喊，她觉得自己再不发出声音就快死了，"我们真的不知道，你叫岑仲伯自己去找嘛，我们也不知道姐姐到哪里去了，你就是今天砍死我们，我们也不知道！"

黄元军被袁清江吓了一跳，他没有想到她瘦小的身体里能迸发出那样的声量，他看着她，她也看着他，从他的眼睛里面袁清江知道自己赢了。

"好吧，"黄元军站起来，他说，"我走了，袁青山回来的话，你告诉我一声。"

"好。"袁清江坐在父亲身边，握着父亲的手，没有站起来送人，她感到袁华的手剧烈地抖动着。

她从来没有这样一种强烈的感觉，那就是他们的这个家就要垮了，马上就要垮了。

黄元军走了出去,使劲把门摔上了,袁清江很想出去骂他一顿,骂他凭什么这么摔门,她想用她知道的所有的脏话把他骂一顿。

但是她没有,她紧紧握着父亲的手,握了很久很久,直到觉得那双手终于暖起来了,她说:"我出去一下。"

北二仓库家属院大门口有一个IC电话,袁清江在那里给张沛打电话。张沛读了大学以后,她在那里给他打过无数次电话。她已经背会了他们寝室的电话号码,她在电话里面跟他说她最近的学习情况,说班上有她讨厌的喜欢她的男生,说她主持的节目又获奖了,说镇外面的油菜花都开了,说她很想念他,说爸爸和姐姐都好……她又拨了那个电话,和以前那些时候不一样,她从没有如此坚定地知道自己一定要给他打这个电话,她从没有如此确定地明白自己需要他,此时此刻,她需要张沛回来。

她像破冰一样按下那几个号码,电话通了,响了三声,一个男生接起来,说:"喂,请问找哪位?"

"请问张沛在吗?"袁清江的普通话是标准而圆润的。

"张沛?"那边停了停,说,"张沛今天中午走了,他回家了。"

"回家了?"袁清江愣了愣。

"啊,回他们家了。中午坐车走的。"那边说。

袁清江这才想起张沛他们也应该放寒假了,她就跑到车站去等张沛了。

这是一个星期四的下午,平乐镇的街上还是有很多人来来往往,袁清江出了北二仓库,往车站走去,她看见路上似曾相识的人们,想着说:"他们今天下午出来是为什么呢?不用上班?也不用上学?"

她感到在工作日的时候出现在马路上的人都是一个个的谜语。

她到了车站,问了时刻表,张沛应该坐的就是下午一点半的那班车,顺利的话,四点半就会到了。

永丰客运中心——也就是平乐镇的汽车站总是人来人往,又脏又乱,呈现出一幅世界末日的景象。正是春运快要开始的时候，有一种紧张的气氛像乌云一样压在每一个还没有回家的人头顶上，袁清江好不容易找到一个位子，她小心翼翼地坐下来，不让自己白色的防寒服碰到靠背。

坐在那里的时候，袁清江一度以为自己的大脑已经是一片空白了，但实际上她想到了很多很多事，在平乐一个肮脏的小镇，在那些肮脏的小镇中最为肮脏的汽车站，袁清江雪白的衣服让她自己像一朵荷花，来来回回的人都忍不住看这个姑娘一眼。她还那么小，但是那么美丽，坐在这里，就像贴了一张剪纸画。袁清江不是没有感到他们的注视，但她把他们都略过了。她想到自己还小的时候，每次一定要等姐姐回来才吃饭，每一次，她叫姐姐"姐姐"，她叫爸爸"爸爸"的时候，她就又在心里面想起来一次，她还有一对亲生父母，他们在哪里呢，他们会来接她离开这里吧——她有这么多事情可想，但她只是开了个头，就把他们都略过了，她坐在那里，挖空心思，肝肠寸断地想念着张沛，想着每一个点点滴滴的张沛。

她想到小学一年级的时候，班上脏兮兮的男同学都喜欢欺负她，他们一群人，像蚂蟥一样，一下课就趴在她桌子旁边，伸出手来摸摸她的脸，扯扯她的头发，而她根本不敢告诉老师——就是张沛后来带着余飞和岑仲伯来跟他们放下了狠话，说："这个是我们的妹妹，哪个惹她，就是惹我们！"

还有小学二年级的时候，她跟着他们去大坟包玩，有一个戴着眼镜的男生让她当他的马子，张沛为了她跟他们打了一架。

还有他们上了初中以后，每一次自己都是多么雀跃地去看姐姐排球比赛，因为那样，她就可以看见张沛了，不知道从什么时候起，张沛就叫她"清江"了，他叫姐姐是叫"袁青山"，但是叫她"清江"。

他到他们家来吃饭的时候，他跟她讲作业的时候，他给她看漫画书的时候，他凑过来拍她脑袋的时候，他笑的时候，他生气的时候，甚至他所有难过的时候，她一点点一点点想着张沛，想得心都空了，那些细碎的东西一想就生痛，一痛就落下来，袁清江的心就给镂出了一个繁复的花，光线透过这些花纹，照耀到了她贫瘠、忧伤的心灵里面。

她坐在那里，天气是那么冷，冷得她的脚也麻了，手也木了，她全身上下都没有别的感觉了,只觉得自己的心脏还在跳动着,一下,又一下,每跳一下,就落下一片碎屑。

忽然之间,她听见有人在叫她:"清江!"——那声音穿透了她冻结的身体。

她抬起头来,就看见张沛了。上了大学以后,他变得跟以前不一样了,他好像长高了,也瘦了一些,他的脸孔还是那样俊朗,但神情里面有了更加成熟的东西。此刻,他穿着一件运动款的抓绒厚外套,提着一个行李袋,看着袁清江,一脸惊讶。

"张沛。"袁清江张开嘴,叫出这两个字来,她一直是叫他沛沛哥哥的,只有在自己一个人的时候,她才会偷偷地张开嘴来,幻想自己有一天能够叫他的名字,简简单单的两个字——张开嘴唇,呼出一个音节——张,沛。

"张沛。"她说,在她自己都没有发现之前,她的眼泪就流了下来。

她跟张沛先回了一次张家,他提着东西要先放下来,而且她也要在一路上把这些事情都告诉他。

"这么说,上次你过生日那天,袁叔叔其实是把袁青山给关在仓库了?"张沛瞪着眼睛问她。

"嗯。"袁清江低着头,答了一声。

"太荒唐了!袁叔叔怎么会这样呢!袁青山就算真的和岑仲伯谈恋爱,也是一件好事啊!他干吗这样啊!太荒唐了!"张沛愤愤地说。

"我也觉得啊,但是我当时没办法劝爸爸。"袁清江柔柔地说,她眼睛里面的泪水还像没有退去一样。

"然后你说黄元军今天来找你们闹是怎么回事?袁青山把她同事的手烫了跟岑仲伯他奶奶去世有什么关系啊?"张沛又问,"还有,岑仲伯的奶奶真的去世啦?"

"嗯。"袁清江说,"黄元军是这么说的,我担心他还要来吧,岑仲伯这几天都到学校去堵我,我今天都没敢去上学。"

"哎呀！"张沛说，"这黄元军也是的，余飞和岑仲伯有过节又不是一天两天的事了！至于岑仲伯你怕他干吗，他看起来是凶了一点，但他又不会吃了你，他真的堵着你，你就带他去见你姐姐嘛！让他们两个自己说清楚，你就别夹在中间了，反正你爸现在也没办法了，他总不可能一直关着袁青山吧——太荒唐了，他怎么想得到把袁青山关起来呢？电视剧看多了吧？"

　　张沛说到的话和今天江乐恒跟他说的差不多，父亲也说了这样的话，但是，"我不能带他去见姐姐。"袁清江说。

　　"为什么啊？"张沛莫名其妙了。

　　"姐姐不让。"袁清江想到袁青山的样子，又是一阵难过，她实在没办法带岑仲伯去见她。

　　"这袁青山也是有病，岑仲伯不是因为奶奶去世了才一个多月没来得及找她吗？她自己也被关在仓库里面不出来，她这是跟岑仲伯耍什么小脾气啊？"张沛笑着说，觉得事情其实简单极了。

　　"不是这样，"袁清江说，她不知道怎么跟张沛讲那件事，"不是这样。"

　　"那怎么了？"张沛笑着看她，把脸凑了过来，"为了这么点事，你就哭成那样，吓死我了！"

　　袁清江退了一步，她感到张沛身上那股陌生而又熟悉的气息。

　　"你跟我到我们家去一次吧，姐姐也说要见你。"袁清江说。

　　"去吧去吧，"张沛从桌子上拿了一个苹果来，狠狠咬了一口，然后也递了一个给袁清江，"我反正也要去说说袁青山，也说说袁叔叔，他们两个这样也太扯了吧！"

　　袁清江接过那个苹果，放在手里面，她紧紧握着那个苹果，好像这样事情就会变得明朗一些了。

　　他们两个正要出门，张俊回来了，他风风火火地进来，看见张沛在，说："沛沛怎么回来了？晚上我出去有个饭局，回来再说！"

　　"我也要走。"张沛一边说，一边穿鞋，袁清江见缝插针地叫了声"张叔叔"。

"啊，"张俊冲袁清江点了个头，说，"你去袁青山他们家啊？"

"嗯。"张沛说。

"不要一天到头往人家那跑，"张俊说，"过年了给袁叔叔带点东西去。"

"知道了，知道了。"张沛神情未变，和袁清江一起出了门。

两个人走在街上，张沛说："清江，你知道吗，我一直很羡慕你们家，你们三个是多好啊。"

袁清江不说话了，她和张沛走着，张沛说："过段时间我爸的旧手机不用了，就给我用，到时候你也好找我一些，免得傻乎乎地在那等我。"

"我可以随时找你吗？"袁清江问他。

"当然。"张沛笑了起来，又揉了揉她的头发。

袁清江万万没有想到，她在北二仓库门口见到了岑仲伯。他站在那里，依然在抽烟，穿着一件黑衣服，身边还有一个女人。

他们走过去，岑仲伯脸色很不好，他看见张沛也在，就点了点头。

张沛说："我今天才回来，都听袁清江说了，你还好吧？"

岑仲伯胡乱点了个头，劈头盖脸地问袁清江："你姐姐去哪了？"

"去，去亲戚家了。"袁清江说，张沛看了她一眼。

"你不要跟我鬼扯，你骗黄元军还可以，你不要想这样骗我！"岑仲伯恶狠狠地说，"袁青山是不是觉得把张英琪烫到了不敢出来了？我把张英琪都带来了，她已经好了，也没生袁青山的气了。"

他旁边的女人——张英琪就拼命点着头，跟袁清江说："小妹妹，我真的没事了，跟你姐姐说，不要这样躲我们嘛，岑哥好造孽哦！"

"哎呀，"张沛看不下去了，他冲口而出，"你们不要猜来猜去演琼瑶剧了，看得我头疼！袁青山没去亲戚家，也没躲到哪去，她就是被他爸给关到仓库里面去了！"——袁清江绝望地看着他说出了"仓库"，她觉得她拉着的那根绳子呼啦啦就飞了。

"什么？为什么把袁青山关到仓库里面？"岑仲伯莫名其妙地问。

"嘿！还不是因为觉得你跟她耍朋友！就在她把小张烫到那天就关起了！"张沛冲张英琪努了努嘴，后者难以置信地听着他的话。

"这太扯了嘛！他凭什么关人？这都两个月了！"岑仲伯一下子爆了。

"哎呀哎呀，"张沛连忙拉住岑仲伯，"你不要生气嘛，我也不知道袁叔叔是发啥子疯，人老了有时候是有点神经。"

岑仲伯站在那里，不说话，他倒是很清楚地知道袁华发的是什么疯。

他站在那里，深深地吸了一口气，对袁清江说："那你现在带我去见你姐。"

"不，不行。"袁清江终于还是说。

"为什么？"岑仲伯刚刚平息下去的怒火又蹿起来了，张沛连忙又拉住他，袁清江觉得他真的会打自己。

"清江，带我们去嘛，你不是本来就要带我去？大家都这么熟了，难道还一辈子不见面？"张沛扭过头对袁清江说。

袁清江站在那里，看着岑仲伯跟张沛扭在一起的样子，她忽然觉得很难过，她的眼泪又要出来了。

"好嘛，"她说，"我带你们去，不过你们要冷静点。"

"冷静，我够冷静了。"岑仲伯狠狠地说。

袁清江就带他们去了，她一步又一步走到仓库那去了，远远地，她看见袁青山的那间仓库里面已经点起了灯。

她站在那门口，还没来得及说什么，岑仲伯就说："袁青山，给老子滚出来！"

——他的语气像是要来打架的，其他人都被他吓了一跳。

过了一会儿，他们听见袁青山说："你怎么来了？"

"姐姐，"袁清江说，"我们都在，张沛也来了，他们都要见你，怎么办？"

里面好久都没有人说话，袁清江屏着呼吸，觉得胃非常痛，她忍不住去拉张沛的手,张沛就反过手来把她的手握住了,他的手是那么大,那么温暖。

"那你们进来嘛。"袁青山终于说。

袁清江就放开了张沛,拿出钥匙来开门,她的动作是那么慢,她觉得冷得全身都动不了了,就在这时候,不知道是谁在远处放了一串鞭炮。

随着噼里啪啦的爆竹声,袁清江终于把门打开了,他们是四个人,张沛,她自己,岑仲伯,张英琪。

门里面只有袁青山,她坐在那里,看着他们。她瘦了,眼睛看起来显得那么大,她呆呆地坐在那里。

岑仲伯看见她那个样子,什么火也发不出来了,他还没有注意到发生了什么事,他走过去,说:"袁青山……"

袁青山就站起来了。

她站了起来,不动了,好像这个动作耗费了她全部的力气。

第一个说出话来的是张英琪,她说:"袁姐,你怎么长这么高了?"

袁青山长高了,她一直都很高,但现在的她比以往任何时候都高,她对面站的是一米八九的岑仲伯,她居然比岑仲伯活生生高了大半个头,她的肩膀是那样宽,她穿着一件黄色的防寒服,手腕露在外面。

袁清江看着姐姐,看着岑仲伯,如果可以,她真不希望看见他们的样子。

岑仲伯终于找到声音了,他说:"你怎么了?"

"就是每天晚上抽筋嘛痛嘛,你难道不是这样长高的?"袁青山居然笑着说。

"这才两个月啊……"张沛喃喃地说,"袁青山,你吃啥子了?"

"吃激素了。"袁青山跟他开玩笑。

岑仲伯站在她面前,发现自己不得不抬起头来看她,他说:"你就是为了这个不见我?"

袁青山没有说话。

岑仲伯说:"有啥子屁大点的事情,你居然为了这个不见我!"

袁青山还是没说话,她的眼泪终于流出来了。

岑仲伯说:"你知不知道,我奶奶死了!"

袁青山愣在那里了,她说:"你说什么?"

"我奶奶死了!"岑仲伯一个字一个字地说。

"怎么会?"袁青山说。

"死都死了。"岑仲伯闭上眼睛,谁也不看。

他转身就走出去了,张英琪跟在他后面走了,一边走,一边回头怯怯地看袁青山。

张沛他们还在,袁青山问袁清江:"他奶奶是怎么会死了?"

袁清江不知道怎么把这个可怕的事实告诉她,正在这个时候张沛说:"不小心摔了一跤。"

"怎么会?"袁青山完全冻在了那里,只有她脸上的泪水还在流着。

"人老了嘛。"张沛轻描淡写地说。

他们静到连呼吸都忘了,直到张沛终于缓过来一些了,他想起自己来的目的,他说:"袁青山,你这样子住在这算啥子?你爸爸他们好担心你哦。"

"我不出去了,"袁青山慢慢地说,"我觉得住在这多好的。我长这么高了,回去也不好住。"

袁清江明白这倒是真的,早在袁青山高中的时候,她就要在床尾上搭个椅子睡觉了。

"那你这样不是办法嘛?"张沛说。

"先住着然后再说吧,过了年再说。"袁青山说。

"好吧。"张沛并没有从震惊中出来,他甚至不怎么敢看袁青山,他终于说。

他们站了一会儿,袁青山忽然柔声说:"张沛,你还是回来了。"

"嗯。要过年了嘛。"张沛说。

"你知道吗,我本来想,我见了你,我就可以离开这儿了。"袁青山说。

"去哪里?"张沛问她——其实三个人都隐隐知道她说的是什么。

"姐姐……"袁清江叫了她一声。

"没事,"袁青山说,"我现在好了,看见你们反而好了,我没想到钟婆婆就那样走了。"

"嗯。"袁清江应了一句,她跟岑仲伯的奶奶并不熟。

他们三个继续坐着,谁都没说话,还是袁青山忽然说:"你们回去了吧,爸爸一个人在屋头,他自己又不吃饭了。"

袁清江才发现天色已经晚了,遥远的菜香已经飘来了。

"那,我们回去吃饭,然后我给你端过来。"袁清江说。

"好。"袁青山说,"这几天我在学下棋。"她指了指桌子上面那套象棋。

袁清江就和张沛走了,她关上门,想了想,终于没有把锁锁上。

她和张沛回家去了,筒子楼上,每盏灯都亮起来,天已经黑了,所有的人都要回家了。

张沛忽然说:"袁青山小时候经常早上坐在门口,陪当时的门卫婆婆听广播。"

袁清江笑了笑,她说:"她还喜欢听广播啊?"

就在那时候,张沛伸过手来,把她的手握住了,他的手还是那样大,有些凉了。

他们手拉着手走回了家。

叶瞎子

叶瞎子下了一手臭棋，但这丝毫不损害他对下棋的兴趣。特别是在他退休以后，每天竹林茶社一开门他就来了，捏了个茶盅，里面放着自己的茶叶，他高高兴兴地给老板娘一角钱的开水钱，就坐在那里开始等自己的棋友们出现了。

竹林茶社有一副免费的象棋，棋子们都被磨得油光水滑了——每次，叶瞎子都把那副棋霸占住，上下错着棋子，看着每一个走进来的街坊邻居，问："下棋嘛？下棋嘛？"

来的人看见是叶瞎子就怕了，坐在一边推说："等我喝口水。"——等到他们磨磨蹭蹭喝了几口茶了，发现还是没有别的人来，手又痒了，就走过去跟叶瞎子说："来下嘛。"

叶瞎子就兴高采烈地开始摆棋，他的对手一边摆，一边说："输了要换人啊！"

"好好好。"叶瞎子连连点头，就好像他根本不知道自己一定会输一样。

叶瞎子的棋下得很慢，下到一半的时候，陆陆续续的棋友们都来了，他们就心急火燎地站在叶瞎子背后看他下棋，常常是急得半死，一群人都在那吼："马！马！马！"——叶瞎子就是看不到，自己下自己的，他思考了半天，最终又下了一步臭棋，还转过来跟身后的人慢悠悠地说："观棋不语真君子嘛。"

——叶瞎子这个诨号因此得名，大家都说："就算叶瞎子真的把人家下赢了，他都看不到要去将军！"

大家就"叶瞎子""叶瞎子"地喊他了，他也就听了。以前可不是这样，在我很小的时候，明阳中学还在的时候，在路上遇见了，大家都恭恭敬敬叫他一声："叶校长。"

在平乐一中、平乐二中还没有轰轰烈烈地建好和扩大以前，明阳中学是我们镇唯一的一所完中。明阳中学在南门外面，和现在的平乐一中隔着一条马路遥遥相望。小时候，吃过晚饭，爷爷经常带我去那里玩，他们的操场旁边有几个单杠双杠，还有两棵很大的银杏树，要三四个人才能抱得过来，一棵公的，一棵母的。我总是记得每年秋天到了，爷爷带着我在明阳中学里面捡银杏的样子，有时候，门卫会过来说："不准捡哦！"

我爷爷就说："啥不准捡哦！你们叶校长都是我们朋友！"——门卫就不说什么，叶瞎子在明阳中学的威望，就是如此。

我们捡了满口袋的银杏，天色渐渐暗了，爷爷就带我回去了，还真有几次在校门口碰见散步回来的叶瞎子，我爷爷就说："老叶，吃了啊？"

叶校长就说："晚膳已毕，安步当车啊。"

我们走过了，我问爷爷："他说的啥子啊？"

我爷爷说："你不懂了啊？以后你有文化了，你就懂了！"

叶校长成了叶瞎子以后，也和我爷爷下棋，两个人一边下，一边喝点小酒，喝到高了，我爷爷说："且睡了？"

叶瞎子说："三岁了。"

两个人就大笑起来散了——在我们平乐方言里面，卷舌和平舌是不分的。

而叶瞎子在我们平乐变得老少皆知，还是因为明阳中学终于关了门的事情。大概是在我五六岁的时候，明阳中学就很困难了，当时政府把钱都给了新修的平乐一二中，学生、老师都在跑，叶校长连工资都要发不出去了，这时候有个私人老板来我们平乐玩，看上了他操场里面的那两棵银杏树，于是叶瞎子就咬了咬牙准备把树卖了救急，谁知道树还没卖出去，政府一声令下，明阳中学由平乐一中兼并了，剩下的老师学生赶鸭子一样过了街到平乐一中去了，叶瞎子也在那里的督导室挂上了闲职——就是这么一件事情，被我们镇上有些脑壳烂的人编出了典故，叫做"卖银不成反被兼"。

于是大家在路上看见他了，就要笑，笑完了，就在背后说："那个就是'卖淫不成反被奸'的叶瞎子的嘛！"

说得多了，叶瞎子也听过了这个典故，老爷子羞得满脸通红，找我爷爷诉苦，说："你听一下，这简直太不像话了！现在的人都咋了！"

我爷爷说："哎呀老叶，开玩笑嘛。"

叶瞎子拍着桌子骂："君子哀而不伤，乐而不淫，玩笑不能这么开！"

我爷爷就拍着他说："来下棋，来下棋。"

叶瞎子就下棋了。

他棋下得不好，棋风倒是很威风，每次吃个子，都把桌子敲得震天响。我在旁边看着他们两个发出那么巨大的声响来，是很惊骇的。叶瞎子看见我怕了，就把我搂过去用胡子扎我的脸，说："妹妹不怕，看叶爷爷把你们爷爷打得落花流水！"——当然，每次落花流水的，都是他自己。

——等到我上了小学三年级，搬回去跟我爸爸妈妈住了，就很少看见叶瞎子了，偶尔去看我爷爷他们，我还会问他："最近叶爷爷在干啥子？"

"到处找人下棋嘛。"我爷爷说。

又过了一段时间，我爷爷说："叶瞎子最近在写书！"

我说："写什么书啊？"

"以前我们修路的事情嘛！"我爷爷扬扬得意地说。

我就跟爷爷到竹林茶社去看叶瞎子，那时候是冬天，他穿着一件大毛领的皮大衣，坐在那里打瞌睡，口水流了一领。我叫他："叶爷爷！叶爷爷！"

叶瞎子抬头看我，说："哦，哦！"

我说："你在写书啊？"

叶瞎子一下子很严肃了，他低声说："你听哪个说的？"

"我爷爷嘛。"我说。

"我给你说，"叶瞎子把我拉过去，压低了音量，"这个事情说不得啊。"

"为什么啊？"我很奇怪。

"得罪人，我给你说，娃娃，得罪人！"叶瞎子嘀咕。

"啊？"我还是没跟上他的思路。

"我写的那些事情，修路的事情，得罪人哦！"叶瞎子说。

"那你什么时候拿出来？"

"等我死了，等我死了。"——我没想到，叶瞎子已经在计划如此宏伟的事了。

上个星期，我打电话给我奶奶，说："叶瞎子是不是死了？"

我奶奶问我："你是哪个？"

我说："我。"

我奶奶紧张地问："你是哪个？"

我只有把我的名字说了一次，我奶奶一下没了声音，过了好久，她才重新拿起话筒，说："我刚刚去给菩萨烧香了，谢谢菩萨啊！"

我又问了一次："叶瞎子是不是死了？"

"嗯，上个星期他们田老师才来给了我一个盒盒，说是叶瞎子交代要给你的，我们还都说叶瞎子老糊涂了，唉……菩萨显灵啊！菩萨显灵啊！"我奶奶还是一唠叨起来就没个完。

"我知道了。"我说。

"你回来拿嘛？"我奶奶忽然说，"娃娃，奶奶好想你哦，我每天一个人在屋头，你回来一趟，我看一下你嘛。"

好像有一辈子的话要告诉我，我奶奶在电话里面跟我啰里啰唆地讲最近镇上拆房子了，肉又涨价了，她对门的老婆婆唠叨得她受不了，我就说："好吧，我回来吧。"

我奶奶在电话里面哭了起来。

我就决定回平乐一趟，就算是回去拿叶瞎子留给我的那本书，那本不能在他死之前给别人看的书。

我想看看他写了什么，是不是就像我在说到的袁青山的故事一样，里面的人都不是我们镇上的人了，又全是我们熟悉的人。

我以为我再也不会回平乐镇了，我闭起眼睛，想象平乐镇还是我小时候的那个平乐镇，我们东西南北的街上还是泥巴地，两边的铺面还是板子门，满街的娃娃跑来跑去，偶尔听见有个人骂了脏话，叶瞎子抱着一个箱子来找我奶奶了，他穿着以前的衣服，是以前的样子，说着以前的话。

　　我想到这些，眼泪忽然就流出来了，我发现我想念的平乐，就是那个样子的——这平乐和现在无关，和我要回去的地方无关，他们是属于我爷爷，叶瞎子，还有袁青山的。

　　这个平乐镇永远都在我的心里了，而且，永远都不会过去了。

第 *15* 章

知道黄元军要结婚的事情，袁清江很是吃了一惊。那天的情景她记得很清楚，她放学回来，就看见写字台上面放着一包红灿灿的喜糖——知道她喜欢吃甜的，父亲每次都会把糖放在她桌上——"二诊"过后她变得越来越能吃了，上了一天课，她刚刚饿得紧，就冲上去把糖拆开来吃，她发现这是一包很高级的喜糖，里面有奶糖、酥心糖，还有巧克力。

她吃了一个酥心糖，问父亲："谁要结婚啊？"

"汪局长的女儿。"袁华说。

"汪燕啊？"袁清江就想起她整个人圆鼓鼓的样子，她在路上遇见过她几次，她染了一个很粗俗的黄头发，跟她妈王学红走在一起，就像一对中年妇女。

"谁跟她结婚啊？"袁清江想知道那个不容易的男人是谁。

"黄元军。"袁华说。

袁清江一下就把酥心糖渣子呛了满喉咙，她拼命地咳嗽起来，袁华听见她咳得那么厉害，拿了水出来给她喝，他说："你怎么啦？喉咙不舒服？"

袁清江憋着吃奶的力气跟父亲摇了摇手，她终于把一口气顺下去了，开口说："他们怎么搞上了？"

"说什么啊！'搞'那么难听！"袁华谴责地看着她。

她吐了吐舌头，说："他们怎么要结婚啦？"

"青梅竹马嘛。"袁华轻轻松松地说了四个字，把所有问题都抵回去了。

本来她以为事情就这样结束了，接着父亲说："他们下个星期天在畅春园结婚，你跟我一起去啊。"

"我不去！这都马上要考试了！"虽然张沛最近很忙，可是袁清江觉得他应该会在下个星期天回来一次，他们已经两个星期没见了。

"不行！就去这一次，汪局长的女儿结婚啊！"袁华说。

"那你自己去嘛。"袁清江不理他。

"清江，"袁华站在她身后，说，"别让爸爸一个人去，别人都是一家一家的。"

袁清江一下子心就痛了，她转过去看爸爸，说："好好好，我陪你去，我们两个人才吃得够本嘛！"

袁华就笑了。

——星期天一大早，袁华调好的闹钟就响了，他穿好衣服冲出来，喊着："快点起来了，清江，要早点去，不能挨着饭点再去啊！"

他就发现袁清江居然已经坐在床上了，她呆呆地看着窗外的某个地方，衣服已经穿好了。

袁华吓了一跳，从袁清江上中学以来，她就没有不赖床过。他说："你怎么这么早就起来了？"

袁清江说："睡不着。"——她的眼睛下面有淡淡的黑眼圈，看起来前所未有的憔悴。袁华就走过来摸她的额头，他说："是不是最近学习太累了呀？我给你买点什么口服液怎么样？"

袁清江挥开他的手，说："我们家哪有那个闲钱啊？我没事的。"

袁华已经习惯了女儿这样说话的方式，这一年多以来她变了很多，他心疼地看着她，说："那早上我多给你煮一个荷包蛋吧。"

"嗯。"袁清江心不在焉地回答。

袁华就去煮饭了，他也给袁青山煮了一个荷包蛋。

袁清江匆匆忙忙吃了饭，一直催着袁华快点出门，袁华说："你不是不想去吗？"袁清江心乱如麻，她说："要去就早点去啊。"——她想着昨天给张沛打的那个电话，他说他会赶今天早上的第一班车回来——父亲终于把东西收拾好了，昨天晚上就封好的红包也装进了口袋，他提起饭盒说："我们给姐姐送了早饭再走。"

袁清江这才想起来还有这么一件必须要做的事，她觉得她的喉咙像哽了一根刺，但是她就只有这样把它吞下去了。

父女两个走到仓库那边去了，一大早上，冷冷清清的，袁华说："最近还有人跑来看稀奇吗？"

"好像没什么人了。"袁清江没有告诉父亲昨天她来送饭的时候还赶走了两三个在外面丢石头的二流子。

"总算看够了。"袁华带着无奈叹了口气。

他们拿钥匙开了门，袁青山也已经起来了，她正在看一本书。

他们把早饭给她了。

袁清江说："我们去看黄元军结婚了。"

袁青山笑了说："黄元军结婚有啥好看的？"

袁清江也为自己的说法笑了，她想了想，终于很正经地说："我们去吃黄元军的喜酒了。"

"嗯。"袁青山说，"黄元军也结婚了啊。"——袁清江觉得她很可能想到了岑仲伯，她不知道他们最近还联系着么，她倒是经常看见岑仲伯的朋友傻子刘全全来给她拿些东西——但她从姐姐的神情里面看不出任何东西。

袁华站在仓库门口，像是要守着不让别人过来，他看见大女儿的样子，他说："要不然跟我们一起去吧？"

"不去了，不去了。"袁青山说，"你们自己去。"

三个人都不说话了，袁清江知道姐姐是不会出去的，她就跟父亲说："我们走了吧？"

袁青山说："你们走吧，去晚了不好。"

父女两个出了门，半天也没遇到一个三轮，他们一直走到了七仙桥，袁华天真地问："清江，你说你姐姐什么时候才能出来啊？"

袁清江说："不知道。"——她很清楚,她这样说只是为了安慰父亲,实际上,她觉得姐姐永远都不能出来了。

袁青山也不是没有出来过,那年过了年以后,她就跟袁华说："我还是出去找工作了嘛?"

那个时候,袁青山的事情已经在镇上传得沸沸扬扬了,连江乐恒都跑来问袁清江的:"我听说你姐长成了个巨人?有仓库房顶那么高?"

袁清江看着他,真想甩他一巴掌,他眼睛里面赤裸裸的好奇像剑一样刺伤了她的心。

——但她还是跟姐姐说:"好嘛,我陪你一起去。"

袁青山说:"我又不是小娃娃,还要你陪?"但她并不知道妹妹那么坚持要陪她去的真正原因。

那一天,袁清江就陪姐姐去了,她拉着姐姐的手——姐姐是那么高,让袁清江好像回到了幼儿的时候。两姐妹出了北二仓库,走到了大街上,假装没有发现街上人的指指戳戳和窃窃私语,她一直紧紧拉着姐姐的手。

快走到北门七仙桥的时候,有一个孩子跑过来看袁青山,他站在袁青山脚下,就像个小蚂蚁,他看了一会,忽然"哇"地大哭起来,他妈妈跑过来一脸惊恐地把他抱走了,一边跑,一边拍着说:"哦,哦,小小不怕,小小不怕。"

袁青山看着那个孩子,看着街上每个人的眼神,她的脸色那么苍白,她终于说:"清江,我们回去吧。"

从那以后,袁青山再也没有说过要出去的事,袁清江每天把门都给她锁上了,但还是有一些不知死活的人趴在门缝往里面看,每次袁清江看见了就跑过去,泼妇一样骂:"看锤子哦看!快点爬!"——她骂的时候,终于明白了为什么别人总是要骂脏话。

就在这时候,袁华终于看到了一个三轮,他大叫了一声:"三轮!"

三轮就晃晃悠悠地开过来了,两个人上去了,说:"去畅春园。"

三轮车夫说:"这么早就去吃席啊,哪家人的酒席啊?"

"结婚的。"袁华说。

"啊！"车夫说，"是不是粮食局汪局长的女儿啊？早上我拉了一车过去了，摆得热闹哦！"

"人去了多少了？"袁华说。

"还是很去了一些了。"三轮车夫说。

"蹬快点嘛，师傅。"袁清江说，她觉得很可能张沛他们一家已经去了。

"哎呀，"三轮车夫抬起屁股，慢悠悠地蹬起来，他说，"小妹妹，不着急，人家结婚你着急什么啊。"说完，他自己笑了起来。

可是车里的人都没有笑，车夫笑了一会，说："他们粮食局这几年也是很出了些事啊，'那个'是不是还住在你们那个仓库里面的哦？"

——袁清江和袁华都愣住了，他们知道他在说的是谁，不知道从什么时候起，平乐镇上的人就用"那个"来称呼袁青山了。

袁华干着嗓子说："不知道哇。"

"嘿！"三轮说，"师傅你不是粮食局的吗！这个你都不知道？你们那出了个'那个'，算是撞了几百年的邪了！你看嘛！要出事！我们平乐镇肯定要出点啥事！现在这世道啥怪事都在出，我们年轻的时候哪有这种事情哦！"

袁华和袁清江都不说话了，虽然这一年多以来，这样的经历已经不是第一次。

袁清江奇怪地发现，自己在听到这些话的时候，并不会很难过了，而且今天还有一件更血淋淋的秘密扼住了她的喉咙。

她咳嗽了一声。

三轮车夫察觉到了乘客的冷淡，他蹬着车不说话了。

从北门外到西门外，平乐镇的风景就这样过去了，从冬天到春天，夏天已经就要来了，在袁清江的眼中，这些景色都和以前不一样了。她看见张沛的家一晃而过了，在曹家巷里面，那显眼的两层小楼已经有些旧了——好多次她和张沛就是偷偷地在那房间里度过下午的，冬天她总是浑身冰凉，而张沛的身体却烫得像个火炉，她不只一次觉得这火炉是那么神秘。

好不容易到了西门外面，畅春园红红的大招牌马上扑过来了，这是平乐镇最好的农家乐了，父女俩下了车，就看见大门口端端立着新郎新娘，正跟刚刚来的客人发喜糖。

袁清江被父亲拉着挤过去了，她还是头一次看见黄元军这么周正。西装笔挺，皮鞋擦得铮亮，头发上面满满的摩丝也让头发变得亮起来了，他一张脸被卡在这周正的衣服里面了，笑着。

他的新娘汪燕今天贴着一对又长又密的假睫毛，一张脸就在睫毛下面嘟出来了，凸显了两团艳红艳红的腮红，她做了一个高高的发髻，上面插着一朵玫瑰花，穿的也是白白的新娘裙子，可是裙子长了一点，后摆已经拖得灰黑了。

袁清江觉得他们都不像她认识的那两个人了，就是一对标准的新人。父亲拉着她挤进人堆里，一句接着一句地道贺，然后把红包塞进了黄元军手里，黄元军接过红包，连连道谢，招呼旁边的小孩给袁华发烟，给袁清江发糖。

袁清江拿了满满一手的糖，但都是一些水果硬糖，她抓着这些廉价的糖，又没地方可放，感觉像抓了一手炸弹。他们进了大厅，离开饭还有一段时间，人们都哗啦啦打着麻将，她在一堆人脑袋里面找着张沛。

但是张沛好像并不在。

袁华很快被三缺一的人拉走了，袁清江自己坐下来，眼睛死死盯着门口，等着张沛的出现，她在心里已经开始骂他了。

人一个个进来了，都是面熟的，不时有人过来跟袁清江打个招呼，她一个个笑着点头。

她听见有人叫她："袁清江！"

她吓了一跳，转过身去，居然看见了江乐恒。

"你怎么在这？"他是这时候袁清江最不想看见的几个人之一。

"王阿姨和我妈是老街坊了。"江乐恒说。

袁清江无力地发现平乐镇上就没有两个没有关系的人。

"你们家的人呢？"袁清江巴不得他快点走掉。

江乐恒说："我爸带我来了，我妈不方便出门。"

"哦。"她根本没听见他说什么，看着门口。

江乐恒发现他呕心沥血告诉她的那句话落了空，他就问她："你在看什么呀？"

"等人。"袁清江说。

"哎，"江乐恒毫不识相地坐下来，问她，"你'二诊'考得怎么样啊？成绩下个星期才出来啊？"

"不知道。"袁清江又把张沛里里外外地骂了一遍。

就在这时候，她看见岑仲伯走进来了，在此刻，比起江乐恒，袁清江宁愿看见岑仲伯，她就站起来走过去了。

江乐恒果然不敢跟过来了——自从一年前岑仲伯在南街老城门把余飞打得满身是血以后，他就算是在平乐镇江湖上闯下了响当当的名号，大家都知道岑仲伯的拳头硬得很，是惹不得的，那些学生娃娃更是怕他这个亡命之徒了。

岑仲伯从外面解手回来，就看见袁清江走过来了，他愣了一愣，黄元军结婚，当然是会遇见袁家的人了，但他看到袁清江的时候，还是像被揍了一拳。

"岑哥。"袁清江说。

"嗯。"岑仲伯一边答，一边找自己刚刚的位子。

"一个人来的啊？"袁清江问他。

"没有。跟人一起来的。"岑仲伯在椅子堆里看见自己的椅子了，他走过去，袁清江这才看见张英琪在那。

她就不想过去了，站在那里，岑仲伯还是问了一句："过去坐嘛？"

"不了。"袁清江说——虽然没有确切的证据，但她总觉得姐姐的事情最开始就是张英琪散布出去的。

她换了一张椅子坐下来，看见岑仲伯回到他的位子了，张英琪给他剥了一个芦柑，笑着递给他，他爱理不理地接过去几口吃了，就继续和身边的人说话，张英琪坐在那里，看着他说。

她在街上看见过他们好几次了，每次看见，她都有点伤感——她看见岑仲伯屁股后面跟着另一个女人，她就觉得一阵难过——特别在和张沛在一起了，两个孩子旁敲侧击地从陈琼芬那听到了袁家和岑家的那些故事以后。

　　岑仲伯那一桌还有好几个人，看起来都是社会上混的，其中有一个流里流气的小混混看见岑仲伯和袁清江说话了，大声说："岑哥，把那个小美女喊过来坐嘛！"

　　袁清江立刻就把头转了回去，装作没看见的样子，谁知道她那样子更让小混混大笑了起来。

　　袁清江听到岑仲伯冷冰冰地说："嘴巴放干净点，我朋友的妹妹。"

　　不知道为什么，听到他这么说，袁清江的胃开始剧痛起来，她忽然非常想吐。

　　江乐恒在她刚刚坐的桌子旁边期期艾艾地看着她，袁清江知道他一有机会就会走过来，这也让她烦透了。

　　她又往门外面看了一眼，张沛还是没有来。

　　她坐在那里，想着以后的事情，想着眼前的事情，她觉得又烦恼，又委屈，又绝望。江乐恒终于还是过来了，他坐在离她稍微远的一个凳子上，说："清江，你最近怎么了？怎么精神不太好？"

　　袁清江转过头去看了他一眼，他的脸长得白白净净的，戴着一个金丝边的眼镜，现在皱起眉毛来，满脸的关心。

　　袁清江的心忽然就软了，江乐恒跟在她屁股后面转也不是一年两年的事了，袁清江想到：为什么自己就是不喜欢他呢？

　　她放柔了声音，对他说："没事，我就是有点心烦。"

　　她的声音对江乐恒来说像是个肯定，他就又把板凳往前面挪了一点，对她说："没事，你不要烦，有什么事情给我说嘛，我帮你嘛。"

　　袁清江觉得气紧了一下，她强忍住眼泪，说："没事，真的没事。"——她觉得心里面翻江倒海的，一股气顺着胃痛往上涌上来了，她一边压着，一边对江乐恒说："江乐恒，我觉得我不舒服……"

　　"怎么了？"江乐恒站了起来，靠过来了——袁清江闻到他身上有一股奇怪的味道,那味道是医院里面才有的那种疾病的味道。

她一下子就吐了出来。

江乐恒完全惊呆了,袁清江歇斯底里地吐了起来,她吐的样子让他想到了母亲,他手足无措地站在那里,直到岑仲伯冲了过来,拎小猫一样把袁清江拎出去了,他才连忙跟了上去。

岑仲伯把袁清江拎到了水管旁边,用凉水拍她的脖子,一边拍,一边说:"你吃什么了早上?怎么吐成这样?注意一下自己胃啊!"

早上赶得急,袁清江并没有吃多少,现在已经把胃里面的东西都差不多吐光了,她说不出话来,接着干呕着。

岑仲伯用手轻轻拍着她的背,袁清江敏锐地感到他的手是那样骨节分明。

张英琪也跟了上来,站在远一点的地方,她说:"她怎么了?"

岑仲伯说:"快点去买点藿香正气液。"

袁清江听到他说的那个名字,忍不住就又是一阵恶心,她艰难地说出话来了,她说:"我闻不得那个味道……"

"那你要吃胃药吗?"岑仲伯问她。

"不了,不了。"她说,她心里隐隐知道事情已经变得不可收拾了。

"袁清江,你还好吧?"江乐恒站在她的另一边呆呆地问,他把她的手拿起来,但是不知道应该放在哪里好。

院子里面没有一个人,只有几个孩子在花园里玩着,他们发出的笑声是那样刺耳。

袁清江的眼泪流了下来,她满嘴的酸味,但是她顾不得那么多,她蹲在那里哭了起来。

岑仲伯蹲在她身边,他看着袁青山的妹妹哭了起来,他皱着眉毛说:"你别哭啊,有什么事情跟我说,我给你摆平。"——他想起来他从来没看见袁青山那样哭过。

江乐恒也蹲在她身边,他讷讷地伸手想拍拍她,但是又缩了回来,他触到袁清江的皮肤，它是那么冰凉。

——袁清江哭起来了，她心里面是那样的苦，那样的痛，她知道自己再也回不去了，过去每一寸甜蜜的回忆都在鞭打她的身体，她又想到父亲，又想到姐姐，想到镇上的每一个人，阴阳怪气地把袁青山称为"那个"。这些贱人就像鬼一样爬上来拉着自己的身体，她感到她完全落下去了，落在了绝望的泥沼里，她不顾一切地说出了心里面的话，那是那么久以来，她一直想说的话，她说："我恨你们！我恨你们这些人！我恨你们！"

她不知道其他人是怎么想的，只有岑仲伯拍着她的肩膀，他说："我知道，我知道，我知道了。"

袁清江听到他拍打她的声音，空空洞洞地在她身体里面回响着，她慢慢止住了情绪，问岑仲伯："你最近还好吗？"——她看着他，看着这个明明应该可以和姐姐在一起的人。

岑仲伯听到她这样问她了，他不知道她问的是什么意思，他只有哈哈了两声，说："有什么不好的！一人吃饱，全家不饿！"

袁清江平静下来的眼睛里看见岑仲伯背后的张英琪脸上的表情像电影转格一样暗了。

在里面打麻将的袁华终于知道了这个消息，他跑了出来，他看见岑仲伯居然也在那里蹲着，拍袁清江的背。一种毛骨悚然的感觉又向他袭来了，一瞬间，他的血涌上了脑袋，他跑过去猛地推开了岑仲伯，把袁清江抱在怀里，大喊："离我女儿远点！"

岑仲伯看了袁华一眼，站起来，走了，张英琪跟在他后面。

袁清江在爸爸怀里，她说："没事了，爸爸，我就是早饭吃急了，我没事了。"

袁华说："走，我们回去了，回去跟你看病。"

"不，"袁清江说，"我们吃了饭走吧。"——她是如此痛恨自己的软弱，到了这个时候，她依然还要在这里等张沛，她是那么想要见到他，扑在他怀里，狠狠地咬他。

快吃午饭的时候,张俊一家终于来了。张俊开着刚刚换的一辆富康车,他一直把车开到离大厅很近的地方才停下来,然后昂首挺胸地带着陈琼芬亲亲热热地走进来了。

两口子已经很久没有一起在公共场合露面了,但今天毕竟是汪局长女儿的婚礼,他们又要见到粮食局那些许久未见的面孔了。张俊一进来就拱着手去汪局长那桌道贺,他递出了一个厚厚的红包——两个人握了很久很久的手,互相寒暄着,好像他们都忘记了以前老陈局长是怎么给汪局长穿小鞋的,后来汪局长又是怎么把这小鞋套在了张俊脚上——但是陈琼芬没有过去,她站在远一点的地方,面无表情地看着。

两口子穿金戴银,趾高气扬轰轰烈烈地当了一番焦点人物,然后坐了下来。他们坐下来,就看见袁清江低眉顺眼地走过来,问他们说:"张叔叔,陈阿姨,张沛呢?"

对于这个过去一年来常常在他们家出现的女孩,两口子都心照不宣地有了新的认识,他们倒是一直很喜欢漂亮乖巧的袁清江的,陈琼芬拉着袁清江的手,说:"张沛这个星期考试嘛!他没告诉你吗?他今天不回来啊。"

"是吗?"袁清江不知道自己心里面落下去的东西是什么,她只能顺着陈琼芬的话风说。

"这娃娃最近很辛苦啊,大三了,马上要开始找工作了。"陈琼芬说。

"嗯。"袁清江说。

"他好像准备在城里找工作?"陈琼芬试探袁清江的脸色。

"不知道啊。"袁清江呆呆地回答。

陈琼芬还想说什么,袁清江站起来走出去了,她好像根本没有看见她一样。

陈琼芬看着她就那样走了,堵了一肚子的慈祥和话语,她对张俊说:"这娃娃怎么这样啊?"

但是张俊在专注地翻着他的新手机,也没有听她说话。

袁清江在院子里面找了一圈,终于在柜台上面找到了一个电话,她问柜台后面的服务员:"我可以打个电话吗?"

那个女的正在看一本杂志，头也不抬地说："打嘛。"

袁清江就打了，她熟练地按下张沛的手机号，那边响了一会，又响了一阵，终于被接起来了。

"你怎么还不回来？"袁清江劈头就问。

"哎呀，"张沛说，"我真的回来不到，临时通知有个面试，公司很好。"

"那你什么时候回来？"袁清江绝望地说。

"明天嘛？"张沛想了想。

"明天我就开学了。"如果可以，袁清江真的很想和他大吵一架，但是柜台后面的女服务员已经抬头看了她一眼了。

"没事，你不要想太多了。"张沛轻描淡写地说。

"又不是你，你当然没事。"袁清江恨恨地。

"哎呀，你就是喜欢乱想。"张沛急急地安慰完她，说，"哎呀我马上要去面试了，我还要复印点资料，先不说了，晚点你给我打电话嘛。"

他就把电话挂了。

袁清江站在那里，她说不出话来，她握着电话，好像那是张沛身体的一部分。

她在那站着，发现江乐恒又跟过来了，他说："袁清江，你还好吧？"

"没事。"袁清江转过头看着他，露出了一个微笑，她决定今天剩下的时候都要和他坐在一起。

袁清江讨厌吃婚宴的一个原因就是每次都会听主持人说很多废话，那种看着满桌菜又迟迟不能吃的感觉真是太糟糕了，今天的菜格外丰盛，袁清江早就看上了那盘白灼虾，长这么大，她还没吃过几回虾。

她早早地坐下来，江乐恒坐在他身边，大声招呼他爸爸过来，袁清江看见一个也戴着眼镜的老老实实的男人走过来了，他穿着一件粉红色的短袖T恤，大概有一米七五的样子，他长得很黑，袁清江觉得他能生出江乐恒这么白的儿子真是个奇迹。

"这个是我爸爸，爸爸，这个是我们班长，袁清江，这个是袁清江的爸爸。"江乐恒介绍。

"哎呀，班长好，班长好！"江峰亲热地说。

袁清江发现父亲一直盯着江峰看。两个大人握了握手。

袁华说："江老师在哪工作呢？"

"个体户！卖点衣服！"江峰说。

"你们家是卖衣服的啊？"袁清江发现她从来没有关心过江乐恒的家事，只是喜欢吃他给她买的很多新奇的零食。

"嗯。"江乐恒有些不好意思地说。

袁华喝了一口茶，没看江峰了。

远远地，袁清江看见张俊和陈琼芬去洗了手过来了，正在找位子，他们在粮食局的朋友都疏远了，一时不知道坐哪里好。

"张叔叔，陈阿姨！过来坐！"袁清江亲热地招呼他们。

两口子就过来了，他们一坐下来，正对面看见了江峰。

三个人都是一愣。

江峰就站起来了，跟袁华说："袁老师，我不打扰你们了，我们换一桌。"——他拉起儿子就走了。

张俊他们两口子坐在那，陈琼芬跟袁华说："今天打麻将赢了没？"

"输了输了。"袁华说。

"没事，下午接着跟我打，我让你赢回来。"陈琼芬笑着拍了拍袁华的肩膀——她终于明白，汪家和他们陈家的那些疙瘩从来就没有解开的意思。

袁清江看着江乐恒父子到很远的一桌坐下来了，她觉得有些莫名其妙，但是主持人开始拿着话筒讲话了，还放起了金蛇狂舞的曲子，那声音那么大，那么欢乐，盖过了其他所有的情绪。

主持人说的还是那些套话，什么这对新人真诚相爱，经历了磨难，终于结合在了一起，袁清江忍不住去看台上两个人的表情，可惜都没有什么表情，就是新郎和新娘而已。

最后黄元军台下的兄弟起哄了，大叫着说："亲一个！亲一个！"

黄元军和汪燕就准备亲一个了，袁清江看着他们靠着，脸对着脸，慢慢拉近了距离，然后亲在了一起，她觉得撕心裂肺地痛。

她忽然想到的就是一个人，这个人就是姐姐以前的好朋友乔梦皎，以前，整个平乐一中都知道他们在谈恋爱，连他们初中的班主任老师都说："你们看看那对高中的早恋的，一天到晚那么亲热嘛！没好下场！"

那句话和着这婚礼的欢乐，回响在她的脑海中，她多想知道黄元军是怎么想的。

她仔仔细细地看他的表情，他的脸上落满了彩纸和金粉，笑着。

她想到，她和张沛会怎样呢？她一想到这个，就觉得小腹剧痛了起来。

她知道自己真的完了。

饭快吃完的时候黄元军终于把酒敬过来了，他说："谢谢大家啊，谢谢大家。"汪燕跟在他后面，拿着酒瓶，就像是个真正的老婆。

一桌人都站起来喝酒，袁清江喝着可乐，想起了姐姐的托付，她就说："黄哥，早上的时候我姐姐说祝你快乐啊。"

她一说完，父亲就瞪了她一眼。

满桌人都有点尴尬。

她知道那是什么意思，好像现在谁也不能提起袁青山了，好像她就是袁家的一件丑事，是北二仓库的一件丑事，是平乐镇的一件丑事。

她想到，不久以后，自己也会变成这样的丑事了。她就又说了："姐姐让我祝福你们。"

黄元军终于想起来要笑，他就笑着说："谢谢你！帮我谢谢她啊！"

她坐下了，父亲又瞪了她一眼。

她没有看他，她的心里从来没这么难受过。

她觉得其他的人都是陌生人了，父亲也是，张沛也是。

她默默地吃饭，快吃完的时候，她终于做了一个决定。

她决定她要自己去做那件事情，她再也不需要其他人了。

她就找了个借口先走了，她走出畅春园，开始一边走一边找三轮。

她听见后面有人在叫她,她转过去,发现是江乐恒,他着急地跑过来,脸色更苍白了,他说:"你怎么先走了?你刚刚才吐了,一个人去哪里?"

袁清江看着他,她不知道他是怎么在那个熙熙攘攘一团混乱的婚宴现场发现自己不见了的。她看着他的脸,从某一个角度去看,他是那么像张沛,他的眼睛里面除了她没有别的事情了。

她突然说:"我要去买个东西,你陪我去嘛。"

"好好。"江乐恒说。

两个人终于坐到了一个三轮,袁清江想了想,说:"到东门外嘛。"——她要找一个最不可能有认识自己的人的地方。

他们坐车坐到了东门外面,袁清江看见有一家生和药店,她就跟江乐恒说:"你在这等我嘛,我进去买药。"

江乐恒说:"怎么跑到这里来买药?你吐了不舒服要买药给我说一声我就给你买了嘛。"

袁清江看着他担忧的样子,忽然想大笑一声,拍拍他的脑袋。

她就说:"你等着我吧。"

她就进去了。

药店里面有个女人,看起来四十出头了,或者更大,她坐在那里打毛衣,大夏天的,这让袁清江觉得有些奇怪,她打着一件纯白的毛衣,已经打好了,正在往上面勾花——袁清江就想到自己从小到大就会穿很多这样的毛衣,她又一阵难过。

她走过去,跟那个女人说:"买药。"

那个女人就抬头起来,看着她,她有些迷惑,一下子好像在做梦一样。

"买药。"袁清江又说了一次。

"买啥子药?"

"藿香正气水、玛丁啉、健胃消食片,再要一个验孕棒。"袁清江说。

那个女人就站起来,一样样拿药,藿香正气水、玛丁啉、健胃消食片,她问她:"你要两块的还是五块的验孕棒?"

"五块的。"袁清江站在那里说。

她就又拿了，装在一个袋子给她了，说："十七块。"

袁清江的口袋里面只有二十元，那是她下个星期的早餐和午餐钱，她把它摸了出来，找回了三块钱。

她提着袋子走出去，看见江乐恒站在路边，正是大中午，太阳很晒，但是他就站在刚刚他们分别的地方，一点也没有挪动过，看见她出来了，他就笑起来。

袁清江一阵辛酸，她走过去了，说："走吧。"

两个人走了一会，他们走到平乐一小门口，袁清江说："我去上个厕所。"

他们就进了平乐一小，一切都还是那么熟悉，黑板上面整整齐齐打着每一个班上个星期的卫生分数，袁清江找到了六年级二班，那是她曾经毕业的班，上个星期他们的卫生得了四点五分。

袁清江就去上了厕所，她把说明书读了三次，然后按照上面说的做了，她把那条小小的神秘的白条子浸过了，平放在那里，蹲着等待那个结果——她忽然想起自己小时候就是这样跟姐姐看院子里面的蚂蚁的，姐姐每次都说："清江，只看看就是了，别玩蚂蚁，蚂蚁也有自己的事情。"——那时候她觉得姐姐很奇怪，现在她懂得了，蚂蚁也有幸福得想要尖叫的时候，蚂蚁也有悲伤得要被撕裂了的时候。

袁清江看到那两条红线的时候，反而平静了下来。

袁清江在双杠那里找到了江乐恒，他正倒吊在那里，看见她来了，就翻了下来。他说："以前你每次都翻不上双杠，你还记得不？"紧接着他被她苍白的脸色吓了一跳，他说："我去门卫那给你要点水你先把药吃了吧。"

"没事。"袁清江觉得自己明明已经很平静了，但她还是流下了眼泪，她看着江乐恒，她发现有的时候他看起来真的有点像张沛，但是张沛在哪里，张沛现在要去哪里啊。

"你别哭啊。"江乐恒说，"你是不是为了你姐姐的事情难过啊？今天他们又说她了。"

袁清江倒是没有听到别人对袁青山的议论,反正每次几个人在一起就会谈论这个,她已经习惯了。她不知道自己是点了头还是摇了头,江乐恒就伸出手来,摸摸她的头,说:"你别哭了,没事的,以后我不让别人说。"

　　她抽抽搭搭地想起了另外一件事情,她说:"江乐恒,我认识你多少年了?"

　　"十几年了吧? 我们幼儿园就是同学了。"江乐恒说。

　　袁清江还记得,那个时候他们两个中午都睡不着觉,就玩互相亲脖子的游戏。每次她说:"江乐恒,来亲亲我。"——小小的江乐恒就爬过来舔她的脖子,舔得她舒服极了,她忘记了他们是怎么开始这游戏,又是怎么结束的。

　　她抬头看着他,她说:"江乐恒,你过来。"

　　江乐恒把头低下来了,她吻了他一下,他的嘴唇有些厚,冰冰的,她把自己的嘴唇贴在上面,伸出舌头,舔了舔他嘴唇上一道干燥的缝隙。

　　江乐恒吓坏了,他看着袁清江,说不出话来。

　　袁清江是那么悲伤,但她看见他那个样子,笑了出来。

　　她一笑,撕开了江乐恒的心,他狠狠地一把把袁清江拉了过来,抱在怀里,低下头就对着她的嘴亲了下去,他不知道应该怎么告诉她他是那么爱她,爱得无可救药,只能拼命把舌头往她嘴巴里面伸。

　　袁清江挣扎了几下,终于没有动弹了,她被这狠劲给吓坏了,她被这狠劲征服了。

　　他们两个像两只幼兽那样缠斗在一起,各自有各自的不能言说,他的牙齿磕破了她的嘴唇,他也不愿意放开她。他伸手就去摸袁清江的乳房,它们和他想的一样柔软甜美,甚至更美,袁清江触电似的颤抖了起来,她猛地挣脱了他。

　　两个人互相看着,袁清江看着江乐恒的脸,她的眼泪已经干了,满脸通红,浑身虚脱,她不知道她要的是什么,她是那样身世不明,与众不同,她觉得自己是个真正的坏女人了——奇特地,一瞬间,这想法让她觉得自己变得坚强了起来,什么也不怕了,不怕镇上那些人琐琐碎碎的话语,不怕父亲的责骂，不怕下个星期拿到肯定是糟糕无比的"二诊"成绩单，不怕肚子里面那个肮脏的小东西，甚至不怕张沛了，什么也伤害不了她了，因为她是那样的坏。

他们缓了好久，江乐恒害怕极了，他看着袁清江，不知道她要干什么。

她终于说话了，她说："你送我回去吧。"

他看着她洁白如玉的面容，这面容那样美丽，美丽得忽然让他害怕，她似乎笑了一下，她说："我要回去了。"

一回到北二仓库，袁清江就觉得自己安全了，这块土地好像是和平乐镇其他地方不一样的，它发出来的气息就像母亲的子宫，满满的都是羊水，因此，根本听不到任何声音。

袁清江的脑子慢慢醒过来了，她一件件把今天的事情理出了个头绪，她知道她晚上要再跟张沛打个电话，让他回来拿钱给她做手术，她开始思考要怎么才能让江乐恒忘记今天发生的事情，并且继续死心塌地地跟在她身边。

袁华还在打麻将，她去看姐姐了，走到仓库门口，居然看见门是半开着的，她脑子嗡地一下，以为又是什么人来捣乱了，她跑过去，居然听到了岑仲伯的声音。

她在门缝那里看了一眼，看见岑仲伯坐在沙发上抽烟，袁青山坐在他对面的板凳上，脸色木木的，神情是那么悲伤。两个人不知道说了什么，气氛有些古怪。

她吃了一惊，没想到岑仲伯还会来看姐姐，而且不知道怎么还偷偷配了钥匙，她立刻退开了，自己回家了，她笑了起来，她看见世界上的秘密门了，它们都悄悄浮在平乐镇上面了，没有这些秘密，哪来下面土地上的影子呢。

陈三妹

很久以来，我都以为陈三妹是一个根本不曾存在的人物，不然就是早已经死了——人们并不是对她闭口不谈，相反，我经常在老一辈的人口中听到她的名字。

最常常说到她的当然是我爷爷，我爷爷说："以前陈三妹啊，是我们平乐镇长得最漂亮的女子，那个眼睛润啊，身条顺啊，哪个看到都要舒口气！她跟你说话的时候啊，轻言细语得很，现在这镇上找不到哪个那么会说话的！"

高木匠也会说到她，他的说法是："陈三妹这个女子不但长得漂亮，而且聪明，以前我画牌坊图纸的时候，她帮我收拾了好多草图哦。"

茶客们就你一言我一句地说起来，好像人人都和陈三妹说过几句话。大家说她是那样美丽、温柔、聪明、贤惠、善解人意，简直世界上再也找不到这样好的姑娘了。大家说完了以后，拍拍屁股给了茶钱，回去和自己的婆娘睡觉去了。

因此，长久以来，我都觉得陈三妹的存在只是老爷子们编造来的某一种意向罢了。

回到平乐以后，我去看我奶奶了，她还是一个人坐在客厅里，好像从来就没有动过，我走过去，她就抬起头来看我了，她看了我一眼，眼泪就流出来了。

我奶奶颤颤巍巍地站起来，去给菩萨烧香，一边烧，一边说："谢谢菩萨，谢谢菩萨。"

我站在她后面看着她的背影，那是多么绝望的背影啊。

我们两个一起坐了一会，她没有说话，一直看着我，对于之前的事情，一个字也不敢提，生怕我忽然就会消失了，终于，我问我奶奶说："叶爷爷留给我的书呢？"

我奶奶就低了头："昨天晚上烧了。"

"烧了？"我难以置信。

"昨天晚上停电嘛，我点了蜡烛，结果一下没放好烧了。"奶奶说。

"不是放在箱子里头的嘛？"我依然没想明白。

"我拿出来看了嘛。"奶奶像个做错事的孩子那样喃喃说。

——我知道我奶奶撒了谎，我知道那东西并没有被烧掉，但我依然顺着她问："那你看到他写啥没嘛？"

"写啥嘛！他们那群人就知道说那个陈三妹，我看到就起火！"她还是和以前一样，一说到陈三妹就要发火。

听到这个许久没有被提过的名字，我愣了一下。我说："他说陈三妹什么事情嘛？"

"就是镇上那些老事嘛！"奶奶平平淡淡地说。

我就说："陈三妹都死那么多年了，为什么他们还忘不了她啊？"

我奶奶说："哪死了好多年的，上个月才死的。"

"那她一直在我们镇啊？我怎么从来没看到过她呢？"我这才真的吃惊。

"你怎么没看到过嘛？以前南门卖纸烟的陈婆婆嘛。"奶奶说。

"她就是陈三妹？"我觉得奶奶一定是在开玩笑。

"是啊。"我奶奶反而觉得我没事找事了。

南门卖纸烟的陈婆婆我是认识的，她是年幼时候的我在我们镇上最怕的几个人之一。和大多数孩子一样，我一般都很怕长得凶神恶煞的人，但陈婆婆并不属于这一类，她整个人非常瘦小，就像一团烂棉花了，脸也是皱得看不出来表情。一年四季，她都推着个烟摊子在南门城门口附近卖烟，她一边卖，一边抽，经常把烟锅巴丢到马路上，南街的扫地的人就说："陈婆婆，你各人的烟锅巴各人收好嘛！"

陈婆婆就说："你咋说是我的烟锅巴呢，满地都是烟锅巴！"

扫地的有理说不清，说："咋不是你的嘛！"

陈婆婆说："就算是我的，我都抽完了，还有啥要头嘛，我收来干啥嘛！"

扫地的人也不想和这个老太婆吵什么，他大扫把一挥，烟头就都不见了。

但是只需要过半天，陈婆婆的烟摊门口又满是烟头了，她大概是我见过的最会抽烟的人——这也是我怕她的理由，在我小时候，我们镇上，抽烟的男人都算是二流子，更不要说抽烟的女人有多么惊世骇俗了。

每次我从她身边经过，我总是用一种惊惧的眼神看着她，她常常毫无坐相地瘫在椅子上，如果是夏天，就把一只脚抬起来放到椅子上面——透过她的大棉布裙子，我甚至能看见她内裤的花色——她点了一根烟，然后拼命吸一口，那贪婪的表情好像她离了这个就活不了——许多年以后，那表情还深深印在我脑海中。

后来陈婆婆也开始卖点饮料了，大概是我上了初中的时候，每天放学，我同学都会去她那里买烟，他就问我："你要不要喝可乐嘛？"——我是爱喝可乐的，但是却从来不在陈婆婆的摊子上买可乐，我总觉得陈婆婆卖的可乐里面不知道有什么奇怪的东西。

但是有一次很尴尬的事情让我对陈婆婆没有那么害怕了，那天中午我一个人在南门城门口吃肥肠粉，吃完了以后，我居然发现我的钱包没有带，于是我就尴尬地坐在那里，等着看看有没有一个熟人经过，但上学的时间还远远没到，我等了大半天也没看见一个熟人。

陈婆婆的铺子就在肥肠粉店门口，我坐了一会，就有一个三十七八岁样子的女人来给她送饭了，她居然是我们平乐一中的陈老师，她是教高中的，但是来给我们初中上过周末英语兴趣班，我就怯生生地叫："陈老师！"

陈老师就听见了，她转过头来跟陌生的学生点头微笑。陈婆婆一边吃饭，一边看了我一眼，就在我绝望地发现我根本没有办法把要问陈老师借钱这件事情说出口以前，陈婆婆居然从摊子上拿了两元钱给陈老师，指了指我，让她过来把钱给我了。

我又感激又惭愧，满脸通红地说："谢谢。"

陈老师说："谢什么啊？我妈说她昨天忘了找钱给你了。"

我看了陈婆婆一眼，她还是在那里埋头吃饭，像一团废旧的棉花。

第二天我同学去买烟，回来跟我骂骂咧咧开了，他说："陈太婆太不落教了！以后再也不在她那买烟了！"

我说："怎么了？"

他说："老子在她那买了一包天下秀，给了她十元钱，她居然硬是少找了我两元！"

我哭笑不得，我就把昨天的事情给他说了，我要还钱给他，他不要，还笑嘻嘻地说："陈太婆还是懂行嘛！你欠钱就是我欠钱嘛！"

从那以后，每次我们再去她的摊子上，我同学问我："喝可乐吗？"

如果我想喝，我就说："喝嘛。"

我还跟我同学说了："高中那个有点漂亮的陈老师是陈婆婆的女儿嘛！"

他说："她哪里漂亮嘛！就是白点。"

过了几天，他跟我说："她是陈婆婆养的，所以跟她姓，陈婆婆没嫁人的。"

后来我们再去她那，我就主动跟我同学说："喝可乐嘛。"——无论如何，我总是希望陈婆婆多赚两个钱。

陈婆婆在风云人物辈出的平乐镇南街基本上是个摆设，她就像老城墙下那九个并排的蓝色垃圾桶，或者是国学巷两边茂密的鹦鹉树那样，是南门上万古不变的风景。

这样的陈婆婆，我奶奶居然说她就是陈三妹，我真的有点打死都不信了。

从我奶奶那里出来以后，我特地路过了南门老城门口，让我惊讶的是，陈婆婆的摊子还摆在那里，看摊子的是她的女儿，我们一中的英语陈老师。

她曾经是我最喜欢的老师之一，现在她也老了，坐在那里的样子，不知为什么，看起来有些像陈婆婆了，我看了她一会，她并没有发现我。过了一会，有个瘸子走过来了，他长得很高，因此瘸得更加明显了，我看他过去买烟，两个人说了几句话。

我忽然想起了那瘸子是谁，触电似的走过去了，我过去的时候，瘸子说："……好不容易放了假，你回去休息嘛。"

"闲不住嘛，看到我妈的东西在那放起，觉得有点凄凉。"陈老师说。

"最近怎么样？"陈老师问他。

"老样子。"他说。

"唉，我对不起你啊。"陈老师呢喃。

"你说什么啊，不关你的事。"瘸子把烟拆出来点上了。

"我都告诉你了，当年如果不是我拿了那东西给你爸爸，你们可能也不会……"陈老师埋着头了。

"唉呀，那些封建迷信的！"瘸子干脆地说了一句，摆摆手走了。

我和陈老师一起看着他走了，她没有注意到我，我们再一起看着镇上来来往往的人，我忽然有一种感觉，觉得这些人永远都不会看见彼此了。

到了这个时候，我的眼泪才落了下来。

第 *16* 章

是电话铃声把袁清江闹起来的，她迷迷糊糊地按闹钟，按了半天，声音还在响，她才发现是电话响了，她伸手过去把电话接起来，一下子又把电话机扯到桌子下面了，她手忙脚乱了半天，终于把听筒拿到耳朵旁边，声音已经清醒了大半，她说："喂？"

是张沛，张沛说："还在睡啊？"

"嗯。"袁清江应道。

"我马上回去上班了。"张沛说。

"嗯。"袁清江又应了一句。

"你昨天晚上的事还在生气啊？"张沛柔声说。

"没有了。"袁清江想到就来气。

"你别生气了，我不应该不让你和其他男的说话，我不该那么小气，别气了，对不起。"张沛低声说。

他的声音是那样温柔、亲昵，还有他每次道歉时候都会露出的孩子一样的委屈来，她的心就软了，她说："没事了，我知道。"

"这个工作最近不是很顺利，我爸又一直让我回来帮他，我真的有些烦躁。"张沛继续说着。

"嗯。"袁清江一点也不想和他在大清早讨论这种问题，她说："你还不走？早上第一班去城里的车赶不上了。"

"没事，"张沛说，"今天我爸要去城里办事，他送我走。"

"哦。"袁清江看了看钟,她觉得自己还能再睡一会。

"那我挂了,"张沛也感觉出了她的倦意,他说,"下个星期我再回来,我们一起吃饭嘛。"

"嗯。"袁清江说。

"你先想好你要吃啥,我们去吃好的嘛。"张沛讨好地说。

袁清江懒得说话,平乐镇上的东西又有什么好吃的呢,吃来吃去还就是那几家。

"那拜拜了。"张沛说。

"嗯,拜拜。"袁清江闭着眼睛把电话挂了。

奇怪的是,她却睡不着了,张沛说到昨天的事,她也想到了昨天的事,她一闭上眼睛就看见了那个外地人的背影,那背影是那么长而且忧伤。她想,昨天对姐姐来说,也是一个不眠之夜吧。

她一想,就想到了那个人的样子,想到他几天前第一次在超市问她买洗发露的时候,明明答应她买两瓶,结果只买了一瓶,还有他请她吃清真菜的时候,忽然伸手过来把她的手按在木桌的纹理上面的那一刻,虽然他嘴里说的是:"你能不能带我去看你姐姐。"

她真的有些后悔——这两年袁青山是越来越与世隔绝了,她长得更高了,高到袁清江都不忍心看她的样子,她甚至都不想让张沛再看到她那个样子——但她居然就带他去了,她不知道他要干什么,但她还是带他去了。

谁能想到,他是代替那个离开了平乐镇的女人来看袁青山的。

王曼珊。袁清江细细地咀嚼了这个名字,它是那样柔美、娇媚、清雅,她听到父亲还在里面睡着,发出鼾声,她忽然想去对父亲讲一次这个名字,就像个恶作剧,忽然讲到这三个字,王曼珊——父亲会是什么表情呢,这是他曾经深爱的女人的名字啊。

——袁清江果然再也睡不着了。她翻来覆去,很可能就像昨天晚上的姐姐一样。

她就起床了,她长这么大,这么早起床的日子用一只手就能数过来,她穿上衣服,决定去平乐旅馆找那个人,那个小陈。

她没来得及吃早饭，风风火火出了门，走在路上，她觉得太阳穴跳得厉害，好像有什么大事要发生了。她想她应该怎么给他打招呼呢，才刚刚八点过，他会不会还没起床啊。她要跟他说什么呢？

对了，她可以问他为什么会替袁青山的母亲来看她，他们是朋友吗？哪种朋友？还有，她要问他叫什么名字，叫陈什么，他们不能就这样老是叫他"小陈"啊。

她从包里面摸出随身带的小镜子照了照自己的样子，她刚刚起床，脸上还红扑扑的，她有些讨厌自己每天早上这样的脸色，显得那样的土，她觉得自己应该有一张纯白的脸——还好，她的眼睛是那样大而明亮，漆黑而水润，她满意地合上了镜子。

今天她穿着一件白色的毛衣，领上绣着别致的红花——这是今年秋天父亲给她的，说是让同事帮着打的，花色样式都很时髦，家里经济条件并不好，父亲就常常托人给她打一些衣服。北二仓库的人都说，比起亲生的，袁华更爱捡来的。

她远远地看见万家超市在准备开门了，几个小工正在打扫卫生，看见她，说："清江姐，今天这么早来上班？"

"有点事情，等会儿来。"袁清江匆匆掠过他们走了。

她看见平乐旅馆的招牌了，她站在那门口，又把镜子拿出来看了看，理了理头发，她就走进去了，柜台后面有个女人坐着，她的头发乱乱的，看样子有四十好几了，她坐在那里打一件毛衣，是一件长款的外套——和平乐镇上的大多数人一样，她令袁清江觉得有些面熟。

她问她："请问小陈在哪里住？"

"小陈？"那女人显然并不知道她在说谁，她抬起头来看她，呆呆地。

"就是前几天来住在这里的，那个穿橘红色滑雪衫的男的，大概有这么高。"袁清江垫起脚尖给她比画。

"小陈？"那女的好像根本没听到她说话，她看着她衣领上勾的那个花。

袁清江被她看得浑身不自在，她耐着性子，又问了一次："你知道他住哪间吗？我是他朋友。"

"哦！哦！"她才终于反应过来了，拿着登记本来翻，一边翻，一边说："那个小伙子今天早上好像走了吧？不是我值班。我看看……"

"走了？怎么会？"袁清江一下子懵了。

"真的走了，"女人把本子转回来给袁清江看，"你看，在这里，十月十一号来的，十四号走的，就是今天早上，六点过退的房。"

袁清江不敢相信地看着那一栏，他真的就这样从她生活中消失了。

她仔细细地看着那细细的一栏，好像就能改变这一切，忽然，她看见了什么。

她一下愣住了，愣了好久，终于笑了起来。原来他们不应该叫他小陈，虽然那两个字用平原上的方言讲起来，都是一样的。

不但如此，她还明白了另一个巨大的秘密，这个秘密在平乐镇是没有人知道的，甚至连袁华本人也不一定知道：他还爱着那个女人，就像她也很可能还爱着他。

——那个服务员的字是写得潦草而慵懒的，但她还是一眼认出了那三个字。

岑青江。

那个人就叫做这个名字。

袁清江浑浑噩噩地走出了旅馆，后面那个女人说："妹妹！你怎么了？"

她没理她，那女人也没空再问她了，因为从旅馆里面走出来了另外一个人，袁清江听见那个人粗着嗓子骂道："姚五妹！你一天到黑打毛衣嘛！你都打掉好多工作了嘛！再不在这认真做就回你们崇宁县去种田！"

袁清江去了超市，人已经来得差不多了，店长说："袁清江，带着你这队出去早训了。"

袁清江就换了衣服，带着她那组的人出去了，站在店门口，一会拍拍手，一会喊喊口号，一个男同事问她："清江，你今天怎么了？脸色这么不好？"

"没什么。"袁清江说,她从小就会得到异性特别的关心,但今天这关心没有让她像以前那样开心一会儿。

袁清江站在那里,想到自己高中毕业刚刚来这工作的时候,她想起上个星期张沛跟她说:"爸爸说我们结了婚你就不要再在超市做了,我们张家的媳妇不能在那工作。"

她忽然觉得头很晕。

她想起来她昨天居然忘了吃药了。她想:"少一天不吃不会怎么样吧,反正一个月都在吃,张沛也要下个星期天才回来了。"

"不然今天多吃一片吧。"袁清江终于还是一朝被蛇咬,十年怕井绳了。

一个上午,她都在那里盼望快点下班,好让她回家可以看到父亲和姐姐,她已经很久没有这样想过姐姐了,自从她被困在仓库里以后,就好像渐渐从她生活中消失了,变成了一个和她不相干的人。

她在那里摆新来的文具盒,有一对年轻父母进来了,他们问她:"小妹,文具盒哪个最好？"

袁清江指了三四种给他们,说:"这些都不错。"

谁知道他们很固执,依然问:"最好的呢？"

袁清江就干脆指了个最贵的给他们。

两个人欢欢喜喜买了,女的问男的:"你看妹妹会不会喜欢这个？"

男的说:"肯定喜欢！"

袁清江站在那里看着他们走了,那男人的样子让她想到了每个星期都从永安大学给她写信的江乐恒,想到了父亲,想到了一切让她觉得踏实温暖的男人,想到了父亲满心以为她会是他们家的第一个大学生——她已经好久没有这么伤感过了。

她终于熬到了中午下班,就急急忙忙回家了。她没有先回去吃饭,反而先去了仓库。

袁青山正在她的小灶台上炒菜,满屋子的香气。

她听见门被打开了，然后看见妹妹进来了，她惊讶地说："清江？怎么中午来？"

袁清江看着姐姐，她有满腹的话想告诉她，但是她什么也不能说。

她在床沿上坐下来——袁青山的床已经被再次加大了——她说："今天中午你吃什么？"

"吃炒猪肝。"袁青山笑着说。

袁清江看着她的笑容，她不知道那是不是真的。

她迟疑了一下，说："小陈走了。"

"走了？"袁青山说。

"嗯，早上我去找他，他已经走了。"

袁青山没说话了，她把猪肝在锅里面炒得滋滋响。

"他为什么要来呀。"袁青山终于叹息了一声。

袁清江默默地看着姐姐，她慢慢地看过她深蓝色外套的每一个褶子，每一个扣子，她是那么高了，长久没有出去怎么运动，也长胖了，她背着她在炒菜，所以她看不见她胸部那个巨大的女性的隆起，每次袁清江看见那个隆起，就觉得要流泪。

"最近你在干什么呀姐姐？"袁清江换了个话题。

"我最近想学折纸。"袁青山说，"人家给了我一本书。"

袁清江看见桌子上放着一本大大的折纸的画册，还有一些纸片。

她明白又是岑仲伯给她的，但是她不敢再问姐姐他们的事，在外面，张英琪依然对岑仲伯一往情深，而岑仲伯女朋友谈了一个又一个，是全镇人都知道的。

"张沛那工作顺利吗？"袁青山问妹妹——他们两个谈恋爱的事情在袁清江高考结束以后终于浮出水面了。

"听说还是有点不顺吧，"袁清江说，"但是不顺也不能回来啊，回平乐镇来能干什么呀。"

"嗯。"袁青山明白自己也没有权力干涉他们两个的事。她把锅拿起来，用铲子把最后一点菜刮到盘子里，那锅铲在她手里看起来那么小。

"你回去吧，爸爸该等你了。"每次袁青山都这样说。

"好。"袁清江就站起来走了，她也不知道还能多和姐姐说点什么。

她出了门，又把门锁上了，虽然已经没有什么人来看了，但他们总怕再出什么事。

袁清江在从仓库回家的路上，默默地流着眼泪，她不知道她在哭什么，但是她是那样悲伤。

她好不容易爬上了楼，就看见父亲从房间里面冲出来说："哎呀，袁清江！我给你说，幸好张沛他爸今天送他回城了！"

"怎么了？"袁清江一时不知道发生了什么事。

"刚才张沛打电话来，说平乐大道上出车祸了！我就说，那个路那么老了，早晚要出事！今天早上那班进城的车翻了，伤了好多个，现在都在医院里躺着！"袁华一边说，一边拍胸口，"幸好今天张沛没坐那个车！"

袁清江感到自己刚刚才干涸的泪痕像伤口一样发着烫，她站了一秒钟，最多一秒钟，转身就走了。

"你去哪啊？我饭都做好了！"袁华大喊。

"去医院！"袁清江一边跑下楼一边说。

"张沛没坐那班车！我不是告诉你了吗！"袁华追出来，喊着，但是袁清江已经跑下楼了，他看着女儿跑得发髻都快散了，他喃喃说："这女子这两天怎么那么怪啊？"

他担忧地坐在房间里面，想："她是不是跟张沛吵架了？"他就更加担忧了，女儿已经没读上大学了，不能再丢了这个好女婿啊——袁华祈祷着。

平乐医院里面几乎平乐镇所有的人都来了，领导们，警察们，还有街上每一个爱看稀奇的，永安市的记者也来了几个，拿着摄像机在那拍着，袁清江觉得他们举着摄像机的样子就像扛着一个小棺材。

她急急忙忙走到急救处去了，到处都是人，哭的，呻吟的，骂人的，响成一团，这的确是平乐镇多少年没出过的大事了。

袁清江不知道要到哪里去找人，她漫无目的地在那打转，忽然，她听见了一个熟悉的声音。

是一个男声,有些嘶哑了,这声音吼着说:"兄弟!我对不起你!我对不起你兄弟!"

袁清江立马转过去看,果然是岑仲伯,他坐在急救处外面的花台上,红着眼睛打自己耳光,黄元军在旁边劝着他。

袁清江也不知道自己是怎么走过去的,她看着岑仲伯,等着,岑仲伯终于发现了她,他抬起头看她,眼睛已经全部红了,他说:"袁清江。"——他像一头受伤的野兽,勉强发出了这三个字,就又低下了头。

袁清江看着黄元军,她惊恐地看着他,黄元军终于说:"哎呀,那个小陈嘛,前几天来平乐的那个,死了。"

袁清江"啊"地一声,她坐下来,坐在岑仲伯旁边。

岑仲伯还在拼命地打自己,黄元军用尽全力地拉他,但根本拉不住他。

他拍着自己的头,说:"黄元军,我不是人啊!我不是人!他口口声声都喊我哥了,他二话不说拿钱出来买那个假药就是为了给我奶奶医病,他喊我哥啊!我居然就把他骗了!我居然把他骗了!"

他猛地想起什么来,就在口袋里面摸着,他终于摸了一卷一百的出来,它们还卷在一起,不知道卷了多久了,他把这些钱用力甩在地上,骂道:"五百元啊!岑仲伯你这个龟儿子!就为了这狗日的五百元啊!"

黄元军连忙去捡那个钱,一边捡,一边说:"土狗,算了嘛,我们也没想到是这样的嘛,他自己命不好,你不要想了。"

袁清江坐在那里,听着他们说这些话,她不知道发生了什么事,但她知道岑仲伯又骗人了,当时她看见小陈和岑仲伯走在一起,她就告诫过他,说岑仲伯这个人有点鬼,让他当心点。

小陈当时说什么了。袁清江想了好久,她终于想起来,他笑着,说的是:"我知道了。"

袁清江埋着头,她的眼泪又流了下来,顺着刚刚的泪痕。

岑仲伯还像野兽一样在她旁边打着自己,黄元军有点看不下去了,他说："岑仲伯，你娃混江湖这么多年了，做的烂事还少了啊！做了就做了，他自己命不好，你咋就突然这么想不开啊！"

岑仲伯抬起头来，喃喃地，说："我不知道啊，但是他喊我哥啊。"他不知道为什么自己会为这陌生人的死如此悲伤。

袁清江知道为什么，她坐在那里，知道她揣着的是一把匕首，她把它揣了怀里，本来没有打算给任何人看，但是现在她要告诉岑仲伯，她非得要把这匕首狠狠捅进他的身体里去不可。

"岑仲伯，"袁清江听见自己用一种冷冰冰的声音说，"小陈其实不姓陈。"

岑仲伯没听明白她的意思，他依然抱着头呜咽着。

"今天早上我去他住的旅馆看了他的登记资料，他不姓陈，他叫岑青江。你的这个岑，我姐姐的那个青，我的这个江。"

黄元军呆住了，他看着袁清江，他说："你说啥子哦！"

袁清江接着说："昨天我带他去看我姐了，他说是我姐姐的妈托他来看我姐的。"

袁清江永远也不能忘记，她说完这个话，岑仲伯忽然发出了一声惨叫，那是一声长长的，属于野兽的惨叫，她后来常常想到那一声，并且觉得那无论如何也不可能是人类发出来的。

他两眼一翻，昏了过去。

黄元军慌了手脚，岑仲伯像头大象一样翻在地上了，他根本拖不动他，他叫发呆的袁清江："快点来帮忙嘛！"

袁清江就上去帮着拖他，但他们两个也拖不动他，黄元军说："去找人来！"

袁清江"哦"了一声，就跑去找人了，更多的人从她身边跑过去，所有的人都在忙着，她看到一片白晃晃的，根本看不到一个人。

忽然，她看到了谢梨花。她已经很老的样子了，戴着一个护士长的帽子，在那里指挥其他护士去给病人配药。

她一把冲上去抓着她，说："谢阿姨！"

谢梨花回过头来，发现是袁清江，她呆住了，袁清江长大了。

"谢阿姨！我有个朋友晕了，在那边倒了，我们抬不动他，你过去看一下！"袁清江焦急地说。

谢梨花一听，连忙拿了药冲过去，她看见岑仲伯倒在那里，脸色铁青，她赶快按他的人中，翻了翻他的眼皮，他的样子让她想起了另一个人。

岑仲伯终于醒过来了，他第一眼就看见一个穿着白大褂的女人，脑袋上戴着一顶白帽子，她的脸上有些皱纹，整个人看起来很严肃，嘴唇紧紧闭着，看着他。

他听见有人在旁边小小地欢呼了一声，他发现这是袁清江的声音。

他就想起全部的事情来了，他重新闭上眼睛，咬着嘴唇，恨不得自己没醒来过，他眼睛里面热热的。

袁清江看见岑仲伯的眼泪从眼角渗了出来，她又忍不住要掉眼泪了，她怯怯地叫了他一声："岑仲伯。"

岑仲伯没理她。

她又叫了一声："岑仲伯。"

"岑仲伯？"谢梨花忽然说，"你是岑仲伯啊？你爸爸是不是岑奇？"

岑仲伯这下把眼睛睁开了，他还从地上坐了起来，他说："是。"——他终于说了，是。

"哎呀，"谢梨花笑起来，"你真的是岑仲伯！我刚刚就觉得你有点面熟！"

"你认识我？"岑仲伯努力回想着，确定自己没见过这个女人。

"我认识你！"谢梨花的脸上露出的笑容是那样让袁清江陌生，在她的记忆里，谢梨花应该是从来不笑的，"那个时候我才刚刚参加工作没久呢……"她还想说什么，忽然想到袁清江还在身边，她就不说了。

袁清江知道她在顾虑什么，她说："没事，谢阿姨，你说吧，我都知道了。"——在今天，她觉得她一定要把这个遮遮掩掩的故事听一次。

岑仲伯也说："你说吧谢阿姨，我也早就知道了。"

黄元军走到一边去了，他知道他们要说的事情是不想让外人听见的，岑家和袁家的那个恩怨他也隐隐听说了些。

　　谢梨花蹲在地上，呆呆地看着岑仲伯，她的脸上露出了骄傲的表情，她说："你这个娃娃现在长这么高了！以前你和袁青山是我们医院里头最喜欢生病的奶娃娃，你们一生病，我就要去给你们打针！"

　　"你和姐姐以前一起在医院？"袁清江并不知道故事的这个部分。

　　"啊，"谢梨花说，"岑奇他们两口子和你爸妈是在一个病房里面住的，两个孕妇都算是高龄产妇，提前就住进来了。"

　　"那时候你爸啊，又年轻又帅，每天都好多学生来看他啊，礼物都堆不下了！"谢梨花端详着岑仲伯的模样——她绝口不提的人变成了袁华。

　　"你们两家人住在一起关系就很好了，他爸爸有什么都分你们一份。"谢梨花又看着袁清江了。

　　"我就想知道我妈是怎么死的？"岑仲伯低低地问，袁清江觉得他的脸几分钟之间黯然瘦了。

　　"你妈啊，唉，说起来也奇怪，有一天晚上忽然你妈和袁青山她妈就一起开始肚子痛了，两个人一先一后进了产房，那时候你们两个的预产期都还没到，我们医院一大半的护士都去了，结果袁青山她妈保住了，你妈就没保住。"谢梨花回忆着。

　　"为什么会这样？"袁清江想着那血淋淋的场面，想着自己曾经的遭遇，问。

　　"我们也不知道啊，分析来分析去，岑奇忽然想起之前一天他有个学生来送了他一个不知道是什么的补品，说是家里人说吃了好得很，岑奇也没多想，就分给两个孕妇吃了，很可能就是那个吃出问题了，孕妇的事情没问过医生怎么能随便乱吃嘛！"谢梨花叹息。

　　"那那是什么东西？"岑仲伯直着眼睛问。

　　"吃都吃了，谁知道呢！后来岑奇还去问过那个女学生，那个女学生吓坏了，说不出个所以然来，人家那家人也是孤儿寡母的，又不可能害他，就算了。"——袁清江听着听着就觉得小腹痛了起来，她好像又回到了那个恐怖的时候。

"后来呢？"岑仲伯定定地接着问，他说出来的声音就像不是他说的。

"后来？后来啊你还是给袁青山他妈喂了好长一阵的，后来你们就知道了嘛，后来她就跟岑奇走了，袁青山被他爸爸抱走了，你在这又饿了几天才被你奶奶接回去，你们两个可怜的娃娃啊。"谢梨花感叹地看着岑仲伯，好像在看自己的孩子，她又叹了一口气，说，"还好，你们两个都长大了，还都长得那么高。"——她说完这个，立刻觉得这样说袁青山不太适当，她有些尴尬，还好袁清江和岑仲伯谁也没有发现。

三个人一个坐着，另外两个蹲在那里，坐在地上的人没想着要站起来，蹲的人也不觉得累。

还是有个护士跑过来，说："哎呀！护士长！你怎么跑到这来了？好多人在等着你哦！"

谢梨花这才回过神来，她猛地想站起来，然后发现腿有些麻了，岑仲伯连忙站起来扶他，他也把袁清江拉了起来。

谢梨花站在两个孩子面前，她在平乐镇不知道看过多少孩子，她都记得他们小的时候的样子，每一个都那么清楚，他们是那么可爱，那么贴心贴肺地在她怀里哭过，但他们都不记得她了，他们都大了。

她说："今天说多了，你们就当我没说过。"

"没事，我知道。"岑仲伯说。

袁清江站在那里，看着谢梨花，她想到她最后见她那次她是怎么骂她的。

她的心里面很难过，她伸手出去，摸了摸她的手臂，发现她是那么瘦，她不知道怎么说，但还是迟疑地说出来了："谢阿姨，以前，真的对不起。"

谢梨花惊讶地看着袁清江，她还是那么漂亮，就像小时候漂亮得有些骄纵，她惊讶地看着她的眼睛。

"谢阿姨，"袁清江终于说，"其实你和我爸爸……"

"唉，"谢梨花打断她，"过了的事就不说了，你以后想得起，就过来看下我。没事。"

她拿起针药,匆匆忙忙走了。

岑仲伯站在那里,想起以前袁青山跟他说过父亲谈了个对象的事,他说:"你爸以前谈的就是她?"

"嗯。"袁清江低低地应了。

"唉。"岑仲伯叹着气。

两个人站在那里,也不知道能怎么办,终于被黄元军叫着走了,黄元军像赶鸭子一样赶着这两个人,他觉得无论如何要让他们先离开这个阴飕飕的地方。

他们站在门口,黄元军打电话给他老婆:"喂,今天不回来吃了……你管我咋不回来呢!朋友喝酒!娃娃哭嘛哭她的嘛!我又没不准你打麻将……知道知道,喝了就回来!"

然后他转过身来笑着拍岑仲伯的肩膀,说:"没事!今天我陪你喝!不醉不归!"

"好。喝!"岑仲伯恶狠狠地说,他的眼睛始终不知道在看哪里。

"喊不喊张英琪?"黄元军问。

"我们男人喝酒,找婆娘干啥!"岑仲伯摆摆手,结果他这边才说了,转过头来又问袁清江:"袁清江,今天晚上要不要跟我们吃饭?"

"不了,"袁清江说,"我要回去了,没跟爸爸说一声就出来了,爸爸要担心了。"

"嗯,好。"岑仲伯说,"我帮你喊个三轮。"

"不了,不了,我自己走回去,又没好远。"袁清江说。

"不行不行!"岑仲伯坚持给她叫了三轮,他把钱给了,扶着三轮车的棚子,跟袁清江说:"袁清江,别多想了,各人有各人的命,过去的事就过了,日子还是要自己过。"

"嗯。"袁清江让自己点点头。

"还有,"岑仲伯说,"今天的事情不要给你爸说,更不要给你姐说。"

"我知道。"袁清江说。

他们告别了，身后，平乐医院还像个大剧场那样，呼啦啦地吵个不停，在未来的一个月里面，整个平乐都会不停地谈论这个话题了。

他们从这走了出来，谁也不知道他们失去了什么。岑仲伯又站了一会，忽然转头又栽进去了，黄元军慌了，他拉岑仲伯，说："你干啥子！"

"我不能不去把我弟弟的后事办了嘛，不能喊他就在那睡起嘛。"岑仲伯说。

"你疯啦！"黄元军骂他，"他自己家里没人啊？你管人家那么多事！"

"万一他没呢！"岑仲伯说。

"那也是按规矩办，你不要忘了，他户口上不是你弟弟，也不是我们平乐的人！你是不是要搞得全平乐的人都知道嘛！"黄元军恶声恶气地。

岑仲伯明白他说的全对，他站在那里，握紧了拳头，他的拳头一向很硬，他把它们握得紧紧的，他终于再次转身了，他头也不回地走了出去，说："走！喝酒！把兄弟们都喊起！我请客！今天不吃个八百一千的哪个都不准回去！"

"好好好，"黄元军说，"我打电话喊人，炒大虾嘛。"——他想起来他们一共就是骗了岑青江八百元。

袁清江一打开家门，就看见袁华从里面扑出来了，他说："你跑到哪里去了？全世界的人都在找你！你们超市也打电话来问你怎么不去上班！"

袁清江这才想起下午还是要上班的，她木木地转身说："那我去上班了。"

"哎！"袁华赶紧拉住她，女儿灰黄的脸色让他担心，他说，"算了嘛，反正都现在了，你休息一下，脸色不太好呢。"

两个人就进里屋坐了下来，袁清江发现父亲正在看电视上的新闻，新闻就在报今天平乐出车祸的事情。

袁清江头痛得要死，她哀求父亲说："爸爸，不要看这个嘛，换台嘛。"

袁华看着女儿的表情，知道一定是出了什么事情，但他什么也没问，强忍住自己的好奇心，说："好好好，不看不看。"——就换了台。

就算这样，他还是意犹未尽地回想着刚才的节目，他说："给你说这次车祸这下交通局那些人肯定不好过了！好惨哦！而且你知道最奇怪的是啥子？有个人居然带了一盒骨灰，打得稀烂！也不晓得是哪个的了，哪个会带起骨灰赶公共汽车哦！"

袁清江愣住了，她想起昨天岑青江在袁青山那说到王曼珊时候的神情，她的手一下子冰凉了，所有的事情都明白了，她现在全都明白了。

她坐在那里，笑了起来。

袁华被她弄得毛骨悚然，他说："你笑什么？"

她看着父亲，深深地看了他一眼，他是那么老了，袁青山进了仓库，她又高考发挥失常，他就一头又一头地老了，他的头发已经花白了，脸上的皱纹一条又一条的。

她说："没什么，爸爸。"

袁华担心地看着她，他说："你是不是跟张沛吵架了？张沛是个好娃娃，对你好，你不要跟他吵架，他下午还打了几个电话来问你。他还怕你担心他，一个劲儿说他没事。"

袁清江就想起早上张沛给她打的那个电话，她迷迷糊糊地，他在电话里说："今天我爸爸要去城里办事，他送我走。"

他说："今天我爸要去城里办事，他送我走。"

直到此刻，袁清江才明白这句话是多么温柔，多么美好，多么意味深长，多么谢天谢地。没有那个可以带她离开平乐的人了，没有那个完美的男人了，但至少她还有张沛，总算还有个张沛。

她坐在那里，看父亲看电视，忽然电话就又响起来了，她站起来说："我去接。"

袁华就笑她了："真的还是个小娃娃，刚才脸还黑起，听到你们张沛的电话来了，一下就高兴了！"

朱驼背

我们镇的人说到一个女人长得很丑，或者非常懒散，进而疯疯癫癫，反正就是根本嫁不出去的样子，就会说："连朱驼背都不得要她！"

我小时候我爸也这样教育过我，有一段时间我很喜欢吃糖，我爸就说："吃嘛！以后吃得又胖，牙齿又烂！只有把你嫁给朱驼背！"——我就彻底被吓到了，再也不乱吃糖了。

朱驼背一天到晚都坐在十字路口的那棵泡桐树下面，夏天他拿个扇子扇风，冬天他就穿得多一点，他坐在那里，等人来问他："朱驼背，帮我抬一下我们屋头的衣柜嘛。"或者是："朱驼背，来刷下墙嘛。"或者说："我们家头的电路给我们装一下。"——反正只要你想得出来的事情，他都可以做，他只求吃个饱饭，喝点小酒，你要给点钱给他，他也就收下了——平心而论，朱驼背是个有本事的人，他力气大得不可思议，两个人抬不动的石头桌子他一个人扛着健步如飞，刷墙补瓦，乃至修电视，杀猪杀鸡，他都给做得干净利落。所以，我们镇的人一有什么事，就都去十字路口找朱驼背帮忙，一到办喜事或者吃谢师宴的旺季，朱驼背甚至是忙不过来的。

本来我们大家都觉得，他完全可以靠这些手艺过上踏实的日子，甚至去讨个丑一点的老婆，但他什么也不做，他在北门上有个烂房子，孤家寡人睡个烂床，平时就在我们镇上晃晃悠悠地过了。

朱驼背走路的样子让我格外印象深刻。他本来是个驼背，走路当然是躬着的，但他的躬里面还时时刻刻透露出一种恐惧和卑微来，那种小心谨慎的步子简直让我看了都不忍心，一旦他在路上不小心撞到了什么或者他怎么碰到了路过的人一下，他就马上把头埋得更低，连声说："对不起，对不起！"

这绝对是朱驼背的一句口头禅，无论是什么时候，什么事情，甚至是他一个人喃喃自语的时候，他都会不停地说："对不起，对不起，对不起……"

有些二流子就去逗他耍，他们专门选朱驼背走路的时候跟在他后面，然后忽然冲过去狠狠地把他撞倒在地，自己也顺势倒在地上，龇牙咧嘴假兮兮地叫唤，朱驼背就连忙爬起来过去扶他，扶起来然后着急地说："对不起，对不起，对不起。"

"老子好痛哦！你要赔钱哦！"二流子说。

朱驼背真的就会翻肠掏肚地把身上的钱摸给他们，嘴里还不停说着："对不起，对不起，对不起。"

于是二流子们都很喜欢他，亲切地称呼他为"自动取款机"。

朱驼背唯一让人有点怕的是他喝醉了的时候，他经常都喜欢喝点小酒，一旦喝高了，就跑到十字口去唱歌了，让人惊讶的是，他唱的都是当年最流行的流行歌曲，就是那些只有小青年才唱的歌，也就是十字路口那家音像店一天到晚都在放的歌。

——旦我们听到朱驼背开始唱歌了，就知道他喝醉了，这个时候，谁也不要去惹他。曾经有个瓜兮兮的二流子，在朱驼背喝醉的时候去撞他，结果朱驼背看到他倒在地上，不但没拉他起来，还骂他："你干啥子？撞我干啥子？"他把这个二流子提起来就打了一顿，这个二流子的哭声一条街都能听见，没有人敢去劝他。

但是过了一会，朱驼背酒醒了，他就跑去找到那个去了半条命的二流子，不停地说："对不起，对不起，对不起。"——他把以后整整两个多月赚的钱都补给了那个二流子当医药费。

到我长到了对我们镇上各种稀奇古怪的人感兴趣的年龄，第一个去找的就是朱驼背。

朱驼背正在泡桐树下头打瞌睡，他的呼噜很大声，还好十字路口人来人往，没什么人在意。

　　我在那陪他坐了一会，觉得这是一件很浪漫的事情，他睡得不是很安稳，好像在做噩梦，忽然就醒了，他满脸大汗地坐起来，说："对不起！对不起！对不起！"

　　他惊恐的样子让我有些无措，我就叫他："朱驼背！朱驼背！"

　　他才好像终于醒过来了，看着我，他说："小妹妹，有啥事情？"

　　"没什么事情啊，"我说，"就是坐一下。"

　　"坐一下？"看得出来朱驼背并不能理解我的想法，但他还是说："坐嘛，坐嘛！"

　　"你为什么老说对不起啊？"我终于问他。

　　"啊？"朱驼背呆呆地看着我，他说，"这么久还没人问过我这个问题。"

　　"你为什么说对不起啊？"我并不放弃我的问题。

　　"为什么？"朱驼背没有看我，他的丑脸上露出了一丝微笑，他说，"因为我有对不起的人嘛。"

　　——立刻地，我觉得那肯定是一个浪漫的爱情故事，年轻的朱驼背必然是个英俊、风流、轻狂的少年，他负了的必然是个美丽、温柔、善良的姑娘。

　　我就去问我爷爷，我说："朱驼背年轻时候啥样子啊？"

　　"就是个驼背嘛！"我爷爷说。

　　"那他耍有朋友没呢？"我怀着最后一丝希望问，盼着还有个巴黎圣母院般的故事。

　　我爷爷对我的问题嗤之以鼻，他说："他都耍得到朋友？除非你们爷这种小伙子死绝了！"

　　"你年轻时候啥子样子嘛？"我问我爷爷。

　　"哎呀！想当年那个陈三妹……"我爷爷又要开始了，然后他忽然停住了，他的神情有一瞬间是那么陌生。

我看见我奶奶走过来看了爷爷一眼。

我爷爷忽然变得这么怕奶奶了，我有些奇怪，但让我更好奇的还是朱驼背的话，我就跟我爷爷说："那朱驼背跟我说他一直说对不起是因为他有对不起的人，是啥子意思呢？"

"我咋晓得他朱驼背的事情嘛！"我爷爷丢下这句话，就忙他的事情去了。

我觉得我一定要解开这个谜底，就跑去跟在朱驼背屁股后面，问他："朱驼背，你给我讲一下你对不起的那个人的事情嘛？"

朱驼背开始不理我，后来他终于苦着脸说："小妹妹，你年纪轻轻的书不读，听这些干啥嘛？"

"我想以后拿来写小说嘛！"我豪言壮语。

"写小说？"朱驼背愣了愣，他就笑了，他说："你这个娃娃有点怪哦！"

"你给我说嘛朱叔叔！"我缠着他，"不然我问你答！"

"你问嘛。"朱驼背算是投降了。

"你对不起的人是不是个女的？"——我按照我爱情故事的思路问。

"嗯。"朱驼背回答。

"她是个啥样子的人呢？"我问。

"她啊，很漂亮、温柔、聪明、贤惠、善良……"朱驼背滔滔不绝地吐出形容词。

"还有呢？"这些抽象的词让我无从想象。

"总之就是很好，她真的很好。"朱驼背回忆的样子让他变得不那么难看了。

"那你为啥没跟她在一起呢？"我接着问。

"在一起？"朱驼背有些吃惊，"我哪里高攀得上她哦，连城头来的大学生都在追她。"

"那你为什么对不起她啊？"我很失望，因为这很可能不是一个爱情故事了。

朱驼背没有说话，他脸色铁青，忽然捏紧了他的拳头，我注意到他的手臂是那么粗壮，上面的肌肉猛地就鼓起来了，那手臂看起来可以摧毁世界上的一切东西。

我忽然害怕了，我说："你不说就算了嘛，我们下回说。"

朱驼背像是没有听到我说的话，他张开口，说了一句："对不起。"

他说："对不起，对不起，对不起。"

——他的话像是某一种来自阴间的诅咒，让我猛地从背脊冷了起来，我转身就跑了。

第二天，我跟我同学说到了昨天的事情，我说："朱驼背以前是不是杀过人哦？"

他看了我一眼，说："都要中考了，你考不起高中我看你怎么办，每天搞些莫名其妙的事。"

我大怒，我说："我考不起高中？你讨打哦！"

但我也就真的认真复习起来，没想到，在中考开始之前，朱驼背死了。

他在十字路口的泡桐树下吊死了，他把吊绳的结打得死紧，整个绳子结成那个圈完全是勒在他的脖子上，把他卡在上面，这样他就不会因为他的驼背重心不稳而从空中半途落下去了。

那恐怖的景象我并没有看到，为了这事，我们镇上的人甚至砍了那棵泡桐树。

我同学好几天没和我说话，我就问他："你怎么不理我？"

"你们这些命好的人就是不放人家一条活路，跑去问啥嘛问！"他骂我。

我很惊讶，一是他居然认为是我让朱驼背自杀的，二是他居然这么在意朱驼背。

从那以后很长一段时间里我都没有再想写小说的事情。

回平乐的第二天，我去医院看我同学，他躺在床上，看见了我，他愣了愣，居然并不是很惊讶，说："还知道来给我送终嘛！"

"你给我爬啊！"我骂他。

我在那里坐了一个下午,跟他聊过去的事情,我和他的事情,我们镇上的事情,那些所有去了的人,被我们忘了的人。

我们就聊到朱驼背,我说:"你当时为啥为他跟我生那么大的气?"

他说:"从小朱驼背就经常来我们家帮我和我奶奶做好多事情,还经常拿钱给我们,不是他,我奶奶一个人哪养得活我哦。"

我没想到还有这样一段故事,我说:"朱驼背那个人其实真的好好哦。"

"嗯。"我同学说,"后来我奶奶算命赚了钱就经常喊我拿钱给他,但是他打死都不要,他给我说,高歧,你不要觉得我好好,是你奶奶好啊,你不晓得她以前好照顾三妹和四妹她们。"

我们两个都沉默了,我说:"真的,他这么好的人,对不起他的是我们,他哪对不起哪个嘛。"

我同学说:"都是命啊。"

第 17 章

每天吃早饭的时候是袁清江一整天中最紧张的时候,馒头和稀饭摆上来,鸡蛋都泡在冷水里面过一下然后捞起来了,各种小菜都拼好在一个大盘子里面了,看起来是那么五彩缤纷。最开始的时候,袁清江为了她要不要第一个伸手出去拿馒头以及她要把第一个拿的馒头给谁烦恼了很久,按她自己的想法来,她是想把第一个馒头给张沛的,但是她又觉得那样看在公公婆婆眼里难免有些炫耀和讨人厌;她就想应该把第一个馒头给婆婆,但是那样公公的脸又挂不住了,毕竟他才是这个家最辛苦的人;她就想,还是把第一个馒头给公公吧——一家人第一次一起吃早饭,她就那样做了,她把馒头夹起来,给了张俊,张俊眉开眼笑地推辞了过去,说:"清江,你自己吃。"

陈琼芬冷冷地说:"你接到就吃嘛,人家媳妇第一个想到的就是你。"

张俊让自己笑了笑,说:"她第一个想到我不对啊?哪个是一家之主嘛?"

"你!"陈琼芬说,"我们都知道是你!你养起我们这些吃闲饭的,哪个敢得罪你!"

饭桌上的空气一下子凝固了,张俊一拍筷子说:"你少说两句嘛!"

"我总共就说了两句。"陈琼芬自己夹过一个馒头,血肉模糊地咬开了。

张俊不说话了,四个人埋着头吃早饭,张俊说:"张沛,这几天你还是陪陪清江，铺子的事情就先别管了，她可能还不太适应。"

陈琼芬说："有什么不适应的，我嫁给你也没见你请半天假啊！"

张沛终于忍不住了，他把碗重重地放在桌子上，说："我去上班！"

——袁清江想起那个糟糕的早上，就忍不住要再出一身汗，从那以后，每天吃早饭她都小心得不能再小心了，她总是早早起了床，下了楼，在厨房帮陈琼芬把馒头稀饭热好了，端出来放上，然后等两个男人收拾好出来坐下了，她就坐在那里，一动不动，等着第一个行动的人——比起以前早上匆匆忙忙起来去超市上班，她不知道哪个更累。

今天也是张沛第一个伸手拿了馒头，然后是陈琼芬，然后是张俊，最后袁清江才终于伸手去拿了一个馒头，自己小口小口地吃了。

张俊说："清江，今天快点吃，吃了收拾一下，我们早点去见乔局长。"

"今天去？"袁清江吃了一惊，"不是说明天去吗？"

"乔局长刚好今天有空在家休息，就今天去嘛，免得夜长梦多，你知道这次多少人想挤进去。"张俊夹了一块豆豉鱼，跟陈琼芬说，"我们家的早饭还是换点花样嘛，我看到人家家里都有时候吃点汤圆啊，面啊。"

陈琼芬说："知道你想去其他人家里吃早饭，你干脆晚上都不要回来了嘛。"

张沛白了母亲一眼，张俊不说话了。

袁清江默默叹了口气，暗地里舒了舒腰，她是多么想念和袁华一起吃早饭的日子。

她吃了几口就不吃了，说："那爸爸妈妈你们慢吃，我先上去收拾了。"

陈琼芬说："多吃点嘛。"

"吃饱了。"袁清江低眉顺眼地说。

"这娃娃每次都吃这么少，所以就是不长点肉。"陈琼芬皱着眉毛说，也不知道是心疼还是抱怨。

袁清江也意义不明但温顺地笑了一下，上楼去了。

她走上楼梯，然后转上去，看不见张家三个人了，她忍不住深深地舒展了一下身体。

袁清江试了几套衣服,都觉得不好,结婚以后,陈琼芬带她去给她添了好几套衣服,但每次都是要以陈琼芬的意见为主,她总是给袁清江买那种色调朴素,样式简单的衣服,她说:"年轻女娃娃本来就漂亮得很了,穿就不要穿那么花,只有我们这些老婆婆才穿那么花。"

袁清江就说:"妈,你哪里老嘛。"——她看着另一件蕾丝边的高腰小裙子,是今年很流行的款式。

陈琼芬就笑了一下,拿了一件非常中规中矩的西服裙,灰蓝色的,跟袁清江说:"你比一下这个,我觉得这个还可以。"

——现在,袁清江就把这条裙子拿在手里,她费尽心思地去把裙子的腰改细了,穿起来更贴身,还配上了一个珍珠的胸针,总算让她觉得不那么难看了,她决定今天就穿这件,婆婆一定会很高兴。

她脱了睡衣,正在光着身子穿胸罩,门就猛地被打开了,袁清江吓了一跳,走进来是张沛。

张沛看了她一眼,自顾自地在抽屉里面找东西,他问她:"昨天晚上我放在桌子上那张纸你看到没有?"

"什么纸?"袁清江反着手一边扣胸罩一边说。

"就是一张普通的纸,昨天跟曾老板吃饭,他给我介绍了一种医更年期综合征的胶囊,我把名字记在那张纸上了。"张沛哗啦啦抖着袁清江的书。

"哎呀,"袁清江穿着胸罩去抢她的书,她说,"怎么会在书里面嘛?是不是在抽屉里头?"

"你给我找嘛。"张沛一找不到东西就会很烦躁。

袁清江就在抽屉里面给他找了一会,果然找出来了,她说:"是不是这个?"

张沛看了一眼,笑起来,说:"就是,我老婆真聪明。"他伸出手,搂着袁清江光溜溜的腰,亲了她一下。

袁清江讨厌他这种交作业似的搂抱,她推开他过去穿那条裙子,她说:"你真的要给妈买啊?她看到是更年期的药你不被她骂死才怪。"

"我换个瓶子装了给她就是了嘛,她总不会去看胶囊上头的字嘛。"张沛得意地说。

"小聪明！"袁清江把裙子侧面的拉链拉好了，对着镜子整理头发。

张沛嘿嘿地笑了起来，他说："今天早点回来啊！"——这句话等于是两口子之间的一个暗号，袁清江皱了皱眉毛，她知道还是要交一次作业了。

两个人一起下了楼，张俊已经在楼下等他们了，看到袁清江打扮的样子，他露出了满意的表情，他说："走嘛。"

陈琼芬在厨房里面洗碗，声音噼里啪啦地，袁清江真怕她把碗都打碎了。她擦了擦手出来，看见袁清江的样子，也说："清江今天真漂亮。"

"这条裙子是妈妈给我买的嘛。"袁清江讨好地说。

"我还是有眼光嘛！"陈琼芬笑了。

三个人出了门，他们结婚的时候，张俊把以前的富康车送给了小两口，他自己重新买了一辆别克。

袁清江坐进别克里，看着张沛开车走了，他们的车跟在张沛的车后面出了曹家巷，广播局家属院就在曹家巷隔壁，他们拐了个弯就到了。

乔局长的家在广播局新修的家属楼里，这楼外面看上去普普通通，听说里面都是极其奢华的，一户人家有一上一下两套房子，从里面打通了楼梯上去。

他们去了三楼五号，张俊按了按门铃。

一个看起来像保姆的女人来开了门，张俊说："找乔局长的。"

那保姆退了两步，说："乔局长，有人来了。"

乔局长就出来了，他长得很富态，一个啤酒肚子挺着，戴着副眼镜，脸上倒是白白净净的。

他热情地说："老张来了啊！进来坐进来坐！"

他们进去了，坐在客厅里面，袁清江看见有一个漂亮的木楼梯可以上去，她想着，传说果然是真的。

喝了两口茶，乔局长说："这个就是小袁啊？"

张俊说："啊，清江，喊乔局长。"

"乔局长。"袁清江细声细气地喊。

"长得真的乖啊，老张有福气哦，这么乖个儿媳妇！"乔局长笑呵呵地说。

"哎呀！"张俊夸张地发出了一声叹气，"乔局长你才有福气哦！女儿都天南地北地飞，见了大世面了！"

乔局长笑了笑，没说话了，不知道为什么，袁清江觉得他的神情有些尴尬。

张俊也发现了，他立刻转换了话题，他说："乔局长，这次我们小袁的事情真的要麻烦你帮忙了！"

"哎呀，"乔局长说，"我这刚刚才上去，就又马上要弄电视台，你知道有很多困难啊。"

"有啥困难你给我说，我能给你帮忙的，都给你帮忙！"张俊马上爽快地表示。

"哎呀！哎呀！"乔局长又给张俊倒了茶。

"那你说你们小袁，她没文凭的嘛。"乔局长说到了实质性的问题。

"这个人是要看综合素质的嘛！我是知道的，城里电视台的主持人我也认识好几个，有些就不是大学出来的，主持人嘛！长得漂亮，普通话过关就可以了！"张俊说。

"小袁的普通话怎么样嘛？"乔局长问。

"她以前在他们学校就经常主持节目，普通话没问题！"张俊拍着胸脯表示。

"还是要考级的哦？"乔局长说。

"我们知道，我们都给她买了普通话测试的书，她正在复习呢。"张俊说。

"那就好，那就好。"乔局长点点头，说，"至少要考起二甲，不然再硬的关系我都没办法办啊。"

"没问题！清江，你要好好读书，考二甲没问题！"张俊对袁清江说。

"嗯,我知道,我一定好好读。"袁清江点点头,她觉得全身的血都在慢慢沸腾着。

保姆走过来,放了一盘水果,张俊说:"哎呀,不要弄了不要弄了,我们马上就走了。"

正在这时候,他们听到楼上发出一声巨响,闷闷地像是谁摔倒了。

乔局长的脸色全变了,他猛地站起来,对保姆说:"快点上去看一下。"

保姆急匆匆地跑上去了。

张俊坐在那里,还在想到底问还是不问,袁清江就抬头看着楼上,说:"怎么啦?"

她本来正在想主持人的事,被楼上的响声吓了一大跳。

"没事,没事。"乔局长说。

——就像是为了回应他的话,他们听见楼上发出了一声女人的尖叫,然后那女人大哭起来。

这下连张俊也坐不住了,他疑惑地看着乔局长。

乔局长只有叹了口气,说:"哎呀,那是我的女儿啊。"

"你女儿回来了?"张俊惊讶地问。

"啊。她生病了,回来休养。"乔局长说。

"她怎么了?"张俊说,"我认识几个很好的专家,各个方面都有,也许能帮点忙。"

"不用了,不用了,该看的我们都看了。"乔局长说。

楼上那个女人又哭了起来,她的声音是那么凄厉,这悲伤的声音让袁清江想到了姐姐,她曾经好几次听到她在夜里也哭得这么让人心碎。

"皎皎!皎皎!"乔局长终于站起来跑上去了。

剩下张俊和袁清江坐在那里,袁清江说:"爸,我们要不要走了?"

"钱还没给他的嘛!"张俊皱着眉毛说。

两个人坐立不安地,好像过了一个世纪,乔局长居然下来了,他问袁清江:"小袁,你是不是叫袁清江啊?"

"啊。"袁清江说。

"你是袁青山的妹妹啊？"乔局长问她。

"啊。"袁清江觉得姐姐的名字和这样的场合是那么的格格不入。

乔局长说："你上来一下。"

袁清江就愣了，她看了看张俊，张俊说："你上去嘛。"

袁清江走上去，进了一间卧室，她看见床上躺着一个女人，她披头散发的，脸色并不好，袁清江一时没认出来她是谁。

"清江，你是清江啊？"那女人低低地说。

袁清江终于反应过来了，乔局长的女儿，睡在床上的那个人，就是她姐姐以前最好的朋友，乔梦皎。

乔梦皎完全不知道袁青山这些年发生的这些事情，她问父亲："你为什么不跟我说啊？"

乔建业说："你每次回来几天就走了，哪有空给你说这些事嘛！"

"那她现在怎么样？还住在仓库里面的啊？"乔梦皎问袁清江。

"啊。"袁清江说。

"我要去看她！"乔梦皎说出来。

"不行！"乔建业连忙说，"你现在身体不好，不能随便出去，而且人家看到了……"

"我要去！我现在就要去！"乔梦皎倔强撑起身子要去拿床边的拐杖，也不知道是在跟谁赌气。

乔建业连忙过来扶她，女儿出了事回来的这一个多星期，他的心都要操碎了，又心疼女儿，又怕女儿想不开，他终于说："好嘛好嘛！你去嘛！你高兴就好！"

"我要去！"乔梦皎的脸上露出的苍白竟然好像反射着光亮。

事情急转直下，张俊看着袁清江和一个瘸腿的姑娘一起走下来了，乔局长和保姆在旁边扶着她。

他站起来，说："这……"

乔局长咬着牙，一口气说："老张，这个是我的女儿乔梦皎，她现在要去看袁青山，她们以前是好朋友，你帮我送她去一下。"

"好，好。"张俊硬生生吞下自己所有的表情，说。

他们一群人把乔梦皎弄下了楼，弄上了车，又把她的轮椅放在后备箱里，乔局长说："老张，今天麻烦你了，你要好好把我女儿看住啊。"——在日光下面，张俊发现他白净的脸上其实有很多皱纹。

"我知道，我知道。"张俊握着他的手，从兜里拿出那厚厚的一信封钱，塞给他了。

他们就去北二仓库了，袁清江和乔梦皎坐在车后面，一路上，乔梦皎不说话，看着窗外的风景。

袁清江看见万家超市在窗户外面闪过去了，过了一会，北二仓库的红屋顶就看见了，袁清江发现，这屋顶原来已经没有她小时候记忆中那么红了。

张俊按着喇叭让门卫开了门，一直把车开到了袁青山住的仓库门口。

他们两个把乔梦皎抱下来，放在轮椅上，张俊说："清江，我先走了，等会你们要走你打电话给我我再过来接你们。"

"好。"袁清江说。

张俊把车开走了，袁清江推着乔梦皎到了仓库门口，袁青山在里面已经听到了动静，袁清江听见她问："是清江吗？"

"嗯。"袁清江说。

她拿出钥匙来开姐姐门上的铁锁，乔梦皎看着这一幕，眼泪又下来了。

她打开了门，看见姐姐在里面安安静静地坐在她的大桌子前面不知道在写什么，她今天穿了一件淡绿色的的确良衬衣，下面穿着一条的确良的裤子——她的衣服都是袁华他们找人做的。

她写完最后两个字，抬起头看妹妹，说："张沛他爸爸送你来的？"

她就愣住了。

她看着那个坐在轮椅上的女人，她的腿包着大石膏，她比她记忆中的那个样子瘦了，一头头发长得很长了，烫成一种很好看的大波浪。

她的眼睛里面满是泪水，弄湿了她长长的睫毛。

"乔梦皎?"袁青山低低地说。

袁清江站在仓库门口,她能看见北二仓库的大仓库们默默地伏在水泥地上,它们曾经装满了来历不明的粮食、棉花、布料,还有各种各样的货品,但她知道现在它们基本上都空空如也,堆着残留下来的那些报纸、废纸板、烂木料,以及它们发酵出来的那独特的陈旧的空气。

她听见姐姐和乔梦皎在里面断断续续地说着话,她的眼睛里忽然充满了泪水。

袁清江深深吸了一口气,她漫无目的地在北二仓库里面走起来,这些都是她年幼时候游玩过的角落,曾经对她来说,这些地方是那样浪漫、神秘、美丽,它们是她的整个世界。

北二仓库曾经的孩子们都大了,新一茬的孩子又长起来了,不同的是,现在的孩子没有像他们那时候那样是一群一群地自己玩,他们都是被爸爸妈妈爷爷奶奶外公外婆以及更多的大人们带着玩的。

袁清江居然就看见了黄元军,他破天荒地没有跟岑仲伯在外面玩,而是抱着他的两岁多的女儿黄琳琳在院子里面玩,黄琳琳手里面拿着一个漂亮的五彩球,外面挂着一圈铃铛,她不停地摇着。

黄元军也看见了袁清江,他抱着女儿走过来,叫女儿说:"叫袁阿姨。"

黄琳琳口齿不清地说:"鱼姨。"

黄元军说:"这个娃娃现在只会说姨,不会说阿姨。"他问袁清江:"今天怎么想起回来了?"

"回来看姐姐。"袁清江说,"你咋也没出去耍?"

"哎呀,岑仲伯人家现在是在五金铺做得好顺了,一天到黑又要上班又要被那几个女的追起跑!找不到他!汪燕又跑去打麻将了!喊我让她耍一天!"黄元军皱着眉毛,一副苦命的样子。

"岑仲伯不跟女的混,难道一天到晚就跟你混啊?"袁清江不想告诉黄元军上星期她才叫岑仲伯来给袁青山修的电视。

"对的,对的!你们一个二个都结婚了,龟儿子也该收心了!"黄元军沧桑地说。

袁清江又笑了笑，她说："你简直有点像他爸了！"

说完这话，两个人都发现了话里面不恰当的地方。

"咋不去跟你姐姐耍，跑到外面来呢？"黄元军换了个话题。

"她有朋友来看她了。"袁清江说。

"哦？"但她的话还是引起了黄元军的兴趣，他说："谁来看她啊？
总不会是岑仲伯嘛？"

"不是，不是。"袁清江连忙摇头，她生怕让黄元军发现里面的那个人
是谁。

但她迫不及待地否认反而让黄元军有些奇怪了，他说："肯定是岑仲
伯！老子就说他肯定要摸起来看袁青山，总算把他逮到了！"

"真的不是岑仲伯！"袁清江不知道事情怎么就变成这样了，她怕黄
元军过去看。

但黄元军真的就走过去了，他一边走，一边喊："岑仲伯！龟儿子
的！给老子爬出来！"

袁清江焦急地跑在他后面，她只能不停地重复："真的不是岑仲伯！
真的不是岑仲伯！"

黄琳琳也被爸爸的样子吓到了，她玩着那个彩球，失手就把它落在了
地上，彩球咕噜噜地滚了，一路响着清脆的铃声。

那个球就要鬼使神差地滚到袁青山的仓库里面去，袁清江终于在半路
上截住了它。

他们已经站在袁青山的仓库外面了，袁清江听不见里面的声音，她不
知道乔梦皎有没有听出黄元军的声音。

她拦在黄元军面前，把球还给了黄琳琳，她说："黄哥，真的不是岑
仲伯，你认不到的人，你喊啥子嘛！"——她板起了脸。

"真的不是岑仲伯啊？"黄元军也觉得岑仲伯就算来看袁青山，也不
会在大白天地让袁清江知道。

"不是！"袁清江觉得男人越大就越像孩子了，她严肃地喊。

"对不起嘛。"黄元军说,"那我走了。"

袁清江眼看着他要走了,他就又抱着黄琳琳走到袁青山的仓库门口,说:"袁青山,不好意思啊,我以为是岑仲伯在,吵到你们了,你们好生摆龙门阵啊。"

——袁清江并没有把门锁好,隔着一条缝,黄元军可以隐隐约约看见里面坐着两个人。

他说:"我走了,你们耍。"他就走了。

袁清江看着他终于走了,她才发现自己浑身都是冷汗。

她看着他走远了,打开仓库门,进去了,姐姐和乔梦皎都坐着,不说话,袁清江注意到她们两个都像哭过的样子,地上丢着几团卫生纸。

乔梦皎说:"刚才那个是不是黄元军啊?"

"嗯。"袁清江愧疚地说,都是她把事情搞成这样的。

"他现在怎么样?我听说他结婚了?"乔梦皎说。

"嗯,生了个女娃娃,两岁了,刚才还在外面。"袁清江说。

乔梦皎不说话了,袁青山说:"清江,给乔姐倒点水。"

袁清江就要去给乔梦皎倒水,乔梦皎说:"不了不了,我走了,我过两天再来看你。"——她不知道是陷入了什么样的情绪,自己摇着轮椅就要往外面走,完全忘记了要打电话让张俊来接她们。

"你等会嘛。"袁青山说,"乔梦皎。"

乔梦皎还是在前面摇着轮椅,袁青山对妹妹说:"去陪乔姐,这女子这么久了还是没变嘛。"

乔梦皎喃喃地说:"你还不是没变。"——她说出来这句话,袁清江不知道她明不明白她的这句话对袁青山来说是多么重要的一句。

果然,袁清江看见姐姐的表情好像被叠起来了,里面都是层层叠叠的回忆。

她连忙就上去扶乔梦皎,把门给她打开,一边开,一边摸出手机来,埋着头找张俊的号码,要给张俊打电话,她刚刚找到电话,按下去了,就看见黄元军又抱着黄琳琳走回来了,他看见袁清江在那,问她说:"袁清江,你看到黄琳琳那个球上头的铃铛没?刚刚好像在这掉了两个,她一直哭个不停。"

黄元军哄着女儿,向袁清江走过去,他发现袁清江旁边还有一个人,她坐在轮椅上,他看了那个人一眼,他说不出话来了。

一时之间,只有黄琳琳还在摇着那个球,哭着说:"叮叮,叮叮……"
球上面剩下的三个铃铛发出破损的、细碎的声音。

"乔梦皎?"黄元军轻轻地说,好像他大声了一点,就会把什么吓到。

"嗯。"乔梦皎低着头点了点头。

就在这时候,袁清江的电话接通了,张俊在那边说:"清江啊,你们完了?我现在过来,你们等我啊。"

袁清江有几秒钟的时间都回不过神来,她终于反应过来了,说:"啊,爸,对,我们完了,你过来吧。"

她挂了电话,看着他们两个人在那对峙着。

"你的脚咋了?"袁清江以为黄元军会说别的什么话,但他还是在看到乔梦皎腿上的石膏后马上这样问了。

"从楼梯上摔了。"乔梦皎说。

"严重不嘛?"黄元军问她。

"脚踝骨折,粉碎性的。"乔梦皎乖乖地回答他的每一个问题,她的声音并没有什么起伏。

袁清江才知道事情比她想的要严重得多。

"好得到不嘛?"果然,黄元军问。

"不知道,看情况嘛。"乔梦皎说。

"你怎么这么不小心啊?走路也能摔着!屋头给你炖骨头汤没?"黄元军说。

"炖了。"乔梦皎闷闷地说。

"多喝点骨头汤,好生躺着休息,不要一天到晚到处跑啊。"黄元军的眉毛皱得像是几天之内都难以舒展开了。

"嗯。"乔梦皎说。

黄元军忽然想起了什么,他拍拍女儿的脸,说:"来,琳琳,叫乔阿姨。"

黄琳琳还没哭完,她抽抽搭搭地,叫了一声:"乔姨。"——她发的那个乔是介于钱和乔之间的一个音。

乔梦皎终于把头抬起来了,看着孩子,说:"乖。"

她问黄元军:"娃娃好大了?"

"两岁多了。"——袁清江记得自己刚刚才告诉过乔梦皎同样的答案。

就在这个时候,张俊的车终于开进来了,他鸣着喇叭,把车停了下来。

他下车来了,疑惑地看了黄元军一眼,黄元军笑着给他点了个头。

袁清江也没心情介绍黄元军了,她说:"回去了嘛。"——张俊把乔梦皎又抱进了车子里面,乔梦皎看着黄元军说:"拜拜。"

"拜拜。"黄元军抱着女儿,空出一只手来微微挥了挥。

他们要走了,袁清江才想起来没有锁门,她跑过去锁姐姐的门,袁青山坐在椅子上面面对着她,整个人高大而宽阔,她听到了外面发生的事情,但是她没有发出声音,脸上没有什么表情。

袁清江说:"姐姐,我走了。"

袁青山说:"嗯。"

她当着袁青山的面把那扇铁门关起来了,又把锁锁上了。

他们上了车,开回去了,快要开到广播局了,乔梦皎忽然说:"为什么每次都要把门锁起来啊?"

"害怕镇上有些人没事跑去看稀奇,找她麻烦。"袁清江讷讷地解释。

乔梦皎闭上眼睛,发出了一声叹息:"好歹给她换个两面开的锁嘛。"

袁清江忍了又忍,终于说:"对不起啊乔姐。"

"没事,"乔梦皎说,"平乐镇就这么大点。"

他们把她送回去了,张俊要送袁清江回家,袁清江说:"你把我在南门口子放下来嘛,我去看下能不能给姐姐换个锁。"

张俊说:"好,清江你真的为你姐想得周到啊。"

袁清江下了车,就去了五金铺,岑仲伯在里面埋着头不知道修什么东西,她站在门口,看了他一会,说:"岑仲伯。"

他吓了一跳,抬起头来,看见袁清江了,他愣愣地把手抬起来,上面满是油污,他说:"怎么?"

"我想给我姐姐的门上换个两面都能开的锁,这样她也方便。"袁清江说。

"哦。"岑仲伯说,"那我明天去换嘛。"

"去之前给我打电话,我带你去。"袁清江还是隐隐害怕被父亲看见岑仲伯。

她给他交代完了,就出来了,岑青江的事情以后,岑仲伯好像真的跟张英琪谈起了恋爱,她看见他们走在街上,他会让张英琪拉着他的手。

她比任何人都明白姐姐在仓库里面是多么孤单,她是看她看得最多的人,但没有人知道她是多么害怕看见她的样子——她给袁青山装了电视,换了沙发,装了电话,做了个铁架子放她的小玩意,还有时不时地想起什么,就会让岑仲伯去弄弄——她能为姐姐做的,只有这些了。

袁清江一进门就看见陈琼芬在看电视,对她说:"回来啦?"

"嗯。"袁清江说。

"事办好了嘛?"婆婆问。

"嗯。乔局长说普通话过关就没问题了。"袁清江说。

"那你就好好复习嘛,"陈琼芬说,眼睛始终没有离开电视屏幕,"女的啊还是要有个本事,不然靠男人总要出事。"

袁清江说服自己相信她说的话并不是特别说给她听的,她恭恭敬敬地说:"那我上去了。"

她就踩着楼梯上去了。

进了房间门,袁清江迫不及待地脱下了那套裙子,换上了真丝睡衣,她躺在床上,深深地呼吸着,她过去把书拿过来了,翻开里面,看见她夹在里面的那张纸——幸好今天早上它没有被张沛抖出来。

那是上个星期约会完了,江乐恒塞在她口袋里的,他总是还像个孩子,喜欢把头埋在她怀里撒娇,喜欢干这些无聊的事情,那纸条上面密密麻麻地写满了袁清江的名字,最后说"清江,我是那么爱你"——袁清江笑了,她不知道这是不是就是爱,她知道她没有办法离开张家,也不可能和张沛分手,但只有在江乐恒的怀里的那个她是那样快乐——她把纸条撕了。

她躺在床上练普通话:"调到敌岛打特盗,特盗太刁投短刀,挡推顶打短刀掉,打盗得刀盗打倒。"

她又坐起来,对着镜子,挺直了腰板,好像在播报新闻那样说了一次。

她忽然想起来要把这好消息告诉父亲,她就给父亲打电话,结果占线。

她过了五分钟再打,还是占线。

过了十五分钟,她终于打通了,父亲接起来,她说:"你刚刚和谁打电话呢?"

"一个,一个朋友。"父亲吞吞吐吐地说。

袁清江就笑了,她调皮地说:"你是不是交女朋友啦?交了就带来给我看看。"

"什么啊!"袁华急急地说。

袁清江就在电话里面笑了起来,她又像回到了小时候,总是在父亲面前笑个不停,她说:"告诉你一个好消息,我工作的事情基本上定了,要去电视台当主持人了!"

"真的?"袁华大声喊了一句,"不可能吧?你?"

"当然!"袁清江骄傲地说,"你不要看不起你女儿嘛!我以前可是一直主持节目的!"

"那是那是!"袁华乐呵呵地,"我女儿最厉害了!"

他们又说了一些别的,袁华说:"要好好谢谢张家人啊。"袁清江说:"知道了知道了。"他们挂了电话,袁青山脸上还是挂着那笑容,她继续念普通话："红凤凰，黄凤凰，粉红墙上飞凤凰。"

　　她看着镜子里面的自己，雪白美丽的胸口，纤细的腰肢，小巧的脸上一对灵动的大眼睛，比起袁青山，比起乔梦皎，她就是一只要飞起来的凤凰了，她给了镜子里的自己一个吻。

　　张沛在吃晚饭之前回来了，他给母亲买了药，换了包装，恭恭敬敬送给了她。谁知道陈琼芬打开一看，说："你给我买更年期的药？"

　　张沛吃了一惊，说："你怎么知道？"

　　陈琼芬走进自己的房间去，把那药给他甩了出来，她说："我自己多的是！"

　　张沛发现他拿着的那个瓶子就是药本来的，里面的药已经吃了大半。

　　他看着母亲的脸，不知道说什么好，陈琼芬说："沛沛，你这一年简直变了！以前你都觉得是你爸在外面找人不对，护着我，现在你护着他了，你还说我更年期！"

　　她看着儿子，恨恨地说："不知道是哪个把你教坏的！"

　　张沛无奈地看着母亲，他想安慰她两句，但她张牙舞爪的样子让他无从下手，他和她斡旋了一会，终于上楼了，他打开门，看见袁清江已经在床上睡着了，她不知道梦到了什么美梦，嘴角含着笑，那笑容真是可爱极了。

高　歧

　　在平乐镇南街上，高歧是年轻一代里面响当当的人物，大家都说：
"他等于是被我们南街上的街坊邻居一起养大的。"

　　这也并不是说高歧的奶奶张仙姑就真的完全不管他了，偶尔他从外面
玩得脏衣裳烂裤儿地回了家，张仙姑就说："高歧！你咋又搞成个叫花子
样哦？一天到黑不落屋！"——紧接着，生死巷里面的人就能看见张仙姑
举着鸡毛掸子撵着高歧跑，两婆孙一直跑到巷子门口，张仙姑挥着掸子
骂："你跑啥子跑！高歧！我给你说，好汉不怕挨刀子！"

　　高歧在前面甩着个烂运动鞋跑，一边跑，一边回头大喊："奶奶啊！
好婆娘不得打汉子！"

　　张仙姑就气得几乎要骂脏话了，她站在生死巷门口跳着脚："哪个教
你的？死娃娃从小不学好，大了坐班房！"

　　——但是高歧已经跑远了。

　　我们南门上的人大多数都练拳，他们的祖师傅就是铁砂拳张七哥，高
歧据说是他的关门弟子。而我们平乐镇有很多人都一天到晚在街上晃来晃
去，不正经说个话，也不正经做个事，我们就叫这些人散眼子——高歧也
是一个著名的小散眼子。

　　总之，南门从头数到尾，街面上两百二十多户人家，没有哪家的门高
歧没进过，当家的两百二十多口锅，没有哪口锅头的饭高歧没吃过。小时
候的高歧长得很瘦，一个脑袋格外地大，看起来可怜到了极点，他在南门
上流起清鼻子晃，大家就说："来，高歧，来我们屋头吃饭嘛。"

　　高歧就问："吃啥子嘛？"

人家说有肉他就去，没肉的话，他就继续在街上晃。

等高歧成了我的同学以后，他给我讲这些事情，我说："我小时候也在南门上嘛，怎么我从来没看见过你呢？"

高歧说："你们这些院子头的娃娃跟我们这些街上的娃娃一样啊？"

他说他倒是见过我，每天我都坐在我爸爸的自行车前杠上回我爷爷那，扎两个高高的小辫子，还和我爸爸一路唱着歌，有时候还会搬出个小板凳在爷爷家门口端端正正做作业。

他还曾经带我去猪市坝口子上看过，那里有个小小的三角花台，里面早就荒了，瓷砖也掉得差不多了，他说："那个时候我就每天在这看到你坐在车子上回去。"

但是我依然一点也记不得了，不过有一点可以确定，高歧在我们平乐镇的确非常吃得开，无论是东西南门哪一门，街头巷尾哪一个人物，见了高歧都要笑一笑，亲亲热热叫他一声："小高，哪天来耍嘛！"——对此我一直很不解，我说："你怎么跟他们混得那么熟啊？"高歧说："你读书的时候我都在街上耍嘛。"

回了平乐镇的第二天，我就听说了高歧生病的事情，我去医院看他，除却最初的惊讶，他一直朗朗地和我讲话，最后他居然问我最近在忙什么。

我说："我在想我们平乐镇的这些事情，可能要写个小说。"

"你还真是敬业哦，现在都还写小说。"高歧笑了起来。

"无聊嘛。"我轻描淡写地说过去了。

"不过我们镇上人你认得到几个哦，就写小说。"高歧笑我。

我有些恼火，的确，我对平乐镇的了解比起高歧是少之又少的。

"你给老子点钱，老子帮你写算了。"高歧笑嘻嘻地看着我。

我懒得跟他说话，一直用纸揩着鼻涕，高歧扭着手又扯了一张纸给我，说："你从小就是，人家都是哭就哭嘛，你一哭居然鼻涕流得比眼泪多！而且其他人哭我还可以理解，你哭啥子嘛，难道你还想不通？"——他把那个"你"字说得特别重。

我还是说不出话。

"你写了啥子嘛？"他就主动问我。

我就跟他说我写的我们镇上的那些人，那些事，听得他不时地笑起来，这些人现在都不在了，这些人是我们都认识的人。那个时候，我和高歧都还小，我的梦想是能够和他一样在平乐镇街上当一个无忧无虑的小散眼子，我经常抱着英语参考书跟他在街上晃，学他打电子游戏，学他喝啤酒，学他一口气吃三元钱的炸洋芋，学他在晚上的足球场一圈一圈跑步，学他那样和我们镇上的其他散眼子说话。

那个时候，我总是有一个梦想，梦想有一天高歧能够真的像一个散眼子那样把我狠狠抱在怀里，给我一个深深的吻——但是这从来也没有发生过。

每次我们在街上碰见别人，人家开玩笑说："高歧，你女朋友啊？"

高歧就说："爬哦！你们这些人不要跟人家乱开玩笑！"

——那天我们最终说到了叶瞎子被烧了的书，说到他写了陈三妹。

我说："不晓得这些人都那么喜欢陈三妹啥子？她看起来也不好看的嘛？"

高歧说："你又没见过陈三妹！"

我说："不就是南门城门口摆烟摊摊的陈婆婆的嘛！"

高歧笑了起来，他说："你说其他的我就不说你了，你居然跟我说陈家的事情，他们家跟我们家关系多好你知道不？那个哪是陈三妹，那个是陈四妹！"

"啊？"我愣了。

"陈三妹早就死了，我都没看过，你还能看过？"高歧看着我的傻样摇头。

"死了？怎么死的？"我问。

高歧看着我，他说："我不相信你现在还不知道。"

我叹了一口气，我低低地说："我要等你们告诉我。"

他就说了："陈三妹是被沉到清溪河里头死的。"

"因为她吃了'那个'了。"高歧定定地说。

"她吃了，然后被大家知道了，他们就把她淹到河头死了。"他说完了。

"'那个'是什么？"我问。

"'那个'就是'那个'嘛！那是以前的东西，现在的话说不清楚了。"高歧解释了等于没解释。

"他们说陈三妹偷偷把'那个'自己吃了，就把她沉死了，我奶奶跟我说其实是因为陈三妹跟城头来的那个大学生好了，他们气不过，说她坏了平乐镇的规矩，才把她沉了，就是沉在回龙湾。"

"'他们'又是哪个嘛？"我其实已经想到了。

"就是以前那些修路的人嘛！"果然，他说。

就是那些修路的人。

"我奶奶说，当时很惨，陈三妹一路哭着求他们放她一条生路，但是他们还是把她沉了。"高歧陷入的不知是谁的回忆。

一瞬间，我看见了我们镇上的好多人，我的爷爷，高木匠，叶瞎子，张仙姑，朱驼背，还有贾和尚……这些老的人不然死了，不然消失了，但他们没有一个人告诉过我一句话。

"那'那个'是哪来的嘛？"我继续问。

"那些修路的人说是他们挖出来的，要分来吃了，我奶奶说那明明是他们家以前的东西，她爷爷在被抄家的时候把'那个'拿出去埋了的。"高歧说，"她就从那些人那偷偷拿回来给陈三妹和四妹了，她们两个瘦兮兮的身体都弱，我奶奶又和她们像亲姐妹一样。"

"那'那个'到底是什么嘛？"我们的话题又给绕回来了。

"我奶奶也不知道，反正是好东西就对了，菩萨留下来的吧。"高歧总结了一句，他说了太多的话，有些累了，闭着眼睛，不知道在想什么，又或者只是累了。

我愣了又愣，看着高歧，和小时候一样，他依然喜欢跟我说这些鬼鬼怪怪的事，平乐镇在他的口中完全是另一种样子的，以前我总是说他："你们这些封建迷信的人啊！"——只要这一句话，高歧的平乐镇就不见了，我就能回到我的平乐镇，天圆地方，太阳从东边升起。

但是现在，我再也说不出这句话了。

高歧懒懒地看了我一眼，他的眼睛里面透出一种灰白的颜色，我只能这样看着他，因为我知道他能看见我。

我看着他躺在那里的样子，想到以前有一次暑假我在家生病了，我爸妈工作都忙，高歧就每天中午端着一碗八宝粥来看我，他坐在那里，一直守着我把粥喝了才会离开。有一天中午，他又要走了，我送他出去，到了门口，我说："高歧。"

他转过头来，低着看我，说："嗯？"

他站得离我那么近，我甚至能闻到他身上淡淡的烟味，他的那一声是那样温柔而低沉。

但我终于什么也没说。高歧就走了。

他走了以后，我站了一会儿，又站了一会儿，我忽然就大喊起来："高歧！高歧！"

——但是他已经走远了。

那个时候，我多么希望他能回来，我就一定可以鼓起勇气，对他说："我喜欢你，高歧。"

我们镇上的人都说，高歧是个苦命的娃娃，从小没爹没娘，有个奶奶又神叨叨的，好不容易工作赚两个钱了，又偏偏要在南街上装大哥，经常请一堆像他小时候那样喜欢耍得帽儿偏的小散眼子吃吃喝喝。

所以，高歧得了尿毒症，死了的时候，我们南门上的街坊邻居去给他送行，大家都说："不要哭，高歧这娃娃走了是享福了，享福了。"

和我们镇上其他的没钱去山里选个上风上水的好坟的人一样，高歧也被埋在了清溪河边的坟场里面，比起我爷爷死的时候，这里又添了好多新坟，高歧的坟在最后一个，孤零零的，我站在那里，看见其他人拼命给他烧纸钱、烧元宝、烧房子、烧汽车、烧媳妇、烧丫鬟。

他们一边烧，一边说："高歧，去了那边想要啥子就给我们说，我们生死巷啥子都缺就是冥货不缺，这下你该享福了。"

我站在那里送高歧走了，看那些纸钱被风吹得高高地飞起来了，以前高歧告诉我："我奶奶说，那些纸钱飞得多高，魂就有多高兴。"

现在我知道他说的是真的。

第 *18* 章

袁清江一从她和张沛开着空调的卧室走出来,就觉得要热得断了气了,她走下楼去,看见陈琼芬把四面八方的窗户都打开了,在厨房做早饭。

"什么天气啊? 一大早就这么热!"袁清江抱怨。

"你们是不是空调开了一晚上啊? 我一直听到外头的风扇在响。"陈琼芬皱着眉毛问。

"啊。好热嘛。"袁清江心虚地说。

果然,婆婆说:"一直吹空调对身体不好啊,你这个娃娃就是不听话,心静自然凉嘛。"

"哦。"袁清江不知道说什么,她进了厨房,想要帮点忙。

"哎呀!"陈琼芬抢过她手里的碗,说:"你快点去化妆嘛! 你上午不是还有节目要录的嘛!"

"那我去了。"袁清江巴不得回去再凉快一会,她立刻就回去了。

张沛还在床上睡觉,袁清江不知道他昨天晚上喝酒喝到什么时候回来的,他躺在那里,肯定是又没洗脸又没洗脚,浑身臭烘烘地发着酒气。

袁清江把窗户打开了,又开了灯,坐在梳妆台前面开始化妆。

刺眼的光线把张沛惊醒了,他眯着眼睛迷迷糊糊地说:"哎呀,好刺眼哦,关了嘛……"

"天都亮了,还不起来!"袁清江往脸上噼噼啪啪拍着精华素。

"嗯。"张沛用枕头把头蒙住了,接着睡。

袁清江火了,她走过去就掀开张沛身上的毛巾被,她说:"快点起来了! 你们馆子中午不开门啊?"

"馆子又不等我去开门。"张沛的声音从枕头里面传出来。

"你干脆就在屋头张起嘴等天上掉吃的嘛!"袁清江恶狠狠地骂他。

"我昨天晚上喝那么迟还不是应酬!"——虽然知道袁清江是为了什么发火,张沛还是被她惹毛了,他拿下枕头,坐了起来。

"应酬! 应酬! 你哪有那么多应酬啊!"袁清江看着他醉眼惺忪的样子,满脸都是胡茬子。

"那我总还回来了嘛,爸都不回来。"张沛顶了一句——他立刻知道自己说错话了,但是已经迟了。

"那你就还是不回来嘛!"袁清江把枕头用力地甩在他脸上,回去化妆了,她继续噼噼啪啪地往脸上拍粉底液。

张沛穿起衣服来,他走到袁清江背后,抱着她的腰,说:"老婆,我错了嘛!"

"滚开!"袁清江面无表情地打着粉。

张沛看了看镜子里面那张白白的脸,他松了手,进卫生间去了,袁清江听见他在里面撒了一泡漫长的尿。

张沛在卫生间里面呆了很久,他对着镜子刷牙,洗脸,刮胡子,把刚刚涌上来的那些绝望全都默默地吞了下去,他装作什么都没发生过的样子,昂着头走出了卫生间,袁清江已经下楼去了,他看着空荡荡的卧室,床头柜上放着他们刚刚结婚时候的照片。

他站在那里,那些绝望又重新涌了出来,他根本无能为力。照片里面的那个袁清江笑得那样灿烂,她才刚刚满了二十岁,她还是那样地爱着他。

张沛看着那个袁清江,忽然连这一点也怀疑了。

可能是感觉到了小两口之间低迷的气氛,陈琼芬最近在早饭桌上老是会提同一个话题,她变着法子,旁敲侧击,翻来覆去地说,说得袁清江都怕了,她一边往面包里面抹草莓酱,一边想:"她今天可不要再说了。"

谁知道,陈琼芬又说了:"昨天我出去看见人家林阿姨带着她的孙儿,小娃娃好乖哦,我在那逗了半天,都舍不得走了。"

两个人都没有说话,张沛埋头剥鸡蛋,今天他剥得不是很好,把好几块蛋白连着壳扯了下来。

陈琼芬毫不气馁,她接着说:"我看到报纸上说,女的生娃娃其实越早生恢复得越快。现在还有专门的产妇恢复中心,那些恢复好了的生了跟没生一样,根本看不出来。"

袁清江终于忍不住了,她说:"妈,我们知道了。"

"那你们什么时候准备要娃娃啊?"陈琼芬急切地问。

"顺其自然嘛。"袁清江说。

"顺其自然!哪能顺其自然!生娃娃要做好准备,开始的时候就不能对着电脑,不能化妆,不然生出来一个病娃娃,看你们咋办!"陈琼芬机关枪一样说开了。

"哎呀!妈!"张沛终于帮袁清江说话了,"我们的事你就别管了!"

"这哪是你们的事!"陈琼芬不干了,"这是我们张家的事!"

——袁清江默默地吃着饭,任张沛去和婆婆吵。其实一年多以前他们两个也想过要个小孩,但是要了好久都没有要成,袁清江总怀疑,是过去的那一次手术让她怀不上孩子了,她跟张沛说,张沛就说:"哪有那么严重!你不要多想了!"——但是他们就是没有孩子,两口子关着门不知道为了这个事吵了多少次,袁清江每次都会说:"就是你!那个时候如果不是忽然弄了个娃娃,我大学也考起了,现在娃娃也怀起了,哪会变成这样!"

张沛就说:"是是是!都是我!你一刀把我杀了嘛!"

——渐渐地他们就不提这事了,张俊或者陈琼芬问起来,他们就说:"顺其自然嘛。"

这个"自然"到底是什么,袁清江也不知道,每一次她躺在床上,张开了身体,她就觉得自己消失了,不知道从什么时候起,张沛的身体再也没有年少时候那种滚烫的温度了,他覆盖上来的时候,温温地,像自己的另一张皮。

她忍不住一阵悲凉，三个人的饭很快就吃完了，没有人提张俊又没回来的事，陈琼芬说："清江，上午录了电视中午回来吃饭吗？"

"不了。"袁清江说，"姐姐让我回去一趟。"

"哦，"陈琼芬说，"最近爸爸还好嘛？"

"嗯。"袁清江说。

"我听说他耍了个女朋友，是不是真的啊？"陈琼芬伸着脖子问。

"好像是。"袁清江说，谁能想到父亲居然和平乐宾馆的那个姚五妹在一起了。

"好啊好啊，"陈琼芬叹道，"你爸也是苦了一辈子，总算苦尽甘来了。"

"嗯。"袁清江说。

"对了，"陈琼芬忽然对张沛说，"沛沛，把我们南门上买的那套房子再装修一下，拿给亲家住嘛，年龄大了还住筒子楼不方便，两个人也该住得宽敞一点。"

张沛说："我再和爸爸商量一下嘛。"——他和袁清江都知道张俊在那套房子里还养了一个。

"商量什么嘛！就这样办，你们还不该尽点孝道啊？"陈琼芬干脆地说，也不知道是真不知道还是装傻。

她靠在门口看着儿子和媳妇出门了，她又靠了一会，转回来，她环顾房子，发现那些装修在当时还很新很时髦，现在已经有些旧了，早就过时了。

张沛开车把袁清江送到了电视台，他说："在爸他们那吃晚饭啊？我来接你？"

"再说嘛，我打电话给你。"袁清江说着就下了车，她今天穿了一套米白色的套装，挽着头发，看起来很端庄。

张沛看着她离开的背影，他知道袁青山很可能是要跟袁清江说他昨天说的那件事情，不知道为什么，他觉得有点害怕，但他终于开着车去上班了，现在他只能把一切希望都放在袁青山身上了。

袁清江进了单位,跟走过来的一个个人挨个打招呼,她进了办公室,办公室的人说:"袁清江,邹台长找你。"

"马上要录了的嘛。"袁清江开着镜子补妆。

"你去看一下嘛,邹台长来了两回了。"那边说。

她就去邹台长那里了,邹台长正在打一个电话,他示意袁清江坐下来,她就坐了,她听他说说笑笑了一会儿电话,挂了电话后,他正过脸来,对她说:"小袁啊,想跟你商量个事。"

"什么事呢?"袁清江摆出一个端正的微笑问。

"就是最近台里改组了,员工要重新认证上岗,你嘛工作一直都很好,但是我们觉得你还是应该锻炼一下,先去跑下新闻,最近县上的会议很多,就去跟下会议嘛。"邹台长把话说出来了。

袁清江明白这就是要让她去当记者的意思,她知道她没有一个大学本子最终是镇不住人的。

但她只有笑了笑,说:"好嘛,听邹台长的反正不得吃亏。"

邹台长也只有笑了笑,说:"是是,我肯定不得亏待你嘛。"

她就去录影了,拿着递给她的词说了一次又说了几次,她一共录了五次才录完开场白。

终于录完了节目,袁清江就去打电话了,她说:"我录完了。"

"嗯,"那边说,"过来嘛,我等着你呢。"

"到底给我买了什么礼物啊?"袁清江笑着说。

"你过来不就知道了。"那人的声音低低的。

"好好,我来了。"袁清江恨不得马上就飞过去,离开这鬼地方。

以前他们的约会是去宾馆开房间的,但来来回回几次,袁清江就怕了,怕遇见什么熟人,毕竟平乐是那么小——而且还真的有一次,她就看见了岑仲伯,他带了一个花枝招展的女人,两个人调笑着从走廊上过去了,她连忙躲在门后面去了——那次以后,她就让江乐恒在南门上租了个房子,以求万无一失。

他听见有人敲门，就笑眯眯地去把门打开了，果然看见袁清江站在那里，她看起来还是和他第一次看见她的时候那样美。

"来了啊？"他把她迎进来。

"给我买了什么？"袁清江迫不及待地问，江乐恒刚刚从广州出差回来——他大学毕业了以后在永安日报当了记者，这几年干得有声有色了。

江乐恒就去他的包里翻出了一个盒子，盒子用酒红色的纸包着，斜斜扎着香槟色的小蝴蝶结。

袁清江拆开了，发现里面是一条珍珠项链，每一颗珍珠都大而且圆润，她发出了一声属于女人的惊呼。

"喜欢吗？"江乐恒从后面搂着她。

"喜欢。"袁清江转过头去亲他。

两个人把项链戴上了，过了一会儿又给扯了下来，江乐恒连连在袁清江的脖子上咬着，袁清江说："别咬，别咬，咬出印了。"——江乐恒就听话不咬了，他细细密密地亲着她身上的每一寸皮肤，就像她是一个女王。

他们喘着气，挣扎着，袁清江觉得自己又活过来了，她把全身的力量都系在这个男人身上，她是那么欢愉，她开始叫了，她的叫声那样尖锐，几乎要震荡这闷热的平乐镇了——结婚以前她和张沛还能偶尔去两次宾馆，结婚以后张沛再也不许她这样叫了，每次她要张口叫了，张沛就急急把手掩上来了，说："别叫，别叫。"最开始袁清江还咬他的手，说："为什么呀？"张沛就急了，死死蒙着她的嘴巴，说："别让妈听到了，她受不得刺激。"——他倒是舒服了，抖着身子倒在她身上，而袁清江就像被扼住了脖子，那口气怎么也提不上来——最开始她还咬着牙不相信，张沛也说"人家其他哪个女的叫这么大声嘛，你毛病怪"，但是她不能撒开喉咙叫，那口气就是提不上来，后来她就认命了，这气是怎么也在那张床上寻不回来了——而现在袁清江叫了起来，她的叫声也催促了江乐恒，他满脸兴奋，不停地叫她的名字，袁清江命令他："快说你爱我！快说你爱我！"——江乐恒就说了，他说了一次又一次，一次比一次快，袁清江就叫得撕心裂肺了，她好像又看见了那丝光芒，那丝只有江乐恒才能让她看见的光芒,这光芒就是她一直以来梦想的,离开平乐镇的光芒,通往外面世界的光芒,她就往那去了,什么也阻止不了她了。

等到那青色的光芒熄灭了,袁清江躺在江乐恒的肚子上,又把项链拿过来放在手上转来转去看,她说:"以后别给我买这么贵的东西了,你拿的是工资,我又不缺这些。"

江乐恒坐起来看着她,埋着头拉长了脸看她,他说:"我知道你不缺,但这是我的心意。"

袁清江知道她又说了得罪他的话,她就把他的头拉下来亲他,一边亲,一边说:"好好好,我知道了,谢谢。"

他们躺在床上开始聊天,袁清江说到单位上的事情,她说:"不就嫌弃我没文凭嘛!"

江乐恒想了想,说:"我觉得你还是去读个文凭,现在有很多成人的专科本科,读个半年其他函授,本子一样硬。"

"平乐镇哪有嘛!"袁清江说。

"永安市有嘛。"江乐恒说,"你可以住在我那里,我照顾你,每天都出去玩。"

袁清江想着那生活,她曾经跟张沛说了多少次让他别在张家的馆子做了,去市里面发展,两个人也可以搬出来住,张沛却说:"你又没在城头呆过,我是呆够了,出门万事难啊,在家千般好,城头那些人光是看起好,十个有七个都没我挣钱挣得多!再说在外人手下做事哪有帮自己爸做事舒服,住在屋头三餐都有妈照顾哪不好呢。"

袁清江就看着那样子的张沛,她不知道他什么时候就变成了那样,梳着三七分的头,穿着昂贵但毫无关联的衣服,每天从平乐镇东的酒楼喝到镇西的酒楼,认识镇上的各种绅士名流,并且乐此不疲了。

每天,她走进他们简陋的小小的电视台的时候,每天,她早上自己化妆的时候,每天,她回去对陈琼芬唯唯诺诺的时候,每次,她和张沛"交作业"的时候,她都觉得这生活依然湿淋淋地让她讨厌,她讨厌它的程度就和许多年前她讨厌那个筒子楼是一样的。

江乐恒用手摸她的脖子，摸得她全身起了鸡皮疙瘩，他贴在她耳朵旁边，像说一个咒语那样说："清江，跟我走吧，跟我去市里吧。"

　　她躺在他怀里，像个精灵，江乐恒永远都能想起袁清江忽然亲她的那个下午，她的嘴唇带着少女的芬芳，又散发出一种难以言明的妖娆，他发了狂似的想得到她。

　　"乖。"袁清江伸手摸了摸他的脸，像哄着一个孩子。

　　"清江，跟我走吧。"江乐恒又说了一次。

　　"乖啦。"袁清江又摸了摸他，他们最靠近最靠近的时候，袁清江不是没有想过，跟这个男人就这样走了吧，但她知道自己受不了，她怎么能对姐姐，对爸爸说她要这么做了，她怎么去面对镇上每一个熟人，每一个在背后说闲话的人，而且，最重要的是，江乐恒掏心掏肺买给她的这条项链，张沛随随便便就能给她买多少条啊。

　　"清江……"江乐恒叫着她的名字，每次很久没见以后，江乐恒就会这样。

　　"你想我离婚吗？"袁清江说，她每次这么说了以后，江乐恒就不说话了，她是了解江乐恒的，她知道他说不出那个"想"字。

　　离婚。这两个字让袁清江硬是在江乐恒怀里打了个冷战——这几天正是平乐镇最热的时候，前几天下了几点雨，但还是没有下透，整个空间都压得人透不过气来，这小套房里虽然开着空调，但还是脱不了这闷热——黄元军和他老婆闹离婚闹了一年，闹得乔、黄、汪三家人都抬不起头来做人了，还是没闹出个结果来。

　　想到了北二仓库的这些人，袁清江就不由想："姐姐今天下午找她去干什么呢？"昨天打电话给她的时候，袁青山的口气很是严肃。

　　"难道是要说让父亲和姚阿姨结婚的事情？"袁清江想。

　　她躺在江乐恒怀里，想了这个，又想那个，江乐恒搂着她有点饿了，他说："清江，我们吃饭嘛？"

　　两个人起来吃饭了，江乐恒从城里给她带回来了整整一个翅桶还有汉堡，他每次都说："清江，你怎么像个小孩子一样喜欢吃这些垃圾食品啊？"袁清江吃得满嘴都是渣子，鼓着腮帮子说："好吃嘛！谁让平乐镇没有！"——她那样子真是可爱极了，就是一个真正的小女孩。

他们吃了饭，袁清江要走了，她问江乐恒："你什么时候回市里啊？"

"下午就走。"——她知道他是特地回来看她的。

"下次什么时候回来？"袁清江说。

"我们跑新闻，没个准，反正有空我就回来。"江乐恒送袁清江下楼。

"不送了，不送了。"袁清江说。

"我送你下去嘛。"江乐恒用祈求的眼神看着她。

袁清江心软了，两个人默默走到了大门口，外面就是喧喧闹闹的南街了，万家超市又在这里开了一家分店，热闹得很了。

江乐恒说："清江。"

袁清江说："嗯，你回去吧。"——她在看街上有没有她熟识的人。

她的样子让江乐恒一阵难过，他说："清江，你想过吗，我二十四了，总有一天我是要结婚的。"

袁清江愣了，她觉得这天气热得快让她虚脱了，她憋着一身的汗没出，走出去了，她是那么难过，所以她没看到对面街上，陈琼芬大包小包地提着东西站在万家超市门口。

她开了仓库的门，发现袁青山正在里面看电视，而此刻她开着的台正在哗啦啦放广告，从姐姐的眼神袁清江发现她只是在发呆。

她走进去，说："姐姐。"

袁青山这才看见她了，她回过头来，说："你来了？午饭吃了吗？"

"吃了，"袁清江说，"在单位吃的工作餐。"

"坐。"袁青山说，她坐在一个杏色的大沙发上，指着她旁边的那张沙发说——袁青山的东西越添越多，这仓库渐渐变得很漂亮了，除了袁清江和岑仲伯，乔梦皎也会给她买些东西过来。

袁清江坐下来，发现姐姐正仔仔细细地打量着她，她的眼睛这几天没有那么大了，但还是黑白分明，炯炯有神，她的眼神让她心里发毛。

她定了定心神，觉得这仓库里面真是太热了，她说："姐姐，过几天给你装个空调嘛，这真的太热了。"

"心静自然凉嘛。"袁青山轻轻地说。

"热就热嘛！"袁清江在姐姐面前才敢这么撒娇。

但是袁青山却没有像以前那样宠爱地对她笑，她还是那个表情，问："你知道昨天谁来我这儿了？"

"乔梦皎？"袁清江第一个想到。

"没有。"姐姐说。

"岑仲伯？"袁清江猜测姐姐是不是终于要说说岑仲伯和她的事了，她很是看不懂他们的关系。

"不是。"袁青山依然摇头。

"那是谁？"袁清江想不出来了。

"张沛来了。"袁青山说。

"张沛？"袁清江很惊讶，"他怎么想着跑来了？"

"他就坐在你那里。"袁青山接着说。

袁清江挪了挪身子，姐姐的样子让她的心突突地跳起来。

果然，袁青山说："他坐在那里哭了。"

"哭了很久。"她补充。

两姐妹互相看着对方，袁清江没有办法想象那个情景，那个从小就骄傲自满的张沛，那个在袁青山面前趾高气扬的张沛，他坐在这里，坐在这个沙发上，对着袁青山哭了起来，他是默默地流泪，还是号啕大哭，而姐姐又是什么表情？

袁清江不知道说什么好，她呆呆地看着姐姐，看着她巨大的身体，想着她昨天坐在张沛面前的样子。

"你是不是在外面有男朋友？"袁青山问。

袁清江说不出话来了，如果是张沛问她，她可以跟他说"没有啊"，然后跟他吵一架再撒个娇，两口子睡一觉，就什么事情都没有了，但是现在问她的不是张沛，而是她的姐姐袁青山，那个她想起来就会胸口发痛的姐姐。

袁青山看着妹妹的表情,知道昨天张沛说的那些都是真的了,她问她:"那个人是谁?"

"没,没有这样的事。"袁清江终于缓过神来了,她还是说。

袁青山看了她一眼,她从身边的茶几上拿起一本书,从里面抽出一些小纸条,递给袁清江。

袁清江还没有打开看,就知道那是什么了,那是很久以前江乐恒写给她的纸条,她还以为她把它们都撕干净了。

它们躺在那,就像游魂。

她终于说:"姐姐,别告诉张沛。"

"那你要我怎么跟他说?"袁青山静静地问她,她看见妹妹哭了起来,她哭的样子和昨天张沛哭的样子无比相似。

"别告诉他就行。"袁清江抽泣着。

"怎么可能?你们是两口子,你说他怎么可能不知道?"袁青山忍不住哽着声音说。

"对不起,对不起,对不起姐姐,我错了,我错了。"袁清江哭出了声。

"你要离婚吗?"袁青山说出了那两个可怕的字。

"不要!"袁清江凄厉地叫起来,她忽然害怕得要发抖。

袁青山不说话了,她高高地注视着妹妹,像一个神祇那样,一言不发,看着她哭。

她终于哭得累了,哭得小声了,她说:"姐姐,我知道错了,对不起。"

袁青山叹了口气,终于扯了一张卫生纸给妹妹,她的眼睛哭得肿起来了,但这并没有减损她的美丽,反而让她更加楚楚可怜——两姐妹从小一起长大的,她们是那么相爱,但此刻她却觉得她那么远,她们哪个人能真的知道对方的生活啊,怎么能知道啊。

"你为什么要这样?张沛对你不好吗?"袁青山忍不住问她。

"不,不是,"袁清江说,"你知道吗,姐姐,我从小就没有安全感。"

"为什么?"袁青山莫名其妙,妹妹是家里最得宠的孩子,这是大家都知道的。

"因为，我不是这里的人，爸爸不是我的亲爸爸，你也不是我的亲姐姐，我不知道我的亲生爸爸妈妈在哪里，我也不知道我从哪里来的，我一想到这个，我就很害怕，我真的没有安全感。"袁清江低低地说着辩白的话。

袁青山看着妹妹，她没想到她居然会有这样的想法，她又叹了一口气。

"你不是没有爸爸妈妈。"她终于说。

"啊？"袁清江没有明白姐姐的意思。

"我告诉你，爸爸就是你的亲生爸爸，你不是河边捡来的。"她告诉她。

袁清江脑子嗡了一下，她说："你说什么？"

"我也是最近才知道的，我问过爸爸，他也跟我坦白了，他就是你的亲爸爸，你的妈妈就是姚阿姨，那个时候她在张沛他们家当保姆，跟爸爸好了。后来张沛的爷爷去世了，她不得不回了崇宁县去嫁人了，嫁了人她才发现怀了孩子，生下了你。男家看见是个女娃娃，也容不得，她就送过来给爸爸了。她也是命苦啊，跟男人过了几年终于还是过不下去离婚了，她来找过你好多次，爸爸都拿钱打发她，不让她见你，她就在平乐镇到处打零工，就是想看看你。"袁青山慢慢地把父亲告诉她的事情都告诉了妹妹。

"他们现在怎么好了？"袁清江一下子并不能明白姐姐话里面的全部意思，她只想到了这个最表面的问题。

"人老了嘛，找个伴也好，他们怕你接受不了，一直都不敢告诉你。"袁青山说。

"这怎么可能？"袁清江好像明白姐姐的意思了，但她宁愿这是假的。

"怎么不可能，爸爸对你一直比对我好你也是知道的，你每年的那些新毛衣啊，新衣服啊，都是姚阿姨做给你的。"袁青山说出来的话让袁清江觉得耳朵在痛。

她呆呆地，回想她在平乐旅馆看见姚五妹的情景，父亲第一次带她和她见面时候的情景，她看她的那个直勾勾的眼神，她又觉得那眼神在她面前了，那是一双混浊的眼睛，被生活折磨得不成样子，眼睛后面的那张脸也塌陷得看不出来原来的样子——"爸爸怎么找了这么个人啊？"袁清江记得当时自己心里想，但她还是笑着和她握了握手，姚五妹的手是那样粗糙，冰凉，上面都是层层叠叠的老冻疮——那居然就是她母亲的手。

她的眼泪落了下来，这眼泪比刚才的眼泪更滚烫，几乎烫伤了她的脸——袁清江没有办法相信，她原来真的就是属于这片土地的，实实在在地绑在这里的，她不是别人的孩子，就是平乐镇的孩子，就是袁华和姚五妹的孩子。

她哭了起来，她听见她想要飞起来的最后一根弦清脆地断裂了。

她恍恍惚惚地站起来，跟姐姐说："我回去了。"她就捡了包摇摇晃晃地出去了，她出了仓库，看见整个北二仓库了，看见整个平乐镇了，它是那么的炎热、沉闷、肮脏、老旧，它寥寥新建的速度远远比不上它坍塌的速度，它的土地每一寸都飞扬着尘土。

袁清江觉得自己喘不过气来，这样的背景她是熟悉的，她已经看了二十四年这样的背景，但她没有想到它们远远不是她的背景，这些事物实际上就是她本身。

袁青山看着妹妹走了，她走得那么恍惚，甚至忘记了关门，她要去关门，忽然听见电视上面放起了一首歌，有个女孩穿着银色的紧身裙子，倚在玻璃上，一双妖媚的眼睛唱："太阳下山明早依然爬上来，花儿谢了明年还是一样开……"——那调子是隐隐带着电子乐的味道的，但袁青山还是一下想起了这首歌。

她想起来了，她第一次听到这首歌，是在张沛家里，那个时候张沛从来不在别的孩子面前和她说话，她想起那个小小的张沛来了，他是陈局长的孙子，他那么漂亮，那么骄傲，就算后来院子里面的孩子都不理他了，他也骄傲地昂着脖子，穿着最好看的衣服。

她想到就是在前几天，岑仲伯又跑来给她修什么东西，她问他："你跟英琪什么时候结婚啊？"

岑仲伯就毛了，他说："结个屁婚！老子还没要够！"

袁青山看着他那个样子，忍不住笑了，她说："你怎么这么大了还那么幼稚哦，英琪不错，赶快结婚吧，不要再跟其他女的晃了。"

岑仲伯听见她这么说，就猛地站起来了，他抬着头看她的脸，恶狠狠地说："袁青山，你不要说我，你才幼稚，你不要拿啥子你长得比我高了这种事情来搪塞我，我们都清楚得很你心头喜欢的是哪个！"——他把她骂了一顿就走了，袁青山看着他的背影，她忽然觉得他的背影是那样高大，那样坚实，她明白他说得对，这平乐镇上除了岑仲伯还有谁了解她呢，了解她千回百转的小心思，了解她当年死都不承认他们在谈恋爱到底是为什么。

张沛。

这名字好像一个诅咒，她一听就变成了石头，那些张沛的样子满满地像大雪一样覆盖上来了。她想起张沛上小学的时候总是考一百分的样子，他拿作业给她抄的时候不屑地看她的样子，他勉强承认她是他"马子"的时候，他打排球的时候，他说我们会是一辈子的好朋友的时候，还有他每一眼看她的时候，说话的时候，他昨天坐在那里，抖着身子把脸埋在手里面，哑着嗓子哭的时候。

袁青山的眼泪落下来了，自从她住到仓库里面以后，她慢慢地变得好像没有悲喜了，外面的世界再也影响不了她了，但是她的眼泪落下来了，她坐在那里，长得那么大了，但她依然像个小女孩那样哭了起来。

她的心都要碎了，她是那么难过，她居然又看见了她小时候才能看见的那个鬼魂：她是那么黑，那么细长，慢慢地从门缝里面走进来了，她好多年没有见到她了，但她没有老，还是那样，只是手臂更长了，她走到她身边，也不管她已经长成了一个可怕的巨人了，她就伸出她绵长的手臂，给了她一个温柔的，紧紧的拥抱。

"妈妈。"袁青山喃喃叫出了那个年幼的自己取给她的名字。

袁清江在路上一路恍惚着走回了家，她觉得路上每一个人都在笑她的自以为是，心比天高，她走过十字路口，看见一群人闹哄哄地走过去了，她没有仔细看，因此她没有发现走在中间的那个人是几年前被岑仲伯打出了平乐镇的余飞,他恶狠狠地叼着烟,脸上有了好几道伤疤,在他后面跟着的是张英琪,她哭哭啼啼地,余飞一边走一边说:"英琪,不哭!今天老子帮你教育那个姓岑的,狗日的太不落教了,居然有了你了还在外头乱搞!"

他们风风火火地走过去了,他们带起的风差点把袁清江吹倒。

她几乎是挪回了家,平时走二十分钟的路走了一个小时。

她打开门,还没看见什么,就觉得气氛不对,她走进去,看见张沛和陈琼芬都坐在客厅里面,张沛低着头,陈琼芬恶狠狠地看着她。

"你今天中午去哪里了?"陈琼芬问她。

"去姐姐家吃饭了。"袁清江稳住心神,回答。

"去你姐姐家吃饭了!去你姐姐家吃饭了!"陈琼芬把她说的话重复了两次,声音一次比一次更高亢,她说:"我明明看到你跟一个男的从南门上潘家院子出来了!"

袁清江看着婆婆,她感到自己堆的那堆高高的积木轰然迎面塌了。

陈琼芬走过来,骂她:"我都问张沛了,他也不用维护你了!你还凶嘛!什么都没学学会偷人了!我们张家是怎么了!一个个都学会偷人了!"——她疯狗一样扑在她身上,好像要咬死她。

张沛站起来把陈琼芬往后面拉,一边拉,一边说:"妈!妈!有什么事情好生说嘛!"

"你还维护她!你还维护她干啥!"陈琼芬气疯了,反手去打自己的儿子。

"事情都还没问清楚,你坐到说嘛!"张沛发了蛮力,一把把母亲按在沙发上坐下了。

"袁清江,你过来坐。"张沛转过头对袁清江说。

袁清江从没有见过这样的张沛,她呆呆地走过去坐下了。

"今天中午你去哪了?"张沛还是问那一句。

"我,我去见一个朋友了。"袁清江说。

"哪个朋友?"张沛不会就这样放过她。

"是我高中同学,你也见过的嘛,江乐恒,我们的同班同学,他现在在永安日报当记者,回来就跟我见了一面。"袁清江几乎是以哀求的语气说。

"江乐恒?"张沛还没说什么,陈琼芬就说话了,"哪个江乐恒?"

"我同学,"袁清江急急地说,她搜寻着一切证据想证明他不是个可疑的人,她说,"他们家就住在我们西街上,这过去一点那个同乐路。"

"同乐路?"谁知道,陈琼芬的脸色完全变了,她的声音也变了,听起来不像是人的声音了,她说,"你说的是同乐路?他爸爸是不是叫江峰,妈妈是不是叫魏晓芬?"

"我没见过他妈妈,不过他爸爸好像是叫江峰,开服装店的。"袁清江不明所以地接着陈琼芬的话说。

紧接着,她和张沛都看见陈琼芬像个幽灵一样腾起来了,她尖利地笑了起来,一边笑,一边说:"袁清江!袁清江!你有本事!你居然跟他好了!"

张沛也被母亲吓到了,他说:"妈,妈,你怎么了?你冷静点。"

但陈琼芬激动得直喘粗气,她说:"你知道江乐恒是谁吗?你知道江峰是谁吗?你知道他妈魏晓芬是谁吗?"

袁清江呆呆地坐在沙发上,完全发不出声音来。

陈琼芬又喘了口气,她的眼神已经完全疯狂了,她用一种同归于尽的声音说:"我今天也不怕告诉你,当年张沛的爷爷就是死在魏晓芬的床上!"

她的整个身体都抖动了起来,她的脸孔无限地张开了,她忽然又想到了什么,她为这想法再次疯狂地笑了起来,她看着已经说不出话来的儿子和媳妇,带着一种恶狠狠的,杀戮的快感,把那句话说出来了:"那个江乐恒今年也是二十四岁吧?说不定他就是魏晓芬和张沛他爷爷的种,张沛还要叫他一声叔叔呢!"

袁清江坐在那里,她全身剧烈地抖动起来,她是那么害怕,她觉得冥冥之中有一双手,有一股巨大的力量,这力量忽然就把她推到了那里,就是那个悬崖上面。

她的头很晕,她的耳朵鸣叫起来,那声音就像她很多个晚上守在仓库外面,听见姐姐的哭声一样。

她看着张沛，看着陈琼芬，他们的样子都飘开了，她摇摇晃晃地站起来，走了出去，屋子里面的人像被定住了那样，依然一动不动，依然笑着，袁清江知道定住他们的就是天上伸下来的那双大手。

她在街上走着，走到了南街上，这是她每天去上学都要路过的街，她看到一群人在那里打架，有一个女人站在那里尖叫着，说："你们不要打他了！都是我错了！都是我错了！"——那个女人是张英琪，但是袁清江没有看见她，她觉得那个女人就是她自己。

她想到了很多年以前，在她开始认识到这个世界样子的时候，她第一眼看见的人无疑就是父亲，那时候他在她眼里是个那么英俊的男人，他捏着她的脸蛋，说："小清江，你的确是爸爸从清溪河边捡来的，但是你是爸爸最重要的宝贝，你知道吗？"

——她闭着眼睛，笑了起来，那一句话不过是一句谎言。

她想到了清溪河，天空是那样闷热而低矮，整个夏天都隆隆地从山川里面奔流了下来，往平乐镇压过来了，她听见了远方忽然响起的那一声闷雷。

岑仲伯

　　我从来没有叫过岑仲伯岑瘸子，但是我们镇上的其他人并不是这样，平乐镇的小孩人人都会唱那个著名的歌："瘸子要参加红军，红军却不要瘸子，瘸子的勾子翘一翘，就要暴露目标。"——这首歌的年代很久远了，久远到不知道最开始是谁编的，歌里面"勾子"是屁股的意思。但"瘸子"却并不是在说岑仲伯——可是我们镇上的孩子就这样以为了，特别是岑仲伯长得那样高大，孩子们就更确定他以前一定是想过当兵的，每次他从五金店下班了，走路回家去，他们就站在路边唱这首歌，他们的歌声是那么嘹亮，好多次我都以为岑仲伯会停下来给他们几拳——毕竟这才像是我听说的那个他——但他从来没有那样做过。

　　所以说，到了我可以认识岑仲伯的时候，他已经不是岑仲伯了，而是岑瘸子。岑瘸子在南街老城门五金铺上班，和他的婆娘，开早餐铺的张大妹住在猪市坝巷里，沉默寡言，喜欢抽点烂烟，那个传说中在平乐镇道上呼风唤雨，一双铁拳打天下的岑仲伯好像和他一点关系都没有了。

　　但关于岑仲伯的传说一点都没少过，无论是打人、砍人、骗人，甚至杀人，还是收保护费，逛窑子，泡马子，我没听说有什么事情是他没做过的——常常地，我看到岑仲伯从我爷爷家门口走过了，有时候后面跟着他老婆，我就一直看着他，直到他消失为止——但是我看他的原因和那些传说都无关，只是因为袁青山。

　　袁青山刚刚死了那一个星期，岑仲伯每天都坐在清溪河边，大家虽然觉得清溪河还并不安定，也没有人去管他，他坐在那里，脊梁是那样的高

岑仲伯　359

大、沉默，我几乎要以为他是我们镇上的另一个巨人了。

他坐到天黑了，就站起来慢慢回家了，那个时候他的腿刚刚断了，也不去医，每天就那样拖着走过一整条街——后来他终于变成了一个瘸子。

又过了一段时间，他就娶了老婆。

我坚持认为他和袁青山有着一个百转千回的故事，很长一段时间，一看到岑仲伯我就会落泪，我同学就说我："你一天到黑在想啥子啊，脑壳有包。"

我说不出来，我无法告诉每一个人，岑仲伯是怎么走过我们平乐镇的街道的，他是怎么迈出左腿，再拖动他的右腿，微微侧着身子，像一颗巨大沉默的岩石，而他那张棱角分明的脸又是多么面无表情，因此看起来是多么悲伤。

我看到他就会想到袁青山，就会想到那样死去了的袁青山，当他那样走在路上的时候，当满街的孩子都叫他岑瘸子的时候，当他保持沉默的时候，当他的老婆早上追出门来，满大街地骂着"岑仲伯，你狗日的又把我钱盒盒头的钱拿了啊"的时候，我就要忍不住流下眼泪。

我同学说："你小说看多了。"

因此，长久以来，我都费尽心力地观察着一切蛛丝马迹，搜索着岑仲伯真的爱过袁青山的证据——不但如此，他一定还依然爱着她——就算我们镇上的每一个人都跟我说："岑仲伯跟袁青山有啥子关系嘛！他高中毕业就跟他们张大妹耍朋友，耍到结婚！他结婚之前倒是花得很，跟好多女的都不清不楚的。但是人家现在脚杆也瘸了心也不野了，你这么小个娃娃不要乱说啊！被张大妹听到了看你咋收拾！"

我就说："那袁青山死了的时候他为啥子坐在河边上嘛？"

人家居然说："河边上那么宽，他坐一下犯法啊？"

我对这种胡搅蛮缠的答案很是恼火，可能别人对我的问题亦然，最后连我同学都受不了我了，他说："你这么想知道，你就自己去问他嘛！"

好几次我们在路上看见岑仲伯，我同学就故意叫他："岑哥！"

岑仲伯也是认识他的，亲热地说："小高，最近哪里发财啊？"

我同学就推了推我，意思是让我去问，有那么一瞬间，我真的想要鼓起勇气走过去问岑仲伯："你是不是喜欢袁青山？"——但是我从来就没有真的那样做过，我只会拼命地缩在我同学后面，免得岑仲伯高大的影子把我压垮了。岑仲伯看见我的样子，就会笑着说："小高，女朋友还不好意思得很哦！"

　　——是的，无论从哪个方面看起来，岑仲伯都和我们平乐镇其他的人没有分别，他每天乐呵呵地，抽天下秀，喝点小酒，该上班上班，下班了就打点小麻将，尽心尽职地和老婆睡觉，或者和别的女人睡了就尽心尽职地不让老婆知道。他说粗口，讲荤笑话，开各种各样俗套的玩笑——他就是不让其他人看出来，他是多么悲伤。

　　我看了岑仲伯好多年，但从来没有和他说过话，因为他是那么高大，袁青山死了以后，他甚至就要成为我们镇上的另一个巨人了，没有特别的原因，大家都不太敢和他说话。

　　直到那一天，埋了高歧以后，所有的人都走了，但我还呆在清溪河，我沿着河岸走了一会，我知道陈三妹就死在这河里了，张仙姑说"那是冤魂啊"，谁又知道到底有多少冤魂呢——从很远的地方，我就看到袁青山的墓碑了，它是那样高大，在它后面，我居然看见了岑仲伯。

　　他看见了我。

　　我不敢相信他看见了我，但他跟我点了个头。我知道他认识我，我们平乐镇街上就没有完全相互不认识的人。

　　我们两个对望了一会，他开口跟我说话了，他问我说："怎么想起来这？"

　　"来看看。"我说。

　　"看了你爷爷没有？"岑仲伯问我。

　　"看了。"我说。

　　"老爷子难熬啊，你走了不到三天就气死了。他一颗心全在你身上啊。"岑仲伯说。

　　"我知道。"我说——我是亲眼见着我爷爷扑在太平间里面，颤颤巍巍地叫我的名字，老泪纵横，叫着："孙女啊，你咋就走了嘛，爷爷还要看到你研究生毕业的嘛！"

我们两个都陷入了沉默，我说："你看得到我不觉得奇怪啊？"

岑仲伯笑了，他说："有啥奇怪的，世界上怪事多了，这些都是老天爷安排的。"

我也笑了。

我忽然想到，这就是老天爷安排给我的我等待多年的机会了，我在等待的那个我可以跟岑仲伯说话，我可以问他，问他那句"你是不是喜欢袁青山"的时候——我张嘴就要问他了。

他却先问了，他说："你有没有见过袁青山？"

"没有。"我回答他。

他呆呆地看着我，他终于说："陈老师没骗我，'那个'是真的，她真的成了天上的人啊。"

他笑了起来，站起来了——他是那么高了，但这墓碑却还更要高大，在这墓碑面前，我们其他人看起来都变成了孩童。

我们镇上恶名远扬的五金师傅岑仲伯把额头贴在袁青山的墓碑上面，他静静地贴了一会，终于站直了身子。

这一刻，我明白我已经不用再问那个困惑了我多年的问题了，那个我们镇上的其他人都极力否认，并且在我活着的时候永远没有找到答案的问题，但我固执地相信它是真的，如果连他也并不爱她，那我们镇上还有谁来爱她呢。

可是我还是问他了，我说："你是不是喜欢袁青山？"

——我终于问出了口。

岑仲伯回头看了我一眼，他笑了一笑，他说："小娃娃管那么多。"

他就走了。

我看着他的背影，跟我很多年前在平乐镇南街上看见的那个背影一样，他先迈动了左腿，然后拖着瘸了的右腿走了一步，微微倾着身体，面无表情，这一切在我看来，依然是那么悲伤。

我们都得到了一个答案，但我没有告诉岑仲伯的是，在我的世界里，我看不到其他的人，我们沉入的世界是自己的，对别的任何人，都是一片永无的黑暗。

在袁青山死了以后我们镇上的人都沉默了，他们谁也没有想到世界上真的有这样他们看不见的地方，他们谁也没有想到袁青山会是那样离开了我们。

都说那天晚上清溪河发了大水是因为袁清江跳了河，虽然没有人真的发现了她的尸体，但我们镇上的人认为就是那样，"做了那么不要脸的事，还被婆家逮了，我是她我都死了！"——除此之外，那天晚上有好几个在街上打架的小混混都说他们看见袁清江半夜在街上往南门外去了。

那天晚上，整个平乐镇风雨飘摇，我还记得那天我们全家都很早就睡了，我妈说："好多年没下过这么大的雨了，不晓得河边上会不会出事啊？"我爸就说："哪有那么多事哦，睡了嘛！不是才修过坝的嘛！"

——我们镇上的人就睡了，没有人知道外面发生了什么，黑夜里面阴风怒号，闪电和雷鸣霸占了整个小镇的上空，雨下得好像天裂开了个口子那样——"肯定是哪个做了恶事。"老人们照例会说。

第二天早上，我们还没醒来，就听见有个人鬼哭狼嚎地在街上跑，一边跑，一边喊："河边上出事了！河边上出事了！"

那声音是那样凄厉，我妈说："哪个神经病哦？"

——但是我们还是去看稀奇了，全镇的人都跑到河边去看到底出了什么事情，我们没有想到的是昨天晚上的大雨真的让清溪河涨了大水，河堤被狠狠地冲裂了一块——但我们又全都还安然无恙。我们站在那里，没有人敢说话，很长的时间里也没有人动弹——我们看见有一块巨大的石头顶在那里，堵住了那个口子，那石头的形状很特别，是一个人的样子，我们大家都看出来了，那石头是一个女人，那就是她，就是我们平乐镇的袁青山。

2008-2-17 6:24 初稿
2008-4-10 19:26 定稿

请带我到平乐去

永丰县最有名的就是七仙桥头的肥肠粉了,这家店的生意好,方圆百里都是出名了的。从前还有逢场的日子里,馋嘴的女人们总是早早出门——过了八点半,就别想吃到加肥肠的肥肠粉了。上午十点半的时候,卡车司机赵二娃坐在七仙桥肥肠粉店里,他喝了一口漂满红油的粉汤,不由感叹:"苦日子终于过去了。"

赵二娃是老客了,刘老板把加肥肠的肥肠粉一放到他面前,就转身去门口的锅盔摊给他买了一个白锅盔,问他:"老赵,今天这么晚还出车啊?"

"今天不走远了,"赵二娃一边把锅盔掰开,泡到碗里,一边说,"今天就去平乐镇一趟。"

——他们很快结束了寒暄,赵二娃用筷子按锅盔,再次打量起坐在他对面桌子的那个年轻人来——他二十多岁,看起来显然不是本地人,穿着橘红色的防寒服,脚边放着一个很大的旅行包,正搅着一碗清汤肥肠粉。"很可能是城里来的。"赵二娃轻蔑地想,"城里人都不吃辣。"

赵二娃还没回过神,就看见年轻人抬起头来看了他一眼。他的皮肤有些黑并且粗糙,显露出风尘仆仆的样子。赵二娃忙移开自己的眼神,埋头吃粉。"怪了,"他想,"这样看起来不像是城里来的呀。"

"师傅。"紧接着,年轻人坐到赵二娃对面的椅子上,递了一支烟给他,"师傅是不是要去平乐镇?"

"啊,是。"赵二娃吓了一跳,接过烟来——他发现是一支好烟,态度就有些客气了,"我要去平乐啊。"

"是这样，"年轻人笑起来，脸上意外地露出两个酒窝来，"我从外地来，也要到平乐去，师傅方便的话，搭我一起去吧？我给车钱给你。"他一边说，一边拿了一百元，递过来。

　　赵二娃连忙推辞："小兄弟，哪要得到这么多钱哦？你要去就跟我一起去就是了，请我吃个中午饭就是了。"——他的嗓门很大，一时间，整个店子的人都转过头来看着他们。

　　"那就谢谢师傅了。"年轻人没有坚持，收回了钱，"我姓陈，你叫我小陈就是了。"

　　不可否认，一瞬间，赵二娃有点失落。但他很快吃完了那碗肥肠粉，连着一身大汗把这点情绪排掉了。小陈替他给了钱，背着包跟他一起出了肥肠粉店。

　　永丰县是平原上的最后一个县城，再往西开半天就能到山区了，平乐镇是永丰县最靠近山区的一个镇。在国道上开三个半小时，再转右开十五里就能到平乐了。那个弯还没到的时候赵二娃就又忍不住开始抱怨了："小陈，你等会儿就能看见那条路了，那条路是以前平乐的人自己修的，烂得要死！都知道要想富，先修路，修都修了，也不修条好点的路，今天碰到我是你运气了，到平乐的车两天才有一班，有时候等都等不到——这么烂的路，没谁愿意走！"

　　"哦。"小陈坐在赵二娃身边，听他东家长西家短地唠叨了一路，已经有点麻木了。

　　"不过也多亏了这条路，五十多年前没这条路的时候，平乐镇穷得你想都想不到！"赵二娃的情绪丝毫不受影响，滔滔不绝地说下去，他后视镜上挂着的各种护身符配合着他的节奏，欢快地跳跃着，"他们好不容易全镇的人自己动手修了这么一条路，才好点了。特别是这几年，商场啊，超市啊，都修起来了。"

　　他们转了弯，来到了那条传说中的烂路上。小陈不由地把头探出车窗外，往外面看去，这是一条平淡无奇的柏油路，看起来并不觉得糟糕。路边间隙长着平原上随处可见的桉树，还有一些光着枝桠的泡桐树，景色很奇异，山是触目可及的，而平原依然没有放弃和它的抗争，冬天还没完全过去，但已经能奇迹般地看到一两朵提前开花的油菜花了。天是雾蒙蒙的，一条路是笔直的。

　　司机赵二娃又忍不住看了小陈一眼，对他的沉默已经习惯了。吃中午饭的时候，他倒是陪他喝了二两酒，赵二娃当时就问他了："你去平乐镇干什么呀？""找人。"小陈说，并且吃了一口鱼香肉丝，他一张嘴巴开开合合，把肉嚼了又嚼，最终没有再多说任何话。赵二娃掩盖不住的失望，但紧接着上桌的整整六个菜很快就掩盖了他的失望，两个人埋着头吃了饭，小陈紧接着又发给他的一根好烟更让他对这个小伙子产生了一丝好感。

"小陈，你去平乐镇找什么人啊？我在那也认识几个人，不然帮你问一下，你一个外地人，不好落脚。"赵二娃终于说。

小陈把头从窗户外面缩了回来，用右手耙了下吹乱的头发，笑了一下。"不用了，赵师傅，已经很麻烦你了，我是去那找亲戚的。"他说。

"亲戚啊……"赵二娃好不容易压住了自己的好奇心，不好意思再打探下去，专注地开着车，并且再次敏捷地绕过了一个大坑，骂了一句脏话以后，他再次爆发："他们什么时候才把这些坑坑洼洼的填一下哦？等到死了人他们就高兴了！"

小陈几乎是微笑着在听他的抱怨，整条马路上只有他们一辆车，因此开得飞快，平原的景色一掠而过，很快，房屋们在路的尽头出现了。小陈还眼尖地看见路边深蓝色的牌子一闪而过，上面写着：平乐镇。

"赵师傅，"小陈问，"平乐镇有一个北二仓库怎么走啊？"

从平乐镇北二仓库门口望进去，巨大的水泥院子里没有一个人，更没有一棵树，周围红色屋顶的仓房虎视眈眈地潜伏着，甚至可以听到从中发出的某种属于野兽的声响——小陈一从赵二娃的车上跳下来，就是看到了这样的景象。赵二娃在卡车上按了一声喇叭，然后就一溜烟儿开走了，留下一屁股的废气。

小陈站在北二仓库门口，呆呆看着那个巨大的广场，广场的尽头还有两个篮球架——其中一个没有篮筐了——他深深吸了一口气，陌生冰凉的气体刺激着他的鼻孔，让他产生了一种奇妙的感觉，他笑了一笑，然后，转身走掉了。

从北外街一直往城里走，人就渐渐多起来了，赵二娃说过的那个超市门口好像挤了全镇的人，三轮车们一辆一辆地排着，大声说笑，堵住了半条路。小陈小心翼翼地从这些人身边走过去，很快就到了十字路口，他看见前面有一个招牌展出来，上面写"平乐旅馆"，他就进去了。

旅馆招待员姚五妹正在看电视，电视机放在柜子的最上面一层，因此,她的脖子总是抬得很酸。这天下午,她在广告的间隙用力按摩脖子的时候,小陈就走进来了。

"还有空房吗?"小陈问。

"当然有啦。"姚五妹一边摸着脖子,一边漫不经心地看着他。

"我想先住一个星期。"小陈说。

"二十块一天,身份证登记。"姚五妹从柜台里噼里啪啦地把登记本翻出来,甩在台面上。

"我先给您一百五十块吧。"小陈拿出钱和身份证来,轻轻放在登记本上。

姚五妹收下钱,抄了身份证,麻利地把钥匙甩了出来:"上楼左边走第三间。"

"谢谢。"小陈说,转身上楼去了。

他走到楼梯间的时候姚五妹喊了一句:"贵重物品自己看好啊!"——电视剧就又开始了。

房间小而且简陋,一张床,一把椅子,一张写字台,还有两个茶杯。小陈把沉重的背包轻轻放在地板上,坐在床沿上,再次深深吸了一口气。他抬起头,看见天花板上满满贴着报纸,白炽灯吊在孤零零的电线下面,一动不动。他摸了摸自己的头发,它经历了一路的风尘,变得很脏了。

他站起来,想要出门买瓶洗发水,但他走到门边,又顿了一顿,然后转身回去把背包放到了写字台的柜子里,关好了柜子,这才走了出去。

小陈挤了半天才挤进超市,里面都是人,他不知道今天是不是星期天。小陈找了一会,很容易就发现了放洗发水的架子,他走过去,站在前面,还来不及拿下一瓶,一个年轻女人就很热情地走过来招呼他了:"先生,买洗发水吗?"

小陈低头去看她,发现她意外地年轻并且漂亮,她胸前挂着超市的工作牌,上面是她的工号:00283。00283说:"先生想要哪种洗发水?"

小陈愣了一下,看着她的脸,说:"随便吧。"

她很热情地指给他一个陌生的牌子,说:"这个很好用,现在还在打特价。买两瓶可以送一瓶护发素。"

"我买一瓶就是了。"小陈拿了那一瓶,转身就走。

00283却又递过来一瓶,她说:"先生,你再买一瓶吧,反正洗发水总是要用的。"——她的头发盘在脑后,不过应该很长,皮肤很白,眼睛显得很湿润。

"好吧,"小陈拿过那瓶,"反正都是要用。"

她马上笑了,眼睛里面的水都要滴出来了。"我把赠品给你。"她弯腰去拿。

小陈把两瓶洗发水和一瓶护发素都拿在手上,在00283的目送下走向了收银台,中途他又拿了一块香皂和一条毛巾。

收银台人很多,收银员不停地让顾客找零钱出来,又浪费了不少时间。小陈无聊地站在队伍后面,在洗发水瓶上的说明书,他一个个字都看完了,又把护发素的也看了,终于轮到他了。在把东西递给收银员之前,小陈把另外一瓶洗发水和护发素放在了旁边的口香糖架子上。

拿钱包的时候,他扭过头去看了一眼洗发水架,远远地,00283热情地招呼着一个中年妇女,她可能刚过一米六,但身材纤细,看起来显得高挑,他就这样把钱抽出来给了出去。

小陈从宾馆床下找出了一个塑料盆,去开水房把头发洗了,00283推荐的洗发水发出一种陌生的香味,让他觉得有些尴尬,他用力地搓揉着头发,这种尴尬却并没有过去,甚至压倒了他本来的情绪。他尽量装作什么也没有发生,用毛巾擦干了头发,回到自己房间,从写字台里把包搬出来。

他盘腿坐在床上,打开旅行包。里面却并没有太多东西,小陈把手臂伸进去,提出的是另一个小一号的布包,深蓝色,上面印着"光明电器,万家光明"的广告字样。他把这个包抱在怀里,压在自己的腿上,把额头靠在上面,蜷成了一个最原始的形状——他终于不觉得尴尬了。他把这个包搬到了写字台柜子里,从旅行包里拿出了另外一件纯黑色的抓绒外套,换上了。

六点过的时候,小陈干净清香的头发在平乐镇微微飘动,黑色的外套上没有一丝头屑,这样的他好像变了一个人,神情肃穆地走在了东街上。他吃了一碗刀削面,就去逛夜市。夜市门口就有两个野台球台子,搭着蓝白的塑料布棚子,点着刺眼的汽灯。一群平乐镇的青年抽着烟围在旁边打台球,台球洞有一个坏了,于是有一个小伙子一直站在那里,随时准备接住进洞的球。

小陈忍不住站下来看。正在打球的是一个穿着牛仔外套的小伙子,他埋下身子,含着下巴,整个人都附着在了那根破旧的球杆上,他轻轻地伸了一下球杆,球就以一个不可思议的撞击进了那个破掉的洞——洞边的小伙子敏捷地抓住了它。这个球打得十分漂亮，所有的小伙子都喝彩起来，有一个说："岑仲伯，你狗日还真进了！"

岑仲伯抬起头来，从台沿捡起自己的烟来抽了一口，笑着回骂了一句脏话。他继续往下个球进攻，两分钟之内收拾掉了台上剩下的球。他的对手沮丧地递了二十块钱过来，并且说："今天不打了！不打了！简直没意思！"

他收下钱，用另一只手把没烧完的烟拾起来，弹掉上面的烟灰，眯着眼睛愉快地抽起来，并且用剩下的半边嘴发出声音："那你打不打，黄元军？"

"我不打，我不敢跟你打。"黄元军——那个站在破洞旁边的小伙子笑嘻嘻地说。

"我跟你打。"小陈说。

岑仲伯抬起头就看见了那个黑衣服的青年男人，他也长得很高，因此自己很容易就能看见他的脸，他不是平乐镇上的人。

"来打嘛，朋友。"岑仲伯说。

晚上十点半，平乐镇夜市上所有的摊子都收了，只有四海烧烤还开着。小伙子们坐在一起吃烧烤，啤酒瓶子堆了一地。黄元军在一大把烧烤里面捡出一串烤翅尖，递给小陈，笑着说："陈哥，吃翅膀。"

小陈接过来，说："说了不要喊我哥。"

"哎呀！陈哥，"黄元军已经有几分醉意，"我今天一定要喊你哥，就凭你把岑仲伯赢了，我就要喊你哥！"

在他对面，小陈的右边，岑仲伯笑着伸手狠狠拍了他一下，然后举起啤酒杯子同样狠狠地和小陈碰了一下，他说："陈兄，你这个朋友我是交定了！"

"干！"小陈大声说。

兄弟们一起拿起酒杯，都说了声"干"，就把一脖子的酒吞下去了。

黄元军说："陈哥，你来平乐干什么啊？"

"来旅游。"小陈说。

"旅游？"一堆人都笑了起来，"我们这儿有什么好旅游的！"

"除非……"另外一个小伙子歪着嘴巴眯着眼睛，压低了声音说，"你是不是要来看仓库里头的那个东西……"

——小陈什么也没听到，岑仲伯就把杯子用力放下了，震得桌子狠狠动了一下，没有人敢说话了。

岑仲伯说："陈兄，你就不耿直了，你来平乐是要办什么事？跟兄弟言语一声，没有兄弟帮不了的忙。"

小陈看了他一眼：岑仲伯有些醉了，耳朵通红，眼睛里面布上了血丝，一时间，小陈的眼睛也好像红了，他终于说："我真的就是来平乐看看，我一个朋友让我代他来平乐看看。他以前好像是这里的人。"

"是我们这里的人？"镇上的小伙子们都问。

"好像是，"小陈说，"不说这些了，喝酒喝酒！"

他们又用力碰响了酒杯。

他们一直喝到十二点过，聊足球，聊女人，聊一切可以聊的事情。岑仲伯摇摇晃晃送小陈回旅馆，他们一见如故，岑仲伯一直重复："你有什么事都来找我，没有我帮不了的忙。"

"好，好。"小陈一直回答他，回答了一路。

在旅馆门口，小陈和岑仲伯告别，看见他歪歪扭扭叫了一辆三轮，爬上去对他挥着手走了。小陈几乎露出了温柔的神情来，但他并没有进旅馆，而是转头往北街走去了。

他一直走到北二仓库门口，铁门已经关了，除了家属楼下面的路灯外，只有一个仓库里还忧伤地亮着灯。

小陈站在那里，把头靠在铁门上，侧着耳朵，仔细地听着，黑暗里，他似乎听到了沉重而缓慢的一种脚步，一个女人的啜泣。

他知道这一切都是自己的幻觉，虽然如此，他依然忍不住跪在了铁门面前，借着酒意，哑着嗓子，号叫一般哭了起来。

第二天早上小陈醒来的时候，觉得似乎做了一个噩梦，头痛得厉害，他拿着肥皂去洗脸，在走廊上遇见了姚五妹，她穿了一条春秋裤，刚刚从厕所出来，睡眼惺忪，看见小陈就白了他一眼，显然还没忘记昨晚她爬起来给他开门的事情，"以后早点回来睡，我们这十二点关门。"她又说了一次。

"知道了，昨天真对不起。"小陈也再说了一次。

他洗了一个冷水脸，感觉清醒了不少，小陈决定今天就去干点正事。

他收拾了一下房间，出了旅馆，路过超市就进去了，想随便买点吃的。

上午的超市很空旷，几个工作人员正在上货，箱子摆了一地，小陈绕着从旁边走过去，却发现00283就在前面摆豆腐干。他无可避免地从她身后擦了过去，她显然看见了他也认出了他，脸上露出一丝讽刺的笑容。

"早上好。"小陈说。

"好。"她皮笑肉不笑地说，"欢迎光临。"

"对不起，我是来旅游的，买那么多洗发水没办法用。"小陈还没发现，解释的话就脱口而出。

"旅游？"她终于露出了一丝真实的表情，惊讶地说："这有什么旅游的？"

"就是来随便看看。"小陈说。

"哦。"她没多说什么，继续摆豆腐干。小陈站在她身后，把手臂从她肩膀上面越过去，拿了一包豆腐干。她一下愣住了，可以说是不知所措地，竖着寒毛，在空气中暴露着一截雪白的脖子。

小陈看着她的脖子，她挽起的头发垂下了几根来，那真是美极了——他又买了一块面包和一瓶水才走。

小陈出了超市，正要继续往北走，就看见岑仲伯了，天还早，因此他有些惊讶，因为他昨晚可醉得不轻。他正考虑应该怎么跟他打招呼，岑仲伯就走过来亲热地拍他的肩膀了："兄弟，这么早就起来了？我还想去平乐旅馆叫你吃早饭呢！"

"不了，"小陈下意识推托，并且提了提手里的塑料袋，"我买了吃的了。"

"哎呀！"岑仲伯看了一眼袋子里面的东西，不以为然地喊了起来，"这些怎么够吃，我带你去吃赵家酥肉豆花，保证你没吃过那么好吃的！"——话没落，拖了小陈就走了。

小陈由他拖着走，两个人亲亲热热地像兄弟一样穿过了人来人往的十字路口，一路上岑仲伯不停地跟人打招呼，五分钟的路程走了十分钟。

他们终于坐下来吃酥肉豆花，岑仲伯热情地给他调了调料，小陈把上面的葱花挑开了些，舀了一口送进嘴里，一股又辣又麻的滋味猝不及防地灌满了他的脑袋，是如此陌生而伤感。

岑仲伯问他："好吃吗？"

"好吃，好吃。"小陈连连点头。

他很得意，说："我们镇上的豆花我都吃遍了，就这家最好吃了。"他吃了一口，把嘴抿得像猴子一样，然后接着问他："你等会想去哪里看看，我给你当导游！"

"不了！不了！"小陈忙着摆手，"你忙你的吧，这样我太不好意思了！"

"没事！"岑仲伯咧嘴一笑，嘴里面都是白白的豆花，"今天本来就是星期天，不上班，你远来本来是客，更不要说你这个朋友我是交定了！"

小陈看着他的样子，笑了起来，他说："好吧，我也交定你这个朋友了！"

岑仲伯带他去平乐镇最为著名的清溪河，河在平乐镇的东边，出了东门，高高走上一段坡就可以看见两人高的堤坝。他们一口气爬上去，站在坝上看。在这里，除了遥远的河流，还可以居高临下地看到平乐镇的很多街道，岑仲伯豪气地指给他看镇上最高的交通局大楼。

是冬天，河里的水并不多，靠堤的地方露出嶙峋的一些石头，顺着河看过去，看不到尽头。

小陈递给岑仲伯一支烟，两人迎着风抽起烟来。

"兄弟，你是做什么的？"岑仲伯问他。

"是老师。"小陈说。

"老师？"岑仲伯很高兴，"老师好啊，我爸也是当老师的。"

"是吗。"小陈应道，他的烟烧得很快，烟灰被吹落下来了。

"是啊，可惜我很小的时候他就不在了。"岑仲伯聊家常似的说。

"是吗。"小陈说。

"跟别人跑啦！"岑仲伯自顾自地说话，说完了，他才看到小陈的神情，终于意识到自己可能有些唐突："呀，你别在意啊，我这人就是这样，遇到投缘的人就特别高兴。一高兴什么话都说。"

"没关系。"小陈说，"我父亲也在我很小的时候就不在了。"

"不会吧？也跟人跑了？"岑仲伯吓了一跳。

"是去世了。"小陈有些尴尬。

"哦，呵呵！对不起对不起。"岑仲伯笑了起来，感觉他们已经是真正的兄弟了。

他问小陈是哪年生的，得知他还比他小两岁半，于是乐得再次笑起来："真看不出来，原来你还要喊我一声哥！"

"哥。"小陈张嘴就叫了一声。

岑仲伯一惊，继而被感动充满了，他激动地用力揽了小陈的肩膀一把，像宣誓一样，大声地说："好兄弟！"

两个人从河堤上下来了，他们长得差不多高，都穿着黑色的外套，比赛似的从堤岸顶上一股气冲了下来。他们又在附近随便走了走，河上游的地方有一座香火不旺的庙子。

岑仲伯问起小陈北方是什么样子,他说:"这辈子都没去过那么远的地方。"然后他就想起昨天的话了,他说,"你昨天说你是代你一个朋友来的,你那朋友还是我们这的人,他以前是在这做什么的? 怎么不自己回来? "

"他有事走不开,我没问他以前是在这做什么的。"小陈说。

"那他姓什么啊? "岑仲伯问。

"姓王。"远远看见了庙门了,小陈说。

"姓王? "岑仲伯想了一会,"这个姓多了。"

小陈摸出烟来递给他,也给自己点上了,他抽了一口烟,说:"是啊。"

他们一起跨进了庙子里,庙很有些年头了,门槛修得很高。

两个人走在回镇的路上,说了太多的话,显得很沉默,彼此都是若有所思的样子。

"中午想吃什么? "岑仲伯开口问小陈。

"随便吃就行了。"小陈说。

"小陈呀! "岑仲伯立刻摆起大哥的架子来,"你这个人什么都好,就是太客气了! 想吃什么就说嘛! 吃竹笋鸡好不? 十字口新开了一家味道正! "

"好。"小陈就说。

他们到了十字口,远远就看见了那家店,火红的招牌挂得高高的。店刚刚开张,门口的花篮还放着,虽然还不到中午,也已经来了很多人。

奇迹般地,小陈一进店就看见了00283——她正对坐在她对面的人笑着说什么,笑得眼角叠了几条迷人而可爱的小皱纹。小陈不由自主地走了过去,岑仲伯走在他后面。走过她的时候,小陈忍不住低头去看她,她长的样子就像一个谜语,小陈听见岑仲伯招呼她说:"袁清江,吃饭啊? "

一瞬间,小陈觉得周围的声音都听不见了,他只听见自己的心脏飞快地跳了一下,然后,停止了。

"袁清江,"岑仲伯继续说,"今天你不上班? "

袁清江显然发现了小陈,她惊讶地看着他,问岑仲伯说:"这是……"

"这个是小陈,我朋友。"岑仲伯介绍,然后他和小陈同时看见了坐在袁清江对面的男人,他长得一张显得有些奶气的脸,眉清目秀,穿着一件银灰色的羽绒夹克——"原来张沛回来了啊。"岑仲伯扬起声音说。

"一起吃嘛。"张沛站起来说，把凳子拉开了。

"不了不了，"岑仲伯说，"我不打扰你们谈情说爱了，我们自己吃。"

"岑仲伯，你怎么说话还这么难听呀？"袁清江皱着眉毛看他。

"谈情说爱怎么难听了？"岑仲伯笑眯眯地递烟给张沛，"谈情说爱好得很。"

张沛也笑了。他们又说了几句，末了，他又想到了什么，弯下身子，问袁清江："你姐姐最近好吗？"

袁清江和张沛都愣了一愣，袁清江低声说："好，好的。"

他终于就拉着小陈走了，坐了一张很远的桌子。

岑仲伯去厨房选了一只鸡，称下来有两斤，他问小陈说："够不够吃？要不要再大点？"

"够了，够了。"小陈连忙说。

一顿饭下来，小陈说得很少，吃得很多，他面前的鸡骨头像将军的战利品那样骄傲地堆成一个稳定的形状。岑仲伯看见他的样子，觉得很满意，他笑道："我没骗你吧，这里的鸡好吃得不得了。"

"好吃，好吃。"小陈头也不抬地吃鸡，像被饿了几个月。

鸡肉的确很好吃，而且很辣，小陈连茶水也没喝上一口，眼睛都红了。

两个人吃得差不多了，岑仲伯叫服务员过来收钱。服务员过来了，亭亭玉立地站着，说："一共六十三元。"——小陈抬头去看，发现袁清江已经走了——岑仲伯站起来要给钱，小陈立刻动作敏捷地跳了起来，拦住了他，他说："我来给，我来给。"

"坐下坐下！"岑仲伯不以为然，"你是客人。"

"我来给。"小陈很坚决，一把摸出一张一百的塞在服务员的手里，嚷道："收我的。"

两个人像武林高手那样推起太极来，绷着身体，不让对方前进一步，把整个过道都占住了，服务员拿着账单，被他们的阵势吓住了，还好老板眼观六路地及时赶了过来，而岑仲伯一手挥舞着钞票一手按下小陈的手，高喊："韩哥，来收钱！"

小陈就这样败下阵来，他把钱收进钱包，好像那是自己阵亡兄弟的尸体，他一屁股坐下来，终于觉得渴了，拿起早已经冰凉的红白茶，狠狠灌了一口。

找了钱，拿了发票回来，岑仲伯终于发现小陈有些不对劲了。

"小陈，你怎么了？"他问。

"我觉得肚子有点不舒服，好像辣椒吃多了。"小陈说，"岑哥，实在是太不好意思了，下次一定让我请客。"

"下次再说，"岑仲伯挥挥手，担心地看着他，"你要不要回旅馆休息一下？"

"好的。"小陈捂着肚子，"好像真的有点不对头，我平时不太吃辣椒。"

岑仲伯送他回去，还好旅馆几步路就到了。他一直送他到房间里，让他坐下了。小陈呆呆地坐在那里，什么也没有说。

岑仲伯终于说："小陈，我走了啊。"

"哦，好。"小陈说。

岑仲伯就走了，心情有些奇异，他带上了房间的门，下了楼就看见姚五妹又在看连续剧了，岑仲伯以前经常带女朋友来这里，因此两个人很熟了，姚五妹跟他点了点头，他就走出去了。

"城里来的人呀。"岑仲伯心里想，他扬起嘴角笑了起来，摸出手机来打电话："出不出来？打麻将嘛，一缺三。"

姚五妹看了一个下午的电视，生意很清淡，没有一个客人来。她很无聊，拿着遥控器接连不断地按着，盼着快到吃饭的时间。终于吃了饭，她又继续看电视，盼着到睡觉的时候。她很快困了，就把门关上去洗漱了，她穿着春秋裤经过了整条走廊，听见开水房旁边住的那对夫妻在大声吵什么，她懒懒地进了自己的房间，准备睡觉以前看一会租来的小说，但她没看几页就睡着了，小陈始终没有出来过。

第二天，小陈起了个大早，并且换回了橘红色的防寒服。他想了一个晚上，终于决定到超市去，还没进去，远远就看见所有的员工穿着红色的工作服在门口站成一个方阵，正在做早操，他们把他拦住了，他有些害怕，但毫无选择，只有暴露在晨光之下。员工们一边做，一边喊着口号。他们说普通话，却带着口音，小陈反而听不清楚他们在说什么，他一眼就看见了袁清江，她站在第一排的第一个，显得那么与众不同，比起昨天，更加与众不同了。

他等到他们晨练完了，袁清江马上向他走了过来，显然她早就发现了他，她走到他前面三步远的地方，停住了，抬起头，看着他，说："你好。"

"你好。"小陈笑了,"你叫袁清江,是吗?"

"是。"袁清江说,"你呢?"

"我姓陈,你叫我小陈就是了。"小陈说。

袁清江皱着眉毛,显然对这个答案不是很满意,但她只是说:"你是怎么认识岑仲伯的?"

"在夜市口打台球认识的。"小陈说。

"我本来不想跟你说这个,"袁清江说,"但我觉得你不是什么坏人,岑仲伯这个人有点鬼,你当心被他骗了。"

小陈笑了起来,他怎么也没想到她会说这个,他笑得露出了牙齿。"我知道了。"他说。

"真的,"她皱着眉毛,不知道怎么说才好,"总之你留个心眼就是了。"

"谢谢你。"小陈说。

袁清江点点头,他感到她看了他一眼,但她就转身要走了。

"喂。"小陈脱口而出。

"怎么?"

"你姐姐叫什么名字?"——小陈想问她这个他想了一晚上的问题,但他却没有这么说,他说:"中午能请你吃饭吗?"

"我们有工作餐。"袁清江说,她这次的确是看了他一眼,她的眼睛像鹿一样闪烁着。

"我请你吃饭吧。"小陈没听见她说什么,只是重复了一次这个话。

"好吧。"她笑了,她笑起来的样子的确像极了那个人。

她和他约了时间,就走回去上班了。她一进去,就被另一个女孩拉住,她挤着眼睛问她:"袁清江,那个帅哥是谁呀?"

"是个外地人。"袁清江说。

"他跟你说什么呀?"女孩问。

"他请我吃饭。"袁清江大声回答,听到周围的几个女孩子都尖叫起来。

终于到了中午的时候,袁清江一下班就看见小陈等在门口那里,每次张沛从县城回来也在那等她,等到了她,两个人就一起回北二仓库去跟袁华吃饭,张沛老是说:"你爸一个人养大你们多不容易,你要多孝顺他。"——两个人走回北二仓库,还没上楼就能闻到袁华在三楼过道的炉子上炖牛肉的香气,混合着一楼厕所的味道,是袁清江的一个噩梦。

她一边把这些回忆甩到背后,一边像一个公主那样向陌生人走过去。他长得很高,穿着橘红色的外套——我们镇上可没有人敢穿这个,袁清江骄傲地想。她向他走过去,露出一个小镇女孩最美丽的笑容。

"袁清江。"他读书似的念了一次她的名字。

"你好。"袁清江说。

"你想吃什么?"小陈问她。

"嗯……"袁清江想了一会,说,"随便吧。"

"我刚才在那边看见一家清真馆子,看起来还比较干净,不知道好不好吃?"小陈问她。

"哦,那家啊,可以。走吧。"袁清江说,看着他。

他们就往那边走了,一路上,袁清江抬着头有一句没一句地和他说着话,她有些害怕被熟人看见,又有些兴奋。

他们终于到了那家馆子,进去了,小陈问袁清江要吃什么。

袁清江说:"随便吧,我最喜欢吃牛肉了,什么都可以。"

小陈就连着点了萝卜炖牛肉、红烧牛肉、粉蒸牛肉和牛肉炒芹菜,末了,又要了两个素菜。

"太多了吧,"袁清江说,"吃不完的。"

"没关系。"小陈说。

菜很快上了,他们有一句没一句,有一口没一口地吃起了这顿饭。他们聊了很多,发现彼此喜欢同样的几本小说,都觉得很惊喜。自然而然地,两个人都没吃多少,剩下了大半桌菜,袁清江看着桌子上的菜,好几次都想让服务员拿袋子来打包回去,但她终于没有说出口。

小陈也是,眼看这顿饭就要吃到尽头,他终于把他应该说的话说了出来——他问袁清江:"你姐姐叫什么名字?"

袁清江大吃了一惊,结结巴巴地,说:"你,你问这个干什么?"

"她是不是叫袁青山?"小陈凑过身子说,并伸出手,按着她放在桌子上的那只手。

"你怎么知道的?"袁清江害怕起来。

小陈这才发现自己有些激动了,他缩回身子坐好了,看着袁清江,他说:"有人托付我来找她的。"

"她没什么好看的!"袁清江急急忙忙地说,她站起来,准备走了。

"你听我说!"小陈终于探出身子,一把握住了袁清江的手,她的手在他的掌心里显得小而且柔软，此刻格外地凉。

"你听我说。"小陈吞了一口口水，一口气说出了所有的话，"是她母亲托付我来看她的。"

"她母亲？"一时之间，袁清江只能站在那里，脑子里面来来回回，只剩下了最后这句话。

在北二仓库门口，小陈知道自己终于要进去了，他在那里等袁清江打电话——"组长，今天下午我有急事，请个假……是家里的事情……是我姐的事情……嗯嗯，我知道了。谢谢组长。"

在冬天遥远的小镇上，她的声音听起来冰凉而空洞，小陈紧紧捏着自己的拳头。为了缓解自己的紧张，他主动跟袁清江说话："你姐现在没上班吗？"

"嗯。"袁清江说，"她不上班。"

"她有没有男朋友啊？"小陈笑着说。

"没有。"袁清江说。

她带着他，走进了北二仓库，而它像一张彩色图片，一点点地侵入了他脑海原本是黑白的草图。这些地方是他都听说过的，这些地方他终于来到了。

袁清江没有带他去家属区，她带他直接去了仓库那边。

"你姐没和你们一起住吗？"小陈问。

"嗯，她……"袁清江迟疑着，终于找不到一个词来形容那个女的，她只有问："你听她说过我姐的事吗？"

"没有。我只知道她出生的时候是个很漂亮的奶娃儿。"小陈对袁清江眨了眨眼睛，后者却没有泛出微笑。小陈有些失望，听见袁清江说："她现在长得不一样了，她……她长得有点高。"

"好啊，"小陈顺口说，"女孩子长高一点可以当模特嘛，北方很多女孩子都很高。"

袁清江没有多说什么，她带着他走到了一间仓库门口，整个厂区现在都已经废弃了，仓库们看起来呈现出一种死气沉沉的灰色。

小陈疑惑地看着她，看到她举起手来，敲了敲仓库门，她说："姐，是我。"

他听到仓库里面传出一个有些低沉而怪异的声音，声音说："来了。"

门就打开了。门很旧了，发出工业时代的声音，而且开得很慢，虽然如此,小陈还是在同一时间看到了袁青山。

——她长得很高。

袁青山长得非常高,小陈一米八三的个头才差不多到她的胸口。她穿着一件深蓝色的棉衣,同色的裤子,看起来像个工友,一刹那之间,她看见了小陈,退后了一步,问袁清江说:"他是谁?"

"这是小陈,我的朋友。"袁清江说。

袁青山看了小陈几秒钟,她终于再退了一步,让他们进去了。

他们走进仓库去,小陈发现自己的脚步有些颤抖。他不知道应该看哪里才好,只好低头看着自己的脚。

袁清江熟门熟路地拉过一张椅子来让小陈坐,又去给他倒茶,除此之外,另外两个人都没有任何声音,小陈不知道袁青山有没有看他,他知道自己正坐在她的椅子上——它异常地宽大,他差不多要伸平手臂才能扶到扶手,一触到坚实的扶手,他就死死地握住了它。

袁青山倒茶过来,默默地看了他一眼,小陈连忙接过那杯热茶,喝了一口,水是开水,烫得他的舌头都麻了,但他终于让自己镇定一些了,好不容易,他抬起头来,看见了袁青山的脸。

她坐在自己巨大的床上,用平静的眼神看着他,脸上没有什么特别的表情,她剪着一头短发,脸看起来大得惊人。

小陈想对她笑一下,却笑不出来,他对这个女孩所有的感情都被这巨大的身躯吞噬了。

袁青山却笑了,他看到她的嘴巴有了一个弧度,她说:"你好。"

"你好。"小陈说。

"你是清江的朋友?"袁青山像个姐姐那样问。

"嗯。"他勉强回答。

"他是你妈拜托来看你的。"袁清江突然说,比起袁青山的声音,她的声音像黄鹂一样清脆明亮,把仓库毫不留情地刺穿了。

袁青山愣了一愣,好像不知道他们说的是谁一样,她看着妹妹,问她说:"我妈?"

"嗯。"袁清江点了点头,不让脸上露出任何表情来。

"我妈?"袁青山转头看小陈,又问了一次。

"嗯。"小陈觉得有些喘不过气,他又觉得应该再多说一些,于是他又说:"她,她很想你。"

袁青山还是像听不懂他在说什么,她巨大的身体好像要轰然向他倒塌过来了一样，紧绷而倾斜地，问："你说的我妈就是那个人？"

"嗯。"小陈不由又握紧了扶手，椅子是手工的，做工有些粗糙，他能明显感觉到一块凸起，"她让我代她到平乐镇来，来看看你，北二仓库的袁青山。"

袁青山一句话也没有说，她坐在自己的床上，在仓库高大屋顶的映衬下，看起来就像个小女孩，小陈看着她的胸口，发现她的一对乳房在衣服上制造了一个巨大的隆起，他仔细看着那个女性化的隆起，百感交集。

他坐得脊椎都碎裂了，这才想起来他应该再说些什么，说她觉得多么对不起她，说她多么不愿意抛弃她，说什么都可以。

但袁青山先说话了，她说："她叫什么名字？"

"啊？"小陈不知道她在说什么。

"我妈，"袁青山说，在他不知道的时候，她的脸上已经再次恢复平静了，"她叫什么名字？我爸一直都没提过她，我不知道她的名字。"

"王曼珊，曼妙的曼，珊瑚的珊。"小陈说。

女巨人眯起眼睛，微笑着回味了一会，做出结论："这个名字很好听。"

小陈一句话都说不出来了，他看着袁青山，想把一切都告诉她，却听到她又说，"她还好吗？"

"还可以。"小陈说。

又是一次长久的沉默，屋子里的三个人都孤独地体味着这句话的含义。

"她怎么不自己来？"终于，袁青山像个孩子似的说，笑着问。

"她最近太忙了。"小陈勉强说。

还好她什么也不想说了，他们三个坐在一起，天渐渐黑了，只听到袁青山说："清江，晚了，你送送小陈吧。"

小陈就站起来跟着袁清江出去了，走之前他下意识地环顾了整个房间，发现它简陋得惊人，除了一张床，就还有一个柜子，几把给客人坐的椅子和一张桌子。莫名其妙地，这个房间让他想到了平乐旅馆的那个房间，他睡在那里的时候连做了两天的噩梦。

"你回去跟她说吧，说我过得很好的。"袁青山轻轻地说。

小陈就这样走出了房间，他发现自己居然松了一口气。

袁清江送小陈到了北二仓库门口，两个人说再见。中午的时候，他们还在一起快乐地吃饭，现在却要一起分享一个悲伤的秘密了。袁清江忍不住，终于说："我其实不想带你来看她的，那个女人刚生了她就跟人跑了。"

小陈看了她一眼,他终于想起她和这件事情是没有任何关系的。

他们道别了,离开了,他想到那天他在这里哭的时候,袁青山听到他的哭声了吗——他知道他听到了她的哭声。

袁清江走回仓库的时候,袁青山的脸上已经没有一滴眼泪了,她问她说:"你要在这里吃饭吗,一会爸该拿晚饭过来了。"

"好。"袁清江说,"你有没有衣服要给我拿回去洗的?"

袁青山把脏衣服拿了出来给妹妹拿回去洗,两姐妹好像已经完全忘记了小陈来过的事情,姐姐问妹妹说:"张沛最近回来过吗? 他还好吗?"

"他最近忙,没有回来过。"妹妹一边接那些衣服,一边说。

天色已经晚了,小陈走在平乐镇的街道上,闻到周围传来一阵阵回锅肉的香味——平原上的小镇里,家家都会的就是这道菜了,他的母亲以前也常常做这道菜——小陈笑了起来,他一边笑,一边觉得眼眶又湿了,他走得快了一些,他觉得自己就要离开这里了,他越走越快了。

他就这样穿越了整条北大街,回到了平乐旅馆。姚五妹不在,他一个人回到了房间。房间依然和他走的时候一样,空空荡荡,天花板显得格外高。他躺在床上,又坐起来,去写字台柜子里拿出了那个方方正正的蓝色提包,他把它抱在怀里,像怀抱着自己的母亲,他明显感觉到包里的方盒子把他的身体扎得生痛。

"我们回去了。"他对着提包说。

他觉得胃痛,又觉得有些饿了,终于决定出去吃最后的晚餐。

一出旅馆门,就看见岑仲伯正抽着烟走来,因为天色的缘故,脸看得不是很清楚,他显然发现了他,一把把烟头甩了,走过来亲热地和他打招呼,说:"小陈,我正要来找你,你好点了没?"

小陈愣了几秒钟才想到自己的肚子昨天是痛过的,他说:"好点了。"

岑仲伯就笑了起来,他说:"那就好,你吃饭没? 我们一起去吃饭嘛!"

小陈看着他的笑容,差点就要把一切都告诉他了,但他只是说:"走嘛,但是说好了这顿要我请客。"

他们就一起去吃饭,途中,岑仲伯接了一个电话,是黄元军打过来的,小陈叫他一起过来吃饭,岑仲伯就把他叫了过来。

三个人一起去了一家比较干净的馆子,小陈一进门就叫了一个回锅肉，他们又叫了几个菜，打了几两枸杞酒，热热闹闹地喝了起来。

喝了两口酒，小陈说："岑哥，我可能明天就走了。"

岑仲伯显然吃了一惊，他和黄元军对看了一眼，黄元军说："陈哥，你好不容易来一趟，多呆几天嘛。"

小陈埋着头吃了一口回锅肉，把里面的豆瓣都吞了进去，他说："我也没请多久的假，该回去了。"

三个人都沉默了，小陈说："你们以后到我那里来了，一定来找我，我请你们好好玩一下。"

黄元军首先笑了起来，他说："陈哥，我们说不来普通话，不敢去。"

这个可爱的理由让小陈笑了，他说："那你就不说普通话，没问题。"

黄元军抓了抓头，问："陈哥，那你在你们那是不是就说普通话呢？"

"是啊。"小陈用普通话说。

这下连岑仲伯也笑了起来，黄元军举着杯子说："陈哥真了不起，又会说我们这的话，又会说普通话。我要敬你一杯！"——他们三个就把杯子里的酒都干了。

吃完了饭，小陈站起来要去给钱，才发现黄元军已经把钱给了，虽然只有十几块钱，小陈还是连连叹息个不停。

岑仲伯说："小陈，这顿就算是给你饯行，无论如何不能让你给的。"

小陈说："你们真的太客气了，这叫我怎么好意思。"

黄元军说："应该的，应该的。"他像想起了什么似的，把头靠到岑仲伯的脖子旁边，低低地想说什么。

"有什么话当着小陈说，大家都是兄弟。"岑仲伯恶声恶气地说。

黄元军只好退开来，说："你上次让我帮你找的人参来货了。"

"来了啊？"岑仲伯很惊喜，连忙说："那我们马上就去看。"

他们拉着小陈出了馆子，过了半条街，进了一条巷子。天很夜了，巷子里面只有一家铺子开着，他们走进去，是一家卖中草药的铺子，放着几根长板凳，看起来很萧条。

有一个小伙子在柜台后面坐着，看见他们来了，连忙站起来，说："岑哥，黄哥！"

黄元军点了头，走进柜台去，找了一包报纸包的东西出来，他打开了一半，给岑仲伯看了一眼，后者连连点头，说："就是这个，就是这个。"

小陈看着他们看，有些好奇，说："这是什么？"

岑仲伯看了柜台后的小伙子一眼，把头凑到他耳朵边，对他说："这个是我们这里山上特产的一种山参,好得很,包治百病。我奶奶心口痛好多年了,全靠这个治好了。"

"哦。"小陈说,看了那堆报纸一眼,想着岑仲伯和他的奶奶。

"多少钱呢?"岑仲伯问黄元军。

黄元军抬起手来,比划了一个八。

"八百?怎么涨价了?"岑仲伯说。

"岑哥,这个参不好找,这次都是我爸好不容易才找到的,拿到县城随便卖一千,他明天知道我卖给你了,还不知道要怎么骂我呢!"黄元军压着嗓子说。

"这个我知道,"岑仲伯说,"我也是想拿去卖的嘛,但是我最近手头有点紧,拿不出来这么多钱。"

小陈在一边看着他们,忍不住问黄元军:"是不是要八百元嘛?"

"嗯。真的一分都不敢少了。"黄元军苦着脸说,"岑哥,你要就今天晚上要,明天早上我就要拿去卖了。"

岑仲伯烦躁地抓了抓头,连连看了小陈几眼,他终于下定了决心,对小陈说:"小陈,不然你买了嘛,机会难得,你回去买了肯定赚不止一倍,自己吃也好,我只有等下次了。"

"好。"小陈马上掏了钱包出来。

岑仲伯和黄元军都被他吓了一跳,准备好的台词一句也没来得及说,他们对看了一眼,小陈已经把钱递给黄元军了。

黄元军就把纸包给了小陈。

小陈接过那包参,转手就把他递给了岑仲伯,他说:"岑哥,你拿回去,给奶奶吃。"

有生以来第一次,岑仲伯觉得有些手足无措了,他看着眼前的陌生男人,他的脸长得就像自己的兄弟一样,他说:"要不得,要不得,我等下回就是了。"

"你拿去嘛。"小陈说,"你认我这个兄弟就拿着。"

岑仲伯呆呆地接了过来,觉得像被人狠狠打了一拳,黄元军及时从柜台里面冲了出来,压着岑仲伯的手把东西收下了,说:"陈哥给你你就收着嘛,人家一片心意。"——一边说,一边瞪了他一眼。

岑仲伯就收下了。

天已经完全黑了,小陈看了看表,说:"明天一大早我就要走了,我先回去了好收拾拾东西。"

"我送你回去。"岑仲伯连忙说。

"岑哥，等一会，我还有点事情给你说。"黄元军拉住了他。

小陈说："你就不送我了，以后来我那一定找我，你有我的手机号，保持联系。"他潇洒地挥了挥手，踏出了中药铺就走了。

小陈一走，黄元军就瞪了岑仲伯一眼："你送他回去干什么，还想把钱还给他？这个事情还不是你自己想出来的。"

岑仲伯不说话。

黄元军拿了五百元出来，一边递给岑仲伯，一边说："见过傻的，没见过这么傻的。"

岑仲伯拿过新崭崭红通通的五张一百元，卷成一团揣进了裤兜，他终于回过神来，笑了一笑，说："城里面的人就是这样的。"

两个镇上的少年就一起笑了起来，黄元军拿过岑仲伯手上的纸包，随手丢到了柜子上。

小陈没有听见他们的笑声，他漫无目的地在平乐镇的街道上走着，知道自己再也不会回来了。他想到袁青山，想到岑仲伯，又终于想到了袁青山。

他想着袁青山，一路走到北二仓库门口，大门早已经关了，他站在门口，再次看见了漆黑的院子里面那唯一亮着灯的仓库，他知道袁青山就在里面，用巨大的脊梁顶着空旷的房间，她早已经不再是一个婴孩，她已经那么大了。

小陈叹了一口气，想去听她的脚步声，这次却什么也没有听到。

他终于转身走了，在下个路口，他居然看见了袁清江，她和张沛手拉着手向仓库的方向走回去，刚好和他撞了个对面。

袁清江下意识甩开了张沛的手，笑着和他打招呼："你好。"

"我明天就走了。"小陈说。

"明天就走？"袁清江显然很惊讶，她说："不多玩几天？我请假带你去玩。"

"不了。"小陈笑，"以后有机会再来。"

张沛站在一边看着他们说话，神情有些冷淡。眼前高大的陌生男人很难让他产生什么好感。

小陈又和袁清江说了一会话，他们都小心翼翼不去提另外的那个名字。他看着她那个美丽而温柔的脸庞，这一切都被袁青山高大的身躯摧毁了，都被袁青山的不幸摧毁了。

张沛不耐烦起来，他重新拉起袁清江的手，说："那我们就先回去了，再见。"

袁清江看了他一眼，终于被他拉着走了，她回头去看小陈的背影，发现那影子看起来异常地孤独而悲伤。

他们手拉着手继续往仓库走去，门已经关了，袁清江拿出钥匙开门。张沛凑上来想亲她一下，她一把推开了他。

"你怎么了？"张沛说。

"你刚才拉着我走什么走？我话都还没说完。"袁清江冷着脸说。

"你都不认识人家，跟人家说那么多干什么。"张沛不满地说。

"我跟什么人说话你凭什么管？"她狠狠地说。

"凭我是你的男朋友！"张沛有些火了。

"我什么时候说过要和你谈朋友了！"袁清江冷声说完，转身就进了门，她不管张沛拉着她的手，一把就把门上的锁锁上了。隔着门，张沛用力拉着她的手，看着她。

这样的神情是她熟悉的，这样的神情从她小时候就在看了，他那样看着她，他是小镇上最英俊的小伙子。

但现在，袁清江只觉得烦躁，她的胸口有一把无名火在烧，觉得她脚下的土地正在散发的是她难以忍受的恶臭，就是他们楼的公用厕所里的那股恶臭。

她一把甩开了他的手，头也不回地走了。

"袁清江！袁清江！"张沛站在门口喊了她两声，终于没有喊了，天色已经黑了，所有的人都睡了，他怕吵醒厂里的人，怕吵醒袁青山。

袁清江知道他不敢再叫她了，她知道他很快就会离开那里，回家去，她知道他还会来找她，她知道一切都会恢复正常，而这一切都让她觉得熟悉而厌倦。

她穿过黑黑的仓库，袁青山住的那个仓库的灯已经熄灭了，她想象她已经睡着了，白天发生的事情就像没有发生过那样。

她上了楼，发现门还开着，袁华正在过道里烧水，看见她，就说："清江，回来了啊？我正给你烧洗脚水呢。"

袁清江连忙走上去让他进屋休息，她一边把他赶进去，一边说："跟你说了好多次，我自己会烧，天气这么冷，别老在外面站着。"

她在外面等着水开，思考着要不要把白天的事情告诉袁华，告诉他那个女人的事情。屋里的电视传来欢乐的声音,好几次,她已经张口要叫他了,又犹豫了,她不知道要怎么和他说,也不知道他还爱着她或者恨她,更让她难以开口的是,她明白,实际上,自己无论是和袁华还是那个女人,都没有任何关系。她洗脸刷牙了,打了洗脚水进去,发现袁华已经在里面房间的沙发上快睡着了,他看见她进来,勉强坐起来打起了精神,问她说:"清江,今天一切还好吗?"

"还好,爸。"袁清江说,她脱了袜子,一边烫着脚,一边偷偷看着他的脸,发现他真的已经老了。袁清江的鼻子就这样酸了,眼睛里面都是泪水,她强忍着眼泪,问袁华:"爸,你后不后悔当初把我捡回来?"

袁华愣了一愣,转头看见自己的女儿脸上都是泪水,他叹了一口气,伸手摸了摸她的头发,他说:"当然不了,傻女儿。"

父女俩依偎着看电视,直到盆子里面的水都有些凉了。

让袁清江没有想到的是,到了第二天,她依然没有把昨天的事情忘记。她接了一个张沛的电话,他已经到县里上班了,两个人约好等他回来再一起吃饭——但她还是牢牢记着小陈的那张脸。

中午下班的时候,她终于忍不住到平乐旅馆去找他,希望他还没有走。走在路上的时候,她觉得太阳穴跳得很厉害,像是有大事要发生了——当年王曼珊和岑奇私奔的时候,一定就是这样的心情,平乐镇上的人都窃窃私语地议论过这个秘密。

她走进旅馆,看见姚五妹正把脚跷在柜台上打毛线,她走过去,问她:"请问小陈走了吗?"

"哪个小陈?"姚五妹莫明其妙地看着她。

袁清江的脸有些红了,但她依然说了出来:"就是前几天住在这里的那个男的,高高的,穿着橘红色外套。"

"哦!"姚五妹显然想起来了,她认得袁清江,说:"你就在前面超市上班吧?找他干什么?"一边说,一边把登记簿拿出来翻了起来。

"有点事。"袁清江敷衍,她紧张地看着姚五妹,怕她看出什么来。

但姚五妹什么也没说,她只是转过本子来,把小陈登记的那栏指给她看:"你看,他走了,今天早上六点过的时候还的钥匙。"

袁清江低头去看,她一眼就看见了小陈的名字。她一下愣住了,愣了好久,终于笑了起来。原来他们不应该叫他小陈,虽然那两个字用平原上的方言讲起来,都是一样的。

不但如此，她还明白了另一个巨大的秘密，这个秘密在平乐镇是没有人知道的，甚至连袁华本人也不一定知道：他还爱着那个女人，就像她也很可能还爱着他。

——姚五妹的字写得就和她本人一样潦草而慵懒，但她还是一眼认出了那三个字。

岑青江。

那个人就叫做这个名字。

这时候，岑青江坐在那辆破破烂烂的小巴士上，紧紧抱着怀里的包。他坐在第二排，前面的男人正在吃包子，肉包子的味道让他有些想吐。

他觉得胃痛，才想起早上走得匆忙，忘记了吃早饭。他就打开包，想把那天在超市买的那包豆腐干拿出来吃——他在包里找了一会才在蓝色提包下面发现了那包豆腐干，他把它拿在手里，突然觉得那个提包里的盒子压得他的腿都要断了，他就一起把它拿了出来。

小巴士上人没有坐满，岑青江把蓝色提包放在了他旁边的位子上，扯开豆腐干，吃了起来，豆腐干是五香的，但他依然觉得辣得他眼睛都红了，他看见太阳照进来了，在那个包下面落下了四四方方的阴影。

窗户外面，油菜花又开得多了些，除此之外，一切都没有改变。

一到逢场的日子，永丰县七仙桥头的肥肠粉店的刘老板就格外忙碌，他来来回回地招呼客人，还要顺便和他们聊上几句。

十点过的时候，他远远就看见赵二娃走过来了。"老赵，吃粉嘛！"

"吃嘛！"赵二娃笑嘻嘻地走进了店里坐下。

刘老板一边殷勤地过去擦桌子，一边对里面喊："加肥肠一碗！"赵二娃抽了一双筷子，说："刘老板生意兴隆哦！"

"哪里哦！"刘老板说，"老赵，今天不跑车？"

"今天休息！"赵二娃显得很高兴，"平乐镇的那条烂路终于要修了！"

"那条路不是烂了好多年了吗？"刘老板问。

"就是！"赵二娃感叹，"烂得不得了，我早就说要出事，上个星期终于翻车了，这才赶紧说要修路了！"

"哎呀！"刘老板叫了一声，一边转过身子去收隔壁桌的钱，隔壁桌的人也凑了过来，问赵二娃："有没有死人哦？"

"没死人怎么会说要修路嘛！"赵二娃说，"死了好几个，最可怕的是不知道把谁带的一个骨灰盒打烂了，满地都是骨灰！啧啧！"

　　周围的好几个人都听见了，都一起啧啧叹息着，刘老板大声说："死人都不安宁！"

　　他说了这句话，就进厨房去端了那碗加肥肠来，放在赵二娃面前。

　　赵二娃拿起筷子搅了几下，就大口地吃起粉来，七仙桥的肥肠粉一如既往的又麻又辣，吃得他出了整整一身的汗。

　　他这样狼吞虎咽地吃着，突然想起了什么，就大喊起来："刘老板，给我来个锅盔！"